# AVANT L'APOCALYPSE

Gérard Rosenzweig

# AVANT L'APOCALYPSE

Éditions Anne Carrière

ISBN : 2-84337-086-8

*À Carole,*
*À Isabelle,*
*mes belles et bienfaisantes comètes.*

« Ceux qui n'ont pas connu les sombres et terribles aspects de la vie blâmeront avec facilité la brutalité et la fureur de ceux qui sont plongés dans les tragédies finales.

Car ils savent mieux que personne ce qui est bien ou ce qui est mal, et non ce qui devient possible pour un homme torturé.

Mais ceux qui ont traversé les grandes ténèbres, ceux que le malheur a conduits au fond des choses, ceux-là auront une charité plus large. »

H. G. WELLS
(*La Guerre des mondes*, 1898)

# PREMIÈRE PARTIE

Je suis le dernier vivant sur cette terre de détresse, de chagrin et d'ennui, le rescapé d'une monumentale erreur et cette erreur est la mienne. Apprenti sorcier de l'Apocalypse, je suis condamné à errer sans fin sur ce sol desséché et stérile. Et si j'ai survécu, c'est pour implorer ce ciel vide où plus rien désormais ne me répond. Moi, Antoine Chabrineau, bourreau de ce monde, mais aussi victime parmi les victimes, je n'entendrai jamais les justes mots de mon jugement.

Ce malheur n'aurait jamais dû survenir si, il y a deux ans, dans le plus prestigieux des cafés de Venise, j'avais médité l'avertissement de mon ami Gary au lieu de m'abandonner à mon émotion.

Comment? Comment tout cela a-t-il pu arriver?

# 1

La beauté émergeait lentement de la nuit. Engendrée par les profondeurs des ténèbres, elle étirait ses ultimes songes. La lagune offrait l'irréalité de son trésor aux quelques courageux qui, défiant le roulis d'une eau nerveuse, étaient, comme moi, agrippés aux dossiers des sièges avant du premier vaporetto. Issue de la nuit, Venise naissait au monde et révélait son vrai visage.

Ces instants si fugaces, si intenses, m'ont serré la gorge et laissé, sur ce bateau saisi par la houle sèche de l'aube, pétrifié, muet, étranger et coupé de tout ce qui était ou aurait pu être. Je n'existais plus.

« Il faut que tu y ailles ! m'avait répété la veille Gary Arp, spécialiste anglais des rayons gamma. Mais prends le premier ! Il démarre avant sept heures. Le bateau est quasiment vide à cette heure-là. Tu n'y trouveras que des Vénitiens pressés, distingués, plus silencieux et distants que des arbres.

« Cinq cents mètres avant le môle, alors que San Giorgio Maggiore et son île s'effacent sur ta gauche, tout en demeurant dans ton champ visuel, fixe la flèche du Campanile. Fixe-la comme si ta vie en dépendait, comme si c'était la dernière construction intacte de la planète. Ouvre grands tes yeux, fais tourner les disquettes de ta mémoire, et laisse s'imprimer pour toujours cette vision. Tu n'oublieras jamais.

« Tu sais, Venise n'est pas une ville. C'est un pôle de charge dont on n'a pas identifié les ions, la matérialisation d'un champ de lignes de force qui se concentrent quelque part en son cœur, et dont l'instrument de mesure est l'homme. »

Les astronomes sont d'incorrigibles poètes. J'avais ri.

« Que veux-tu que j'aille faire sur la Piazza San Marco en cet an de grâce 2004 à zéro sept heures trente, temps universel plus deux ? Même les pigeons n'y sont pas réveillés.

– *Le Florian* doit être ouvert ; prends-y un café-chocolat brûlant et fais-toi servir dans le petit salon du premier, celui que Chopin préférait. Bois en fermant les yeux et laisse se graver en toi le souvenir des miracles... Tu verras, ce sera comme une musique. Après, tu peux mourir, tu n'auras pas tout raté. »

J'avais encore ri. Je n'avais pas l'intention de quitter tout de suite cette Terre qui recelait tant de merveilles.

Gary avait raison. Réfugié au *Florian*, profondément bouleversé, j'avais un peu froid, j'étais vaguement ivre. Dans le salon Chopin flottaient encore les fantômes de ses plus douloureux préludes.

« Tu débarqueras sur le môle, juste à l'entrée de la Piazzetta, m'avait-il prévenu. Face à toi deux colonnes, fines et élancées, dressées comme des sabres. À leur faîte, à gauche, San Todaro terrassant un monstre, à droite le lion de saint Marc, la patte légèrement appuyée sur un livre ouvert. Surtout ne passe pas entre ces colonnes ; d'après la légende, tu t'attirerais une terrible malédiction parce que tu aurais volontairement provoqué le destin. Même les Vénitiens peu superstitieux contournent ce passage, qu'ils nomment, en leur dialecte, la porte du Diable. »

J'avais oublié. Tout à mon émotion, je les avais franchies, seul dans la clarté blafarde de ce petit matin d'octobre. Mais je n'avais jamais cru à la colère des dieux. J'ai mis quelques heures à me retrouver. L'intensité de cette mystérieuse initiation venait de dépasser tout ce que Gary aurait pu imaginer, laissant peu de place aux préoccupations ordinaires de l'astrophysicien que j'étais, venu à Venise pour raisons professionnelles.

Le congrès international touchait à sa fin. Il y avait eu des moments très forts. Notamment lors de la communication

d'une multitude de découvertes. Malgré quelques para-
doxes, la théorie du big-bang se renforçait lentement. Et
puis il y avait les projets, les espoirs, les défis... Passionnant !
Comment pouvait-on vivre sans être astronome ?

J'étais alors spécialisé dans un département de radio-
astronomie millimétrique. Au moyen d'immenses antennes
paraboliques, nous écoutions les voix de l'univers, le crépitement sourd de l'hydrogène atomique, le chant rythmé
des pulsars, et ces mélodies étranges et monocordes que
nous envoient les galaxies du tréfonds de l'espace, entrecoupées parfois de gazouillis fugitifs produits par l'ionisa-
tion des nébuleuses.

Curieux métier où l'on observe de moins en moins. Cette
besogne dépend désormais d'ordinateurs reliés à tout un
fatras d'appareillages complexes. Pas de petits hommes
verts hélas au bout du faisceau de nos antennes. Pas encore ;
pas de signaux artificiels, aucune manifestation de vie intel-
ligente, rien d'autre que la signature minérale et monotone
de la matière.

J'aime ce que je fais. Je ne pourrais plus rien faire d'autre
comme tous les spécialistes, totalement nus et désarmés
quand ils cherchent à s'écarter de leur obsession. Aussi loin
que remontent mes souvenirs, j'ai toujours su que je serais
astronome ; c'est la première empreinte inscrite dans ma
mémoire. Ma mère l'avait très vite compris.

« Mais que regardes-tu comme ça ? » demandait-elle
lorsqu'elle me découvrait changé en statue, les nuits claires,
sur le petit balcon de ma chambre d'enfant. J'avais à peine
quatre ans. Je ne répondais pas. Que dire ? Il y avait, là-haut,
un appel.

Ma mère, elle, vivait par la musique. Mes premiers souvenirs : l'immatérialité et la légèreté des sons s'élevant d'un
piano. Elle jouait comme elle était, avec une extrême perfection et une grande fragilité. De ma chambre à la porte
entrebâillée, j'écoutais les yeux clos ; sa musique me serrait
dans la douceur de ses bras de cristal. Je me gardais bien de
bouger. Ainsi se construisit mon éducation à la beauté. Je
m'étais faufilé un jour derrière elle et, oublieux des règles,
ému comme aujourd'hui devant Venise renaissant de la
nuit, je n'avais pu m'empêcher de briser le charme par
l'urgence d'un doute :

« Pourquoi est-ce que c'est beau ce que tu joues ? »

Elle avait dû sentir ma présence à un changement subtil de sonorité dans la pièce. Elle prit le temps de terminer sa phrase musicale avant de m'attirer contre elle.

« La musique se construit sur des sons différents, articulés et associés les uns aux autres. C'est ainsi qu'ils produisent chaque fois ce que tu exprimes, parce que tu l'as ressenti avec ton émotion.

– Non ! dis-je, irrité par son incompréhension et par cette interprétation trop technicienne de ma jeune sensibilité. Les notes, ce n'est que du bruit ! Ça ne raconte rien du tout ! Ça peut être très laid ! »

Et de mes doigts d'enfant j'enfonçais les touches du Steenway sans ménagements, au hasard, le seul ordre que je connaissais.

« Ça c'est laid ! insistais-je, et toi, chaque fois, c'est beau. »

Elle sourit avec les yeux, puis avec la bouche, ce qui soulignait sa lumière. Elle effleura les papiers blancs décorés de petits dessins, chinois comme je disais, et qui, pour l'enfant que j'étais alors, n'étaient là que pour décorer le sombre pupitre.

« Les notes sont écrites là. Chacune en aime d'autres. Mais par groupes entiers. Sans savoir à l'avance lesquels : ça change tout le temps. Les notes, tu sais, perdent la mémoire quand on les sépare. Il faut, avec son cœur, découvrir les groupes, puis trouver la note qui va les aimer, et eux seuls. Ce qui dépend de celui qui invente, de l'état dans lequel il se trouve. Quand son bonheur est immense, ou plus encore son malheur, alors on dit que c'est beau. Quand on écoute sa musique, même mille ans après, on devient lui, on devient sa joie ou sa tristesse. Le monde s'en trouve élevé, enrichi. Toi qui aimes regarder les étoiles, as-tu remarqué qu'elles ne sont pas disposées au hasard dans le ciel ? Elles sont regroupées en familles, mystérieuses comme la musique ; parfois resserrées, parfois brillantes comme des perles ou minuscules telles des diamants, d'autres fois isolées ou bien par deux, et puis entre elles des ponts ou des vides inexplicables pour ceux qui les observent mal. Mais toi, à force d'apprendre avec tes yeux, tu dois commencer à les comprendre, à les entendre comme une vraie mélodie. »

Me serrant légèrement contre elle, elle me dit :

« Tu es mon Antoine, mon petit musicien d'étoiles. Elles aussi peuvent embellir le monde... »

Formidable phrase pour un esprit de quatre ans. Je résolus sans attendre de composer mes propres partitions. Le papier blanc nacré de la chambre ferait l'affaire. Le lendemain soir, armé de mes feutres, je groupais les étoiles en copiant le plus fidèlement possible leur disposition sur la voûte céleste. Les plus brillantes sont les plus grosses. Je poussais ma recherche d'harmonie et de beauté jusqu'à traduire les moindres nuances de couleur qui les différenciaient.

Ma partition eut du succès. Je lui dois pourtant mon premier véritable chagrin : on reconnut dans mon œuvre Attila plus que Mozart... Mais on m'offrit un objet étrange, plus grand que moi, très lourd et monté sur trois pattes, une sorte de gros tube ouvert à un bout comme un œil inachevé et levé vers l'infini, dont maman me laissa découvrir l'utilité par tâtonnements.

Mon premier télescope. J'aimais déjà les défis. Lorsque, après quelques jours, je parvins à ouvrir la porte des étoiles, lorsque j'eus compris la signification de ce que je percevais par ce petit trou que les grands nomment oculaire, quand s'imposa enfin l'immensité des perspectives, cette absence de limites qui littéralement me foudroya, il paraît que je perdis connaissance plusieurs minutes. C'est mon grand-père qui me raconta beaucoup plus tard cette anecdote, agrémentée des reproches qu'il fit alors à sa fille sur le peu d'attention portée à mon extrême sensibilité.

Un soir de fin d'été où la Voie lactée avait oublié à travers le ciel de la nuit cet imperceptible et majestueux foulard d'étoiles que je visitais sans trêve, les pieds sur une petite chaise, le regard à des milliers d'années-lumière, ma mère jouait dans son salon de musique. Elle répétait pour un prochain concert la sonate numéro quatorze de Beethoven, *Clair de lune*. « Maître incontestable, disait-elle, souvent mélancolique, même lorsqu'il semble gai, et toujours grave au cœur de sa joie. Déconseillé aux pessimistes et aux mélancoliques », finissait-elle par conclure.

Contrairement à son habitude, elle enchaîna sans attendre sur une seconde interprétation. Était-ce un message, un appel que je ne pouvais encore comprendre ? Vint le silence. Après avoir laissé se détendre ses doigts aux limites du clavier, elle se leva, fit quelques pas sans but, s'assit de nouveau sur une méridienne sombre à deux pas de ma porte, porta la main à son cou, soupira, et mourut.

On m'a dit plus tard que c'était prévisible. Dans le langage des adultes, cela signifie : attendu. Une malédiction qui frappait les femmes de la lignée. Sa grand-mère et sa mère étaient mortes toutes les deux avant quarante ans. Une faiblesse, la main du Diable, par avance acceptée au nom de la tradition familiale ; l'affaissement de l'être et de la volonté des proches, devant une volonté supposée supérieure, nommée fatalité. C'est pour cela que je n'avais pas eu de sœur, pour cela que je me retrouvais seul sur terre au crépuscule de mes cinq ans.

Ainsi la musique pouvait aussi faire souffrir. Ainsi sa présence même portait en elle d'horribles et mortelles menaces. Elle attirait, captait, séduisait, et puis, au cœur de l'abandon confiant, exigeait son épouvantable rançon. J'aurais dû me lever dès l'amorce de sa reprise, courir dans ses bras, me serrer contre elle, rompre la vieille fatalité, l'arracher à la mort par ma seule présence.

J'ai voulu mourir. Mais une volonté de cinq ans ne pèse rien. Ma musique personnelle me sauva à mon insu. Je m'enfuis de la Terre. J'appris les étoiles comme on apprend la vie et la solitude, bien avant l'alphabet et les nombres. Bienveillantes et lointaines, elles ne pouvaient faire de mal. Mes amies les étoiles et mon amie la Terre me protégeraient mais il fallait les connaître, saisir leur harmonie, apprendre les lois qui les reliaient et nous reliaient à elles : l'univers était une immense partition déjà écrite, la plus réussie par son caractère absolu, définitif, éternel, et surtout prévisible. Pour gagner sa bienveillance, il me faudrait des efforts et du temps, beaucoup de temps et une vie sans concessions à la médiocrité.

Ainsi Venise était belle au petit matin, comme le plus somptueux des amas d'étoiles, scintillant à la limite de la visibilité sur le velours noir de l'espace. Victime de la fatalité du temps, Venise mourrait un jour et les astres indifférents perdureraient, spectateurs patients et indifférents de l'ancienne et future beauté du monde. D'autres Venise viendraient, pour d'autres êtres, et le ciel, toujours le même, serait là, défenseur placide et silencieux de toutes les munificences terrestres.

Je n'aurais pas dû suivre le conseil de mon ami anglais. L'astronomie était une discipline scientifique, essentiellement mathématique. Ainsi, l'efficacité commandait la froideur ; le silence du ciel exigeait celui du cœur. C'est pourquoi mon émotion ne trouvait sa place nulle part, et je n'étais pas sûr de vouloir explorer les racines de son intensité.

Il me fallait oublier Venise.

« Gardez-vous bien, conseillait M. Schutz, de toute subjectivité émotionnelle dans votre travail. Il est votre œuvre certes, mais vous n'y avez aucune place. Avant même d'aboutir, il vous échappe et vous échappera, comme les enfants que je ne vous souhaite pas. »

Directeur suprême de la recherche scientifique, il répétait le même sempiternel discours, mot pour mot et vaguement ridicule, à chacun des nouveaux chercheurs accueillis dans notre institution. Les anciens le connaissaient par cœur et, pour une raison très subjective, nous le récitions, hurlant de rire, d'une même voix un peu brouillée par la bière, lors du pot d'intégration que le promu se devait d'offrir.

« La recherche, c'est la quête de la vérité ! poursuivait M. Schutz. Et la vérité n'a que faire de vos états d'esprit, de vos passions et pulsions. Chaque progrès est un pas de plus mais, ajoutait-il d'un ton plus pontifiant, ce chemin n'a pas de fin. Et sur un dernier trémolo : quelqu'un ira toujours plus loin que vous ! »

Je désobéissais à M. Schutz, devenant, selon ses critères, un médiocre chercheur. Je claquais des dents ; j'avais froid. Je traversais une crise de subjectivité comme une sorte de paludisme de l'âme.

L'après-midi m'a ramené sur terre. Le délégué de l'UAI, l'Union astronomique internationale, une sorte d'association de notaires du système solaire, est monté à la tribune pour ouvrir la traditionnelle corrida des baptêmes. Chaque congrès se doit d'enregistrer les noms donnés aux corps célestes fraîchement découverts. Ses décisions font autorité pour l'ensemble de la communauté internationale. D'où les tensions issues des susceptibilités culturelles et nationales. La question s'aggrava à l'époque de la cartographie de la planète Vénus : uniquement des noms de femmes célèbres. Il fallut opérer un tri qui se révéla terrible, auditeurs et orateurs frôlant parfois le pugilat. Le terme de corrida devint à la mode ce jour-là.

Pour les nouveaux astéroïdes, cela se réglait entre spécialistes. Il suffisait de pêcher au hasard dans l'une ou l'autre des mythologies humaines. Quant aux comètes avec lesquelles la Terre a toujours entretenu des relations conflictuelles, c'était une autre affaire.

Comète : « Corps céleste. Astre d'aspect nébuleux, dont l'éclat souvent faible au moment de sa découverte croît assez vite tant qu'elle se rapproche du soleil. Les comètes visibles à l'œil nu sont très rares. Leur aspect fait apparaître une tête comprenant un noyau toujours très petit entouré d'un nuage gazeux, le cocon ou chevelure, et prolongée d'une queue qui s'étire parfois sur plusieurs dizaines de millions de kilomètres. La queue est toujours dirigée à l'opposé du soleil. Les plus célèbres sont celles qui reviennent régulièrement au voisinage du soleil, entre quelques années et des dizaines de siècles. Elles sont issues pour la plupart d'une zone située, selon la théorie, à une année-lumière de la Terre, et qui en contiendrait plusieurs milliards. Des perturbations gravitationnelles provoqueraient un décrochage et engageraient ainsi leur longue descente vers le centre du système solaire. »

Elles croisent la Terre à plusieurs dizaines de millions de kilomètres dans la plus grande discrétion. Sans intérêt pour le commun des mortels. Une infime minorité d'entre elles affiche une masse respectable, quelques milliards de tonnes. Nous les nommions entre nous les Dames Blanches. Quelquefois, dans un siècle, elles venaient ponctuer le ciel de leur virgule majestueuse et blafarde. Le grand public s'éveillait alors aux mystères qui entourent la Terre. Les télescopes d'amateurs, les lunettes astronomiques fleurissaient dans les jardins et sur les balcons. Tant que la Dame Blanche demeurait visible, soit quelques mois, le temps de se rapprocher du soleil, de le contourner au plus près, puis de saluer la Terre au passage, les clubs refusaient du monde. L'événement se déroulait le plus souvent au-delà d'une centaine de millions de kilomètres, immensité insondable pour l'homme, bagatelle pour l'univers.

Les comètes ont toujours été perçues comme des objets maléfiques, vecteurs d'avertissements funèbres et de menaces divines. Le passé en a fait des annonciatrices de catastrophes pour l'humanité. Dans un ciel immuable, n'entretenaient-elles pas la marque de l'imprévisible ? Elles ont balisé les famines, les grands massacres, les cataclysmes naturels ; l'assassinat de César en 44 avant Jésus-Christ aurait été précédé d'une comète, comme l'envahissement de l'Angleterre par Guillaume le Conquérant après l'an mille et, au début de ce siècle, la Grande Comète et celle de Halley qui annoncèrent la Grande Guerre, tandis que le passage de Whipple a correspondu aux horreurs de la guerre d'Espagne et présagé de peu les carnages de la Seconde Guerre mondiale.

Cet épiphénomène relève plus de l'angoisse métaphysique que du fait scientifique : il y a dix-huit ans, Halley est bien revenue comme prévu, en 1986, sans égrener dans son sillage quelques nouveaux millions de morts. Un sociopsychiatre proposait de voir, dans ce processus intellectuel, le désir inexprimé de transférer sur les dieux nos propres responsabilités dans l'engagement des conflits. La science est impitoyable pour l'homme.

La composition des comètes fut longtemps une énigme. D'où pouvaient bien provenir cette chevelure et cette queue extraordinaires ? On le sait désormais avec certitude depuis une bonne vingtaine d'années. Les comètes ne sont que des boules de neige glacée, mêlée de poussières et de pierrailles. Un nougat sidéral dont l'origine se perd à des milliards d'années. Elles sont les témoins directs, mais discrets, d'une histoire que l'humanité méconnaît encore à quatre-vingt-dix pour cent. D'où l'intérêt formel que les cosmologistes leur manifestent quand ils en ont le temps.

Le rêve de la NASA et du CNES est de parvenir à poser sur l'une d'elles un préleveur d'échantillons de sol, mission dont la complexité est accentuée par le faible laps de temps accordé à sa préparation, dix-huit à vingt mois au mieux. Car les Dames Blanches n'attendent pas. Elles vont.

Une comète n'est donc qu'une gigantesque boule d'eau congelée, pas très propre. Ce qui incite une part appréciable de la communauté scientifique à penser que ce sont elles qui ont livré à domicile son eau à la Terre, à cette lointaine époque où celle-ci terminait son lent refroidissement et où celles-là pullulaient. De là à livrer en prime les premières molécules complexes, ces briques élémentaires à l'apparition de la vie dont nous sommes issus...Mais ce pas n'a pas encore été franchi à l'unanimité. Ce qui est sûr, c'est que nous sommes les fils des étoiles. Au sein de leur fournaise thermonucléaire, elles ont pu synthétiser les indispensables atomes lourds dont nous sommes construits.

Nous sommes aussi enfants de comètes par une bio-chimie marine encore à préciser, et par cette tâche de buti-neuses du cosmos qu'elles ont si bien accomplie. Leur nature physique dévoilait ainsi d'elle-même l'entêtant mys-tère de la queue visible : la glace du noyau, relativement échauffée par des rayons solaires de plus en plus efficaces, passait directement de l'état solide à celui de vapeur. Un extraordinaire aérosol éparpillé dans l'espace à raison par-fois de plusieurs centaines de tonnes à la seconde. Ainsi se comportaient ces insouciantes demoiselles, répandant une eau si précieuse dans le grand vide de l'espace jusqu'à extinction des réserves. Par coquetterie dispendieuse, les comètes régulières, à chacun de leur passage, perdaient donc en visibilité, en spectaculaire. La queue, traîne majes-tueuse et immense, devenait voile, puis écharpe et enfin pochette, avant de s'effacer dans l'invisibilité et l'oubli.

Mais une autre catégorie fait maintenant recette : celles qui, imprévisibles, surgissent un jour de l'inconnu. Repé-rées par hasard quelque part entre Saturne et Jupiter, elles nous adressent de loin le salut de leur petite tache blan-châtre, pour nous aviser de la grande et unique représenta-tion qu'elles nous préparent pour bientôt.

La fin du XXe siècle, curieusement, fut féconde de cette famille théoriquement rare. Pour les plus récentes, Hyaku-také qui surprit tout le monde en mars 1996 et Hale-Bopp, un an plus tard, qui demeura visible et se fit admirer par l'hémisphère Nord plus de trois mois durant. Mais leur nature ne se limite pas à ces froides données scientifiques. Elle révèle bien autre chose.

Les comètes sont des poèmes nomades, chargés de préserver la sensibilité des hommes et d'éveiller celle des enfants. Hymne à la grandeur cosmique, chacune est une note, la note isolée d'une symphonie sans auteur, sans partition ni portée, une note à l'état pur, œuvre parfaite sortie de la main du hasard accompli et conçue par l'âme du temps.

À l'âge de l'incontournable doctorat, les comètes et la question de leurs origines avaient occupé le centre de ma thèse. Souvenir un peu lointain dont émergeait encore l'avertissement approbateur et amical de mon directeur d'étude : « Les comètes mènent à tout à condition d'en sortir à temps. » Un avis d'impasse. Étudiant scrupuleux, j'en étais sorti très vite. Le vieil enfant qui dormait en moi en avait gardé le flou d'un regret nostalgique.

Paradoxalement, les comètes étaient devenues un objet de convoitise. Autrefois identifiées par l'année de leur découverte suivie d'un numéro d'ordre, elles étaient aujourd'hui baptisées du patronyme de leurs deux premiers inventeurs. Ne disposant guère de temps de télescope, donc de crédits, à consacrer à la découverte et à l'observation de ces vagabondes, la recherche officielle appâtait la foule des amateurs. Qui refuserait de voir sa signature inscrite dans un recoin du panthéon cosmique et pour quelques milliers d'années, égalant ainsi le génial Sir Edmund Halley ?

Une multitude d'astronomes amateurs, tous amoureux du ciel, flics, hommes d'Église, instituteurs, consultants ou P-DG, chassent la comète par nuit claire. Certains, acharnés jusqu'à braver des conditions sibériennes, équipés d'engins dont le miroir atteint quatre cents voire cinq cents millimètres d'ouverture, s'informatisant à tout va, sont prêts à tous les sacrifices pour leur dévorante passion. Ils explorent le ciel à l'affût du point de luminosité infinitésimale dont ils s'attacheront la filiation de la nuit de la découverte jusqu'à la nuit des temps.

Ni dollars ni euros à la clé ; juste l'ivresse de la victoire, une honnête notoriété, des interviews dans la presse, avec la photo du chanceux fièrement campé à côté de l'outil ou d'une coupole quelquefois très artisanale et puis, enfin, son nom piqué sur la grande voûte, inscrit dans les annuaires astronomiques.

Mais il fallait d'abord passer avec succès la corrida des baptêmes. Notre amateur devait, pour officialiser sa préemption, adresser de toute urgence un télégramme réglementaire à l'Union astronomique internationale, indiquant les coordonnées célestes de sa prise.

Tout est là. Le jour et l'heure d'arrivée du message sont soigneusement enregistrés par l'UAI. Confirmée par les observatoires officiels, la bonne nouvelle se répand dans le petit monde des astronomes à la vitesse de l'éclair, par le biais des interconnexions informatiques et surtout d'Internet dont les sites astronomiques, initiés par les grandes universités américaines, firent beaucoup pour la renommée.

Il s'agit donc d'arriver le premier, à la rigueur le second ; mais pas le troisième. Simple. Pourtant, la réalité se révélait inextricable : imbroglio d'horaires, d'enregistrement par les bureaux nationaux de l'UAI quant à l'heure exacte d'arrivée du message – les découvertes étant presque toujours quasi simultanées et internationales –, confusion avec l'heure d'observation, invérifiable par essence, litiges nés de deux télégrammes enregistrés à la même heure, dans deux pays différents, surtout s'ils sont en froid, injustice aussi induite par l'inégale infrastructure en télécommunications.

Et enfin, les erreurs : l'absence des vérifications de base, la méconnaissance la plus élémentaire qui fait confondre Uranus, Neptune et parfois la lointaine Pluton avec la Dame Blanche tant désirée. Pas d'année sans. La corrida des baptêmes ne vole pas son nom. Certains chasseurs d'éternité y demandent un droit de parole, ou s'y font représenter par un avocat féru de droit spatial. C'est souvent plaisant, quelquefois lassant.

Cet après-midi, ce fut plaisant et court. L'orateur n'eut pas à jouer le rôle de toréador. Il y eut plus de découvertes que l'année précédente. Toutes mineures. Il faudrait demander au service adéquat si le nombre des observateurs dignes de ce nom avait augmenté. J'étais sceptique quant à la réponse. Nul ne pouvait en être certain. Je rangeais la question dans un coin de ma mémoire, lorsque je me sentis tiré en arrière. Gary Arp était lui aussi en quête d'une réponse.

« Alors ? me dit-il.

– Alors quoi ?

– C'était comment ?

– Moins anesthésiant que d'habitude ; j'ai réussi à rester réveillé jusqu'au bout.

– Mais non ! Pas ça ! Ce matin, le bateau ?

– C'était bien, répondis-je, maladroitement.

– C'est tout ? »

Je haussais les épaules :

« C'était bien comme tu l'avais décrit. »

Ça le radoucit :

« Dans deux ans le congrès se tient à Athènes. Connais-tu le cap Sounion ?

– Oui, vaguement. »

Gary fit non de la tête :

« Je t'y conduirai une demi-heure avant le coucher du soleil ; tu verras ce que je veux dire. »

Dans le brouhaha et l'agitation, je remarquai une très jeune femme, presque une jeune fille, qui se tenait en retrait sur sa gauche. Il sentit mon regard et, délaissant le choc de Venise, se tourna vers la nouvelle venue :

« Voilà l'homme qui compte les trous noirs plus vite que son ombre. »

Et puis, à mon intention :

« Je suis diablement content de vous présenter, je ne voulais pas rater ça. »

Il poursuivit avec un petit sourire qui ne présageait rien de bon :

« Je gage que vous avez beaucoup de choses à vous raconter. »

Il me fit taire d'un geste de la main :

« Livia est attachée à l'observatoire du CFH à Hawaii, la perle des perles ; pas Livia, le CFH. Canadienne de passeport, pas le CFH, Livia ; fraîchement diplômée et déjà presque célèbre ; allez, serrez-vous la main, voici Olivia Lamberg. »

Je souriais machinalement ; j'étais face à cette inconnue qui, curieusement, semblait mal à l'aise. Trois interminables secondes plus tard, je commençais à comprendre pourquoi.

Dix-huit mois plus tôt, j'avais publié un long article sur l'irritant problème de la matière invisible. Il y avait incompatibilité entre le calcul et l'observation, une incompatibilité de quatre-vingts pour cent. Le mystère durait depuis quinze ans. Aucun début de solution n'était venu combler le gouffre de la matière manquante. Les théories pullulaient. Mon analyse articulait une ligne de compromis en s'appuyant sur les trous noirs. Mon article suggérait la présence, dans chaque noyau galactique, d'un trou noir hypermassif. La masse correspondante suffisait ainsi à combler l'abîme qui séparait réalité et nécessité. Simple, d'une architecture parfaite. Les équations qui y conduisaient semblaient d'un équilibre et d'une harmonie sans faille. Mais mon argumentation se trouvait limitée par l'absence de toute preuve indiscutable.

Quelques mois plus tard, le même journal international enrichissait le débat en faisant paraître un texte abattant un à un les piliers de ma construction. L'auteur m'accusait, sans me nommer, de mystification pseudo-scientifique et de mysticisme astronomique dans la volonté délibérée de plier le réel pour le conformer à la rêverie la plus pure, ces acrobaties permettant ensuite de tout expliquer.

Il proposait, quant à lui, un double axe d'investigation dirigé vers les naines brunes et, secondairement, vers l'existence d'un anneau de matière sombre, entourant les galaxies comme une gigantesque ceinture de poussière.

Une demi-année s'était à peine écoulée depuis les deux parutions. Déjà, Hubble en infrarouge, les télescopes de La Silla au Chili et l'antenne d'Arecibo à Porto Rico commençaient de confirmer, chacun dans leur champ de fréquences, la validité des thèses du second article. Nous ne pouvions avoir raison ensemble. Une théorie validée est l'enfant de celui qui épouse la science.

Personne n'aime voir mourir son enfant : le mien était à l'agonie. Il m'avait demandé trois ans de gestation et de calculs, en plus de mon activité de radio-astronomie. Trois ans pour une impasse. Mais j'aimais toujours cet enfant que je m'obstinais à penser viable. Je l'avais vu naître d'une idée nouvelle, tandis que mon contradicteur me semblait avoir emprunté un cheminement aussi vieux que le début du siècle précédent. L'article de l'exécution capitale était signé « O. Lamberg/Hawaii ».

Sa lecture m'avait rempli d'une rage froide : l'auteur concluait en assimilant ma théorie des trous noirs galactiques aux principes de vidange d'une baignoire. Il terminait sur mes qualités de plombier. J'avais failli demander un droit de réponse. M. Schutz me l'avait formellement déconseillé : « Pas de polémiques stériles ! Pas de querelles de personnes ! Votre carrière vaut bien de temps en temps un coup de pied au cul de votre orgueil. Sachez perdre, c'est vivifiant. Et puis, qui est objectivement persuadé de votre erreur, à part ce vieux schnock ? Les dinosaures nés avant 1945 ne peuvent intellectuellement admettre la notion de trou noir ; c'est une tare génétique. Ils demeurent incapables d'affronter un univers virtuel en accord anticipé avec l'observation. Votre Lamberg doit écrire depuis sa maison de retraite ; prenez patience, vous durerez plus que lui. Trouvez une procédure pour démontrer l'indétectable, et oubliez ce Lamberg, il n'existe pas. »

Et voilà que ce Lamberg était belle comme la nuit, avait vingt-cinq ans au grand maximum, se prénommait Olivia et se trouvait à un mètre de moi.

Le silence est à peine meublé par le son de la voix de Gary. Soudain, elle a prononcé « Bonjour » et je ne sais pas si je lui ai répondu. Nous nous sommes serré la main par automatisme et j'ai gardé sa main dans la mienne sans m'en rendre compte. J'étais bloqué. J'ai dit n'importe quoi pour tenter de masquer la bouffée de colère que je sentais enfler et qui devait me faire virer au rouge brique.

« Connaissez-vous Venise ? » ai-je demandé. Ce qui a eu le don de faire rire Gary.

Elle s'est lancée dans une description précipitée des mosaïques dorées des arches de la basilique.

« Je ne vous savais pas spécialisée en architecture byzantine », se permit de commenter Gary.

Nos regards ne se décrochaient pas l'un de l'autre. Gary nous tendait deux verres : « Buvez, ça aide. » Et puis, il s'écria : « Shit ! Il faut que je voie Mikhaïl avant son retour à Moscou ! »

Et il nous a plantés là. Olivia regardait mon verre, et moi je regardais Olivia.

« Gary ne s'est pas trompé, dit-elle.

– À propos de quoi ?

– Il a prédit que vos yeux seraient beaucoup plus éloquents que vos paroles ; il n'a pas menti.

– En quel sens ?

– Ils sont terriblement agressifs. Je n'aimerais pas vous croiser dans un parking souterrain en pleine nuit.

– Ne vous tracassez pas, les plombiers les fréquentent rarement, faute de baignoires. »

Elle encaissa le coup. Et, avec un sourire lumineux, renvoya la balle :

« C'est juste, ils se réservent pour la quincaillerie astronomique. »

Il y avait six ou sept minutes que nous étions ensemble et, déjà, nous nous détestions. Elle reprit :

« Je sens que vous allez me faire un cours de déontologie professionnelle.

– Impossible, les plombiers n'en sont pas capables.

– Cela dépend lesquels.

– Et puis, vous oubliez que les trous noirs absorbent tout et ne restituent rien. Même pas les leçons de morale.

– Là aussi ça dépend lesquels.

– Deuxième erreur, ma chère, ce sont les ogres du cosmos. Il paraît même que les fausses saintes nitouches ne les effraient pas. Voulez-vous essayer ? »

Cinq à six cents personnes nous entourent dans l'immense salle de réception abominablement kitsch. Rires, exclamations, exposés repris ou poursuivis, retrouvailles, petits-fours et faux champagne, accolades sincères produites par l'amitié bouillonnant sur les feux ardents de la compétition.

« Excusez-moi une seconde », dit Olivia qui se retourne légèrement, pose son verre plein sur une tablette déjà surchargée, revient avec la même grâce vers moi et me flanque une gifle magistrale, aussi puissante qu'une rame de TGV lancée en rase campagne.

Le tonnerre de l'impact induit dans le premier cercle qui nous entoure une onde de silence qui s'étend par contagion à toute la salle. Cela n'a duré qu'une à deux secondes, mais pour moi un siècle. Je me souviens d'yeux écarquillés, surpris ou interrogateurs ; j'ai toujours mon verre à la main, mais c'est maintenant la gauche qui le serre. La main droite est levée, dans une illusoire protection. Les regards réprobateurs dont j'étais le centre se détournent ; le bruit renaît progressivement. Je quitte discrètement la salle. Dehors, je réalise que je saigne du nez.

Je n'ai pas revu Gary avant de rentrer à Paris, mais cela n'avait pas d'importance. Quel que soit l'espace qui les sépare, deux personnes ne se trouvent plus qu'à quelques secondes l'une de l'autre. En quelque sorte, j'avais Gary ou n'importe qui d'autre sous la main grâce à un boîtier noir extra-plat que j'activais en parlant. Plus de manipulations contraignantes, il suffisait d'énoncer toute une série de codes numériques pour obtenir son correspondant.

Ce XXI$^e$ siècle avait parfois du bon. Il était dorénavant possible de relier par l'image et le son, en quelques minutes, une dizaine de personnes éparpillées sur le globe : au sommet du building le mieux équipé de San Francisco, sur les hauts plateaux andins, isolées dans le bush australien ou calées sur la banquette fatiguée d'un bar à thé de Shanghai. Il suffisait d'une paire de kilos d'informatique : ordinateurs cellulaires à modem émetteur, téléphone portable et caméra CCD ultra-miniaturisée plus quelques batteries bien chargées. Notre planète était ramenée à la place du village.

Les congrès tenaient pourtant bon. On n'avait pas encore trouvé le moyen de transmettre les gifles par relais satellitaires. Il se dissimulait dans cet épisode un élément d'irrationalité qui m'échappait, un peu comme le problème de cette masse manquante de l'univers. J'ai toujours ressenti une aversion profonde pour les manifestations de l'irrationnel, ce boulet que s'obstine à traîner l'esprit humain. Il fallait que je m'efforce de penser à autre chose.

# 2

De retour à Paris, j'ai filé au laboratoire que je partage rue Michel-Ange. J'ai activé mon ordinateur pour m'étourdir, pour fuir dans le travail de mes collègues. Ils parlent de la nécessité de faire coïncider virtualité et réel. Ce qu'ils disent glisse sur moi, sur mon mal-être. Ils parlent d'effets et de causes, des liens indestructibles qui les rattachent. Quelque chose ne colle pas : ma peau est intacte et je saigne de partout. Comment une simple gifle pouvait-elle provoquer un tel séisme? L'orgueil blessé n'explique rien.

Je coupe d'un geste nerveux. J'ai dû négliger l'un des paramètres des événements survenus à Venise. La réponse est sans commune mesure avec le niveau de l'agression. Qu'ai-je donc oublié? Ce n'est pas ma pimbêche d'Hawaii qui me renseignera. Elle doit se trouver quelque part au-dessus du Pacifique. Je m'empresse de chasser son souvenir.

Les congrès génèrent automatiquement deux jours de congé que l'administration nomme pudiquement «Temps de réactualisation». Nous sommes censés remettre de l'ordre dans nos dossiers, établir un point personnel sur les évolutions de notre discipline et préparer, comme le dit le jargon, un rapport de réorientation séquentielle.

J'ai passé ces quarante-huit heures chez moi, au cœur de Montmartre. J'habite à une portée de micro-laser des dômes de la basilique. L'appartement se limite à une très grande pièce vaguement hexagonale, ouverte aux quatre directions par de larges baies sans volets. Une multitude d'encadrements de tous formats sont les témoins silencieux de mon existence solitaire, ancres visibles qui me relient à mon cosmos intime. Ainsi cohabitent harmonieusement, de cadres en fenêtres, les deux mondes dont j'occupe l'intersection.

Modeste troisième étage, mon domaine se situe au sommet d'une construction en forme de tour que, dans cet ancien village, les autochtones ont baptisée le moulin, façon de sacrifier à la couleur locale mais qui trompe les touristes déçus de l'absence d'ailes. La hauteur conjuguée de la colline et de mes trois étages sans ascenseur fait que, la nuit, de mes multiples fenêtres, Paris s'offre somptueusement à mon regard. Bien que discret, le bruit de fond reste omniprésent. La ville, que dominent l'élan phallique de la tour Montparnasse et, plus à droite, la grâce de dentelle dorée enfantée par le génie de M. Eiffel, scintille de tous ses feux.

J'aime cet endroit. Cette vision circulaire m'apaise, et le ronronnement longuement rythmé qui en émane m'évoque parfois le lourd mouvement de la mer, venue battre au pied d'une butte soudain métamorphosée en île. Quand je ne travaille pas sur mes écrans cathodiques bleutés, que je ne suis pas penché sur la communication d'un lointain confrère ou plongé dans la préparation d'une synthèse quelconque, j'éteins toutes les lampes, ouvre en grand les baies vitrées, même en hiver – la première qualité de l'astronome étant de savoir ignorer le froid –, et j'écoute mon île vibrer aux va-et-vient des battements de cœur de la mer. Instants d'immense sérénité que j'accompagne des mouvements de houle du *Magnificat* de Johan Pachelbel. Quand le vent souffle sur Paris, la charpente du toit pentu craque un peu, et je me figure qu'un navire mystérieux s'apprête à lever l'ancre. Au Jugement dernier, promet le compositeur, mais seulement pour les âmes des justes, de ceux qui n'auront pas fléchi.

Je vis seul. Enfin pas toujours et pas tout le temps. Le monde des sciences du ciel s'est féminisé à la vitesse de la lumière. L'atmosphère y a globalement gagné. Surtout pour les célibataires. Mes relations féminines pressentent mon port d'attache comme le sommet désaffecté d'un phare qui, par nuit noire, saura lancer son faisceau pour combattre l'angoisse des grandes ténèbres. Les phares ne sont-ils pas nos dernières sentinelles ? Leur doigt de lumière me rappelle ces enfants qui, armés d'une torche électrique hypocritement détournée, s'obstinent à éclairer le visage de la pleine lune.

Ces quatre-vingt-sept mètres carrés m'ont également séduit pour une parcelle d'étrangeté. Ils disposent, opposé à la porte d'entrée et appuyé sur l'unique mur qui ne soit pas ouvert, d'un très bel escalier de bois sombre et sculpté, royal. Il ne conduit nulle part. Qui l'emprunte parvient, au terme de dix-huit hautes marches, en face d'une maçonnerie oblique appartenant sans discontinuité au sommet de la construction. Jamais de passage ici, aucune porte, pas la plus petite ouverture non plus, l'escalier ne mène qu'au ciel de Paris. C'est une véritable merveille, mais une merveille inutile.

Malgré cinquante ans d'occupation des lieux, le précédent propriétaire m'avait donné peu de précisions.

« L'escalier a l'âge de l'immeuble. Mon vendeur n'en savait pas plus. On lui avait juste rapporté des bouts de légende disant, si mes souvenirs sont exacts, qu'il s'agissait de l'escalier de la Bête.

– Quelle bête ?

– Non, la Bête avec un b majuscule. La Bête, quoi... Et que celui-ci n'ouvrirait que pour elle. »

N'étant point vétérinaire, j'ignorais quelle bête avait droit à l'honneur d'une majuscule. J'avais souri, signé le contrat de vente et fini par couvrir les marches de l'escalier d'une petite forêt de plantes luxuriantes et vivaces, se chevauchant dans un effet de verte cascade.

Mon jardin plaît. L'escalier intrigue. Mes hôtes se demandent parfois, mais rarement avant le troisième bourbon, s'il sert à grimper ou seulement à descendre.

Ce soir, malgré la température, j'ai gardé mes fenêtres closes pour écouter les *Méditations musicales sur la mort* que Pachelbel écrivit pour le clavecin. Je me sens triste, grave même. La fatigue du voyage, le souvenir déjà lointain de la magie de Venise. J'ai envie d'appeler Gary, mais je renonce pour ne pas aggraver les conséquences de son propre décalage horaire. Après minuit je me suis mis au travail : M. Schutz nous attendait de pied ferme le lendemain.

En réalité, M. Schutz ne s'appelait pas M. Schutz. Le vrai vécut entre le XIX<sup>e</sup> et le XX<sup>e</sup> siècle. Il dirigeait l'École de chimie immortalisée par le couple Curie. M. Schutz aimait la science et... ses honneurs. Il était entré dans la carrière pour y tailler dans le marbre du temps son mausolée d'éternité. Respectueux du pouvoir, insaisissable avec ses subordonnés, il défendait avec acharnement ses ouailles quand il soupçonnait chez elles une envergure qu'il n'atteindrait jamais. De plus, il était rompu à l'art difficile de faire accepter des tâches catégoriquement récusées par les intéressés.

Notre M. Schutz représentait son clone parfait. L'équipe de l'observatoire de Paris l'avait baptisé ainsi au cours d'une beuverie avec les Chiliens, lors de l'inauguration du site astronomique géant édifié au Cerro Paranal sur un sommet modifié de la Cordillère occidentale.

Le nom lui était resté. J'aimais bien M. Schutz. Il m'irritait souvent, je l'irritais aussi. Il savait s'incliner devant la force de l'échec. Et moi, je ne parvenais toujours pas à apprendre. Je m'obstinais à préférer Giordano Bruno sur son bûcher à l'immense Galilée dans sa capacité à survivre. Sur une plaquette métallique de mon bureau était gravé : « La science n'a pas à obéir. »

Un jour, elle disparut. J'ai toujours soupçonné la main de M. Schutz.

« Mesdames, Messieurs, je vous écoute. Mais épargnez-moi toutes considérations sur vos mésaventures personnelles. »

Son regard passa rapidement sur moi. Simple hasard ?

Les bilans succédaient aux bilans. Après trois heures d'échanges, au moment des questions, j'ai demandé si l'affluence de nouvelles comètes se trouvait établie, s'il était constaté une recrudescence de communications dans le repérage de ce type d'objets, et depuis combien de temps. Nul ne pouvant répondre, j'ai suggéré de lancer un programme d'inventaire. Personne visiblement n'y avait de disposition particulière. Mais M. Schutz avait senti le vent.

Il s'opposa à chacun de mes arguments. Je me suis entêté. Après cinq minutes, sa main saisit un stylo comme pour écrire. Signe discret de son irritation. Je finis par me taire en maugréant : « La grande cuisine passe aussi par l'épluchage des patates. » Personne ne parut entendre. Mais le boss n'en fut pas quitte pour autant.

Sur sa gauche, Jacqueline Lévy, planétologue dont la réputation internationale ne cessait de grandir, prit le relais.

« J'ai une information à propos de la reprise des éclairs lumineux sur la surface lunaire.

– Il n'y avait rien à ce sujet au programme de Venise.

– Discussions de couloirs.

– Ah bon, dites toujours. »

Les bruits de couloirs devaient, pour notre directeur, faire partie de l'épluchage des tubercules de solanacées.

« C'est simple : en quinze mois, un minimum de six observations crédibles, et pas de chasseurs d'ovnis. Chaque fois, le même scénario : un flash de forte intensité suivi par une extinction très progressive ; durée moyenne de la manifestation : quatre-vingts secondes.

– La question a été réglée depuis cinquante ans : dégazage résiduel des roches.

– Il y a cinquante ans, on avait une observation tous les cinq ans. »

L'irritation de notre chef commençait à être perceptible. Il coupa : « Que proposez-vous ? »

M. Schutz avait du nez. Jacqueline Lévy commençait souvent ses phrases par un « je propose » dont le ton variait avec son humeur.

« Je propose de demander huit fois trente minutes pour huit séquences de recherche réparties sur autant de cycles lunaires.

– Et à partir de quel site ?

– Le télescope spatial. »

M. Schutz avait un bon siège. Il ne tomba point. Il leva son stylo et, avec un regard immensément compréhensif :

« Vous me voyez demandant à la NASA quatre heures sur Hubble pour regarder la lune ? Immobiliser le top d'un appareillage à huit cents millions de dollars lancé pour scruter les bornes de l'univers pour regarder devant nos pieds ? Autant demander de filmer votre jardin pour comptabiliser les taupinières. »

Je vins à la rescousse :

« S'il s'agit d'impacts de petites météorites type chondrites martiennes, on y détecterait en toute certitude un jeune cratère, une formation toute neuve dont nous serions les découvreurs », ajoutai-je machinalement.

J'avais dû être convaincant.

« Hors de question pour Hubble. Je peux à la rigueur glisser ça entre deux programmes non jointifs sur un télescope terrestre quelconque, admit notre directeur. Avec l'optique adaptative, vous obtiendrez une qualité à peine inférieure. C'est la limite de ma bonne volonté. Élaborez-moi un dossier solide, je transmets sous quinzaine. »

L'opinion publique imagine que les membres de notre corporation dorment le jour, scrutant le ciel la nuit, sentinelles aux avant-postes chargées de protéger la planète. Romantique certes, mais désuet. Aujourd'hui, nous avons bien plus souvent mal aux doigts entre clavier et stylo, que la nuque endolorie aux oculaires de nos instruments. Depuis presque trois ans, je n'avais pas effectué de temps d'observation directe. Parfois de brusques marées de nostalgie du ciel venaient secrètement me submerger. Je ne l'aurais jamais reconnu : nous étions tous trop sérieux pour cela.

Le ciel transitait désormais par l'imagerie électronique. Diagrammes, spectrogrammes, clichés fabuleux produits par les caméras CCD. L'efficacité y avait gagné ce que le sentimental avait perdu. Mais les sciences du ciel avaient plus progressé en un demi-siècle que durant toute leur histoire. Au prix de notre transformation en vieux adultes. Les jeunes astronomes étaient raisonnables à trente ans. Le terme d'astronome tendait lui-même à disparaître. On ne s'identifiait plus que par le nom d'une spécialité hyperpointue. Seuls les amateurs s'enorgueillissaient de cette appellation si évocatrice.

Pendant la pause, je suis allé dîner dans un petit restaurant en sous-sol de la rue Molitor avec Jacqueline et un étudiant en troisième cycle dont ma collègue avait pris en charge la thèse.

L'endroit était calme. L'écoulement du temps y semblait bloqué au niveau du crépuscule astronomique. Le patron, un Sicilien qui avait dû souffrir d'une overdose d'ensoleillement, y entretenait un éclairage à base de bougies qui éteignait les velléités de discussions tonitruantes. À moins qu'il ne se trouvât en mauvais termes avec l'EDF. Notre Institut nommait ce lieu sympathique, que nous fréquentions à tout moment de la journée, la chapelle.

L'étudiant parlait peu, Jacqueline n'avait rien à proposer.

« Je crois que je dois te remercier pour tout à l'heure.

– Pas vraiment. J'ai agi égoïstement. En fait je me suis raccroché à ta demande pour faire surnager la mienne : si on cherche des traces de météorites, on peut insensiblement glisser vers les comètes. »

Jacqueline sourit : « C'est tout ?

– Ben, oui.

– Mais alors, tu n'es pas conscient du piège que tu lui tendais et dans lequel il est entré tête la première ?

– Quel piège ?

– Oh, a-t-elle dit en riant, tu es un démon d'innocence. J'ai cru, l'espace d'un instant, que tu étais devenu un pervers bouffi de calculs, de préméditations et d'arrière-pensées. »

Mes yeux ronds ont amplifié sa bonne humeur :

« Si ton hypothèse " traces d'impacts récents " se confirmait, il faudrait bien inscrire ces nouveautés dans la nomenclature lunaire. »

Un doute affreux m'étreignit.

« Ça y est, tu cliques. Et qu'est-ce qui sera proposé à ton avis ? »

En effet, je venais de cliquer. Nous allions, sans le vouloir, offrir l'éternité à M. Schutz. Les petits-enfants à venir liraient un jour sur les cartes sélènes : cratère Schutz, sinus ou faille ou piton Schutz.

« Pas de son vivant tout de même.

– L'éternité se déguste mieux une fois mort. »

Un curieux sentiment de satisfaction m'envahit, sans doute le seul cadeau que je ferais jamais à celui qui, en plus, ne s'appelait pas Schutz. J'eus à son égard une petite bouffée d'affection. Sans ce nom d'artifice, que lui resterait-il ? Nous connaissions peu son cursus scientifique. Mais on n'arrivait pas à son poste sans de solides antécédents. Je pensais à lui. Il devait, le soir, retrouver un domicile, peut-être une famille. Affichait-il quelque tic discret ? Possédait-il de longs doigts de pianiste, avait-il les pieds en dedans ? Même sous la torture, je n'aurais pu préciser. Avec la meilleure volonté du monde, j'avais d'énormes difficultés à décrire physiquement les personnes que je venais de côtoyer. Je n'enregistrais pas ce genre de détails trop étroitement immédiats. Je pouvais discourir sur les qualités, les attitudes, les comportements, les pensées secrètes, soudain mises au jour par le jeu d'un geste ou l'expression d'une phrase. Ce qui pouvait se déduire, se deviner, me permettait de caractériser l'homme plus clairement que son poids, la forme de son crâne ou l'élégance de sa démarche.

Il y a longtemps, j'avais perdu la compagne à laquelle je tenais le plus, celle dont je me souvenais le mieux pour ces grâces qui échappaient au visible. Sans doute mon apparente insensibilité était-elle venue à bout de sa patience. « Il y a trop de remparts », disait-elle.

Un soir que nous avions fait l'amour comme d'autres la guerre, elle avait demandé posément : « Dis-moi comment j'étais habillée aujourd'hui ? »

Je sentais combien c'était important. Mais je n'avais su répondre. Le lendemain j'étais parti très tôt pour une mission d'une semaine au radio-télescope de Bologne. À mon retour, elle avait disparu. Plus rien ne prouvait qu'elle avait vraiment existé, que quelqu'un d'autre que moi avait jamais fait escale dans mon île. Elle qui parsemait le monde de ses mignonnes petites culottes comme un moderne Petit Poucet n'avait rien laissé. Même l'odeur de son parfum s'était enfuie. Certains malentendus sont bien pires que des peines de mort.

« À quoi donc es-tu en train de rêver ? demanda Jacqueline
— Au peu que l'on sait avec certitude et à l'immensité de ce que l'on ignore. »
Elle se méprit sur le sens réel de ma phrase :
« Justement, ce jeune homme se prépare à augmenter la première partie de ta proposition. »
Je fis un effort d'attention envers le jeune inconnu. Vingt-cinq/vingt-sept ans, cheveux châtain clair, très courts, à la mode, des yeux bleus ou gris très pâle, des lèvres bien dessi-

nées, un peu féminines. Dans le regard, une expression fiévreuse en décalage avec la douceur posée de l'ensemble. De ses traits réguliers émanait une impression de concentration. Il semblait attendre quelque chose qui ne viendrait jamais.

« Le sujet de sa thèse m'a tout de suite branchée, poursuivait Jacqueline. Comme je disposais alors exceptionnellement, et pour un mois ou deux, de plus de trois heures de sommeil par nuit, je me suis dit que je pouvais lui attribuer ce supplément inespéré. »

Diriger une thèse est une tâche lourde, ingrate, qui demande un temps fou : il faut rester à l'affût du moindre à-peu-près, mener sans vraiment contrôler, conduire sans imposer. Si la thèse est critiquée, c'est pour votre pomme ; si la soutenance attire les éloges, c'est pour l'auteur.

« Vous planchez sur quoi ? »

Jacqueline répondit à sa place :

« Le titre parle de lui-même : " Du solutréen au magdalénien : essai de paléo-astronomie ". »

Je dus fouiller dans de lointains souvenirs pour situer l'époque : entre moins vingt mille et moins neuf mille avant l'ère chrétienne. Le sommet du paléolithique supérieur, l'âge des premiers véritables outils, marqué par l'explosion de l'art pariétal et le règne d'*homo sapiens*.

« Toute une thèse sur la représentation du soleil et de la lune aux parois des quelques grottes connues et répertoriées ? »

J'avais dû avoir une intonation négative car le fougueux jeune homme bondit :

« Justement, je délaisse absolument ces deux figurations et je me...

– Holà ! Tu connais la tradition, coupa Jacqueline. Une thèse n'est publique qu'au jour de sa soutenance, alors il va falloir que tu patientes quelques mois, mon cher. Mais je te garantis de sacrées surprises. Tu entendras parler de Paul Blasco. Rappelle-toi ce nom. »

Je promis en ayant la sensation qu'elle disait vrai. On parla du congrès, de nos futurs travaux. Son emploi du temps relevait du délire. Avec, en prime, un époux aussi speedé qu'elle, et trois adolescents à piloter au mieux, ses journées devaient relever du miracle permanent.

Je lui annonçai que j'allais passer un mois sur le site du plateau de Bure, au cœur des Hautes-Alpes.

Comme partout, l'astronomie souffrait de réductions de crédits drastiques. Peu ou pas de renouvellement de matériels, la nécessité d'être polyvalents, de tout savoir faire tout en étant spécialisé à outrance. Un astronome se devait d'être avant tout un bidouilleur de première magnitude. Il ne fallait pas le dire trop fort, sinon le péché de ringardise s'abattait sur vos épaules, moderne tunique de Nessus.

# 3

J'ai dû passer à deux reprises au labo pour emballer les documents indispensables. Trois cartons de dossiers et quelques logiciels. À mon second passage, l'écran de mon ordinateur me signala un message sur mon E-mail. Gary, provisoirement posé sur un coin de la planète, voulait me parler. Ce qui raviva le souvenir d'une blessure vieille de trois semaines et qui avait Lamberg pour nom. Ma colère et ma rancune s'étaient retirées pour laisser sur la grève quelque chose d'informe que son appel ramenait sous les feux de l'actualité, me mettant mal à l'aise. J'attendrais d'être installé pour rappeler Gary.

Récent, le site du plateau de Bure est consacré à la radio-astronomie millimétrique. Il tourne six mois sur douze le creux géant de ses six paraboles vers le ciel sec et figé des grandes nuits d'un hiver aux rigueurs polaires. Une atmosphère locale à la limpidité cristalline, une luminosité à couper le souffle, et parallèlement une transparence radio-électrique permanente frisant la pureté absolue. La liste d'attente pour parvenir à séjourner à Bure est, sauf en été où les nuits utiles sont moins fréquentes, un vrai cauchemar.

Mais Bure n'aurait pas été Bure sans ses moins quinze degrés nocturnes et ses ciels mythiques sous trois mètres de neige. La radio-astronomie n'a en principe que faire de la qualité optique du ciel, ni du choix du jour ou de la nuit pour être efficace. Mais tout conduit ce site à vibrer d'activité à partir de vingt-deux heures, tel un observatoire classique, type pic du Midi.

Le véritable astronome revêt mentalement sa peau d'astronome quand les autres se glissent dans leur pyjama. Au pyjama près, c'est ainsi depuis l'aube des âges quand l'homme enfin leva les yeux sans effroi vers la voûte étoilée. Des Chinois aux Hindous, des Égyptiens aux Grecs puis aux Arabes et enfin au monde occidental, la nuit, d'abord nécessaire, finit par devenir indispensable.

Aux esprits religieux, Bure l'hiver peut évoquer un temple dédié à la rigueur et à l'inhospitalité de la nature. Paysages lunaires, froid extrême sur le plateau et cet aspect fantomatique des antennes, oreilles géantes braquées sous l'ombre des étoiles qui, ici, ne scintillent pas. Ces monstres étranges aux aguets semblent disposés au hasard sur un somptueux matelas de neige. Les nuits de gel, ils craquent brusquement en de brèves et douloureuses plaintes. La lueur blafarde, glacée, de mon amie la lune vient baigner ce monde en dehors du monde, pour lui accorder cette ultime part d'irréalité dont il a peut-être besoin pour être.

Lorsque j'œuvre loin de mon port d'attache parisien, j'obéis à une sorte de rituel qui me fait arriver quarante-huit heures avant le début de mes fonctions. Certains y décèlent une attitude mentale précocement maniaque. Je m'installe, visite, respire l'air du lieu, fais connaissance, bavarde avec chacun, touche les socles cyclopéens qui supportent les centaines de tonnes de métal à la concavité de coque marine, goûte la cuisine locale, dors sans souci des futurs éveils nocturnes. Ce n'est qu'après cette période d'intégration intime que je peux me projeter corps et âme dans cette passion pour laquelle j'ai, en plus, la chance d'être payé.

C'est en connectant mon électronique personnelle au réseau du lieu que le souvenir de Gary Arp m'est revenu. J'ai branché le portable en position mains libres. Sa voix a mis quinze secondes à envahir la chambre. D'Afrique du Sud, où il se trouvait, il m'adressait des protestations d'amitié expansives. Il avait l'exubérance spontanée d'un Provençal ou d'un Espagnol. Je le présentais toujours comme le British le plus méditerranéen du royaume d'Albion et n'hésitais pas à soupçonner sa mère d'avoir dissimulé un lourd secret du côté de Marseille ou de Séville.

Il se contentait de sourire. Gary souriait toujours, jusque dans les pires moments. Il sourirait sous la torture, grillant en enfer sous le regard de Belzébuth. Il donnait l'impression d'avoir juré d'être heureux partout et tout le temps. Sa propension au bonheur équilibrait ma nature distante, vaguement austère dans ses manifestations.

« C'est curieux, quand on ne te connaît pas on te pressent indifférent, étranger à tout, poli par nécessité et présent par erreur, m'avait-il dit un jour.

— Et quand on me connaît mieux ?

— Eh bien c'est pareil », avait-il répondu en riant.

J'avais ri plus longtemps que lui. Ce qui avait scellé notre amitié bien au-delà de notre goût commun pour les choses du ciel. Depuis, il m'appelait l'étranger et je lui rendais la pareille sous le vocable du grec. C'était devenu la signature de nos correspondances électroniques. J'ignorais tout de sa vie personnelle et lui tout autant de la mienne. Les vaisseaux qui nous portaient se croisaient à des millions d'années-lumière de la Terre. Et nous y voyagions toujours seuls.

Ce soir, Gary le Grec avait des états d'âme. Il attaqua d'entrée sur un ton cérémonieux que je ne lui connaissais pas.

« Je te dois des excuses. »

J'ai fait semblant de ne pas comprendre.

« Ô, l'étranger, je te parle de Venise. »

Je l'ai poussé dans ses derniers retranchements :

« Pourquoi des excuses ? C'est vrai que c'était beau. »

Il a capitulé :

« Venise s'appelait aussi Olivia Lamberg.

— Tiens, laisse-moi réfléchir, j'ai dû oublier. C'était qui ? »

Alors il a pris la parole et ne l'a plus lâchée.

« Tu dois m'excuser. Je suis responsable de ce traquenard. C'est moi qui ai tout organisé, tout combiné. J'avais lu ton article l'année dernière. Il y a six mois, j'ai découvert le sien. Le tien était percutant, direct. Un coup de poing. Le sien, troublant, articulé comme un réquisitoire. Je connaissais la femme, une redoutable argumentatrice et une professionnelle hors pair. J'ai travaillé avec elle à Montréal et au CFH d'Hawaii. Elle n'accepte pas d'avoir tort. D'ailleurs, elle n'a jamais tort. C'est toi mais au carré. Dans les réunions de synthèse, elle attend la fin des débats puis lève paisiblement les yeux de ses dossiers et nous fixe de son regard d'ange. Trente secondes et dix mots plus tard, on se retrouve tout penaud devant la taille des bêtises, comme vous dites en France, que l'on vient de produire. Elle ne supporte pas non plus la contradiction, ne se gênant pas pour démolir dans les règles ceux qui ne sont pas de son avis. Et tout ça, caché dans un mètre soixante-cinq et cinquante et quelques kilos. Elle est salement mignonne, tu as eu le temps de le remarquer tout de même ? Elle a le visage que l'on voit sur les tableaux des églises de Venise. Quand elle vous regarde, elle fait fondre vos défenses. Elle paraît douce, silencieuse, fragile. En réalité, c'est Torquemada sous la robe de la mégère non apprivoisée. Tout cela, je le savais déjà quand j'ai découvert son nom dans le listing des délégations du congrès. Je ne sais pas ce qui m'a pris. Je me suis juré de vous mettre en présence et de compter les dixièmes de seconde avant l'explosion : vous êtes aux deux bouts de la chaîne des éléments, exactement comme matière et antimatière, ça ne pouvait rater. Mais je ne prévoyais pas que cela irait jusqu'aux coups ! Mikhaïl n'était qu'un alibi. Je me suis reculé et je vous ai observés. Au début, j'ai cru que j'allais avoir tout faux. Mais qu'est-ce que tu as pu trouver à lui dire : vous paraissiez vous entendre comme des inconnus qui se découvrent des points communs. Tu lui souriais même, j'ignorais que tu le faisais si bien. Et puis, boum ! Hiroshima ! Elle t'a quitté tranquillement, comme après une bonne farce. En sortant, elle est passée juste à côté de moi sans me voir. Je l'ai entendue prononcer entre ses dents trois mots français dont deux ne sont pas dans mes dictionnaires : " Joli foutu connard. " Elle paraissait soulagée. Tu dois me pardonner. Je suis ton ami, je ne pouvais pas deviner ce que cette sacrée *witch* allait faire. Qu'as-tu pu inventer pour qu'elle explose comme ça ?

– Je ne sais plus, ai-je menti. J'ai dû être trompé par son allure. Je n'ai vu qu'une gamine qui m'horripilait. Je l'ai sans doute provoquée au lieu de la prendre au sérieux. Je l'ai traitée à l'ironie. Peut-être n'ai-je pas volé ce qui est arrivé. »

Après un silence :

« C'est toi qui dis ça ?

– Oui, pourquoi ?

« – Ben, à ta place c'est pas ces mots-là que j'emploierais. Tu es sûr que tu n'exagères pas ?

– Je t'aurais cru plus *cool* comme vous dites à Westminster.

– Il y a des limites. Mais dis donc, c'est toi qui me parais bien calme tout à coup. Je pensais que tu allais la mettre en pièces au lieu de seulement... Tu ne serais pas saoul, par hasard ? Ou malade ? Donne-moi vite l'adresse de ton hôpital de désintoxication, j'ai quelques bonnes bouteilles qui traînent. De toute manière, tu es déjà vengé. »

J'ai risqué une plaisanterie, ma première depuis longtemps :

« Comment donc ? La semaine d'après elle s'est attaquée à un grizzli du Saskatchewan pour garder la main et s'est fait boulotter comme le Petit Chaperon rouge ? »

Gary n'a pas réagi. Sans doute « boulotter » n'avait jamais transité par ses synapses linguistiques. Je n'ai pas eu le loisir de traduire.

« Non, non. Je viens d'apprendre par un collègue du laboratoire de cosmologie qui était dans son équipe d'Hawaii qu'elle a été blâmée à peine débarquée à Ottawa. Le directeur de la délégation canadienne ne pouvait pas la rater avec ses antécédents. Ça va lui faire du bien. Tu es content ? »

J'aurais dû l'être, mais je ne l'étais pas. Tout dans cette affaire sans importance apparaissait démesuré. Un logicien aurait parlé d'une rupture de parité gauche-droite la condamnant ainsi à ne produire que des conséquences sans liaison avec notre modèle d'univers. Trop compliqué à développer alors, j'ai convenu :

« C'est bien fait pour sa pomme. »

Gary n'a pas saisi de quel fruit je voulais parler. Il a cherché encore à savoir ce qui flottait dans ma tête, mais moi-même n'en savais rien.

À quoi rimait ce temps perdu ? Je le lui fis comprendre avec ménagements pour ne pas froisser sa sollicitude et, insensiblement, embrayai sur les raisons de ma présence à Bure. Le chercheur ne pouvait pas ne pas réagir. Une demi-heure plus tard, le sujet n'était pas épuisé. Il avait chassé de nos préoccupations les Néron enjuponnés. Gary avait psychologiquement besoin d'être absous. Curieusement, c'est moi qui me ressentais en état de faute.

Il me proposa de le rejoindre l'an prochain en Californie où il passerait ses vacances en famille. Notre conversation se termina sur des projets de désert et de frontières mexicaines.

Je me suis alors laissé glisser dans le bienfaisant trou noir d'une activité sans rupture que l'on aurait pu qualifier de frénétique si elle n'avait été immobile et sédentaire à quatre-vingt-dix pour cent. J'adorais ces périodes qui m'absorbaient au point de me couper des balises de la vie ordinaire. Plus de notion de temps ni d'espace mais, progressivement, un état second, une sorte d'ivresse auto-alimentée, un sentiment de profonde béatitude tel que je l'imaginais chez les utilisateurs de stupéfiants. Tout cela me laissait à terme un regret inexprimable, le goût amer d'un paradis perdu et le choc étrange d'un monde brusquement retrouvé.

À Bure, les postes de travail sont souterrains comme l'hébergement, qualifié pompeusement d'hôtelier. J'ai passé quinze jours ou quinze nuits, je ne sais pas, quinze fois dix heures ininterrompues à traquer et à enregistrer d'interminables trains d'ondes. À les stocker sur disque dur, avant de les injecter par réseau spécial dans les méga-mémoires de l'Institut à Paris. Un temps de bonheur pur où j'ai fait corps avec mes antennes jusqu'à les ressentir comme une extension charnelle. À moins que je ne sois devenu leur prothèse souple et fragile, conscience indispensable à leur toute-puissance inanimée.

Point à point, j'ai exploré ma portion de ciel à l'affût des particularités déposées là comme autant de petits cailloux que les enfants perdus abandonnent derrière eux.

À Bure, après quinze séquences de travail, on bénéficie de la liberté d'un week-end que nous qualifions de syndical. Les collègues de la nouvelle équipe viennent décrocher nos doigts tétanisés sur les consoles et les claviers, nous arrachent des moniteurs d'antenne, nous décollent, malgré nos cris, du siège ergonomique et nous jettent, malgré notre regard halluciné et nos protestations, dans notre chambre surchauffée, télé ouverte sur un monde sans signification, lecteur de CD lancé en boucle, ordinateurs éteints et trois romans policiers sur la couverture du lit.

J'avais quarante-huit heures devant moi. J'ai essayé de me plonger dans une série de mises à jour personnelles, puis j'ai travaillé sur un article demandé par une revue de vulgarisation que nous aimions tous pour ses grandes qualités et pour l'effort de simplification et de clarté que cet exercice exigeait de nous.

J'ai tenu peu de temps. Il devait être six heures du matin des habitants de la Terre quand j'ai cherché dans les fichiers informatiques du centre l'adresse Internet de la direction de la Recherche scientifique canadienne, l'équivalent de notre CNRS. Par l'intermédiaire du menu, j'ai affiché ensuite celle de la sous-direction des observatoires royaux – *God save the young king* –, Jacques Hubert, directeur-intendant. C'était mon homme. Je suis entré dans son E-mail sur le même site. J'avais mon texte sous les yeux. Je l'ai tapé méthodiquement et validé sans relire.

Revenant sur mes pas, je n'ai eu aucun mal à découvrir la boîte à lettres électronique de l'astrophysicienne Olivia Lamberg. Celle-là était double. J'ai délaissé la fixe et privilégié celle qui, informatiquement mobile, devait être accessible partout. J'ai transmis mon message d'une traite, sans réfléchir, presque en me cachant de moi-même. Puis, je me suis endormi, laissant l'écran en veille.

Un bip monotone finit par avoir raison de mon sommeil. D'après le bulletin d'annonce, une comète venait d'être découverte par deux amateurs et identifiée avec certitude. Les télégrammes émetteurs avaient touché l'UAI moins de quarante-huit heures plus tôt. L'objet se situait assez bas sur l'horizon. Il était très proche de l'écliptique. Position inhabituelle. Les codécouvreurs n'allaient pas se bousculer au portillon. Situation approximative entre les orbites d'Uranus et de Saturne, à soixante-dix pour cent de cette dernière.

C'était sans précédent. Sans doute une erreur de calcul ou de transcription. Une comète, même de belle taille, est, à cette distance, d'autant plus indétectable que l'immensité qui la sépare du soleil empêche encore, et pour longtemps, la chevelure et la queue de se manifester avec suffisamment de puissance pour être visibles depuis la Terre.

Deux mille millions de kilomètres ! Plus de cinq mille fois la distance de la Terre à la lune, pour un objet d'une quarantaine de kilomètres de diamètre au mieux. Un microbe détecté dans le volume d'une salle de concert.

J'ai créé un additif à notre annonce, émettant un doute sur la validation des données et en demandant confirmation.

Une heure plus tard, nouveau bip bip. D'Ottawa cette fois-ci. Une lettre officielle d'un Conseil d'Éthique, dont je ne soupçonnais pas l'existence, me remerciait pour mes précisions, prenait bonne note de ma déclaration et de mon témoignage qu'il verserait au dossier d'instruction de l'incident et communiquerait à l'intéressée avec mes excuses dont toutefois il ne percevait pas le sens.

Je suis sorti prendre l'air. Dehors régnait une obscurité grandiose. À Bure, il fait plus souvent nuit qu'ailleurs. J'ai marché dans la neige, vite trahi par mes pauvres mocassins. Je fus encore une fois saisi par la formidable magie de ce lieu hors du monde. L'image d'Olivia se superposait par flash à l'hypothétique Dame Blanche. Soudain, je me sentis follement heureux. Et si tout cela était vrai ! Il me faudrait réactualiser mon ancienne spécialité. Ce serait enivrant de réussir à participer à l'exploration de cette nouvelle Amérique, plus mystérieuse, plus lointaine que la première.

Une comète ! Une vraie ! Une toute neuve qui s'apprête à effectuer le voyage de ses noces avec le soleil et qui, dans vingt ou trente mois, effacera le fastueux souvenir d'Hale-Bopp. Et quelles perspectives : étudier une glace formée alors que la terre n'était encore qu'une boule de lave, analyser des roches et des oxydes ferreux contemporains de l'allumage du soleil, ce rêve irréalisable allait peut-être se réaliser. L'idée de remonter le temps sur quatre milliards et demi d'années et de comprendre un peu mieux le cosmos en décryptant son histoire locale m'enthousiasmait.

Le lendemain, un nouveau message émis depuis Paris confirmait les éléments initiaux de la découverte. Nous devions nous préparer à accueillir non pas une simple Dame Blanche, mais une Grande Dame Blanche.

Cette nuit-là, tandis qu'inexplicablement le sommeil me fuyait, je résolus de solliciter une délégation d'étude sur le cas ; je demandais une mutation provisoire de spécialité. Il ne fallait pas attendre d'être le quarante-quatrième de cinquante candidatures. Voilà que je raisonnais en chasseur atteint par la fièvre des comètes.

À l'aube, je rêvai de ma mère pour la première fois depuis la fin de mon enfance. Elle me souriait, toute proche. Elle était très pâle. Mes mains, soudain redevenues juvéniles, mes gestes gauches dénués de force, ne parvenaient pas à la toucher ni à empêcher qu'elle ne s'éloigne pour toujours.

J'ai adressé à la direction de l'Institut un projet d'étude concernant la comète, joint à une candidature de mission pour ce poste, s'il était créé. À peine expédié, l'écran m'a rappelé : courrier d'Ottawa. Poli mais ferme : non sur toute la ligne. L'affaire Lamberg constituait un problème interne qui ne me concernait plus. L'intéressée en congé spécial était injoignable. Inutile de renouveler ma demande.

Que croyaient-ils : je ne m'étais même pas préoccupé de connaître son adresse. J'en fus irrité toute la journée. Les flots d'ondes, s'inscrivant en longues zébrures tremblantes sur les graphiques se déroulant sans fin, parvinrent à peine à éloigner ce nouvel élément de stress.

Ce soir-là, pour la première fois de ma vie, je pris un comprimé pour dormir.

Ainsi s'écoulèrent les quatre dernières journées de tranquillité de mon existence. Tel un palier pour souffler, l'instant où le vent faiblit comme une grâce définitive, qui n'est en réalité que le tremplin d'un élan qu'il ne quittera plus.

# 4

Mon écran cliquetait comme un métronome enragé. Son message était laconique. Ma mission à Bure était ajournée. Je devais rentrer sans délai sur Paris : conférence de laboratoire à neuf heures le lendemain. J'ai joint téléphoniquement le Service. Même le secrétariat vibrait du souffle de l'inhabituel. On m'a promené de poste en poste, faute d'interlocuteur, jusqu'à ce que je tombe sur le bipper toujours branché de l'éternelle Jacqueline.

« Tu es toujours à Bure ? On te court après depuis ce matin !

– Je rentre cette nuit. Il me suffit de quelques heures pour tout remballer ; explique-moi.

– Non, a-t-elle répondu, tu ne remballes rien. Entasse des affaires personnelles dans deux sacs et arrive le plus vite possible.

– Mais que se passe-t-il ? M. Schutz a établi un contact avec une intelligence extragalactique ?

– Non, a-t-elle répété, je ne peux rien t'expliquer. Aucune information ne circule plus par téléphone, ligne ou cellulaire depuis vingt-quatre heures. Aucun transfert informatique direct non plus. Tu dois neutraliser toutes tes mémoires informatiques avant de partir, c'est impératif. Demain à neuf heures, c'est tout.

– Rapporte-moi du moins les bruits de couloirs, tout ce que tu ne sais pas justement... »

Devant son refus irrité, j'ai dû m'incliner.

« Je suppose qu'on se retrouve dans l'amphi ?

– Non, en salle de conseil.

– Elle est minuscule. Pourquoi cette lubie ?

– Elle est insonorisée et isolée au plan électronique.

– Il s'agit d'une découverte donc ?

– Non !

– Qui est concerné demain ?

– Le département des sciences du ciel. Excuse-moi, je ne peux plus rester en ligne. »

Je hais les demi-révélations. Elles vous font mijoter pendant des heures au feu de vos propres interrogations et élaborer de vains scénarios. Pour faire le vide, je me suis consacré aux multiples formalités de cet étonnant rappel. Quel James Bond pouvait-il menacer nos pauvres secrets ? Et puis, j'ai donné mon adieu au plateau et à ses antennes éternellement braquées vers l'océan de ce vide que nous ne visitions que par l'effort de la pensée.

À une heure du matin, j'étais à Paris. À trois heures, chez moi. Mon île sentait le renfermé. Un comble pour une île. J'ai ouvert en grand malgré la bise. De la pile de courrier réglementairement posée sur mon lit par la corpulente personne que j'avais nommée régente intérimaire et ménagère du royaume émergeait un feuillet sans enveloppe. « J'ai essayé de vous joindre. » Signé : « O.L. »

Cinq mots pas plus. Pas d'adresse ni de numéro de téléphone. Une nouvelle énigme s'ajoutait aux autres. Et rien sur mon E-mail. Elle avait peut-être essayé. Et renoncé. Mais qu'avions-nous à nous dire, face à face et de vive voix ? Tout n'avait-il pas déjà été dit ? Après ce premier contact, plus rien ne semblait possible.

Je me demandais dans lequel des milliers d'hôtels parisiens elle pouvait bien dormir. Je n'allais tout de même pas sonner à l'ambassade canadienne. J'ai fini par retrouver son adresse électronique et par transmettre : « J'essaie de vous joindre aussi. » J'ai signé de mes initiales, « A.C. »

Inutile de défaire mes bagages. Rien ne pouvait me retenir plus de deux ou trois jours ici. Ajournement ne signifie pas annulation. J'avais hâte de retourner à Bure. Mais il fallait quand même suivre le cheminement administratif de ma demande concernant la comète. Après la mystérieuse réunion, je passerais au Bureau des longitudes pour me faire préciser les paramètres de son incertaine trajectoire.

Rue Michel-Ange, où je suis arrivé un peu après huit heures trente, j'ai retrouvé des amis chers qui avaient interrompu sans comprendre une tâche programmée depuis des mois. Tous sont directeurs de recherche ou de laboratoire ; Julien Marel, spécialiste des orbites de transfert, rentrait de Houston. Il y avait aussi Francette Debaulne et Paule Valdenaire, que nous nommions affectueusement Laurel et Hardy pour leurs dissemblances physiques. Mais elles étaient incomparables dans l'étude des micro-planètes et planétoïdes solaires. Il y a quatre ans, juste au tournant du siècle, elles avaient été coprix Nobel pour avoir magistralement démontré que la fameuse ceinture d'astéroïdes entre Mars et Jupiter devait son existence au soleil et non, comme on le croyait depuis des lustres, à l'influence de Jupiter. Leur communication sur les anneaux stellaires avait permis un bond remarquable sur notre connaissance de la dynamique des étoiles.

Et aussi Carole Fabrègues, éminente astrophysicienne, Isabelle Clicquault, spécialiste pointue de la formation des systèmes planétaires, dont les réputations ne cessaient de croître et qui appartenaient, comme les autres participants, à la fine fleur de la recherche.

Personne ne disposait de la moindre information. Mais tous avaient une théorie. Les chercheurs en ont une d'avance qu'ils finissent invariablement par exposer. Dans le trouble qui nous atteignait, il fut frappant de voir combien chacune de leur théorie collait à leur personnalité, révélait leur fonctionnement mental, leur agressivité latente ou leurs inhibitions.

J'avais, pour ma part, imaginé une faute professionnelle gravissime, un crime inexpiable, enfoui, digne d'un roman de Kafka, et dont le procès allait être instruit ce matin même. Pourquoi faut-il toujours porter le poids de la culpabilité ? Est-ce notre civilisation qui a produit le mythe de Judas Iscariote afin de mieux servir la cause de l'innocence crucifiée ?

Jacqueline me dit :

« Je crois qu'il y a quelqu'un dans ton bureau. »

Peut-être M. Schutz. Je n'avais pas encore aperçu cet homme, pourtant omniprésent. Que pouvait-il bien me vouloir ? Une nouvelle vaguelette glaciale m'a mouillé de son écume. J'ai coupé par le laboratoire, suis arrivé par la petite porte latérale. Je marche toujours sans faire de bruit.

Elle n'a pas réagi tout de suite. Elle me tournait le dos, surveillant la porte du grand couloir. J'ai attendu qu'elle devine ma présence. Son visage s'est alors tourné vers moi. Nous nous sommes regardés longuement, sans surprise, comme au terme abouti d'un immémorial rendez-vous. Et puis, nous nous sommes dit bonjour, presque en même temps, d'une voix un peu enrouée.

« Je m'appelle Olivia Lamberg. »

Je me suis présenté.

Nous nous sommes maladroitement serré la main. Et nous avons échangé notre premier sourire. J'ai tiré la chaise réglementaire, me suis assis en face d'elle avant de demander : « Vous êtes de passage à Paris ?

— Je suis en vacances. Comme je ne connaissais pas encore votre département de recherche, je...

— Vous avez très bien fait. Pour ma part, je n'ai jamais mis les pieds à Ottawa. Nous communiquons pourtant avec nos collègues canadiens, avec vous peut-être, presque journellement. Cette singularité doit fausser notre connaissance mutuelle, vous ne trouvez pas ?

— Oui, dit-elle, nous avons peu souvent l'occasion de nous rencontrer vraiment.

— Eh bien, il faut rattraper le temps perdu. Pour notre Institut, une heure suffira. Mais connaissez-vous Paris ?

— Quelques passages en coup de vent. »

Elle a souri pour la deuxième fois. Avec une expression de secrète gravité. Son étrange regard ne me quittait plus. Ses yeux d'un bleu-vert profond donnaient le vertige. Ils ouvraient sur les sentiers sans fin d'une forêt sans limites. Quand elle parlait de sa voix posée, ses lèvres découvraient l'éclat d'une ligne de dents, presque enfantines dans leur régularité, qui distillaient le charme et la légèreté de la vie. Le visage, finement triangulaire, ajoutait encore à sa grâce juvénile. L'encadrement des cheveux mi-longs, très sombres, qui descendaient en courbe régulière, presque rectiligne, pour se terminer sur un léger arc intérieur, achevait de donner d'elle une image contradictoire : détermination, volonté, grande fragilité.

J'ai baissé les yeux. Et demandé encore une fois :

« Connaissez-vous vraiment Paris ? »

Elle a rougi légèrement.

« Non, un peu seulement. Le Paris des touristes qui ont trois jours devant eux, qui courent partout sans rien voir.

– Mon Paris est tout autre. De quel temps disposez-vous pour apprendre à le connaître et l'apprivoiser ?

– Je ne sais pas trop, une ou deux semaines, peut-être un peu plus...

– Si vous restez deux semaines, vous ne pourrez plus jamais repartir.

– Je prends le risque, a-t-elle dit, ajoutant, après un court silence : Est-il possible de se tromper à ce point ? » Et, sans transition, elle a demandé : « Quel âge avez-vous ? J'avais construit un modèle canonique. »

À mon tour je rougis. Mon regard a dû lui faire comprendre que j'avais pensé la même chose d'elle. Mais j'ai menti sur mon âge en me vieillissant :

« Quarante ans bientôt, ai-je dit. Voulez-vous d'un Paris que jamais nul touriste n'a ni approché ni même soupçonné ? Je connais les petites rues oubliées, les fausses impasses, des quais de Seine qui semblent les rives d'océans, des jardins de quelques mètres carrés où l'on peut se perdre, des places hors du temps qui nous attendent pour les éveiller. Tout cela, je peux vous l'offrir.

– Oui, a-t-elle dit dans un souffle, c'est ce Paris-là que je désire depuis toujours. C'est lui que je suis venue chercher.

– Il vous attendait. Il a été patient. Il savait que vous alliez venir. Il ne faut pas le décevoir. »

Nous étions debout tous les deux, à moins d'un mètre l'un de l'autre. D'un geste lent, j'ai saisi sa main droite. Je l'ai élevée et conduite jusqu'à ma joue gauche. Sans la lâcher, je l'ai posée près de ma bouche. Ce fut là mon premier sentier. Une vie n'allait pas suffire à les parcourir tous.

Elle n'opposa aucune résistance, s'accordant même au mouvement de mon bras. Elle avait fermé les yeux et moi, je l'ai rejointe dans la complicité de ces fausses ténèbres. Sa main, terriblement douce, chargée d'ondes et d'une tiédeur de feu.

« M'accompagnerez-vous ?

– Oui, a-t-elle répondu dans un murmure, je vous suivrai... »

Nous nous sommes à nouveau regardés. À mon tour j'ai touché son visage. Je voulais me prouver qu'elle n'était pas un rêve, une création de ma fatigue ou de ces vieilles blessures cachées mais toujours à vif. Ma main ne l'a pas fait ciller. J'ai effleuré ses lèvres à peine entrouvertes, frôlé ses cheveux, suivi la pente régulière et menue de son nez.

Mon Dieu! Qu'est-ce donc qui était en train de nous arriver? Quelle était cette tempête, cette folie brutale que ni l'un ni l'autre ne pouvait, ni ne voulait, maîtriser? Étaient-ce nos doigts entrelacés qui venaient de lancer ce compte à rebours sans fin?

Mais la vie, qui aime aussi détruire, nous a rattrapés. Un interphone rageur : M. Schutz.

– Qu'est-ce que vous fichez, Chabrineau! Il est neuf heures cinq! »

J'ai bredouillé un « J'arrive » et donné rendez-vous à Olivia vers treize heures dans un café minuscule, dissimulé dans les faux labyrinthes de l'île Saint-Louis.


La salle du conseil est pleine comme un œuf.

M. Schutz préside. Chacun s'est assis au hasard, faute d'un ordre du jour préétabli. Je trouve une place à l'autre extrémité de la longue table de bois noir. Inhabituel : deux inconnus encadrent le boss. À sa droite, un personnage de haute taille se penche sur un gros dossier ouvert devant lui. L'autre, après m'avoir suivi des yeux lors de mon entrée tardive, dévisage maintenant ses voisins avec une calme arrogance. Cheveux courts, costume passe-partout, on dirait un flic par son côté pète-sec.

Le silence de plomb qui règne dans la salle est, lui aussi, tout à fait inhabituel. Livide, notre patron semble sur le point de s'effondrer. Il se lève avec effort, un feuillet dans la main. Pour la première fois dans l'histoire de l'Institut, il se met à nous lire un texte préparé à l'avance.

« Mesdames, Messieurs, je vous salue. Vous devez vous demander pour quelles raisons je vous ai soustraits à vos tâches et rappelés en urgence. Le problème qui nous réunit aujourd'hui ne pouvait attendre, étant donné son extrême gravité. Mais je dois tout d'abord donner la parole à M. Georges, à ma droite, conseiller spécial au cabinet de M. le Premier ministre. »

M. Georges s'est levé à son tour. Sans regarder personne, comme s'il parlait devant une salle vide, il a dit :

« J'irai au-delà des propos de Monsieur le directeur. Il s'agit peut-être d'une catastrophe future. Une cellule de crise est constituée depuis quarante-huit heures à Matignon. La présidence y a délégué son secrétaire général. Sélectionnés sur la base de vos spécialités personnelles, vous êtes désormais intégrés à plein temps comme conseillers techniques. Vous êtes donc, jusqu'à contrordre, dégagés de toute fonction autre. »

Un vent de fronde parcourut l'assemblée. Nos travaux en cours ne pouvaient se mettre ainsi entre parenthèses. Une question commune finit par émerger du tohu-bohu :

« Combien de temps ? »

Le conseiller spécial s'est tourné vers M. Schutz, toujours assis, qui a soufflé sans lever les yeux : « Au pire deux ans. »

L'énormité de la réponse a éteint toute velléité de contestation. Profitant du silence, l'orateur a conclu :

« Je vous demande d'écouter avec attention le commandant Martinez, chargé de mission spéciale au ministère de la Défense. Il supervise, au nom de son ministre, les travaux de la cellule. »

Le militaire s'est dressé, dans un jeu de va-et-vient subtil avec son collègue. Il ne perdait pas son temps en périphrases.

« Lors de votre intégration, vous avez signé entre autres l'article 121 F. Vous souvenez-vous de son troisième alinéa ? Je vous le lis : " Lors de circonstances exceptionnelles, et dont l'appréciation reviendra à Monsieur le président de la République en sa qualité de chef des armées, et par délégation à Monsieur le Premier ministre, le fonctionnaire signataire pourra être requis, sans limitation de durée, au service de l'intérêt supérieur de l'État, avec toutes les contraintes découlant d'une telle réquisition. " Vous êtes donc, depuis ce jour zéro heure, requis non dans le cadre de votre ministère de tutelle, mais sous l'autorité du ministère de la Défense. »

Après quoi le militaire s'est lancé dans un long discours pour exiger de nous le secret absolu concernant toutes les informations qui allaient nous être transmises. Il nous a même engagés à utiliser une clé d'accès à nos supports informatiques pour toute mise en clair. L'interdiction de communiquer incluait également tout échange où nous pourrions être amenés à intervenir sans autorisation matérialisée et hors des lieux habilités qui étaient encore à préciser.

« Tout ce qui se dit ici depuis trente minutes est classé Secret-Défense, ajouta-t-il. J'attire également votre attention sur les conséquences liées à la moindre transgression de votre part. Ce qui pourra être rendu public relève de la décision gouvernementale à son plus haut niveau. Même sollicités, vous ne pourrez rien en commenter librement. Toute publication sur le sujet devra recevoir l'approbation préalable du service de presse de la cellule qui se trouve sous ma codirection.

— La censure n'est pas admissible en temps de paix, a dit quelqu'un sur ma droite.

— D'accord, a répliqué le militaire. Mais nous ne sommes plus complètement en temps de paix. »

M. Schutz s'est levé, l'air de porter sur ses épaules toute la fatigue du monde.

« Voilà... Je déplore comme vous ce cadre imposé, contraire à la limpidité nécessaire à l'exercice de la science. Hélas, vous allez constater qu'il est inévitable. »

Inévitable... Le mot a résonné entre les parois de mon crâne. Un raz de marée s'apprêtait à m'engloutir et je lui tendais désespérément les bras de peur qu'il ne m'oublie. Il avait le visage d'une jeune femme dont les traits dansaient autour de moi et en moi. Que faisais-je ici avec ces marionnettes grotesques ? Le monde venait de perdre tous ses repères. Inévitable, avait assuré M. Schutz...

« Venons-en au fait. Il prit une longue inspiration : Certains d'entre vous sont déjà informés de la détection, il y a un peu moins de trois semaines, d'un corps cométaire situé à trois unités astronomiques, quatre cents millions de kilomètres environ, au-delà de l'orbite de Jupiter. Télégramme officiel numéro 6336 de l'UAI. La découverte est le fruit de recherche de deux amateurs. Pour un coup d'essai, c'est un coup de maître. »

Après avoir fouillé dans ses dossiers, il reprit :

« Nous le devons à Fernando Diaz São-João, à Goyaz au Brésil et à un certain Alan Nostro quelque chose, je ne retrouve pas le nom complet, veuillez m'en excuser, et qui vit en Arizona. Leurs deux télégrammes sont parvenus à Cambridge/Massachusetts à neuf heures d'intervalle. Depuis plus rien. Il s'agit d'une primo-observation. L'objet en est donc très probablement à sa première visite du système solaire. Les deux inventeurs ont bénéficié d'un coup de chance extraordinaire : à cette distance nulle comète n'est observable. Celle-ci s'est signalée à leur ténacité par un énorme flux de dégazage totalement inexplicable à notre connaissance actuelle. Sans raison extérieure, l'objet a répandu, durant une trentaine d'heures, la bagatelle de quatre cents tonnes de vapeur d'eau à la seconde. La double observation s'est faite dans cette fourchette de temps. Depuis, il est retourné à l'invisibilité pour quelques mois encore. Sauf accident. »

Schutz a marqué un temps puis repris une longue inspiration. Mais nous savions tous ce qu'il allait nous annoncer, évaluant déjà, chacun dans notre spécialité, les terribles conséquences de cet horoscope infernal.

« Le problème concerne toute la planète : il s'agit d'une trajectoire de collision... »

Un silence de tombeau a figé l'assistance, chacun attendant l'explosion des autres. Une voix féminine a demandé, comme s'il s'était agi non de la Terre mais de Pluton ou d'une quelconque merde encore plus lointaine :

« Pouvons-nous avoir une description plus serrée de l'objet et de son orbite ? Hubble a dû dire beaucoup de choses.

– Exact. Voici ce que j'ai : corps clair, de forme irrégulière mais encore indéterminée à soixante-dix pour cent; dix-septième magnitude actuellement; diamètre moyen probable entre quarante-cinq et soixante-cinq kilomètres, énorme, supérieur à Hale-Bopp il y a huit ans. Orbite actuelle : elliptique. Apogée environ à quinze mille unités astronomiques, ce qui confirme l'origine interstellaire et la certitude d'une primo-manifestation. Il s'agit donc d'une orbite très excentrique, taux de quatre-vingt-dix-sept virgule six pour cent; ce qui la décrit très écrasée, pratiquement linéaire. Diaz-Nostro, puisqu'il est donc convenu de l'appeler ainsi, présente un grand axe très proche du plan de l'écliptique. Sa trajectoire coupera ce plan dans vingt-trois mois à cent quarante-neuf virgule cinq millions de kilomètres du soleil, exactement au point de géodésique spatiale occupé par la Terre à ce moment-là. Nous sommes au centre de la cible... »

Il fit une pause, attendant une réaction. Il ne rencontra que des visages attentifs, sérieux, inexpressifs. Il nous annonçait la fin du monde et certains avaient la force de prendre des notes à l'usage des générations futures. Pendant tout ce temps, je ne quittais pas M. Schutz des yeux, et c'était le visage d'Olivia que je voyais. Son regard m'appelait, la douceur de sa joue embrasait encore mon souvenir. J'étais certain qu'elle ne m'attendrait pas. Elle avait sûrement déjà fui le petit café de l'île Saint-Louis pour rejoindre quelque paradis virtuel où je ne saurais jamais la retrouver. La souffrance que j'éprouvai alors me fit changer de position. M. Schutz me montra du doigt :

« Je sais ce que vous allez dire. Un peu de patience encore. Le plan d'orbite est légèrement rétrograde. Ce qui signifie que, ramenée au soleil, la trajectoire de pénétration tourne dans le sens des aiguilles d'une montre. Par rapport à la Terre, cela amplifiera sa vitesse relative de cinq pour cent. Vitesse absolue actuelle : douze virgule trois kilomètres par seconde. Lorsqu'elle sera sur nous, celle-ci sera de cinquante-quatre kilomètres par seconde. Une telle célérité est malheureusement le propre et la conséquence des orbites très excentriques. Voilà, je vous ai à peu près tout révélé. Maintenant c'est à mon tour de vous écouter. »

Le néant n'aurait pu produire plus de silence. Nous étions une vingtaine, tous adultes confirmés, certains déjà chenus. Nous nous comportions soudain comme autant d'étudiants au moment de la distribution des sujets.

« Désirez-vous que je lève la séance ? demanda d'une voix atone le boss qui commençait à s'énerver. Vous n'avez peut-être pas compris ? Je vous répète donc que nous sommes au centre d'une cible vers laquelle se dirige un projectile de plusieurs centaines de milliards de tonnes à la vitesse de Mach quarante-six. Ça vous laisse froids ? »

Nous étions tout simplement écrasés. Quelqu'un a demandé : « Au centre ? »

M. Schutz s'est levé pour esquisser sur le tableau mural un cercle qu'il a coupé d'une croix. Il l'a orienté en y inscrivant les directions cardinales : Nord/Sud/Est/Ouest. Il a placé le Nord en haut, Ouest/Est matérialisant le plan de l'écliptique.

« Tout ce qui se trouve au-dessus du plan caractérise une élévation septentrionale dite positive ; au-dessous distance négative. Les deux systèmes de coordonnées ont leur origine en un point zéro matérialisant le centre de la Terre. Pour ce que nous en savons actuellement, l'objet se présentera entre moins trois mille et moins douze mille kilomètres, légèrement Est à plus ou moins cinq cents kilomètres d'incertitude. Cette forte imprécision est induite par la distance de relevé et le faible écart entre les mesures ; mais en fait il s'agit plutôt d'une prouesse.

– Donc, reprit l'intervenant, nous ne sommes pas tout à fait au centre de la cible ; situation moyenne de l'impact : sept mille cinq cents kilomètres par rapport au centre de la Terre et le rayon de celle-ci atteint six mille cinq cents kilomètres.

– Exact, est convenu M. Schutz. C'est pour cela que j'ai parlé de trajectoire de collision et non de trajectoire d'impact. Mais vous oubliez que la gravitation terrestre courbera vers elle la trajectoire de l'objet. La probabilité d'impact reste très forte, même sur la base de votre prévision ; à moins que les mesures levées soient erronées ou affectées d'une incertitude supérieure. Ce qui n'est pas forcément à exclure. Pour l'heure, l'impact demeure le scénario le plus crédible. »

Une autre voix prit le relais :

« Taux de celui-ci ?

– Bonne question. Probabilité d'impact à soixante-sept pour cent. »

Marel venait de sortir sa calculatrice.

« Vous permettez, dit-il, si je pondère toutes les incertitudes actuelles, la probabilité n'est plus que de vingt-cinq pour cent au mieux.

– Non, dit Schutz, au pire.

– Peu importe les mots, réagit le vieux Marel piqué au vif. Vingt-cinq pour cent n'ont jamais constitué une certitude. La comète nous frôlera et poursuivra sa route. Ce sera la comète du nouveau millénaire, un point c'est tout. Il n'y a pas lieu de jouer au Jugement dernier.

– Logique solide. Mais vous avez tort et vous savez pourquoi. Vous cumulez ce qui vous arrange. Mais expérimentalement, jamais des probabilités contradictoires ne s'ajoutent ou ne se retranchent unanimement dans le même sens. Ne faites pas semblant d'oublier le principe d'incertitude qui les gouverne. Elles se compenseront. Ce qui nous ramène à soixante-sept pour cent. »

Une voix grave fit se tourner les visages :

« Excusez-moi si je vous choque, mais je ne parviens pas à croire à ce que j'entends ici. Si vous le voulez bien, j'userai pour la bonne compréhension d'un vocabulaire analogique simple. Voilà à peu près ce que vous nous développez : il y a, piquée au sommet de l'Empire State Building à New York, tout à la pointe de l'antenne, une gentille petite balle de golf. Quelqu'un, dites-vous, est monté, ici en France, au sommet de notre tour Eiffel par un jour de brouillard. Après lui avoir bandé les yeux, on l'a fait tourner sur lui-même et on lui a mis un pistolet dans sa main gauche de droitier – à lui qui n'a jamais tiré de sa vie. Il a fait feu au hasard, dans n'importe quelle direction. Et voilà qu'on téléphone dare-dare aux USA pour informer la gentille petite balle que ses heures sont désormais comptées... Comment parvenir à avaler ça ?

– Vous êtes bonne mathématicienne, Valdenaire, répondit posément M. Schutz. Mais, encore une fois, vous négligez la science des statistiques. Si vous fournissez à votre aveugle dix milliards de cartouches et que vous lui accordez cent millions d'années, alors il a une chance, pas loin d'une certitude, disons soixante-sept pour cent. »

Retour à la case départ. Jacqueline prit la parole :

« Moi non plus je ne parviens pas à y croire. Mais nous devons réagir en scientifiques : accepter l'hypothèse la plus folle, l'analyser, la décrire, l'abattre ou la valider. Plus qu'un travail à fournir, c'est un défi à relever. Cessons donc de nous comporter comme des enfants.

– Pas d'accord, répliqua une voix que je ne tentai pas d'identifier. Douter n'est pas se comporter en enfant. C'est même le premier rôle du chercheur. Pour ma part, j'obéirai à l'État qui m'emploie. Mais j'attends, pour y croire, que cette comète, prétendument tueuse, ait dépassé l'orbite de Mars. Pour l'instant, nous assistons aux séquences d'un scénario pour film-catastrophe venu des USA. Vous croyez qu'une comète file sur un boulevard rectiligne et dégagé. Qui connaît avec certitude la complexité et l'immensité des champs de gravitation qui courbent l'espace entre elle et nous ? Qui peut affirmer que leurs structures sont établies à cent pour cent ? Pas à quatre-vingt-dix-neuf virgule cinq pour cent. Non. Cent pour cent est le prix de la certitude. Combien de sondes équipées de gravitomètre ont-elles déjà arpenté ces lieux ?

– Trois, a répondu le colonel.

– C'est cela, trois. Je ne commenterai pas. Second chapitre : vous nous avez calculé une belle trajectoire. Parfait. Mais à quoi s'applique-t-elle ? Une comète. Mais une comète n'est pas un corps inerte. Ça dégaze une comète. Imaginez des geysers de taille cyclopéenne qui, par de véritables tuyères naturelles, expédient chacun dans l'espace cinquante à soixante tonnes d'eau par seconde, c'est-à-dire deux mille cinq cents mètres cubes de vapeur, avec une vitesse d'éjection qui doit tourner autour de trois cents mètres par seconde. Vous voyez où je veux en venir : une comète est un vaisseau muni d'une véritable série de systèmes propulsifs. Disposés au hasard certes, mais dont la résultante de poussée doit bien être dirigée quelque part. On peut donc, à l'instar de ceux qui équipent nos sondes, les assimiler à des moteurs de correction de trajectoire. La masse à bouger est énorme. Mais ces moteurs du hasard vont fonctionner en continu durant plusieurs mois. Ça compense. Dans de telles conditions, comment garantir la pureté future d'une trajectoire initiale ? La Grande Dame Blanche passera bien. Mais elle nous croisera par-delà l'orbite de la lune et retournera se perdre aux fins fonds de la nuit des temps. On en tirera une photo géante, toute chevelure déployée, qui ornera notre grand hall d'entrée. Et peut-être quelques kilos d'échantillons qui occuperont notre matière grise pendant dix ans. »

Je ne sais qui, d'Isabelle ou de Carole, tant elles ont la même intonation, posa cette étrange question :

« Que sommes-nous censés faire ici ? »

Le quidam de Matignon saisit la balle au bond.

« Exactement ce que vous êtes en train de faire, madame : vous disputer, vous contredire les uns les autres avant de vous mettre d'accord et de nous faire part de votre opinion.

– Mais, monsieur, ce n'est pas en ce lieu que se décident une trajectoire de collision et la fin de l'humanité. Nous n'avons pas lancé cet engin. Nous en sommes la cible. Et la cible ne choisit pas.

– La fin de l'humanité ? N'exagérons pas ! » répliqua, goguenard, celui qui s'était tu jusqu'à présent.

Ainsi, il ne savait pas. Il ignorait ce qui nous attendait. Si les ordinateurs n'avaient point eu de hoquet électronique, si nul ingénieur informaticien ne s'était trompé d'une méprisable virgule ou d'une toute petite seconde d'arc dans la détermination des données initiales, il ne savait pas qu'il disposait d'un peu moins de trois millions de secondes pour faire ses adieux à sa propre vie et à notre tendre planète. C'est si court une seconde. Il en faut tellement pour qu'une feuille d'automne touche le sol, pour que deux regards puissent enfin se reconnaître. Il en faut si peu pour s'aimer et tant pour s'en convaincre et parvenir à vivre. Une seconde pour se perdre et une infinité pour se chercher. Si peu pour le bonheur et tellement condamnées à la solitude.

Qu'est-ce que je fichais ici mon Dieu ? Je n'étais plus de leur monde. Mon destin précédait le leur et Gary ne se trompait pas qui me qualifiait d'étranger définitif. Une belle Dame Blanche venait de me saisir. Elle me tirait à elle avec bien plus d'énergie que leur pauvre comète ne pourrait jamais en développer. Je m'en fous ! Je m'en fous ! Je m'en fous ! ai-je hurlé à l'abri des parois de mon crâne.

Le regard foudroyant de M. Schutz a bloqué mon cri intérieur :

« Qu'est-ce que vous dites, Chabrineau ? »

Je ne disais rien. Je les regardais débattre du sexe des anges, tandis que les quatre cavaliers de l'Apocalypse fondaient sur nous.

« Dites quelque chose !

– Nous nous disputons, c'est exact, répondis-je avec effort en prenant ma respiration. On se dispute toujours quand on découvre que la cité est encerclée. On cherche des responsables et il n'y en a jamais. Nos collègues des sciences de l'homme pourraient nous confirmer que cela se nomme le syndrome de l'état de siège. Je crois qu'il est temps de cesser d'obéir aux lois de la psychologie et d'établir les termes de notre contre-attaque. La pire des erreurs serait de s'enfermer dans la logique du siège. Les remparts, même mentaux, protègent mais, en premier lieu, ils endorment. Nous devons ouvrir les portes et aller au-devant de l'ennemi. »

Ricanement nerveux dans la salle.

« Traduisez-moi ça en clair, m'intima le boss qui n'entendait que ce qu'il voulait. À quoi pensez-vous ? »

— À rien de précis encore. Ce n'est pas un seul homme qui doit penser, c'est toute une planète. Et pas dans six mois. Maintenant.

— Justement, reprit la voix, pourquoi une réquisition sans limitation de temps ? Dans quelques mois nous ne servirons plus à rien... »

C'est l'armée qui répondit :

« La réquisition permet de vous imposer un travail précis et sa durée, imprécisée, vous contraint au silence. Vous vous trouvez au carrefour de l'information et il est hors de question que la moindre fuite ait lieu.

— Pourquoi donc ?

— Sûreté de l'État, madame. Principe absolu lié au Secret-Défense. De plus, vous connaissez la presse. Imaginez sur cinq colonnes " La fin de l'humanité " comme disait votre collègue. Vous envisagez la suite : panique planétaire, exode à la taille d'un continent, trains, navires, avions pris d'assaut, humanité réduite à des hordes barbares, peuples entiers devenus fous, fuyant droit devant eux... Cela, madame, c'est le contraire de la sûreté de l'État. C'est notre fonction d'éviter ce chaos.

— Mais, mon colonel, dit M. Schutz, le secret ne pourra tenir longtemps. Rien qu'en France, des milliers d'astronomes amateurs fort bien équipés scrutent le ciel chaque soir. Quelques centaines d'entre eux maîtrisent les connaissances mathématiques nécessaires à la détermination d'une orbite. Tous communiquent en permanence. Tout sera public très vite. Les fanatiques du multimédia seront informés dans la minute qui suivra les premiers messages électroniques, la presse tout autant. »

L'autre hocha la tête.

« Il y a plusieurs chapitres à notre problème. Nous n'en sommes qu'au premier. Pour l'heure, la comète est redevenue indétectable, remercions-la. Nous disposons, si je vous ai bien suivis, de cinq à six mois, jusqu'à ce qu'elle atteigne le voisinage de l'orbite de Jupiter. En attendant, l'information, c'est vous. Dans un premier temps, il s'agit de s'assurer des initiés. D'après mes informations, il semble que tous les gouvernements iront dans le même sens. Nous ne chercherons pas à vous contraindre physiquement mais à vous faire prendre vos responsabilités civiles et civiques. Le secret ne sera pas absolu. Un poison délivré à dose homéopathique arme le patient contre la violence de ses propres effets et les faiblesses de celui-ci. La presse remplira cette fonction. Si nous nous comportons avec elle de façon adéquate, elle saura, sans vraiment modifier la vérité, agir dans le sens de l'ordre républicain et de la confiance populaire.

– Vous comptez manipuler la presse ? demanda M. Schutz

– La presse n'a jamais été manipulable. Elle est aux ordres ou libre. Dans nos sociétés, elle est libre. Mais disons qu'il existe certains procédés... Pour l'heure, elle aura besoin de vous. Vous savez, c'est fragile un État, à peine moins qu'une société. Que dire d'une civilisation ! Aujourd'hui, cet État, que modestement je représente, vous demande de protéger les valeurs de notre civilisation et, par là même, de servir toute l'humanité. Cette saleté menace chaque État de la Terre et je ne connais rien au-dessus de l'État.

– Moi si, dit la petite voix tranquille de Carole. L'homme.

Le beau militaire venait de tomber au champ d'honneur. Le civil répondit :

« L'État a besoin de vous, tout comme au siècle dernier il a eu, à deux reprises, besoin de ses soldats. C'est pour cette raison qu'au début de notre conférence j'ai parlé de stade intermédiaire entre temps de guerre et temps de paix.

– Science et secret font toujours mauvais ménage.

– Science et anarchie encore plus. Pour la science, le secret est un carcan mais le chaos signe son arrêt de mort. »

Pendant qu'il galvanisait nos cœurs, son comparse a discrètement glissé vers M. Schutz un feuillet sur lequel il avait griffonné à plusieurs reprises.

« Bien, dit ce dernier en se frottant les mains avec satisfaction, je vous demande rapport sous quarante-huit heures sur votre discipline propre ainsi qu'une note sur votre opinion personnelle, vos suggestions, vos projets d'action, votre stratégie. Classé Secret-Défense, ce double dossier s'appelle désormais Dossier Cyrano.

– Son nez écartait les tirs de mousquet, pas les comètes.

– Très juste, mais il y a une autre raison. Je vous libère. Il est presque quatorze heures. Vous pouvez vous réunir librement, mais nulle part ailleurs qu'en ce lieu. Mesdames, messieurs, nous nous retrouvons après-demain. »

Et comme nous nous levions d'un même mouvement pressé, il ajouta :

« Lévy, Marel et Chabrineau, je vous demande encore quelques minutes. »

Je me suis laissé retomber sur mon siège au confort de cactus. Deux heures et ce fou voulait encore discuter. Aucun moyen de prévenir Olivia : « Allô, je suis au bureau, nous combattons des essaims de comètes. J'en ai pour une heure encore, le cométicide est presque prêt, attends-moi, attends-moi... »

Elle n'attendrait pas. Elle avançait sans se retourner dans un long tunnel gris clair avec, au bout, des sourires automatiques nimbés d'éclatante lumière. Elle n'attendait pas ; elle venait de quitter un drôle de rêve. Elle reprenait déjà l'avion. Dans sept heures elle survolerait le Saint-Laurent ; dans douze, elle toucherait Hawaii. Tous les volcans tutélaires du Nord-Pacifique fumeraient par habitude.

J'étais sans existence ; j'avais aussi rêvé : il n'y avait personne dans mon bureau ce matin. Romantique et ridicule commençaient par la même lettre. Ainsi étais-je perpétuellement condamné à mourir. Ce n'était qu'une hallucination, un mirage absurde, une mauvaise fièvre remontée des profondeurs.

« Vous avez une mine à faire peur. Voulez-vous manger quelque chose ? »

C'était la voix du boss, façon père de famille nombreuse. Il n'avait pas quitté sa place. Le duo l'encadrait toujours.

Nous n'étions plus que six. Je n'ai donc pas bougé. Il a répété :

« Bien... Bien. Monsieur le Premier ministre a demandé que soit formé un conseil scientifique chargé de l'éclairer sur les données non politiques du problème. Je suis retenu avec vous pour en faire partie. »

Le papier de tout à l'heure était toujours devant lui.

« Peut-on savoir sur quelles bases s'est opérée votre sélection ? ai-je demandé, badin, au conseiller qui l'avait transmis.

– Vous êtes très perspicace, monsieur Chabrineau. Trop peut-être. C'est parfois un défaut. »

C'était le civil qui venait de répondre. Je venais de piger leur système. Chacun était tour à tour la bouche ou l'oreille de l'autre. Un croisement des fonctions qui rendait improbable toute mise en difficulté et déstabilisait l'adversaire. Si telles étaient les hautes sphères du pouvoir, on n'allait pas s'ennuyer. Castor militaire a cependant consenti à éclairer les manœuvres de Pollux civil :

« Nous parlerons, si vous le voulez bien, de... positivité. »

Le patron a tenu à rajouter son grain de sel :

« Ne faites pas attention, notre excellent collègue se plaît à entretenir des relations conflictuelles avec l'autorité. Laissons-lui ses petites amphétamines... »

J'ai poursuivi :

« À quoi correspond matériellement cette réquisition dans la réquisition ?

– Demain matin à l'hôtel Matignon. Vous serez pris chez vous individuellement par un véhicule banalisé. Huit heures. »

Ils nous ont salués d'un signe de tête et sont partis leurs dossiers sous les bras, nos noms et nos visages inscrits dans leur mémoire de fonctionnaires très spéciaux. Après leur départ, M. Schutz est remonté dans mon estime, lorsqu'il a dit :

« Depuis quarante-huit heures, j'ai la sensation de voyager dans un mauvais rêve sans parvenir à me réveiller. »

Comme moi. Alors, je lui ai répondu qu'il avait raison :

« La réalité est pire encore, ai-je dit, un vrai cauchemar. Mais ne vous plaignez pas parce qu'on ne se réveille jamais de la réalité. »

# 5

J'ai traversé Paris à la vitesse de la lumière. Le fantôme d'Einstein était devenu chauffeur de taxi pour voyageurs exigeant de remonter le temps. Il était presque trois heures lorsque je débarquai chez Louis, café toujours vide et toujours ouvert. Je me répétais : « Elle est partie. Mais elle a laissé un mot, une adresse, une commission, un message sur son ticket de caisse, n'importe quoi mais quelque chose. » Il fallait qu'elle ait laissé quelque chose.

Elle était là, le regard enfoui dans un magazine, la main s'obstinant à faire tourner une cuillère dans une tasse vide, sèche depuis longtemps. Elle était là, une peau très claire, presque pâle, assise dans un angle, comme une fleur posée sur une banquette de vieille moleskine. Elle arrivait d'un long voyage pour moi qui voyageais sans but depuis l'aube grise des temps. Mon aube venait de s'éclaircir. J'ai su que s'ouvrait enfin l'âge des crises et des cris, l'ère des tourmentes et des tourments, que mon ciel ne serait plus que rires et orages, drames magnifiques et dramatiques bonheurs. J'allais aliéner ses jours comme elle aliénerait les miens. Elle était l'ange du tonnerre qui soudain apparaît pour détruire les vieux murs de l'ennui. Elle était belle comme la violence, dangereuse comme la vie.

Elle a entendu mes pensées et levé vers moi son visage. J'ai retrouvé dans ses yeux cette indicible et permanente inquiétude. J'étais glacé et brûlant, tremblant comme une feuille et sûr de ce qui nous attendait. Je le lui ai dit de toute la force de mon regard ; je l'ai mise en garde car je venais aussi pour tout abattre d'elle et de moi, avant de commencer à reconstruire un monde nouveau qui ne naîtrait pas de la somme des nôtres. Une vie impensable allait se saisir de nous et puis, nous rendre à l'existence, différents, plus beaux, méconnaissables, enfin conformes à ce qui avait été prévu pour nous depuis toujours.

Nous étions les outils d'une œuvre sans fin ni maître, dont le sens ne pouvait que nous échapper. Notre voie était tracée. Je l'aimais depuis si longtemps d'une haine dévastatrice tandis qu'elle me haïssait du feu dévorant de son amour. Nous avancions l'un vers l'autre pour détruire, parce que le futur inconnaissable ne peut s'établir durablement que sur l'assassinat du passé et l'oubli de ses décombres.

Elle n'a pas eu peur. Elle savait tout cela depuis ce matin et peut-être depuis bien avant. Elle était ici pour rompre nos amarres, lourdes comme les chaînes du temps, et pour partir ensemble droit devant nous, dans une direction connue de nous seuls, à réinventer à chaque aube.

Dans un dernier sursaut de refus ou d'angoisse, chacun a supplié l'autre de la même question : « Pourquoi moi ? » Il n'y avait pas de réponse. Elle ne m'avait pas plus choisi, a-t-elle dit sans bouger les lèvres, que je ne l'avais choisie. Comme les deux parties d'un tout mystérieux que plus rien désormais ne saurait diviser, elle était devenue moi autant que j'étais elle. Cette métamorphose venait d'allumer, dans un univers auparavant désert, un double soleil au destin d'éternité. C'est seulement alors que j'ai senti que je pouvais la rejoindre. Tel un adolescent, j'ai déposé un baiser timide au coin de sa bouche, auquel elle a répondu par le mouvement de son visage vers le mien et l'accord de ses lèvres.

Les mots humains sont pauvres, étroits. Je lui ai dit que j'étais en retard, que l'Institut se trouvait sens dessus dessous depuis des jours, mais elle a fermé ma bouche de l'extrémité de ses doigts.

Elle a répété deux fois : « C'est sans importance. » Alors j'ai saisi cette main pour l'écarter. À elle qui arrivait pour me faire naître, je ne pouvais pas mentir, cacher que la vie qui nous venait serait suivie par la plus grande des morts.

C'est ainsi que j'ai trahi. À elle qui ouvrait une vie pour moi qui n'en avais jamais eue, j'ai parlé de la fin de l'homme, de destin brisé, de chaos.

Pour la chasser, la rendre libre s'il en était encore temps, pour la protéger de moi et pour qu'elle me préserve d'elle, je lui ai tout dit, tout raconté sans rien omettre des certitudes improbables et du pesant cancer des possibles incertains. Je lui ai révélé le secret de cette mort qui s'annonçait, et qui allait frapper au nid même de l'espèce. Je lui ai parlé des faiblesses mesquines que l'humanité offrait déjà pour toute réponse au verdict de peine capitale qui se préparait, très haut, très loin. Mais qui pourtant heurtait déjà à notre porte.

Elle a juste souri, avec une nuance de mélancolie ou de nostalgie apaisée. Elle a répété encore : « C'est sans importance. » Je ne suis pas certain que ces mots inouïs soient parvenus intacts à leur destinataire.

C'est qu'elle savait déjà. Son pays avait réagi avant le mien. Et plus secrètement encore. L'organisation du blackout y avait été plus drastique, plus aveugle. Le rêve nord-américain ne résistait pas mieux que le Vieux Monde : devant la proclamation de l'état de siège, il avait, lui aussi, su produire les germes de cette peste bubonique destinée à corrompre le monde avant de l'offrir à l'holocauste.

L'anecdote qu'elle m'a racontée était révélatrice. À peine une semaine après l'enregistrement dans le Massachusetts des télégrammes de découverte et de la promesse apocalyptique qu'ils recelaient, les deux amateurs, le Brésilien sur son plateau et le petit gars de Glenwood Springs, s'étaient vus invités à se rencontrer et à séjourner avec toute leur famille sur le territoire des États-Unis. Fréquents déplacements pour une longue rencontre et une longue visite des principaux centres astronomiques du demi-continent qui allaient les rendre injoignables pour trois à quatre mois.

Ce fut à mon tour de lui dire : « C'est sans importance. » J'étais tout près d'elle. Je respirais ses cheveux. Je me moquais de cette fin inscrite au sept cent trentième jour de cette vie qui n'en était qu'à son premier. Cette vie, la nôtre, n'offrirait plus de prise à la vie ordinaire. Notre fin ne pourrait que diverger de la mort commune. L'important se trouvait avec nous.

Par elle, je resterais à jamais à l'extérieur du cercle maléfique ; par moi, elle en serait maintenue à l'abri. Je lui ai dit que nous ne pouvions plus nous perdre, que je marchais depuis si longtemps sans espoir, heureux dans mon malheur sans souffrance, accoutumé à ma solitude, aveuglé par le gris de ma vie si grise. Je lui ai confessé comment j'avais sans fin essayé d'inventer quelque chose qui aurait pu s'appeler l'amour ; essayé d'aimer et tenté de l'être. Des passantes croisées, de celles qui m'avaient trouvé une originalité ou que j'avais retenues quelque temps, toutes m'avaient démontré ma non-existence de vivant ; toutes avaient fini par fuir, souriantes, mais effrayées par le vide qu'elles découvraient et qu'elles n'avaient su remplir, épouvantées par leur vide, reflet du mien. Alors j'avais renoncé. Amputé de moi-même, j'avais, sans le connaître, porté le deuil de l'amour.

Et il s'était vengé. Mais voilà que s'ouvrait la porte et que je découvrais, presque sans y croire, les enivrantes couleurs du jour. Je lui ai dit des phrases incompréhensibles ; j'ai prononcé, pour elle, les mots qui s'écrivent et ne se disent pas. J'aurais pu parler des heures ; j'avais trente-neuf années de crimes à faire absoudre. À court de souffle, par intermittence, je me taisais.

Dans ces intervalles, elle s'est à son tour racontée par le regard et puis, par la voix. Elle a su trouver ces mots étranges, lourds, ou légers comme les moineaux du parc Monceau ; sérieux, gais, neutres et froids comme des lames, ou encore graves, tous ses mots ne décrivaient que l'absence satisfaite, les illusions brillantes, les solitudes multiples de ces jours ouvrant sur le désert d'une vie privée d'elle-même.

Nous avons ainsi dérivé dans Paris. Délivrés du monde et soucieux de nous seuls, nous aurions pu trente fois être écrasés. Étroitement enlacés, serrés l'un contre l'autre et accordés au même pas, nous avions quinze ans à peine. Paris bienveillant ouvrait notre chemin. Un piéton observait, incrédule, ce long baiser échangé sur un boulevard par ce couple pas très jeune surtout quand on regardait l'homme. À cette heure, ils auraient été aussi bien chez eux et dans leur lit. Une voiture nous a frôlés d'un violent coup de klaxon. Cette nuit, nous avions trente ans à nous deux ; cette nuit au moins il fallait que plus rien ne compte.

Elle a soudain abandonné son rire. Elle a dit que nous étions deux anges. Mais deux anges noirs, venus sur cette planète pour une pénible mission : annoncer à ses habitants que l'Heure venait d'être fixée et que le temps, désormais compté, n'était plus aux vanités.

« Dis, qu'est-ce qui se passerait si l'on se mettait à hurler sur ce trottoir ou dans ces brasseries, là, en face : " Vous allez tous mourir ! Il vous reste deux ans ! Votre fin est programmée ! Tremblez, Terriens ! "

– Ils ne nous croiraient pas ; nous prendraient pour des fous. Nous lyncheraient peut-être et appelleraient ensuite une ambulance ou un corbillard.

– Non, dit-elle, je ne plaisante pas ; nous sommes des anges noirs. Tu sais, Antoine, je le pense sérieusement. Connais-tu l'Ancien Testament ?

– De nom, ai-je répondu, mais je n'ai pas eu l'occasion de lui être présenté.

– Comme tu es mignon, dit-elle, riant enfin.

– Tu sais, je m'occupe d'étoiles depuis l'âge de trois ans et demi. »

Mais elle a poursuivi sans m'entendre :

« Un ange noir..., celui que Loth accompagne, vient annoncer la destruction de Sodome. Mais, en chemin, Loth implore la grâce de la cité à condition que celle-ci compte un juste. L'ange accorde. Mais Sodome ne recelait pas le moindre juste en son sein et l'ange laissa le feu du ciel s'abattre sur elle et la rayer de cette terre qui rougissait de honte d'avoir à la porter. Dis-moi, le monde dispose-t-il encore d'un seul juste ?

– Toi.

– Nous ne comptons pas. Nous faisons partie de ceux qui savent.

– Les enfants.

– Il y en avait à Sodome.

– La mère qui t'a portée ; le père qui t'a engendrée.

– Oh, mon Dieu, surtout pas. »

Je décidai un dernier essai. Je saisis au vol la manche d'un jeune homme qui marchait à grands pas et s'apprêtait à nous croiser.

« Faites-vous partie des justes ? » lui demandai-je.

Il s'est dégagé sèchement et, accélérant le pas, a éructé un sonore et catégorique : « Abrutis ! »

« Il n'y a donc aucun juste sur cette planète, ai-je reconnu. Tant pis pour elle.

– Ne plaisante pas. Mais cette fois-ci, combien d'anges noirs ont-ils été envoyés ici-bas ? Combien sommes-nous à savoir ce qui va peut-être arriver ? Et en France ? »

J'ai réfléchi une seconde.

« Avec les gens du pouvoir, on peut tabler sur une petite centaine.

– Pareil dans mon pays.

– Et dans le monde entier : quatre à cinq mille initiés sans doute.

– Tu te rends compte ! Sur six milliards d'habitants ! Quatre mille personnes savent que six milliards vont peut-être disparaître et que l'espèce va s'éteindre.

– N'oublie pas l'incertitude ; seulement soixante-sept pour cent.

– Curieux, à Ottawa la barre a été mise à soixante-dix pour cent.

– En France, nous sommes optimistes par nature. Au moins autant que les Italiens. »

Le mot a ressuscité un souvenir un peu trouble que, tacitement, nous avions ignoré. Sa voix a changé.

« Tu sais, dit-elle, je ne t'ai pas giflé par colère. J'avais peur de moi, terriblement peur ; je t'ai frappé pour rompre le charme et que tu me détestes avant de comprendre ce qui m'arrivait. Je ne voulais ni de la fatalité ni de la servitude des sentiments, comme à l'âge des cavernes du siècle dernier. Je voulais me décider sans cette entrave et agir librement ; je croyais que je pourrais choisir quand et qui je voudrais. Et toi, tu es venu avec ta petite gueule blonde et ton regard qui s'ennuyait au milieu de tous ces excités, avec ton visage inexpressif quand l'autre imbécile a prononcé mon nom.

– Tu m'as fait mal, ai-je dit, et je me suis senti humilié.

– Tant pis pour toi ! a-t-elle scandé. Avais-je envie de tomber amoureuse ? Te l'es-tu seulement demandé ?

– Qu'est-ce que j'y pouvais, mon amour, j'étais déjà bien perturbé par cette situation en porte à faux. Et puis, tu étais si belle...

– Ne joue pas à la victime innocente. Tu m'as fait mal toi aussi ; je suis restée sourde d'une oreille pendant deux jours !

– Tu mens, ai-je répondu calmement. Je ne t'ai pas touchée.

– Pas touchée ? C'est la meilleure ; mon verre a volé à trois mètres derrière.

– Faux. Tu l'avais posé à côté de toi.

– Et en plus, grinça-t-elle, il raconte n'importe quoi ! C'est un mythomane. »

Elle a couru tout droit sur un malheureux, tenant un PC à bout de bras, et hélant, de l'autre, tous les taxis qui passaient. Elle l'a interpellé :

« Vous voyez ce moins que rien ? Eh bien en plus c'est un menteur ! Dites-le-lui qu'il est un menteur.

– Ne l'écoutez pas ! Elle est folle. Elle assomme les hommes qui lui plaisent. Vous vous rendez compte ? »

L'autre s'est dégagé, a traversé. Nous nous sommes retrouvés seuls dans l'arène.

« Ah, c'est comme ça, a-t-elle sifflé, eh bien attrape ! »

J'ai anticipé, serré les dents, fermé les yeux et tendu le visage. Ce fut pire qu'à Venise, plus clair aussi. Ma main attendait ; elle est partie d'en bas. Je l'ai eue par surprise et le « clac » a fait écho sur la façade des immeubles.

Nous avions le souffle court et chacun se frottait la joue. Il commençait à se former un attroupement. On entendait dire : « Qu'est-ce qu'ils ont dû boire... Ils sont bien mis pourtant... Regardez, le gars titube, ils sont fin saouls. »

« J'étais sûre que tu étais un salaud, a-t-elle dit dans un souffle.

– C'est fou, ai-je répliqué, comme nous nous ressemblons. »

Nous nous sommes observés pendant une minute. Et j'ai lu son regard comme elle, le mien. Nous avons fait un pas chacun ; nous étions à nouveau dans les bras l'un de l'autre, pleurant et riant à la fois, ivres de la violence de notre découverte. Certains en ont déduit que nous étions des drogués en manque ; d'autres soutenaient qu'il s'agissait d'un happening et que nous allions faire la manche. Comme nous ne bougions plus, ils se sont lassés et nous nous sommes retrouvés seuls.

J'ai regardé ma montre bien plus tard. Presque trois heures du matin. Ni elle ni moi n'avions sommeil. Nous marchions depuis des heures et je ne savais plus où nous étions.

« Ainsi, a-t-elle dit, c'est bien ; nous ne penserons plus jamais à Venise.

– C'est vrai, ai-je admis, nous nous rappellerons Paris. Pour chasser ce souvenir, il faudra recommencer bientôt dans une autre ville.

– Que proposes-tu, demanda-t-elle ?

– Gary Arp m'a affirmé qu'il y avait sur terre une bonne dizaine d'endroits magiques où les disputes des amants s'amplifiaient exponentiellement de la beauté du lieu et atteignaient à la légende. Je te propose le cap Sounion en Grèce ou l'Islande, ses volcans qui jaillissent de la neige et ses geysers prêts à bondir..., comme des gifles.

– Ne me parle plus de ce..., de ce... Je le déteste, il s'est moqué de moi !

– C'est à ce..., comme tu dis si simplement, que nous nous devons tous les deux. Il a été le bras du destin ; il faudra plutôt le remercier.

– C'est vrai, dit-elle après un silence. Il m'a pris par le coude en disant avec son horrible accent : " Venez, s'il vous plaît, je vais vous présenter l'homme le plus intéressant de ce congrès. "

– Qu'as-tu pensé ?

– J'ai eu peur. J'ai senti qu'il allait arriver quelque chose.

– J'aurais dû aussi le pressentir...

– Idiot.

– Non, je suis sérieux ; à partir de ce soir, je n'ai plus cessé de penser à toi.

– Moi non plus. Tu m'en voulais... ?

– Non, justement ; et je ne comprenais pas pourquoi. Il me venait brutalement de terribles envies de te voir, et déjà de te toucher. Au point, parfois, d'en avoir le vertige. Tout de suite, dès la première seconde, tu m'as manqué. J'ai mis quelque temps à le comprendre. Parfois ça me prenait là, et j'ai montré ma poitrine. Alors ton visage s'installait et ne bougeait plus. Cela devenait insupportable.

– Qu'aurais-tu fait ?

– Je ne sais pas ; je n'avais aucune adresse. " Suspendue ", disait Québec, " Disparue ", répondait Ottawa. Tu n'étais plus nulle part, sauf sur Internet, et ce n'est pas le meilleur endroit pour Roméo et Juliette. Mais je t'aurais retrouvée. Je serais allé te chercher jusqu'en enfer. Tu n'as pas choisi au fait : Sounion, l'Islande ou le cap Horn ?

– Pour l'amour ou pour la guerre?

– Deux mots pour la même chose...

– Oui, hocha-t-elle de la tête. Je veux que tu me battes chaque fois que tu le voudras.

– Et moi que tu me gifles chaque fois qu'il le faudra. »

Et nous avons ri. Nous étions insouciants et gais, tandis que le grand hiver canadien semblait avoir décidé, lui aussi, de s'installer en France. Il faisait anormalement froid depuis une semaine, presque glacial. Les trottoirs recevraient bientôt leur dû de neige et j'en glisserais traîtreusement une poignée en cet endroit merveilleux que laissait entrevoir le col de sa veste de fourrure et que protégeait mal l'harmonique parfaite née du mouvement de ses cheveux.

Mais il y avait la comète.

« Dis, crois-tu que cela puisse finir? Ça me paraît impossible que ça arrive. C'est peut-être un cauchemar que nous faisons tous. Dans ce cas, tu n'es pas vraiment là et je suis toujours au Canada devant mes ordinateurs et mes simulations d'univers. Dis! Empêche-nous de nous réveiller!

– Non, ai-je répété, rien n'arrivera et nous sommes réels. Un jour, dans très longtemps, quand nous serons devenus très vieux et que la maison au bord du lac Ontario...

– Plutôt du lac Huron, c'est plus sauvage. Je vois ça très bien : on bourrera la fournaise, et on jouera des jeux d'vant l'foyer.

– ... Quand la maison sera remplie des rires et de l'agitation d'un tas de gamines plus terribles que leur grand-mère, pour les calmer, nous leur raconterons la grande peur des premières années du troisième millénaire. Elles seront terrorisées et iront se coucher sans demander leur reste.

– Pauvres petites. Pas encore nées et déjà persécutées par un monstrueux vieillard récidiviste.

– Tu te trompes, elles m'appelleront de leur chambre pour que je raconte encore. Alors je leur dirai comment quelques milliers d'anges auront sauvé leur planète qui durera, belle et hospitalière, encore une centaine de millions d'années.

– Tu crois qu'on parviendra à éliminer la menace?

– Oui, nous écarterons la mort.

– Crains-tu de mourir?

– Avant non. Désormais, une seule mort possible va m'épouvanter. »

Elle a dit : « Je comprends. » Je l'ai serrée contre moi.

« C'est pour ça que je vais vaincre le destin. Maintenant je sais que je vis et je veux continuer à vivre. Tu te rends compte, c'est le jour de notre condamnation à mort que j'apprends que je suis vivant.

— C'est souvent comme ça, tu sais.

— Pas à ce degré. J'accepte ma disparition, pas la mort de la Terre. Ma guerre sera en proportion.

— On ne peut rien contre un boulet de cinquante-cinq kilomètres de diamètre.

— Je trouverai. Nous inventerons une parade. Mais toi, que vas-tu faire ?

— J'attends qu'on daigne me rappeler. En état de disgrâce, je ne serai pas intégrée dans ce comité national et secret qui se formait quand je suis partie.

— À cause de moi.

— Non. Nul n'est indispensable.

— Crois-tu que l'humanité soit indispensable à la Terre ?

— Oui, puisqu'elle l'a enfantée.

— Alors les dinosaures lui étaient indispensables. Pourtant ils ont été balayés. Ils étaient balourds, moches et cons.

— Non. Il y avait de la grâce dans leur sauvagerie ; ils étaient parfaitement adaptés à leur mère terrestre telle qu'elle était à cette époque. Tout comme nous aujourd'hui.

— Mais eux ont duré cent soixante millions d'années ; nous, cela ferait seulement trois.

— Emmène-moi chez toi. J'ai froid d'un coup. »

Mais nous avons marché encore. Vers cinq heures, à bout de forces, nous avons bloqué un taxi de nuit qui rentrait au garage. Sous la menace conjuguée d'une exécution immédiate et d'un billet tout craquant, il a accepté de faire un détour.

Sur mon seuil, elle a dit :

« C'est bizarre, ça ne ressemble à rien d'existant ; tu es vraiment quelqu'un d'original. »

Mais elle a directement effleuré de ses doigts les quelques objets que j'aimais le plus. Devant l'escalier, elle a demandé ce qu'il y avait à l'étage et, une fois apaisé son étonnement, a découvert Paris sous tous ses angles, le front appuyé contre mes fenêtres.

Puis elle s'est approchée du lit et s'est assise en disant :

« J'ai faim, tu sais, j'ai sommeil aussi. »

J'étais brisé par toutes les folies des dernières vingt-quatre heures.

Ce fut ainsi que commença la nuit de nos noces, dans les toutes premières heures de la première aube du monde. Mes mains et ma bouche ont reconnu ce corps que mes yeux découvraient pour la première fois. Et ses dents, devenues canines et crocs, ont exploré le mien. Je me suis donné à sa passion comme elle s'offrait à la mienne. Nous étions à la fois proies et prédateurs, bourreaux et victimes, amant et maîtresse ; innocence et rouerie. J'ai vu s'allumer et briller ses yeux, tandis que s'éteignaient par séries les longs pointillés orange et jaunes de mon Paris nocturne.

De mes baisers j'ai étouffé ses cris, pendant que de ses lèvres elle libérait les miens. Nous avons combattu ainsi, poussés en cette lutte ardente par le désir d'une absolue soumission à l'autre.

« Suis-je digne ? ai-je murmuré.

— Tu le sais depuis Venise », a-t-elle répondu comme on soupire.

L'un des deux a demandé : « Combien de temps m'accordes-tu ? » et l'autre, je ne sais pas lequel, a dit :

« Nous sommes en dehors du temps. L'état d'éternité ignore horloges et calendriers. N'y pense plus jamais ; si rien n'a commencé, c'est que rien ne finira. »

Mais aux montres des hommes de la Terre le temps continuait de s'écouler, filet timide mais obstiné comme le destin. Les trois notes de mon interphone ont brisé, par leur entêtement, ce nid fragile où nous étions blottis. Une voix mesurée et vaguement automatique a prononcé ces mots d'un autre monde :

« Il est huit heures, monsieur, je suis à votre disposition ; je vous attends. »

Livia m'a ramené sur Terre :

« Tu ne m'as pas dit que tu devais rencontrer un fonctionnaire important ce matin ? »

Un fonctionnaire ? Mon Dieu ! Le Premier ministre ! Ma voix a bredouillé :

« Je descends dans dix minutes. »

La voix sans états d'âme a commenté : « Pressez-vous, monsieur, au-delà nous serons en retard. »

La pièce était noyée sous un indescriptible désordre. Quelque sombre bataille avait ravagé de fond en comble notre joyeux champ d'honneur. Je me suis vêtu au hasard ; j'ai ébouriffé mes cheveux pour fournir une sorte de préméditation à leur désordre. Pas question de petit déjeuner ni de toilette. Je devais puer l'amour à cent pas.

Elle a entendu mes pensées. Elle a dit en riant :

« Tu crois qu'ils vont te reconnaître ?

— Si je me fais sacquer, ce sera de ta faute. Je deviendrai gros et alcoolique et il faudra que tu m'entretiennes et que tu me supportes cinquante ans. »

J'ai saisi son visage. « Ce que tu es belle, Livia... » Et ma main n'a eu qu'à se tendre pour caresser le sein ferme et rond qui lui faisait face.

« Pas touche, s'est-elle détournée. C'est le deuxième chapitre. Pour l'heure va sauver le monde et n'oublie pas ta caisse à outils. »

Je lui ai dit en l'embrassant :

« On blasphème.

— Tabernacle ! a-t-elle juré en aggravant son accent québécois, tu as mille fois raison. »

Une nouvelle crise de l'interphone m'a arraché à elle.

# 6

Avec ses murs tendus de vastes tapisseries d'Aubusson, modernes certes, mais patinées juste ce qu'il faut pour nous rappeler que la France républicaine avait connu d'autres modes de gouvernement, la salle de Matignon où nous étions réunis, ce matin, valait bien les plus beaux salons du château du Roi-Soleil. Et je sentis passer sur moi le souffle de Versailles.

Devant chacune des trente personnes assises autour de la table ovale, une règle métallique à trois pans, lourde comme une barre d'attelage, porte, gravés en lettres dorées, son nom, son appartenance, sa spécialité. Sur le sous-main en veau, d'un vert profond, sont empilés des feuillets à en-tête de la République.

Assis en bout de table, le chef du gouvernement arbore la mine de circonstance. Son air grave est parfaitement adapté à la gravité de l'ordre du jour : cette Apocalypse annoncée dont nous étions là pour l'entretenir. D'ailleurs, les rictus qui figent les visages des ministres de la Défense et de l'Intérieur ne sont pas moins artificiels. Les autres ministres et les secrétaires d'État brillent par leur absence. Ainsi, l'administration de mon pays pense-t-elle que la comète épargnera les logements, délaissera les territoires d'outre-mer, négligera les télécommunications, l'aviation civile et la marine marchande. Les deux ministères cités sont sur-représentés. Et il n'y a personne de l'environnement !

M. Schutz, beau comme pour une distribution de Légion d'honneur, me dévisage avec une calme stupéfaction :

« Vous êtes tombé dans la Seine en arrivant, Chabrineau ? »

Jacqueline, traduisant notre tension commune, n'a même pas souri. Nos sergents recruteurs de la veille semblent, pour leur part, ne pas se souvenir de la réunion d'hier. Les déclarations préliminaires confirment mon malaise : face à des politiques, nous allons perdre du temps en propos politiques.

Après avoir argumenté plus d'une demi-heure pour convaincre les hauts fonctionnaires du danger « important », M. Schutz, sans tableau ni rétroprojecteur, a pris une heure pour tenter d'éclaircir les mystères des orbites et des calculs balistiques. En retrait, une rangée d'êtres divers prend des notes sans jamais lever les yeux.

Le Premier ministre, haut de taille, la calvitie aristocratique, savait à la fois écouter, observer, attendre, et pratiquer l'art de la parole.

« S'il vous plaît, messieurs, je résumerai ainsi. Une comète de belle taille se dirigerait actuellement vers la Terre avec une chance sur deux de la heurter. Cette éventualité désagréable pourrait advenir d'ici à deux années. Donc le temps ne nous est pas vraiment mesuré. » Et, se tournant vers le boss : « C'est bien cela, n'est-ce pas, monsieur le directeur ?

— D'une certaine façon, oui, monsieur le Premier ministre. »

Je lance un regard à Jacqueline pour me persuader que j'ai bien entendu la voix d'un des chefs suprêmes de la recherche scientifique française.

« Donc rien ne presse. C'est déjà un bon point. On peut prévoir une conférence mondiale sous l'égide des Nations Unies. Mais pas avant que la nouvelle ne soit tombée dans le domaine public. Nous envisageons, certes, des mesures au niveau national. Initiées par le comité scientifique, ici présent, elles seront établies et pilotées par les deux ministères concernés. Je pense aussi à l'organisation éventuelle de secours sur notre propre territoire. Mais surtout à notre participation à une organisation mondiale d'intervention humanitaire. Là encore, la France aura un rôle primordial à tenir, à hauteur de son rang. »

Je fixe M. Schutz pour tirer son regard vers moi. En vain. Jacqueline regarde ses mains, se demandant sans doute si elles lui appartiennent bien toutes les deux en propre. Alors je me force à respirer profondément pour calmer les battements de mon cœur et je m'attache à ressentir sur mon corps l'odeur capiteuse du corps d'Olivia. Même absente, elle demeure, dans tout ce cirque, la seule réalité.

Le Premier ministre se lève : « Vous permettez ? » Il se dirige vers une petite porte pour faire entrer un personnage un peu plus grand que lui, qu'il accompagne plus qu'il ne le conduit, jusqu'au dernier siège libre de l'ellipsoïde en bois précieux.

Toute la salle s'est dressée dans un silence absolu. On ne présente pas le président de la République en exercice.

Il ne ressemble pas à son image télévisuelle classique. Il paraît fatigué, contrarié plus que soucieux. Porte-t-il, lui aussi, le souvenir obsédant d'une Olivia ? À peine a-t-il ouvert la bouche que j'ai su qu'il nous avait écoutés depuis le début. Il semble moins retranché derrière des automatismes de principe que son Premier ministre. Quelque chose de puéril me frappe : il respire d'un mouvement de poitrine ample et profond. Ses mains sont larges, délicates et d'une blancheur féminine. En plus, il sourit. Il nous sourit comme pour s'excuser de nous avoir dérangés dans nos augustes travaux. Je croise les doigts sous la table, faisant le vœu qu'avec lui, enfin, le ton change. Qu'au lieu de courir les yeux bandés vers le précipice, nous nous serrions les coudes, comme il sied dans les sociétés solidaires.

Schutz allait sauter sur l'occasion pour corriger le tir. Quel besoin avait-il ici de prendre des gants ? Les événements naturels n'ont pas à plier devant les trônes.

L'homme du pouvoir suprême a tendu ses mains ouvertes vers nous.

« Je suis informé des principales données du problème qui nous réunit ici. Je ne suis que le chef de l'exécutif et ma tâche consiste à conduire l'État et à le gouverner au mieux. Hélas, les lois de la science échappent à mon autorité. Je n'en ai qu'une connaissance approximative ce dont, dit-il en nous regardant plus particulièrement, vous voudrez bien m'absoudre par avance. Ce n'est pas nous, personnes en charge du pays, qui allons vous indiquer les lignes de l'action à entreprendre. »

Son bras, simultanément, englobait la longue courbe des têtes ministérielles, secondée et épaulée par la kyrielle des fonctionnaires.

« Non, poursuivait le président, aujourd'hui la réalité du pouvoir est entre vos mains. Nous serons attentifs à vos conclusions. Votre avis sera plus que consultatif : déterminant. Et, puisque l'heure est à la modestie, je confesserai publiquement une faute politique qui se révèle lourde de conséquences aujourd'hui. Le responsable ultime est celui qui se trouve au sommet, c'est la règle. Je me souviens d'une note de synthèse évaluant la redoutable possibilité qui nous frappe aujourd'hui ; j'y avais écrit en travers : " Fantasmagorique ".

« Ce jour-là, sans le savoir, j'ai failli, en refusant de me conduire en Gaulois, nos chers ancêtres qui craignaient par-dessus tout que le ciel leur tombe sur la tête. Ainsi ai-je conduit ce pays, que l'on m'a confié, à l'impréparation. Comme il y a soixante-cinq ans, en 1939.

« Il est toujours de bon ton de brocarder nos amis américains. Mais deux organismes distincts sont en charge de ce risque aux USA : Spacewatch et le Icare Project. Il a suffi de quelques minutes pour que ce gouvernement dispose d'une structure immédiatement utilisable. Plusieurs États industrialisés sont au diapason. Chez nous, tout est à faire. Nous nous agitons et n'agissons guère ; nous traitons en aval et jamais en amont. C'est malheureusement une tradition française. »

Après une pause : « J'ai besoin de vous, dit-il s'adressant à notre groupe. Nous devons rattraper notre retard. »

Le Premier ministre reprit alors la parole :

« Monsieur le directeur du CNRS le confirmait à l'instant. Le danger n'est pas négligeable certes, mais non imminent. Le temps est avec nous, n'est-ce pas, monsieur le directeur ?

— En quelque sorte, monsieur le Premier ministre.

— De plus, Président, ne perdons pas de vue que, si la France est l'un des plus grands pays par son histoire, sa puissance, son autorité morale et l'exemple qu'elle donne au reste du monde, elle occupe sur la planète une superficie assez modeste somme toute... La surface de la sphère terrestre est de cinq cent six millions sept cent mille kilomètres carrés au total. Mais, écoutez bien, terres émergées : un peu plus de soixante-douze millions de kilomètres carrés seulement. Notre belle France fait, vous le savez tous, cinq cent cinquante mille kilomètres carrés. Un modeste demi-million. Nous occupons donc une aire territoriale cent trente fois inférieure à la surface totale des continents et, ramenée à la surface de la planète, neuf cent vingt fois inférieure... En gros, une chance sur mille pour être concernés. Certes, gouverner c'est prévoir ; alors prévoyons, mais sachons rester sages, une vertu que nous devons au peuple français. »

M. Schutz baissait toujours la tête. Qu'attendait-il, merde, pour faire taire ce béotien avec ce talent de persuasion qu'à notre usage il avait su trouver la veille ? Et la paire d'ostrogoths, qui avait porté notre ordre de mobilisation avec des trémolos dans la gorge, qu'attendaient-ils pour se dresser et dire : « Non ! Vous vous trompez, monsieur le Premier ministre, si elle tombe, où que ce soit, nous mourrons tous. » Mais ils restaient là, bien assis, prenant le vent, s'alignant dans le sillage du navire le plus prometteur, accumulant chances d'avancement et points de retraite.

Discrètement, de l'expression des mains et de celle du visage, j'ai supplié le boss : « Allez-y, c'est votre devoir ; ne vous déshonorez pas, je vous en prie. »

Il m'a regardé, atone.

Le Premier ministre revenait à la charge.

« D'autre part, monsieur le directeur, si j'ai bien lu votre note d'hier, au pire des cas, la chute de ce météore concernerait l'hémisphère austral ; donc une probabilité encore plus forte pour une chute en haute mer. Un dernier point : son diamètre ferait un peu plus de cinquante kilomètres. Gros pour un homme et même une ville. Mais pour une planète bien solide, ce n'est même pas une demi-lentille à côté d'un bon gros ballon de basket.

Certains hochèrent la tête pour approuver. Une émotion incontrôlable me submergea. Je me suis imaginé, en un éclair, me levant et saisissant M. Schutz par le col pour lui arracher, un à un, les mots de la gorge et les jeter devant les mains manucurées des tenants du pouvoir. En me redressant, j'ai seulement fait craquer le dossier de cuir de mon fauteuil et ma main a frappé involontairement le sous-main. Le Président a souri.

« J'ai l'impression que M. Chabrineau désire prendre la parole. N'êtes-vous d'ailleurs point spécialiste des comètes ? »

J'ai failli renoncer. Mais voyant que ce geste de refus que j'étais sur le point d'opposer était celui-là même que M. Schutz faisait dans ma direction, j'ai dit :

« Monsieur le Président, puis-je exprimer tout ce que je pense ?

— Mais vous êtes là pour ça ; j'ai été le plus clair possible tout à l'heure. »

Les ongles de Jacqueline qui, à l'abri de la table, s'enfonçaient dans ma paume gauche m'ont donné la force de me lever. J'ai compris qu'elle me criait : « Courage ! »

« Nous sommes là depuis deux heures. Deux heures perdues. Pendant ce temps, l'objet s'est rapproché de plus de cent mille kilomètres dans votre direction. Et la véritable nature du problème n'a pas été perçue par monsieur le Premier ministre.

— Tiens donc », a dit ce dernier.

Mais une voix a coupé d'un : « S'il vous plaît ! » péremptoire et m'a intimé l'ordre de poursuivre.

« Nous avons trente-deux chances sur cent d'être frôlés à, approximativement, dix mille kilomètres de la surface. Dans ce cas, six milliards d'humains devront réapprendre à vivre et à ne garder, du passage de la mort, que le souvenir de son indescriptible et indifférente beauté. Nous avons hélas, toujours sur cent, soixante-huit possibilités d'impact ; deux sur trois. Il n'est pas un endroit de notre planète qui sera à l'abri. Seule la Terre, en tant que corps minéral, ne craint rien. Pas de fractionnement ni d'éclatement à prévoir. Elle demeurera la troisième des neuf compagnes de notre soleil. Mais, au sol, il en sera tout autrement : extinction de toute vie, humaine, animale et végétale. Destruction totale de tout relief artificiel dépassant cinq mètres de haut. Écrasement de toutes les sociétés organisées et de la totalité de leurs structures technologiques. Retour au chaos originel. Bouleversement de tout notre décor : montagnes, côtes, fleuves, océans, forêts, lacs, rien ne résistera. Et cela, je le répète, quel que soit le point d'impact, surface solide ou liquide, et n'importe où sur Terre.

– Cela ressemble à l'Apocalypse de saint Jean.

– Ce sera l'Apocalypse. Mais à un degré impossible à imaginer, même par saint Jean. Cet événement correspondra à la fin des temps associée au Jugement dernier.

– Comment parviendrez-vous à me persuader qu'un si petit objet puisse produire de tels effets? Cela dépasse l'entendement; une lentille est impuissante à côté d'un ballon...

– Pas si elle sort du canon d'un fusil. Ce n'est pas la masse de la comète qui constitue le danger, mais l'énergie que cette masse va transmettre à la Terre lors de l'impact. Les ravages découleront de la dégradation de cette énergie.

– Cela se calcule?

– Très facilement.

– Cela peut-il s'écrire?

– Pas au-dessous du volume d'un gros livre. Les effets sont innombrables.

– Président! Je proteste. Il n'est pas possible d'écouter plus longtemps ces élucubrations! »

Le boss avait la tête dans les mains. Une multitude d'apartés emplissaient la pièce d'un brouhaha qui allait grandissant. La comète ne nous montrait ainsi qu'un infime échantillon de ses pouvoirs. Le Président a répété, d'une voix irritée : « S'il vous plaît, messieurs! », et poursuivi, dans un silence redevenu complet.

« Donc nous sommes perdus.

– Perdus si elle tombe et si nous laissons faire, ai-je confirmé.

– Vous voulez l'empêcher de tomber? La retenir sans doute?

– Pourquoi pas? On peut toujours agir pour modifier le destin. C'est le génie des hommes. »

Mes mots, peut-être grandiloquents, suscitèrent quelques rires condescendants au hasard des sièges. Une voix s'écria : « C'est Jules Verne en personne », tandis que le Premier ministre s'adressait à son supérieur :

« Président ! Nous nous égarons ; ce qui se passe ici est un spectacle indigne de la République ! Je vous avais informé que ce comité, par sa trop grande diversité, ne pourrait rien résoudre. »

L'hallali venait d'être sonné.

« Monsieur Chabrineau, où distinguez-vous ce pire que vous nous décrivez complaisamment, autrement que dans vos propres fantasmes ? »

Et ce fut le coup de grâce présidentiel :

« Je partage ce qui vient d'être dit. Ressaisissez-vous, monsieur Chabrineau. Il n'y a, autour de cette table, nul enfant à terroriser. Je vous accorde l'autorisation de vous retirer. »

Puis, se levant :

« Vous savez que je suis occupé cet après-midi, a-t-il lancé à l'intention du Premier ministre rouge pivoine. Je vous informe sous vingt-quatre heures. Messieurs, je vous salue », a-t-il lancé à la cantonade. Tandis que nous nous levions, il s'est éclipsé par la porte qui l'avait vu entrer.

J'étais comme à Venise : KO debout. La réunion se poursuivait. Il fut constitué un comité restreint regroupant un membre de chacun des corps concernés. Dix au total. M. Schutz au titre de conseiller scientifique. Avec, à sa tête, un Premier ministre certain désormais de ne faire qu'une bouchée de la comète.

Le dossier fut établi dans ses grandes lignes. On discuta de construction d'abris géants dans les villes de plus de cent mille habitants, du renforcement structurel des édifices publics, de constitution de stocks de nourriture, du doublement des lignes de communication et des faisceaux satellitaires relatifs au fonctionnement de l'État et, enfin, de l'augmentation progressive et régulière des personnels de santé et des infrastructures hospitalières.

Au plan mondial, il fut décidé d'établir une concertation permanente entre les pays les plus riches : harmonisation des projets d'actions humanitaires à l'intention des pays émergents, mise en place d'observatoires sociaux et campagnes d'information tous azimuts pour permettre les transferts de technologie adéquats.

Le dossier créé a été immédiatement classé « Secret-Défense » et, sur proposition de notre directeur, baptisé « Projet Sentinelle ». Exit Cyrano.

M. Schutz a demandé au Premier ministre un bureau pour une sorte de débriefing rapide. Sous les lambris et les lustres Napoléon du salon Eckmühl, il m'a regardé avant de dire :

« Voilà, vous êtes content ? Vous êtes fier de vous ? Laissez-moi parler ! Vous vous justifierez après ! Vous n'avez pas vu qu'ils s'asseyaient l'un en face de l'autre et le plus loin possible au lieu d'être côte à côte comme l'exige le protocole ? Vous ne lisez jamais les journaux ? Vous ne saviez pas que nous sommes en régime de cohabitation ? Vingt ans que les électeurs ont pris cette mauvaise habitude et qu'ils s'amusent à transformer les allées du pouvoir en champs d'affrontements ! Vous n'avez pas compris qu'ils se détestent ? Quand l'un dit " vert », l'autre répond " rouge ". Vous qui savez braquer les antennes avec une précision d'un dixième de seconde d'arc, vous n'auriez pas pu tendre les vôtres dans la bonne direction ? Si vous aviez réfléchi un instant, vous auriez senti que, contrairement à l'évidence, l'homme qui comptait était le Premier ministre. Politiquement, c'est l'hôte de Matignon qui a le vent en poupe. Dans deux ans et demi, le Président termine son mandat. Vous ne devinez pas qui va lui succéder ? Allez, faites un effort... Chabrineau, vous êtes, au sens latin du mot, un imbécile. Intelligent de plus, ce qui aggrave votre cas. Laissez-moi parler, je vous dis ! Vous avez eu raison sur toute la ligne. Tout ce que vous avez décrit est fondé. Je n'ai pas changé d'avis depuis hier. Mais la politique est l'art des compromis. Qui vous a fait croire que toutes les vérités étaient bonnes à dire ? Où avez-vous pris que la science n'a pas à obéir ? Quant au Président, il signe. Il est chef suprême des armées, mais les parachutistes sont incompétents au niveau des comètes. Le Premier ministre, lui, est à l'image des Français qui vont l'élire en masse dans trente mois. Il nous laissera agir mais ne veut pas le savoir. Il attend qu'on le rassure, tout en se chargeant discrètement du sale boulot. Vous, vous arrivez là-dedans avec la délicatesse d'un char d'assaut dans une cristallerie. Et vous vous étonnez ensuite de vous faire massacrer ? Vous n'avez pas mesuré à quel point le Président se servait de vous pour contrer ce Premier ministre qu'il méprise, bien à tort d'ailleurs. Ensuite il vous a laissé tomber quand le jeu l'a lassé. J'ai des craintes sur l'avenir de votre carrière : vous venez de faire la preuve de vos compétences professionnelles et, simultanément, de votre totale incompétence en matière de jugement. Cocktail explosif. Les Japonais ont la formule qui convient aux gens de votre sorte. Ils disent que c'est le clou qui dépasse. Que fait-on pour éviter de se blesser ou d'y déchirer un vêtement ? On lui tape dessus, c'est tout simple, et c'est ce qui vient d'arriver. Ça fait mal, mais ça remet les idées en place. De plus, quelque chose m'intrigue chez vous depuis quarante-huit heures. Vous, toujours très soigneux de votre tenue, très sensible à l'image que vous offrez, vous voilà soudain plus que négligé, débraillé, dépeigné avec art, c'est-à-dire échevelé, ébouriffé. Regardez-vous, mon vieux, feriez-vous votre crise d'adolescence ? Un dernier mot encore. Vous aviez raison tout à l'heure et vous étiez le seul. Et vous avez eu tellement raison que, d'un seul coup d'un seul, c'est vous qui aviez tort. En physique, on appelle ça le phénomène d'inversion de polarité de charge. La clé de l'antimatière. L'électron chargé négativement qui brusquement, sous certaines conditions limites, bascule en électron positif et devient dangereux comme le diable. Vous voyez, on retrouve la politique dans la physique ; il n'y a aucune raison pour que l'astronomie y échappe. Voilà, j'ai terminé. »

Je l'ai remercié. Je lui ai dit que j'étais prêt à présenter mes excuses au Premier ministre s'il le jugeait souhaitable, et à lui-même pour le tort indirect que j'avais causé à notre centre. J'ai reconnu avoir confondu recherche et gouvernement alors qu'ils n'ont rien en commun. J'avais mêlé compromis et compromission et n'avais accordé aucune importance au combat fratricide pour l'organisation sectaire du monde. Les étoiles avaient une couleur. Celle-ci n'était pas politique. Ayant toujours agi en être responsable, j'irais jusqu'au terme de ma logique et le verrais cet après-midi pour lui remettre ma démission.

Il ne s'y attendait pas. Il a ergoté :

« Réfléchissez jusqu'à demain.

— Qu'est-ce que la nuit y changera ?

— Si vous partez, si l'humanité est encore là après deux ans, vous savez que votre nom ne sera pas inscrit au marbre de la victoire ? L'ennemi approche, ne désertez pas.

Ce sont les bons soldats que l'on place en première ligne. Et le défi Chabrineau, le défi! Qu'est-ce que vous en faites?

— Je ne suis plus sûr de vouloir le relever, surtout à ce prix.

— Comme vous voudrez. Mais je n'ai rien entendu. À l'Institut, ma porte est ouverte à tout le monde, tous les jours, vous le savez. »

# 7

À peine voilée par un coin du drap, Livia dormait en boule sur mon lit en bataille. Je me suis assis tout près d'elle avec précaution. Et mes yeux ont refait connaissance avec le corps de cette femme qui s'était emparée de moi comme d'une ville mal défendue. À moins que ce ne soit moi qui l'ai attirée, sans même m'en rendre compte, jusqu'à ce qu'elle tombe à ma merci. L'amour est encore plus compliqué que la politique.

Sa tête et ses épaules seraient mon été car ses yeux brûlaient comme lui et ses dents, douces et dangereuses, avaient l'ardeur de ses rayons. Ses bras et ses seins formeraient mon printemps ; les premiers pour la tendresse et les caresses qu'ils égrenaient au hasard de mon corps, et les seconds pour cette douceur de tendre fleur qu'ils savaient rendre à mes baisers. Son buste et son ventre deviendraient mon automne, pays proche des mystères et des envoûtements, promesse des derniers fruits, lande découverte offerte à tous les voyages. De son sexe secret et délicieusement sombre, jusqu'aux pointes de ses pieds gracieux, veillerait mon bel hiver, quand de la crainte de ses effets on cherche un abri profond et plein de rêves. Tandis que le carcan délicat de ses cuisses m'enfermerait, je serais ce captif veillant jalousement à la solidité des liens de son esclavage.

Elle était tout ce que je n'osais plus désirer. Son corps deviendrait mon seul monde et le cœur de ma saison. Au cours de chaque cycle solaire, je voyagerais de l'une à l'autre, toujours nouvelle, jamais lassé, impatient de retrouver et de redécouvrir la suivante, nostalgique de celle que je viendrais de quitter et fou, définitivement fou, de ce présent somptueux qui était venu à moi.

J'ai pensé : « Livia, s'il te plaît, j'ai besoin de toi. » Elle a ouvert les yeux et dit simplement, d'une voix encore noyée dans le grand océan du sommeil : « Viens. » Elle m'a tendu les bras et je suis venu m'y perdre une nouvelle fois.

Longtemps après, un siècle au moins, elle a demandé : « Qu'est-ce qu'il y a ? Raconte. Depuis que je suis là, il ne t'arrive que des malheurs. »

Ainsi percevait-elle les ondes perturbées de mon désordre intime.

« Je dois porter la poisse. Mes grands-parents canadiens soutenaient que je devais être une des filles du Diable.

– Et ton père là-dedans ?

– Il était d'accord pour assumer sa paternité. Mais c'est toi qui dois parler, pas moi. »

Elle s'est recroquevillée contre mon grand corps. J'avais, serré contre ma poitrine, le meilleur de la Terre. L'étrange navire que j'habitais pouvait désormais lever l'ancre ; l'équipage était au complet et ne regarderait plus vers le rivage. J'ai trahi une seconde fois. Décrit les luttes sournoises, les traquenards, les fausses ententes. Le long mouvement de sa respiration s'appuyait contre la concavité de mon épaule. J'aurais pu la croire assoupie mais sa main sur mon ventre exprimait le contraire. Lorsque je lui ai annoncé que je quittais l'Institut, elle m'a demandé ce que je comptais faire. Je lui ai dit que j'avais assez d'argent pour bien vivre un à deux ans, ou plus.

Comme l'autre nuit sur les boulevards, je lui ai proposé en vrac les dernières montagnes cyclopéennes de la Terre de Feu quand elles s'écroulent dans la mer pour devenir le cap Horn, la ville de sable de Sanaa, l'île de Pâques et l'alignement de ses sombres mystères, dressés contre des envahisseurs jamais venus. Je lui offris de traverser la banquise arctique au pas des ours blancs qui, pour nous, se feraient débonnaires ; le grand Sahara aussi, qui se saisit des êtres pour les restituer enfin révélés à eux-mêmes.

« Tu parles bien, dit-elle. C'est parce que tu es amoureux.

– Si tu étais Premier ministre, tu dirais que je suis ridicule et tu aurais raison.

– Et si j'étais Premier ministre et amoureuse ?

– C'est l'un ou l'autre, sinon ça explose.

– Et d'abord, qui t'a dit que j'étais amoureuse ?

– Tu l'as avoué cette nuit même. Tu parles en dormant. »

Une fraction de seconde elle m'a cru. Et puis elle a bondi :

« Nous n'avons même pas passé une vraie nuit ensemble. Depuis que tu fréquentes les ministres, tu te mets à perdre la raison ; il faut te soigner. »

Armée d'un oreiller bien dur, elle a entrepris de me punir. À chaque coup je criais : « Pardon, monsieur le Premier ministre, je ne le ferai plus ! »

Sans transition, debout au-dessus de moi, une jambe de chaque côté de mon corps, dans une nudité sans voiles et sans complexes, elle est revenue à un propos plus sérieux.

« J'ai pensé à quelque chose, Antoine. Quelque chose qui m'inquiète et me fait vraiment peur. »

Tout en parlant, elle s'est assise sur mon ventre avec une simplicité et une innocence telles que nous aurions pu nous connaître depuis cent ans. Peut-être en vérité étions-nous déjà amants quand la vie péniblement quittait la mer primordiale et se hissait sur les plages.

« Voilà. Il y a quelque chose qui ne va pas entre nous. Je résume : je t'aime avant de te rencontrer. Je te tire une gifle en public et tu tombes amoureux. Je me fais virer exprès pour avoir du temps juste avant que tu décides de démissionner ; je traverse la moitié du monde pour te retrouver ; on se revoit comme si tout ça allait de soi, et ni l'un ni l'autre n'a besoin de dire à l'autre qu'il l'aime. Et aucun des deux ne s'interroge sur ce qui lui arrive. On passe notre première nuit d'amour à marcher, agresser les passants et, incidemment, à se donner en spectacle, au lieu de s'épouser comme tout le monde trente-six heures dans un lit. On couche ensemble quand les autres partent au boulot. On ne mange pas. As-tu remarqué que dans ton bizarre appartement on ne risque vraiment pas de trop grossir ? On discute pour savoir comment sauver le monde. Tu te chicanes, pour finir, avec ton président de la République... Sommes-nous normaux ? »

Je n'ai su que répondre, elle avait raison. Elle a repris :

« Cela m'inquiète, tu sais. Je crains que tout finisse dans une apocalypse de normalité ; que demain je t'oublie ; que tu me dises que ta femme va rentrer de vacances avec vos quatre enfants, d'horribles morveux baveux et criards ; ou bien que l'un et l'autre on se redécouvre inconnus, étrangers. Rien n'est cohérent dans ce qui nous arrive. Je me comporte avec toi comme une prostituée. Je me sens devenir lubrique ; j'ai envie de te faire la cuisine, moi qui ignore comment on épluche une pomme de terre. Toi, tu connais déjà mon corps comme au bout d'une longue habitude, et je n'ai pas eu de peine à reconnaître le tien... Tout cela n'est pas logique, j'en suis sûre. Je ne t'ai pas rejeté quand tu es venu ; j'ai dit oui tout de suite. Je t'ai appelé au lieu de te faire attendre pour augmenter ton désir. Et toi, tu m'as prise comme si nous venions de terminer le calvaire d'une année de fiançailles, juste à se regarder et à se tenir par la main sous l'œil des parents, comme dans mon pays il y a deux siècles. Tu n'as pas fait mine de m'ignorer, comme il faut que les hommes fassent pour montrer, par leur fausse indifférence, l'intensité de leur amour. Nous trichons et nous ne le savons pas. Nous allons être punis, exclus du jeu et mis au coin. L'amour traditionnel n'a aucun rapport avec ce que nous vivons. C'est un sentiment délicat mais rugueux et, comme la vie, il fait mal. Ça fait souffrir tout le temps. On doit être malheureux pour savoir que l'on aime ; on se dispute, on se déchire, on se blesse perpétuellement ; on est toujours certain de perdre l'autre ou de l'avoir déjà perdu sans s'en être rendu compte. L'amour ? Des cris de douleur dans une salle de torture où la compassion n'entre jamais. Il n'y a pas d'amour heureux, c'est le gage de la longévité. Au lieu de souffrir mille morts, nous gazouillons comme perruches au printemps. Je sens que bientôt tu vas m'offrir des fleurs et que je rougirai en demandant : " C'est pour moi ? Oh, comme tu es gentil. " Nous brûlons les étapes. Nous empruntons une route que personne n'a jamais prise. Et si au bout il y avait une falaise ou un ravin ?

— Les anges noirs n'ont pas le même destin que les simples mortels. Mais je vais te faire un aveu : depuis notre rendez-vous de hier matin dans mon bureau, j'ai peur, une peur terrifiante. Dès que je t'ai parlé, j'ai eu le sentiment de l'imminence d'une catastrophe ; et la comète n'y est pour rien. Je me suis dit, rien n'étant gratuit, que je ne pouvais tant recevoir sans en payer le prix. Notre crime sans châtiment devra forcément correspondre à un châtiment sans crime. Quelque part sur la Terre quelqu'un devra souffrir à notre place. Un peu d'harmonie se paie d'un grand chaos.

– Oui, acquiesça-t-elle, c'est à peu près ce que je ressens. Nous sommes ensemble depuis trente heures et avons autant de souvenirs qu'en trois mois. Dans trois ans, où donc en serons-nous?

– Je ne sais pas; mais rien de nous désormais ne peut suivre le chemin des autres. Rappelle-toi : les anges noirs, l'autre côté du monde. Là où s'attirent les choses qui ici se repoussent. Un amour qui ressemblerait à ce que l'on est en train de vivre, ça n'existe pas. C'est un amour comme dans les livres.

– Dis, Antoine, sommes-nous des héros de roman? Vis-tu comme moi l'espace de quelques centaines de pages? Si c'est cela, tourne-les vite et dis-moi ce qui nous attend...

– Lequel des deux devra-t-il en premier mourir?

– Nous sommes fous, a-t-elle annoncé.

– C'est un des effets de la comète. Rappelle-toi que dans la mythologie grecque, Jupiter rendait fous ceux qu'il voulait perdre. »

Nous promenions notre puissance d'investigation et d'analyse jusqu'au cœur des plus lointaines galaxies. Étoile parmi les étoiles, nous disséquions des mondes inaccessibles, les rendions presque sans effort plus intelligibles et voilà que nous nous retrouvions soudain désarmés devant une énigme née de nous-mêmes. Et soudain, changeant de sujet :

– Qu'envisages-tu? Tu ne vas tout de même pas troquer la recherche contre le hold-up ou la politique pour me nourrir?

– Ne t'inquiète pas. Je sais que tu es une femme chère... »

Elle me donna un coup de son petit poing. Mais je poursuivis :

« L'ami Gary, que tu aimes tant, me tanne depuis des années avec les universités américaines. Chercheur, je suis aussi professeur. J'ai d'excellentes relations avec mes homologues de Cornell, Berkeley et de l'université d'Arizona. Il paraît qu'à Cornell, près de New York, la chaire de Carl Sagan, décédé en 1997, n'a jamais été réattribuée.

L'Afrique du Sud m'intéresse aussi. Elle bénéficie d'une situation australe au moins égale à celle du Chili. Il y a quatre ans, lors du congrès de Johannesbourg, leur directeur des observatoires m'avait explicitement proposé de les rejoindre. Les équipes y sont jeunes et pleines de dynamisme ; tout y est à faire. J'aime construire ; j'aime les pays neufs et riches de promesses. Que préférez-vous, mademoiselle mon amour ? Un passage par l'État de New York, dans une vieille mais prestigieuse maison, un séjour au paradis des chercheurs en Californie ou bien un travail de maçon du ciel dans la brousse africaine où les miroirs de télescopes géants nicheront sous des coupoles hautes comme des cathédrales et feront ensuite bon ménage avec les girafes et les éléphants ?

— Crois-tu que cela soit faisable ?

— J'ai les compétences. Il suffit de vouloir. Si tu prends dans ta tête l'attitude de celui qui va vaincre, alors tu ne peux que gagner. Mais le succès attend qu'on vienne à lui, il ne se déplace pas. C'est Guillaumet qui marche trois jours dans les Andes, c'est Gandhi, c'est Albert Camus dont la mère ne savait pas lire et qui reçoit le prix Nobel de littérature à quarante-quatre ans. La chance, ça n'existe pas. C'est une invention charitable pour consoler ceux qui ont perdu.

— Si tu t'expatries, abandonneras-tu ce curieux endroit ?

— Oh que non ! Je le mettrai en sommeil ; mais il sera toujours le temple de nos épousailles païennes.

— Le jour de ton départ, sortiras-tu par cet escalier un peu angoissant ?

— Sûrement pas. Je n'ai pas l'intention de m'envoler. C'est un escalier pour entrer, pas pour sortir. »

Et je lui racontai la légende transmise avec l'acte de vente.

« Pire qu'une malédiction divine, dit-elle.

— Ne croyant pas en Dieu, les malédictions divines ne me font ni chaud ni froid.

— Tu étais déjà plein de défauts, et voilà qu'en plus tu es un monstre sans foi.

— Fou, ange noir, diable, monstre... Ton amour est une vraie ménagerie.

— Moque-toi de moi... Quand j'étais petite, j'ai rêvé longtemps qu'une énorme bête me suivait. Comme elle marchait plus vite que je ne courais, je sentais qu'elle allait finir par me rattraper. Mais je me réveillais toujours avant. Je me promettais alors que la prochaine fois je me retournerais avant la fin du cauchemar ; mais je ne l'ai jamais fait. Je n'ai jamais aperçu les traits de ce qui me poursuivait.

– Ne cherche plus ; c'étaient les miens. Je m'en souviens. J'ai fait aussi ce rêve douloureux où je suivais une jeune fille très belle. Je l'appelais mais elle ne répondait ni ne se retournait. Au moment où je la rejoignais enfin, à l'instant où j'allais la toucher, elle s'évanouissait dans l'air comme une flamme qui s'éteint. Soufflée, aspirée vers un autre monde. Ton énorme monstre n'était que le malheureux jeune homme que je devais être à l'époque. Peut-être t'es-tu retournée la dernière fois ; ou alors ai-je réussi sans le savoir à te rattraper. C'est à partir de cette rencontre onirique que notre rendez-vous de Venise a été pris et scellé. Il fallait d'abord que tu te venges de ce que je t'avais fait subir. Ne crois-tu pas que cela expliquerait bien des choses ?

– Oui... C'est très logique. Mais tu sais, il s'agissait vraiment d'une bête monstrueuse. »

Je me suis assis pour lui faire face.

« Alors je me conformerai à ce destin que tu m'as fixé. Je choisis de ce jour la voie du Diable, de Satan, de Belzébuth et de mon préféré, Lucifer. Je serai ton prince des Ténèbres, roi des Enfers, pour toi mon ange noir ; et maintenant que je t'ai, je promets de ne plus jamais te faire peur. »

La tour Eiffel qui n'était pas encore éclairée s'enfonçait dans le crépuscule naissant. C'était l'instant éphémère de la victoire pour le dôme du Panthéon et celui des Invalides, doucement illuminés de la tiède clarté des lampes à vapeur d'iode.

J'ai pensé à demain. Ma lettre de démission, les amis qu'il faudrait, au moins par élégance, saluer sur place. La nouvelle avait dû se répandre. Partir pavillon haut.

« J'ignore quand je vais revenir. Vis sans moi encore pour quelques heures, accompagne-moi en pensée. Je vais rompre mes amarres et je reviens pour t'emmener loin d'ici. Si entre-temps tu as choisi notre destination, je t'obéirai. »

# 8

À l'Institut, j'ai immédiatement tapé et imprimé le document réglementaire par lequel je mettais fin à mes fonctions, sans sollicitation d'une autre affectation. Après un peu de ménage, j'ai rempli quelques cartons de ce qui me revenait du service de l'État.

À mes collègues qui voulaient savoir si j'étais toujours décidé, j'ai montré les cinq exemplaires qui attendaient au coin du bureau. Regrets dans leurs mots, vague à l'âme dans ma tête. Mais ils m'oublieraient et moi aussi. Nous rencontrerions nos signatures au bas des communications et des articles, nous nous croiserions au hasard des congrès, colloques et symposiums qui agitent notre monde comme une fièvre périodique, échangerions des messages sur des écrans dociles et des paroles numérisées par-delà les continents.

Je vais, évidemment, perdre tout vrai contact avec la comète, subissant ses menaces sans participer à la lutte. Aucun État ne m'intégrera dans ce cadre, il ne faut pas y compter. Je perds une Grande Dame Blanche. Mais, secrètement, la vie vient de m'offrir la plus belle des dames en compensation. La règle aveugle du crime sans châtiment a encore joué.

Nous avons tenu, malgré l'heure, notre dernière réunion informelle. Valdenaire, dont nous brocardions régulièrement les tentations ésotériques, fut la première à ouvrir le feu.

« On dira ce qu'on voudra mais je trouve que cette comète a un peu de retard...

— Explique-nous ça, l'encouragea Marel.

— On a oublié qu'au tournant de l'an mille la civilisation naissante a littéralement vacillé sur ses fragiles bases. L'anarchie la plus noire a gangrené les peuples. Robert II était roi de France depuis quatre ans. Ce fils de Hugues Capet rapporte que le royaume échappa à son gouvernement et qu'il fallut deux ans à ses hommes d'armes, ses prévôts et capitaines pour le ramener sous son autorité. Dans ce laps de temps, ce ne furent que désordres absolus, massacres et repentances, prières, misères et chaos social. Les historiens ont baptisé ce phénomène du nom de millénium. Nous ne sommes donc en retard que de quelques années.

— Comment donc ?

— La comète sera sur nous dans deux ans. Cela fera moins de dix ans de décalage pour le cap du second millénium ; une broutille.

— Tu crois vraiment à ces fantasmes ?

— Si les prévisions apocalyptiques se confirment, les fantasmes de l'an mille resteront blagues de potaches à côté de ce qui se prépare. L'an deux mille plus six va surpasser l'an mille.

— Tu croises deux événements de registres totalement opposés et qui n'ont rien en commun. Leur descendance ne peut qu'être absurde.

— Le fait est là. Les humains de l'an trois mille liront, dans ce qui sera leurs livres d'Histoire, que leurs ancêtres célébrèrent le passage du deuxième millénium en mettant leur monde cul par-dessus tête pour une sombre histoire de comète qui, peut-être, ne tomba même pas. Vous aurez beau vous faire exorciser, vous n'annulerez pas les effets des coïncidences.

— Pourquoi leur accorder un sens ?

— Parce qu'elles irritent quand elles sont excessives. L'irrationnel poursuit l'humanité. Méfiez-vous du confort intellectuel qu'apportent les certitudes : il est facteur de mortelle amnésie. N'est-ce pas Tycho Brahe, le grand Tycho lui-même, et Kepler l'immortel, vivant sans crise morale de leurs prédictions astrologiques ? Et l'immense Newton qui mêlait gravitation universelle et théologie, s'en distrayant par la recherche alchimique. Quand il n'interprétait pas les prophéties de Daniel et celles de l'Apocalypse. Plus près de nous, Percival Lowell a bien distingué des canaux sur Mars. La tête sur le billot, il n'en a jamais démordu. »

Je demandai : « N'est-ce pas là la part des ténèbres ?

– Jolie expression. Très exacte d'ailleurs. Il y a le jour, la nuit ; la lumière, les ténèbres. Dualités inconciliables, mais qui, de leurs oscillations, ont produit l'homme. Toujours à la frontière qui les sépare mais aussi les joint, l'homme prend de l'un et de l'autre. On pourra réduire la part des ténèbres, jamais l'annuler. Ce serait dommage d'ailleurs : les plus grands noms de la science confessent souvent, dans leur biographie, que leurs meilleures intuitions sont nées au creux de nuits de réflexion ; les ténèbres ne sont pas loin.

« Je dirai, pour conclure, en réintégrant ce rationnel qui vous est si cher bien qu'il reste si rare, que l'humanité s'offre, tous les mille ans, une introspection mouvementée sur son identité et la question vertigineuse de son devenir. Et pourquoi pas tous les six cent neuf ou huit cent soixante-treize ans ? Voilà bien une question d'intellectuel qui a perdu tout contact avec les dures réalités du psychisme des peuples humains. Mais tout bêtement parce que c'est un compte rond, avec trois beaux zéros qui symbolisent à la fois le maximum et le néant. Parce que mille ans échappent à l'entendement moyen. Parce qu'un changement de millénaire correspond à un changement d'époque et donc de code. Tellement insolite que forcément de mauvais augure. Nous sommes en 2004 ? Et alors ? Nous avons résisté un peu plus longtemps que nos parents de l'an mille. Mais je gage que nous allons nous rattraper. »

Et il baissa la main droite pour caresser son fidèle Saxo, corniaud de grande race et de noble maintien. Profitant de la plage de silence, Jacqueline nous annonça qu'elle avait du nouveau à nous proposer sur les conditions de la découverte. Le « Ah » quasi général vint à point nommé démontrer que l'irrationnel ne devait pas dépasser les taux de dilution homéopathique.

– J'ai tous les détails. Le premier sur le podium vit au Brésil, à l'ouest de Goyaz, sur le plateau du Mato Grosso. Fernando Diaz São-João, trente-six ans, ex-chercheur d'or devenu patron de garage le jour et chasseur de comètes la nuit, n'avait jusqu'ici pas fait parler de lui. Observateur forcené qui a taillé et poli lui-même son miroir de cinq cents millimètres, il passe toutes les nuits claires dans sa coupole artisanale, traque tout ce qui bouge dans le ciel à coups de plaques photos. Il en a des milliers. Tous ses moyens y passent. Il développe ses photos le matin, les analyse l'après-midi. C'est ainsi qu'en comparant deux plaques impressionnées à vingt-quatre heures d'intervalle il a repéré la minuscule tache floue glissée, caractéristique imparable d'une chevelure cométaire. Ce type qui ne dort jamais a dit aux journalistes : " Je me reposerai quand je serai mort. "

– Ça ne va pas tarder, ironisa quelqu'un.

– Second découvreur : Alan Nostrosignore, petit-fils d'émigrants de Calabre, vit en Arizona depuis trente-six ans – tiens, ils ont le même âge, c'est curieux –, près de Springwood, dans une bourgade perdue entre deux déserts. Bedonnant, déjà chauve et grand piégeur de comète devant l'Éternel. En a déjà épinglé cinq à son tableau de chasse ; celle-ci sera sa sixième, son coup de maître. Il est électronicien de formation et informaticien de génie. Télescope de quatre cent cinquante Schmidt-Cassegrain noyé sous un déluge de câblages et de bidouilleries diverses. Tout est informatisé : pointage, guidage, mise au point et suivi. Il a conçu un logiciel absolument dément ; couplé à une caméra CCD et à une mémoire en gigabits, il emmagasine des images de très haute définition. Une vingtaine de champs successifs chaque nuit mais que son système retrouve invariablement et impeccablement plusieurs nuits de suite aux mêmes heures. " La nuit est faite pour dormir ", a déclaré Alan à la chaîne télé de son bled. " En fin de soirée, je vérifie que les données des prochaines douze heures sont bien rentrées dans la machine. L'assistance-ordinateur se charge de tout et pilote une suite de servo-mécanismes ; l'optique électronique fait le reste. Mon logiciel met ensuite les images intéressantes en mémoire et les superpose inlassablement avec celles du champ de la veille. Mon petit plus a été de provoquer un auto-effacement de toute tache lumineuse qui se superpose à son homologue sur l'image suivante. Mes écrans sont donc toujours noirs. Seuls demeurent les objets uniques, donc forcément mobiles. Quand cela advient, quand mon programme est confronté à un point lumineux qui refuse de s'éteindre, mon ordinateur obéit à une procédure d'alerte et enclenche une sonnerie dans ma chambre. Je me lève pour voir.

« " La plupart du temps, c'est une étoile variable, type Algol ou Céphéide, qui me joue un tour avec ses variations de magnitude. Mais ce coup-ci, vingt dieux, c'était le bon. Je me suis recouché et j'ai télégraphié le lendemain. "

– J'y vois, dit Carole, la victoire de l'acharnement sur la technicité.

– Courte victoire, ajouta Isabelle. Disons que c'est la double victoire de l'acharnement et de la technicité. Signe des temps. Cinquante pour cent des bons astronomes pianotent sans rien regarder. Ça marche tout seul et puis ça sonne quand c'est cuit.

– C'est le début des Mac-Do du ciel, ai-je déploré, ça a la couleur de l'astronomie, l'odeur, le goût et la forme, mais ce n'est pas de l'astronomie.

– Si tu mets ça sur ton CV, tu peux tout de suite demander une allocation de subsistance », a lancé Jacqueline.

À cet instant, mon interphone siffla :

« Vous êtes là, Chabrineau ? Voudriez-vous avoir l'obligeance de me rejoindre ? »

J'ai pris le temps de tous les embrasser. Il y avait un peu d'humidité au coin de leurs yeux. J'ai emporté toutes mes démissions sous le bras et gravi les deux étages qui nous séparaient.

Il s'est levé quand je suis entré.

« Ça va mieux, Chabrineau ? Vous avez retrouvé votre calme ? Bien sûr, vous avez changé d'avis ? »

Tiens, il est assis sur le siège visiteur à côté du mien et pas sur celui qui convient au directeur, de l'autre côté du grand bureau. Mais ce dernier jeu n'a plus guère d'importance.

Je lui tends mon dossier de démission.

« Je vous ai sous-estimé, Chabrineau, a-t-il dit sans le prendre. Vous avez pourtant très bien su manœuvrer. Il y a du nouveau. Vous allez appeler ce numéro une fois que je serai sorti de cette pièce et vous me rappellerez ensuite. »

Qu'a-t-il encore inventé pour m'empêcher de partir comme je le souhaite ? Une sourde colère monte en moi.

« Je n'appellerai personne. Et vous ne quitterez pas cette pièce avant d'avoir enregistré ma lettre et donné un récépissé.

– Impossible ! Je dois refuser votre démission. Ni vous ni moi n'avons le choix : ce numéro est à l'Élysée. Je ne sais rien d'autre. »

Il avait disparu. Le cerveau vide, j'ai composé le numéro. Le correspondant devait camper devant le téléphone car, sans l'ombre d'une sonnerie, une voix assurée m'a seulement confirmé :

« Monsieur Chabrineau, je vous attendais. »

Il a prononcé un nom que je n'ai pas retenu, puis s'est présenté comme directeur de cabinet.

« Le Président vous prie de l'excuser pour les événements de ce matin. Il vous demande instamment de reprendre votre démission, d'accepter la proposition qui vous est faite et de vous conformer à la procédure que je vais vous indiquer. Arrivez par l'avenue Gabriel. Vous vous présenterez à la seconde entrée gauche, rue de l'Élysée. Vous êtes attendu. À tout à l'heure, monsieur Chabrineau. »

J'ai oublié de raccrocher. Ce sont les longs bip-bip qui m'ont rappelé de joindre le patron. Il a repris sa place ordinaire de l'autre côté du bureau, tiré d'une chemise un dossier qu'il a disposé devant lui.

« Très bien... Alors, qu'en est-il de votre démission ?

– Je la suspends. Provisoirement.

– À compter de ce jour, acceptez-vous d'être placé en position de détachement de votre ministère de tutelle à la présidence de la République ? Vous occuperez les fonctions de conseiller privé sur les questions scientifiques, sous le titre officiel de chargé de mission. Vous n'aurez pas de supérieur hiérarchique autre que le Président. Chabrineau, le cœur du pouvoir. Une promotion fulgurante. Je n'en sais pas plus. Le reste, et il toucha les feuillets devant lui, ne concerne plus que des détails matériels. »

Du fond de la crevasse, j'étais propulsé au sommet. En bas, la pression des glaces ; en haut, l'air subtil qui brûle les poumons.

« On dirait que ça ne vous emballe guère ; vous acceptez ? »

J'étais mal à l'aise. Je n'avais pas de vocation particulière pour entrer en politique. Je n'aimais que ces machines froides, vivantes et silencieuses que l'on braque au zénith et cette chaude camaraderie qu'elles génèrent. Le goût des ors et apparats du pouvoir, ses luttes feutrées et ses codes d'accès ne me disaient rien. Mon enlisement récent confirmait ma totale allergie en la matière.

Mais il y avait Diaz-Nostro. Tel était le nom de ma pulsion, tissée d'amour autant que de haine. Dans tous les cas faite d'une autre chair que celle de l'ambition. La longue descente vers la Terre de ce corps, provenant de zones totalement ignorées, me remplissait, comme au temps de Hale-Bopp en 1997, d'une immense et incontrôlable excitation.

Les Dames Blanches portent dans leurs flancs des millions de points d'interrogation. Je voulais en briser quelques-uns. Et, délivré de toute pesanteur, m'élever vers elles comme l'enfant émerveillé que je n'avais jamais cessé d'être, tendre jusqu'à leur face, par-dessus les millions de kilomètres qui nous séparent, la main tremblante de la connaissance et ainsi, caresser le visage de Dieu.

J'ai fait signe que oui j'acceptais. Et j'ai dû signer un flot de paperasses.

« Ah, encore un dernier point. Je dois vous informer que vous êtes attendu sans délai, ajouta-t-il avec une curiosité admirative, tandis qu'il me scrutait comme s'il venait de me découvrir. Je ne vous dis pas adieu, seulement au revoir. Et toutes mes félicitations ! Je vous ai vraiment sous-estimé. À bientôt, monsieur le conseiller. »

Et il s'est levé, l'air le plus sérieux du monde.

La Grande Dame Blanche s'avance pour rendre au néant le monde selon Gary Arp. Je ne peux admettre cette perspective. Ma révolte est viscérale. Mourir n'est rien quand on a bien lutté, même sans avoir vaincu. Je lutterai jusqu'à la folie. Peu m'importent les hommes immédiats dans leur splendeur ou leur mesquinerie. Ce qui compte n'est point ce qui est. Ce qui compte c'est l'espoir de ce qui sera ; c'est le pouvoir de recommencer, encore et encore. Vivre ses rêves et rêver de les voir vivre. Au tournant d'autres siècles et d'autres millénaires. Il faut du temps à l'humanité pour qu'elle fasse ses preuves. Les grands reptiles ont disposé, quant à eux, de cent soixante-dix millions d'années. Notre calendrier ne pouvait se clore sur une brève expérience de trois millions d'années.

L'Histoire à venir nous condamne à agir vite. Ceux qui savent sont dépositaires d'une mission sans rapport avec leur époque. Nous sommes des voyageurs mandatés par le futur, somnambules aux yeux ouverts parmis des peuples endormis.

J'ai touché mon front. Moite. Je dois avoir de la fièvre. Livia a raison de dire que je suis fou. Mais je ne veux que la première ligne, celle qui marque la barrière du refus. Tant pis si le chemin de cette frontière doit passer par l'avenue Gabriel !

# 9

La rue de l'Élysée est à sens unique, interdite à la circulation ordinaire. Présence policière tous les cinq mètres. J'ai
dû donner mon identité. Mes papiers vérifiés deux fois, une
barrière s'ouvre. Le véhicule s'avance dans un sas étroit qui
se referme derrière moi. Je dois descendre, passer entre plusieurs détecteurs. Avant de pénétrer dans une pièce où l'on
m'accroche au revers un énorme badge, rectangle lisible à
dix mètres. Précédé d'un guide, je longe une galerie qui
jouxte des jardins, puis deux petits salons, meublés avec raffinement et bruissants d'activité. Les pièces se font plus
vastes. Trônant sur le mobilier d'époque, partout veille la
reine informatique. Le directeur de cabinet est jeune. Il respire l'efficacité. Avec, dans l'œil, cette lueur pénétrante,
décidée, que donne l'exercice du pouvoir.

« Le Président m'a fait part de tout le bien qu'il pensait de
vous, et vous renouvelle ses excuses pour le regrettable mais
nécessaire incident de ce matin. Les fonctions que vous
allez occuper ne connaîtront aucun intermédiaire et, d'ailleurs, n'apparaissent pas dans l'organigramme officiel.
Vous intégrez désormais un cabinet très privé, relancé ou
mis en sommeil, selon les besoins de la conjoncture et les
désirs personnels du Président. Cette activité est, d'une certaine façon...très volatile, et excessivement contraignante.

– C'est bien comme cela que je le comprends.

– Tout est donc clair. À titre personnel, je dirai, monsieur Chabrineau, que je suis heureux de vous compter
parmi nous. Je tiens à ce que vous sachiez que vous trouve-

rez en moi un collaborateur attentif et bienveillant. J'ai parcouru votre dossier. Ce que j'ai lu m'a laissé profondément admiratif. Je vais vous confier, si vous le voulez bien, aux spécialistes qui vous feront gravir les paliers de votre initiation. »

Il s'est alors levé et m'a serré la main en souriant.

« Passionnant, vous verrez, a-t-il conclu. Le palais est à lui seul une ville dans la ville. Vous ne regretterez pas votre belle activité. Sachez aussi que je suis dorénavant à votre totale disposition. Mais cela va vous être précisé. »

Nous avons changé de cadre. J'ai dû glisser les mains dans des appareils à éclairs verdâtres, chargés d'enregistrer mes empreintes digitales. On a photographié mes pupilles. J'ai donné un échantillon de voix à une machine pour qui j'ai lu un texte insensé, des mots alignés sans cohérence. Enfin, quelques gouttes de sang prélevées dans une veine fourniraient le génotype qui serait, longtemps après ma mort, mon plus fidèle reflet.

Je n'ai pas prêté serment. Passé de mode. J'ai reçu un paquetage réduit à l'extrême : une carte plastifiée avec un nombre digitalisé à douze chiffres, au-dessus d'un autre à six chiffres. Chacun des chiffres était constitué d'un interminable code-barre. Étonnamment plat, mon téléphone portable se révélait à peine plus grand que la carte. Celle-ci permettait, après lecture informatique, de franchir la première entrée. Une fois refermée, les cinq clés digitales de ma main gauche ouvriraient la seconde.

Je ne pouvais entrer que seul. Mais en toute liberté et sans exclusive horaire. Le téléphone me donnait directement accès au Président vingt-quatre heures sur vingt-quatre. La ligne empruntait un réseau d'ondes entièrement protégé que la Défense n'utiliserait qu'en cas de conflit. J'ai dû apprendre deux codes. Le premier pour activer l'appareil, le second pour obtenir le correspondant qui, d'une pression du doigt, me relierait au Président. Inutile de se présenter : l'appel impliquait l'identité de l'appelant. Tandis que j'enregistrais scrupuleusement toutes ces données, je me faisais figure d'un homme des cavernes invité dans une station spatiale.

« Vous êtes des nôtres dorénavant, m'a affirmé, toujours souriant, le jeune directeur de cabinet. Un bureau vous est affecté dans l'aile gauche ainsi qu'un personnel de secrétariat. À notre niveau de fonctions les titres n'ont pas cours puisque nous nous connaissons tous. Nous nous vouvoyons, sans plus. Avec le Président, jamais de " Monsieur le président de la République " ; " Monsieur ", c'est tout. Il s'adressera nominativement à vous. C'est là le signe d'appartenance à ce qui, sous l'Ancien Régime, se nommait la Maison privée.

– Cela va me faire beaucoup d'habitudes nouvelles.

– Juste. Mais je suis certain que vous êtes adaptable. Vous accédez au Palais quand il vous convient, pour le temps qui vous convient. Vous rencontrez le Président en dehors des horaires programmés sur simple préavis. Si un problème ou une urgence se présente, cela relève de votre évaluation personnelle. Ah, j'allais oublier, vous avez une famille ? »

Sa question disait « non ». Bien informé, le bougre.

« Non, ai-je confirmé, mais je ne vis pas seul. »

Il a levé un œil surpris et interrogateur.

« Une astrophysicienne comme moi.

– Une collègue de votre Institut, sans doute ?

– Non.

– Française ?

– Non, Canadienne. »

J'ai dû donner l'identité de ma Livia. Je n'étais plus sûr de l'orthographe du nom. Ce qui a plongé le jeune homme dans un océan de perplexité bien dissimulée.

« Vous avez une séance de travail avec le Président tous les jours à dix-huit heures. Permettez-moi, pour conclure, de vous rappeler le devoir de réserve absolue qui devient maintenant le vôtre. C'est la clé de votre efficacité. »

Je l'ai rassuré.

« Je ne rapporterai rien à la comète de ce que nous préparerons pour la combattre. »

Devant l'ironie de ma réponse, il a vaguement haussé les épaules :

« Le sommet de l'État ne fonctionne pas sans le secret, c'est ainsi. À propos, pourriez-vous me rappeler l'échéance moyenne de l'événement ?

– Excusez-moi mais je ne comprends pas le sens de votre phrase. »

Il a souri :

« Vous apprenez vite, vous voyez. N'oubliez pas : demain dix-huit heures. »

Plus de minuit. Je suis à bout de forces. Sur le point de vomir. Une brusque nausée m'a en effet jeté contre le volant de ma voiture. J'ai dû stopper. J'avais les yeux noyés de larmes.

Et puis, je suis entré dans un appartement obscur, dont tous les rideaux étaient tirés, qui palpitait pourtant des mille feux de la ville faussement endormie. Je ne distinguais que le dos de Livia assise dans un coin. D'elle émanait une énergie palpable, paisible comme une brise tiède. Elle n'a pas bougé. Un genou au sol, je l'ai serrée contre moi, m'accrochant à la bouée de son corps. Notre intimité était déjà si forte que les mots s'avéraient superflus. J'ai seulement murmuré :

« Qui es-tu donc ? »

Elle a répondu d'une légère étreinte de son bras gauche, attirant mon visage contre le refuge de ses cheveux.

« Je suis. »

Après, je ne sais plus.

D'un commun accord, nous ne parlons pas. Je me suis assis au sol, sur une colline de coussins. Elle est contre moi, ses longues jambes à l'opposé des miennes, son visage à quelques centimètres du mien. Ainsi, nous respirons le même air. J'aspire celui qu'elle rejette ; je lui donne celui qu'elle attend de moi. Chacun de cette façon pénètre l'autre de la subtile manifestation de sa vie. Elle me prend autant que je la reçois. C'est une communion si profonde qu'elle nous paraît presque plus accomplie que l'amour que nous avons fait, encore et encore, dans les heures qui ont précédé notre dernier réveil. Vers midi.

Le plaisir vient de cet étourdissement immatériel qui monte en nous au bout de quelques minutes de ce va-et-vient respiratoire lentement rythmé. Nos yeux ouverts plongent dans les profondeurs infinies que l'autre lui offre. C'est ainsi qu'elle saura ce qui chez moi a une importance sous l'écran de l'accessoire ; tandis que rien d'elle ne me restera étranger. Les mots ordinaires sont incapables de traduire la richesse de cet être nouveau qui est nous.

Se reconnaître et non se connaître. Nous n'avons plus le temps. Nous nous approprions ainsi mutuellement, fragment par fragment, cellule par cellule. Chaque heure qui passe la fait mon bien tandis que j'entre en son absolue dépendance.

Elle a mesuré mon désarroi. Je devine son inquiétude. Elle rompt le silence :

« J'ai peur pour toi. Tout va trop vite. Mais ne te torture pas à tout revivre. Ne raconte que ce qui est nécessaire. »

Et elle a eu cette phrase étrange : « Respecte l'interdit. »

Elle a d'abord essayé de deviner. Alors je lui ai dit :

« Je me retrouve dans une sorte d'arène pour un jeu dont je connais mal les règles. Ce n'est pas le pouvoir scientifique qui va mener la lutte, c'est le politique. Avec lequel il faudra composer, malgré ses défauts.

– À quel niveau te trouves-tu ?

– Tout en haut, dans l'ombre.

– De quoi es-tu chargé ?

– Dans la nouvelle guerre qui s'annonce, la seule arme sera la connaissance scientifique. Je fournirai l'information. Il va falloir convaincre de la nécessité d'une action rapide. Et obtenir la collaboration planétaire la plus large.

– Mais ce n'est pas de ton ressort.

– Exact. Mais je ressens cette menace comme un défi personnel. Une voix me crie : " Vas-y, montre-nous enfin de quoi tu es capable. " Je veux peut-être rattraper les carences d'une vie antérieure. Je n'arrête pas de me répéter : " Cette fois-ci tu vas faire quelque chose. " Absurde puisqu'il n'y a pas eu d'autres fois. Je sais bien que je ne suis guère qu'une fourmi cherchant à contenir le déferlement d'un barrage. Comment, en quelques mois, obtenir l'unité de décision et d'action, élaborer une stratégie, agir ? J'ai peur que la défaite ne soit déjà consommée.

– Tu n'es pas seul sur Terre. Tu n'es pas le sauveur. Zorro et Batman n'existent que dans les livres. »

Je l'ai fixée tandis qu'elle me regardait pensivement.

« Qui s'en chargera sinon ? Qui permettra à la malédiction de se renouveler ?

– Tu as dit " permettra " ? »

– Je voulais dire " empêchera " ! »

Après un long silence, durant lequel elle semblait réfléchir, elle m'a scruté d'un air songeur.

« Tiens, dit-elle, je découvre ton premier défaut. Tu es profondément orgueilleux. Je te trouvais parfait. Au moins tu me rassures, tu es vraiment un homme. »

Et après un silence :

« Je peux te poser une question grave ? C'est à propos de ton lapsus. »

Malgré le ton de sa voix qui m'a rempli d'angoisse, j'ai promis de ne pas mentir. Mais elle a poursuivi :

« Tu sais, depuis deux jours je voyage en toi. Je te connais comme aucun autre en cent fois plus de temps. Tu as levé toutes tes barrières. Je vois ce qu'elles étaient destinées à protéger du regard des autres. Quelle souffrance as-tu enfouie loin derrière toi ? Quelle injustice solitaire as-tu subie ? Comment ne pas s'insurger quand le malheur qui frappe choisit l'innocence pour victime ? Alors l'inconscient désire son retour. Pour que l'épouvante réintègre l'ordre et l'équilibre enfin justifiés du monde. »

J'étais tétanisé par le gouffre qu'elle venait d'ouvrir en moi.

« C'est à propos de la comète. Je me trompe certainement. As-tu envie qu'elle tombe sur Terre ? »

J'ai dû me répéter sa phrase avant d'en saisir tout le sens. Son troisième mot, « envie », m'a fait l'effet d'un choc électrique. J'ai crié : « Non ! » Mais je découvrais avec horreur le conflit que ma révolte révélait. J'ai saisi ses mains convulsivement. Les miennes tremblaient. J'ai crié encore : « Je ne veux pas ! »

Elle a cherché mes larmes avec ses lèvres, mais mes joues étaient sèches ; alors elle m'a serré contre elle et bercé de sa voix apaisante. Il faisait très sombre dans la pièce quand sa main s'est posée sur ma bouche.

« J'ai eu un père très différent de la moyenne, a-t-elle dit. Il pensait que les hommes ne se percevaient réellement que par le contraire de leurs actes et déclarations visibles.

Comme s'ils n'étaient qu'un alibi servant à recouvrir leur véritable identité. Il appelait cette théorie un peu fumeuse la loi des inverses. Le bien, délivré du mal, n'a pas d'existence. Il n'est plus qu'effondrement de l'être. Il faut en permanence porter en soi les deux aspects de l'alternative pour bien choisir son camp. Je t'aime, Antoine. Peu m'importe que ton inconscient souhaite l'impact, puisque tu vas lutter pour l'empêcher. Quel risque cours-tu ? Tu ne pourras jamais trahir la Terre.

– Je peux préconiser les mauvaises décisions, les impasses. Induire un choix qui se révélera catastrophique. Même sans le vouloir en conscience, je peux faire le mal.

– Je n'y crois pas. Tu hésites en ce moment devant l'énormité de la puissance dont tu vas disposer. Laisse s'agiter ton inconscient. Il a ses mauvaises raisons. Rappelle-toi que le cerveau reptilien, celui des pulsions, n'a pas d'accès au néocortex, siège de la raison et de l'esprit critique. Cette dualité est vieille comme l'humanité. C'est le goût du feu chez les pompiers, l'inclination morbide des médecins vers la mort, le vertige permanent de la damnation chez les gens d'Église. Les protestations d'amitié de celui à qui on ne demande rien et qui porte en lui un grief inexprimable. C'est l'éternelle ambiguïté du bien et du mal.

– Il était psy, ton père ?

– Oh non ! À peine cultivé. Il avait dû l'expérimenter sur lui-même. C'est même certainement cela. Je l'ai appris longtemps après sa disparition. »

Elle est redevenue silencieuse. Et puis, comme dans un effort :

« Tu veux savoir ? »

J'ai fait signe que oui.

« Tu vas être la première personne à qui je le raconte. Il était chilien. Il s'occupait de commerce et d'exportation dans un bureau officiel. Huit années avant ma naissance, il a pris l'avion à Santiago. Vol 026 pour Tucumán en Argentine. L'appareil s'est crashé dans les Andes, à plus de cinq mille mètres. Pas de radio, pas de nourriture, moins vingt degrés la nuit et une douzaine de survivants plus ou moins blessés. Aucun espoir. Quand l'épave a été localisée trente-quatre jours plus tard, il n'en restait plus que six sur les douze. »

Elle a marqué un temps.

« Je me souviens de cette affaire. Mon grand-père en avait parlé devant moi quand j'étais enfant.

– Alors tu sais comment ils ont survécu.

– Oui, ça ne me choque pas. Mais quelle épreuve pour ceux qui ont accepté !

– Il avait seulement accepté de vivre. C'était un homme très doux. Non violent sans le savoir, humaniste à une époque où le mot n'était pas à la mode. Avec ceux qui en ont eu le courage, ils ont enfoui les corps dans la neige et, chaque jour, ils se partageaient le foie cru de l'un d'entre eux.

– Pourquoi le foie ?

– C'était la partie la plus accessible pour les canifs dont ils disposaient. Et puis, un foie humain ne présente guère de différence avec celui d'un animal. C'est l'un des leurs, un médecin, qui le leur a conseillé pour la richesse nutritive.

– Pourquoi cru ?

– Ils ont cuit le premier sur le feu qu'ils allumaient avec les restes de carburant. L'odeur les a fait défaillir.

– Odeur classique de viande grillée.

– Justement. Ça les ramenait à leur condition d'homme. Le plus dur avait été de décider de vivre quand quatre-vingts pour cent de leurs compagnons venaient de mourir. Mon père s'en est expliqué par écrit dans un gros cahier qu'il a confié à ma mère pour qu'elle me le remette après sa mort. Sur la couverture, il avait écrit : " D'entre les morts. " J'ai lu jusqu'au bout. Nul n'échappe aux conséquences de ses choix. " Si tu combats longtemps le dragon, tu deviendras dragon toi-même ", dit un proverbe chinois. Ce proverbe convient à mon père et décrit parfaitement ce que tu viens de découvrir en toi. C'est ainsi que j'ai compris que l'homme peut, parfois à son insu, être conduit à des actions qu'il n'aurait jamais imaginées et qui échappent à sa volonté, sans pour autant que sa nature ne le prive du devoir de responsabilité.

– Il y a là un paradoxe.

– Non. C'est la limite ultime qui nous préserve de la condition d'esclave. Pourchassé chez lui comme les autres survivants, mon père a émigré assez vite. Il a construit une autre vie à Vancouver. Il a appris l'anglais, fait des études et enseigné. Tout ça pour connaître ma mère. Tu vois, il fallait que je naisse. Et que je vive pour que je puisse te rendre plus fort de son expérience.

– Qu'as-tu fait du cahier ?

– Sa dernière phrase était : " Maintenant que tu sais de quel enfer je viens, tu dois brûler ces pages et bien mêler les cendres à la Terre. Cette histoire deviendra pour toujours notre secret commun. " J'ai obéi à sa volonté : je l'ai brûlé. Mais je porte dans mes cellules une vie due au plus grand crime que l'esprit humain puisse être amené à commettre. Lui que sa nature portait à faire partie des victimes a donc vécu par erreur. Je vis sur une exception...

– Et ta mère ?

– Rien à signaler. Elle vieillit tranquillement, comme elle a vécu tranquillement.

– Nos origines sont inverses. Peut-être la loi des contraires. C'est ma mère qui fut un être exceptionnel. Je l'ai perdue sans presque avoir eu le temps de la connaître. »

Et je lui racontai les quelques souvenirs que j'avais d'elle.

« Et quelle fut la place de ton père ?

– Je n'en ai jamais eu.

– D'accord. Mais qui était-il ? »

Mais je lui avais dit la vérité. Je n'avais pas eu de père. Ma mère n'avait jamais cohabité avec quiconque. Mon grand-père, chez qui elle avait toujours habité, ne lui avait pas connu la moindre liaison.

« Un jour, mon grand-père m'a raconté qu'il avait vu le ventre de ma mère s'arrondir. Elle lui a appris, joyeuse, que ce serait un garçon. Puis elle l'a regardé dans les yeux en lui faisant jurer de ne plus jamais poser de questions à ce sujet. Il a juré. Au fond, ça ne lui déplaisait pas que le nom se perpétue. En vieil égoïste, il a réalisé qu'il conserverait sa fille avec un bonus en prime. Lorsque nous étions seuls tous les deux, il m'appelait " Petit-Bonus ". Il m'expliquait qu'il s'agissait d'un petit nom secret et interdit aux filles.

– Tu ne sais rien de plus ?

– Non.

– Alors il ne t'a pas tout dit.

– Qu'est-ce qui te fait penser ça ?

– Il a juré de ne plus poser de questions mais pas de ne pas s'en poser à lui-même. Il devait bien avoir sa petite idée. Quand est-il mort ?

– Il vit toujours.

– Hein ? Mais qu'est-ce que tu attends ? La question de tes origines ne te préoccupe pas ? Où est-il ?

– Il est plus vieux qu'Hérode : cent deux ou cent trois ans au minimum, et vit dans une maison de retraite à Sète, je crois. Il doit être gâteux.

– Ça ne te coûte rien d'essayer.

– Tu sais, en ce moment...

– Regarde-toi en face, Antoine. Tu dois avoir peur de la vérité.

– Maintenant oui. Me découvrir à quarante ans un géniteur de soixante-dix ans ou plus, avachi devant son télé-écran mural en tee-shirt douteux, en train de se curer les dents avec sa fourchette, et en plus une batterie de demi-frères et demi-sœurs tous plus présentables les uns que les autres...

– Voilà l'orgueil qui vient de parler. »

J'ai rougi. Ça l'a fait rire.

« Et s'il était aujourd'hui académicien ou, tiens, pourquoi pas, président de la République, ou même Premier ministre, ou directeur du CNRS ? Tu ne serais pas par hasard le fils Schutz ? »

J'ai ri à mon tour.

« À propos, une de tes collègues a téléphoné hier soir. Très surprise de me trouver à la place du répondeur. J'ai téléphoné moi aussi, et fort loin. Excuse-moi auprès de ta prochaine facture. J'ai utilisé aussi ton PC. J'avais une collection de messages à lire, et autant de réponses à expédier. Tu sais que mes affaires sont toujours à l'hôtel ?

– Tu fais bien de me le rappeler. Je me disais que j'avais dû oublier d'aérer. »

Et j'ai fait quelques grimaces significatives avec mon nez.

« Oh, le salaud ! Attends un peu ! »

Mais je n'ai pas attendu. Survolant la barrière végétale, j'ai escaladé mon escalier royal et supplié du haut de mon perchoir :

« Pardonnez-moi, ma belle Dame Blanche, ma fiévreuse sirène. Alors je consentirai à descendre vers vous et me rendrai à votre merci. »

Elle a rugi : « Tu n'es qu'une bête. Je suis tombée entre les griffes d'un dément pervers. Je dois être malade. »

J'ai sauté par-dessus la rampe et, d'une brusque détente, atterri à un mètre d'elle à la manière du capitaine Fracasse. Je l'avais saisie avant qu'elle ne s'échappe :

« C'est vrai que vous êtes très malade ! »

Et, l'enlevant dans mes bras, je lui ai dit dans le cou :

« Venez, ma belle Dame Blanche, je connais un remède miracle.

– Pas question avant que l'on n'aère. »

Mais nous n'en avons pas eu le temps.

# 10

Le second bureau privé du Président donne sur un jardin planté d'arbres. Sur une chaise incrustée de nacre, j'attends qu'il vienne occuper en face de moi le fauteuil Régence. Mon regard caresse l'exquise table en bronze marquetée, s'attarde un instant sur la commode de Cressent, pourpre relevé de bronze doré, qui supporte un ensemble informatique au clignotement imperturbable.

Voici qu'il entre d'un pas vif, costume d'été clair malgré la saison, cravate légèrement desserrée. À son revers, il porte l'insigne de grand chancelier de l'ordre de la Légion d'honneur. Il me sourit comme à une vieille connaissance.

« Ah, Chabrineau, le temps presse, disiez-vous, eh bien marchons à son pas. Je vous ai blessé hier ?

— Oui, monsieur.

— Eh bien, c'était volontaire. Je n'ai pas les moyens de m'offrir un nouveau Premier ministre en ce moment et vous étiez en train de me le démolir. Mais j'aime m'entourer de mauvais caractères. C'est un gage de droiture et d'efficacité. Dites-moi, vous n'appréciez guère l'autorité, il me semble ?

— Surtout quand elle est aveugle.

— Elle l'est toujours. C'est son rôle. J'ai besoin de vous. J'ai le pouvoir, vous, le savoir. Pour ce dossier, où je n'ai aucune compétence, vous serez ma réflexion, ma référence et ma source de données. Je prendrai vos idées, utiliserai vos mots, ferai de vos propositions les miennes. Il faut donc que nous soyons en totale symbiose. D'accord ?

— Oui, monsieur.

– Parfait ! »

Et il m'a tendu la main par-dessus la table de bronze, la gardant plusieurs secondes dans la sienne, tout en me fixant de son regard présidentiel. Ce geste m'a pris de court alors que nous étions tous les deux assis l'un en face de l'autre. Mais je n'en ai rien montré.

« Voilà notre contrat signé. Maintenant au travail. »

À cet instant, une jeune femme d'allure très stricte est entrée. Pésentations : « Mon nouveau conseiller en sciences » (moi). « Ma secrétaire privée » (elle).

« Elle me suit partout, a-t-il précisé. Un peu interprète, un peu garde du corps, elle est mon extension de mémoire. Elle saisit le peu qui importe d'un échange et m'en fait la synthèse. Elle assistera à toutes nos séances. Tout ce qui se dit en ce lieu est enregistré. C'est une règle républicaine qui se nomme transparence. Nul n'écoutera jamais, sauf si je devais être mis en jugement devant la Haute Cour. Les disques serviront dans un siècle ou deux aux historiens.

– J'ai une déclaration préalable et une demande à formuler, monsieur, sur la raison de ma présence ici.

– Je vous écoute.

– Je ne viens pas pour vous aider à résoudre une affaire nationale. Vous n'avez pas pris une heure quotidienne sur votre emploi du temps pour traiter du problème de l'espèce tout entière, entre difficultés de la viticulture et lutte contre le chômage. Rien d'équivalent depuis les premiers hominidés. Désormais, le reste de votre charge consistera à expédier les affaires courantes.

– Vous n'exagérez pas ?

– Je minimise. »

Il a hoché la tête à plusieurs reprises.

« Difficile à admettre, mais je vous crois. Et votre demande ?

– Il est urgentissime de prendre contact avec chacun de vos homologues des pays les plus industrialisés déjà informés. Il s'agit de sonder le point de vue initial des États, d'évaluer leur détermination et de suggérer la tenue d'une conférence internationale et, surtout, secrète. Ceci équivaudra à l'avis de mobilisation générale.

– Vous avez de judicieuses comparaisons. C'est tout, Chabrineau ?

– Encore un point. Bien que nous disposions d'une marge de deux ans avant l'anéantissement possible, nous n'avons en fait que cinq à six mois pour agir. On ne pourra que dévier ou briser grossièrement. Ni stopper, ni pulvériser. Dans les deux cas, plus l'ennemi sera loin de la Terre, plus nous serons efficaces.

– Pourquoi donc ?

– Parce que notre pichenette humaine verra son effet amplifié par la distance : une déviation infinitésimale au niveau de Jupiter équivaudra à un écart de sept mille quatre cents kilomètres au niveau de la Terre. Par contre, la même déviation entre Terre et Mars ne produirait que quatre cent trente kilomètres. Même chose pour une tentative de dislocation avec éparpillement des débris.

– Ah ! Je suis déjà conscient de l'urgence. Mais avant d'être mon conseiller, il faut que vous soyez mon professeur. Imaginez-moi en étudiant de première année. J'ai hâte d'apprendre. Qu'est-ce qu'une comète ? »

Il me fallut tout le reste de cette première heure pour atteindre à une formation minimale. La secrétaire bougeait si peu que j'avais fini par l'intégrer dans le décor. Le Président, quant à lui, ne cessait de poser des questions.

En conclusion je lui ai demandé l'autorisation de solliciter le CNRS.

« Pour obtenir des informations scientifiques classées secrètes, ai-je précisé. Isolé, je perdrais du temps alors que la NASA bénéficie d'outils dont nous ne disposons pas.

– Le CNRS devient votre chose personnelle. Son directeur est dorénavant votre subalterne. »

Puis il s'en alla et je rejoignis mon petit territoire élyséen pour établir les contacts nécessaires. D'abord un premier fax à Houston pour obtenir, sans délai, tout renseignement concernant le noyau cométaire avant qu'il ne s'efface à l'intérieur de la chevelure qu'il allait générer. Une fois obtenus l'identification de l'émetteur et le feu vert de la Maison-Blanche, la NASA m'a demandé qui m'avait informé de l'existence de ces données.

*My way of reasonning*, ai-je répondu dans mon second fax. Et j'ai vu apparaître, presque immédiatement, sur mon écran une image en 3D, construite sur maillage géodésique. Pivotant lentement sur elle-même, elle est escortée d'un flot de données numériques crachées par l'imprimante. Le pouvoir a du bon.

Diaz-Nostro ne faisait pas dans la dentelle. Vitesse actuelle : seize mille trois cents mètres par seconde. Intersection avec l'orbite de la Terre dans vingt-trois mois, plus ou moins douze jours. Et une masse probable de cent mille milliards de tonnes.

J'ai appelé Livia. J'avais besoin d'elle.

« Je suis en taxi. Je vais vers mon hôtel pour mes affaires. Je dois aussi passer à mon ambassade : j'ai un message.

– À propos de quoi?

– La routine. Il me faut régulariser mon séjour.

– On se retrouve au Quartier latin. »

Je lui donnai l'adresse d'un restaurant fréquenté par les touristes.

# 11

Je choisis une table près du boulevard. Je ne me lasse pas du spectacle nocturne offert par la faune des vrais et faux étudiants de Saint-Michel. J'ai faim. Le croque-monsieur que je commande en guise de goûter tardif arrive bien chaud, accompagné du traditionnel couvert roulé dans une serviette en papier.

À peine en ai-je avalé le quart qu'un inconnu m'interpelle :

« Monsieur Chabrineau ? C'est bien vous ?

— On se connaît ?

— Oui, oui, rappelez-vous. Je peux m'asseoir ? Nous nous sommes croisés il y a deux ou trois ans à l'observatoire du pic du Midi, dans les Pyrénées. Je faisais un stage de validation en astronomie solaire sur le coronographe de Lyot. On a dû descendre ensemble une ou deux fois à Bagnères-de-Bigorre par le téléphérique. »

Ça ne me disait absolument rien.

« Je suis maintenant à Meudon et j'ai appris que vous veniez de quitter le CNRS. »

Le petit point rouge qui clignote dans ma tête depuis tout à l'heure se mue en phare d'alarme. Je lui souris.

« Ça me revient. Je me souviens de vous, mais c'était à l'observatoire de Haute-Provence.

— Oui, c'est ça, oui ! J'avais complètement oublié », dit-il en me renvoyant mon sourire.

Je pose ma fourchette.

« Je n'ai jamais travaillé à cet endroit. »

Le sourire quitte son visage aussi subitement qu'une feuille tombe de l'arbre. Avec une sorte de regret fataliste.

« Bon. Soyons direct et franc : je ne suis pas astronome.

— Vous êtes journaliste et nous perdons notre temps.

— Non plus.

— Alors vous êtes qui, nom de Dieu ! »

Involontairement, ma voix a grimpé d'un cran. Il tend la main pour apaiser le jeu.

« Disons que je suis fonctionnaire. Disons que je dépends de quelqu'un que votre employeur n'apprécie guère. Vous savez, à Paris, il n'y a pas que la rue de l'Élysée ; il y a aussi la rue de Varenne et Matignon. Je suis chargé de vous transmettre des informations confidentielles. »

J'ai répété « confidentielles » en détachant les syllabes. Ce qui l'a encore un peu plus déstabilisé.

« Voilà, je dois vous prévenir. Il y a autour de vous des personnes qui n'apprécient pas votre présence et sont à l'affût de votre premier faux pas.

— Ne vous inquiétez pas. J'ai des semelles antidérapantes. »

Il a continué, baissant la voix :

« D'autant plus que votre situation personnelle n'est pas claire. Vous étiez un célibataire endurci et, alors que vous entrez dans vos nouvelles fonctions, vous êtes rejoint par une ressortissante étrangère qui ne vous quitte plus. Pourtant, vous ne la connaissiez pas auparavant. »

Sans doute me suis-je un peu trop penché vers lui. Je le vois, imperceptiblement, prendre du recul.

« C'est d'autant plus curieux que cette personne, charmante d'ailleurs, va abandonner ses fonctions subitement, sans aucune raison connue officiellement. Et très discrètement, après un véritable jeu de piste entre Ottawa, Hawaii, Montréal, et encore Ottawa. Si elle se montre fort peu depuis son arrivée, elle communique beaucoup. Elle a littéralement parcouru le monde par satellites de télécommunications hier après-midi. À plusieurs reprises, en des termes très étranges : elle parle d'un " ange noir ", un code semblant vous désigner. Elle a dit textuellement à sa correspondante de Vancouver : " C'est pire que je ne pensais, j'ai peur d'aller à ma perte. " Sur certaines messageries électroniques, elle parle sans arrêt d'une certaine " Dame Blanche " qui semble vous inquiéter tous les deux et qu'il faudrait éliminer... »

Tout en parlant, il avait repris une notable assurance.

« Monsieur Chabrineau, vos nouvelles fonctions ne sont pas compatibles avec ces ambiguïtés. La personne dont nous parlons est sur le point d'être expulsée du territoire. Ce n'est pas tout. Il y a autour de vous des points d'interrogation inexplicables. Savez-vous par exemple que votre patronyme est le produit d'une modification d'un nom initial, autorisée par le Conseil d'État en 1919 ?

— Qu'est-ce que vous racontez ?

— La stricte vérité, mon vieux. C'est votre arrière-grand-père maternel, Ariégeois de naissance, qui sollicite et obtient " Chabrineau ", en lieu et place, tenez-vous bien, de " Chabrinost ". Chabrinost provient d'une racine latino-ibérique d'origine chrétienne. Probablement " Chabrinostus ", qui, perdant à l'usage ses deux finales, se prononçait déjà " Chabrineau ". Amusant, non ? Quatre ans de procédure administrative pour conserver la même prononciation. Et, contrairement à toute jurisprudence, l'acte fondateur ne comporte aucun attendu sur les motivations reconnues recevables par les hauts magistrats. »

Je me sentais tendu mais calme. Bien que mon cœur cognât sourdement et que j'eusse très chaud. J'étais médusé par cette histoire qu'il me sortait des oubliettes. C'était comme un viol, trouble et profondément malsain. Croyant déjà à sa victoire, il tenta de m'achever.

« Il y a aussi, hélas, un tout dernier détail qui risque de plaire à certains journaux s'ils venaient à l'apprendre. Votre ascendance paternelle est très mystérieuse. »

Dans ma tête, un fusible vient de fondre. Lui ne voit rien venir. Je me lève brutalement. Mes genoux soulèvent et basculent la lourde table où mon carré de pain gratiné a refroidi. Il tombe en arrière avec sa chaise pour se retrouver toujours assis, le dos au sol, avec trente kilos de table sur le ventre, auxquels s'ajoute mon propre poids. Les pointes de la fourchette que je tiens dans la main gauche se piquent juste au-dessus de sa pomme d'Adam. Je lui murmure à l'oreille :

« Si vous bougez un sourcil, j'appuie à fond. »

De la main droite, je tire son portefeuille de son blouson. Deux cartes en tombent, l'une bancaire, l'autre à en-tête du ministère de la Culture. Après les avoir empochées, je demande :

« Ça va mieux ? Écoutez-moi bien. Vous allez vous lever, sortir d'ici lentement, sans faux mouvement. Si vous faites seulement mine de revenir, aussi vrai que je suis armé, je vous descends. Courez chez votre employeur et faites votre rapport. »

Il a fallu dix minutes pour effacer le désordre. Le patron voulait appeler la police. Mais devant l'absence de dégâts et de témoins, il a renoncé. Après avoir demandé un café et un cognac, j'appelle l'Élysée.

« Monsieur ?

– J'ai une urgence. »

Il y a eu un temps.

« Je vous demande quelques secondes.

– Chabrineau, bonsoir. Pas de titre, pas de nom. Que se passe-t-il ? »

Je raconte fidèlement.

« Donnez-moi toutes les indications portées sur vos deux cartes. Je note. Ne bougez surtout pas et restez silencieux sur cette ligne. J'appelle à l'extérieur. »

Je n'ai eu que le retour de sa voix.

« " Allô, mon cher Premier ministre, je ne vous dérange pas ?... Oui... C'est ça. Dites, on me rapporte à l'instant une histoire fort curieuse... oui... écoutez, ça va vous amuser. Il paraît qu'un mystérieux fonctionnaire de la Culture vient de perdre ses papiers boulevard Saint-Michel. Oui... c'est très fâcheux... ah, vous n'étiez pas au courant..., oui, vraiment. L'ennui, c'est qu'ils ont été récupérés par un de mes amis récents, une sorte d'obsédé maniaque... Ces gens-là n'aiment pas rendre. Oui... Et ce ministère de la Culture qui va protester avec la dernière énergie s'il apprend l'usurpation de qualité... Et la presse toujours à l'affût... Je pense comme vous, mon cher..., oui, aucune raison que cela transpire. Mais on ne sait jamais... Je vous répète, on ne sait jamais... Soyons plus prudents à l'avenir. Oui..., oui bien sûr. C'est très aimable à vous ; bonne soirée, mon cher... "

« Chabrineau ? Vous avez entendu ? L'incident est clos. Postez-moi immédiatement vos deux cartes. Changez de quartier ensuite. J'aurais dû vous prévenir. Vous devez être écouté en permanence ; vous serez quelquefois suivi. C'est un des revers de la fonction. Autre chose : modifions nos horaires. Venez désormais à seize heures pour une séance de quatre-vingt-dix minutes. Je suis votre conseil : le problème va recevoir la priorité dans mon planning. Ah, une question, vous avez effectué votre service national dans les commandos ?

— Non. Je me suis fait réformer pour objection de conscience.

— Vous me plaisez de plus en plus, Chabrineau. »

Livia est arrivée au moment où je rangeais mon petit téléphone spécial. J'ai senti la chaleur apaisante de son corps tandis qu'elle m'embrassait. J'ai frôlé son visage et ses seins fermes et doux. Elle a dit plus qu'elle n'a demandé :

« Toujours des ennuis.

— Oui, fais-moi oublier. »

J'ai tiré sa main vers moi, caressé chacun des ongles qu'elle avait recouverts d'un vernis rouge vif. Elle a constaté :

« Il y a du sang sur ta manche de chemise.

— Ce n'est pas le mien.

— Tu t'es battu ?

— Disons que j'ai dû persuader un importun. Tu te souviens de notre conversation sur les châtiments et les crimes ? Eh bien, j'ai peur que nous traversions une période de châtiments sans crime. »

Elle a secoué la tête.

« Il y a eu crime », a-t-elle soutenu.

Tandis que je lui racontais l'histoire du changement de nom, elle a écrit Chabrinost sur un coin de la nappe en papier.

« Chabrinost... Peut-être une machination pour te fragiliser.

— Non. En triant de vieux papiers du grand-père, je suis tombé un jour sur un courrier qui portait cette orthographe. J'avais cru à une erreur ou à une homonymie.

— Écoute, Antoine, il va falloir rendre visite à ton grand-père. Lui seul possède encore les clés de cette énigme. N'attends pas, j'ai un mauvais pressentiment.

– Mais cette histoire est folle. On ne peut accorder crédit au premier abruti que l'on croise. »

Elle a encore secoué la tête.

« Tu sais très bien qu'il s'agit de tout sauf d'un abruti. Un truc pareil ne s'invente pas. Tu as parfaitement compris d'où il venait. C'est un homme du Premier ministre. Tu es dans le camp du Président. Ses ennemis politiques sont devenus les tiens. En t'abattant, ils l'atteignent.

– Mais dans quel but? Pourquoi moi?

– Tu es comme Icare, tu t'approches du soleil et tu t'étonnes que tes ailes commencent à chauffer. »

J'ai dû en convenir.

« Va voir ce grand-père et cuisine-le. Vous aviez de bonnes relations?

– On s'aimait bien, mais il s'est révélé distant à la longue. À douze ans, j'ai intégré un internat pour surdoués près de Nice. On se voyait aux périodes de vacances; jamais longtemps. Il était silencieux, un peu intimidant.

« Vous parliez de ta mère?

– Jamais.

– Tu lui en as voulu pour les conditions de sa mort?

– Avec le recul, je crois que oui.

– Va le voir. Je suis certaine qu'il t'attend pour mourir. »

Sa grâce me bouleversait. Je ne pouvais demeurer plus de quelques minutes à ses côtés sans la toucher. Autant de menus contacts qui enflammaient mon désir au point de provoquer une souffrance physique. Elle a murmuré : « J'ai envie de toi. » Sous la table, nos pieds étaient entremêlés. Je lui ai dit :

« Viens. Il y a un hôtel juste à côté.

– Ce n'est pas sérieux. Rentrons chez toi.

– Non. Je n'ai plus envie d'être sérieux depuis que tu es là. Viens. »

La chambre était moche, l'addition salée, l'escalier douteux. Mais Livia a fait de tout cela l'antichambre de notre paradis. Pour la première fois, elle a poussé un long cri au moment où le plaisir en elle a ouvert ses fontaines. Nous sommes restés là jusqu'au petit matin. Je me suis réveillé dans les premiers bourdonnements automobiles du jour. Elle dormait encore, sur le dos, tout son corps posé sur le mien, dans une attitude de souverain abandon. Je ressentais à peine son poids. Nous n'avions plus qu'un peu de drap pour nous protéger, la literie n'ayant pas résisté à notre nuit. J'ai fait de mes mains deux larges conques que j'ai délicatement posées sur ses seins. Son souffle profond et léger rythmait la lisière de son sommeil. Non, plus jamais je ne pourrai me passer d'elle.

# 12

Le Président venait de partir pour Washington. Une rencontre prévue de longue date mais dont l'ordre du jour venait d'être profondément remanié. J'étais satisfait de penser que je n'y étais pas pour rien.

Je l'avais d'abord conseillé à propos des médias, qu'il semblait illusoire de tenir à l'écart trop longtemps. Mieux valait distiller au compte-gouttes des informations progressives : « Oui, il y aura une comète dans deux ans. Oui, elle va passer près de la Terre. Oui, le spectacle sera grandiose. Oui, les comètes sont des objets que l'on connaît parfaitement. Oui, les centres spatiaux et la recherche scientifique envisagent l'envoi de sondes et des prélèvements d'échantillons. Oui, la situation est maîtrisée... » Enfermer l'opinion sur ce que l'on comptait faire, ce que l'on dominait, pour mieux minimiser ce que l'on risquait de subir. Bref, faire dans le *light*.

Dans un deuxième temps seulement, informer du fait que la Terre envisageait de dévier la course de la comète. Laisser entendre que la queue cométaire polluerait notre atmosphère. Une idée qui avait déjà couru le monde en 1910 avec le retour de Halley. Des Parisiens s'étaient même alors fournis en masques.

Le Président avait acquiescé, comprenant qu'annoncer à six milliards de mammifères supérieurs qu'ils étaient condamnés allumerait une machine infernale, nous engageant dans deux années supplémentaires d'apocalypse. En cas de doute, abstiens-toi, dit le proverbe. Or, un doute demeurait.

Ensuite, je lui avais répété que le problème devait être conduit et maîtrisé simultanément par tous les États. C'est ensemble qu'ils devaient trouver les moyens d'éviter l'impact. Ensemble qu'ils devaient décider entre trois voies dont, en réalité, une seule semblait possible : celle qui consistait à utiliser l'arsenal thermonucléaire pour dévier d'un angle infime la trajectoire de l'objet. En effet, comment tirer, par l'intermédiaire d'un canon laser géant, des faisceaux d'ondes très énergétiques, susceptibles de briser, de fondre ou de déséquilibrer l'intrus, alors que nous ne disposions pas encore de tels outils ? Et enfin, pourquoi déployer dans l'espace des grilles métalliques de plusieurs kilomètres de côté sur lesquelles l'objet viendrait se disloquer quand c'était illusoire pour un corps supérieur à dix kilomètres de diamètre ?

Les ogives nucléaires, produites pour détruire les hommes, allaient sauver l'humanité. Il faudrait accélérer la production des missiles vecteurs, Titan, Thor, Centaur, Delta, aux États-Unis, la fusée Ariane 5 et sa dernière version dopée, en France.

Évidemment, le Président avait montré de l'inquiétude quant aux conséquences politiques de cette soudaine union planétaire.

« Si, ayant agi comme vous le préconisez, la comète nous frôle seulement, un point de non-retour aura été franchi, Chabrineau. Et jamais nous ne retrouverons l'insouciance, les certitudes, le confort de nos identités respectives et l'exercice de nos égoïsmes. »

Je me suis levé.

« Pas de négociations possibles, monsieur. On ne discute pas avec une comète en trajectoire de collision. Notre planète en a, certes, vu d'autres. Il y a quatre milliards et demi d'années elle n'était qu'une boule de roches en fusion, entre mille cinq cents et deux mille degrés, une masse vaguement sphérique rayonnant dans l'infrarouge et le rouge profond, qui allait mettre cinq cents millions d'années à se refroidir. Et puis, durant un milliard d'années supplémentaires, elle a subi le bombardement permanent de toutes les saletés qui traînaient dans le système solaire, les ancêtres de Diaz-Nostro. Pour elle, ce ne sera qu'une pichenette de plus. Mais après l'impact, la Terre ne sera plus la Terre. Nous n'y aurons plus notre place. »

C'est alors qu'il m'a commandé pour son retour de Washington un exposé très détaillé sur les effets de la collision, minute par minute, comme un film au ralenti.

« Et saluez de ma part Mlle Lamberg », a-t-il conclu.

Tiens, tiens, il savait : Sa petite police personnelle avait bien travaillé.


« Tu montes dans la hiérarchie française, ai-je dit à Livia en la rejoignant à Montmartre. Être saluée par un Président en exercice, même indirectement, c'est un grand honneur. Nous avons conservé des attitudes inconscientes qui datent de la monarchie. »

Elle m'écoutait d'une oreille distraite. J'ai résolu de frapper un grand coup :

« Par exemple, sais-tu que le droit de cuissage n'a jamais été vraiment aboli ? »

Elle a ouvert de grands yeux où la curiosité le disputait à l'innocence.

« D'ailleurs, à ce sujet, quand je lui ai parlé de toi, il m'a fait clairement comprendre que..., enfin bon, tu vois ce que je veux dire... Ce serait très bien si... »

Ses yeux sont devenus poignards. Elle a marché sur moi. Elle s'étouffait : « Tu lui diras..., tu lui diras que... » Elle a compris à un mètre de moi.

« Je lui dirai que le cerveau génial qui a conçu et mis en évidence les naines brunes a autant de crédulité que celui d'un enfant de quatre ans. Et j'ai ajouté : mon amour. »

Mais j'avais dû aller trop loin. Ses yeux débordaient de larmes. Je ne savais plus quoi faire. J'aurais voulu qu'elle me gifle. Elle est tombée sur moi les poings serrés, mouillés de perles brillantes.

« Pardonne-moi. »

Elle a fait non de la tête.

« Tu n'y es pour rien. J'aurais dû rire tout de suite. Chez moi, on dit que les Français sont gaulois ou grivois, c'est synonyme. »

Et puis, avec l'accent québécois :

« J'm'en viens vous nârrer la dernière grivoiserie à la mode au vieux pays. C'est comme pour vous les histoires belges, on en rit beaucoup. J'aurais dû rire.

– Non! C'est moi qui devrais en pleurer.

– Mais tu pleures », a-t-elle dit, surprise, en cueillant de son doigt une larme.

Moi qui n'avais plus pleuré depuis la fin de ma courte enfance, j'ai demandé :

« Tu crois que c'est une vraie larme?

– À moins qu'il ne pleuve dans ton antre... Tu ne te laves pas la figure au rhum blanc que je sache. »

Et elle a goûté. C'était une larme. Je pouvais donc encore pleurer! Je l'ai regardée :

« Chaque jour qui passe tu me rends un peu plus à la vie. Il n'y a pas dix secondes de mon temps où tu ne sois pas et, pour t'en remercier, je débloque. Tu m'as rendu la lumière, tu m'as enseigné le seul vrai langage qui vaille, tu m'accordes tout ce que je n'ai jamais eu, et je te brutalise.

– Tu m'aimes?

– Et toi, combien de temps vas-tu pouvoir m'aimer encore? »

Nous avons entrepris de nous déshabiller avec une lenteur cérémonieuse. J'embrassais avec délicatesse chaque nouvelle surface de sa peau, si claire, comme si chacune devait m'accorder un pardon spécifique. Lorsqu'elle se retrouva nue, elle ressemblait à un jeune cygne noir aux yeux effarouchés et voilés, déjà, des premières ombres de l'amour. Je l'ai prise dans un mouvement d'infinie tendresse, en amant timide et imparfait. Je me suis interdit tout plaisir pour être plus attentif à cet épanouissement qui montait de son corps et allait déchirer le voile de son regard avec la puissance d'une lame de fond.

Nous avons gardé les yeux ouverts jusqu'au bout. Nous avons peu dormi, corps emmêlés, apaisés, indiscernables. Réveillé par la soif et une sombre fringale, j'ai marché à tâtons vers le frigo. C'est en revenant que j'ai été saisi par une épouvantable, une inexprimable prémonition. Au point que, tremblant, j'ai dû poser n'importe où le plateau que je tenais. Dans la pénombre, je devinais sa forme au milieu du lit, déposée là tel un trésor d'algues blanches, oublié par le reflux de la mer sur son dernier rivage.

En un flash d'une terrible violence, je l'ai vue morte, arrachée au monde, disparue et perdue à jamais, avec une acuité telle que j'en suis resté sans forces. J'ai dû me réfugier dans mon étroite salle de bains calée sous l'escalier. Impartageable enfer personnel ! Je me suis dominé. Je suis revenu et l'ai longuement nourrie à la becquée avant que, la tête accordée au creux de sa hanche, elle n'en fasse de même pour moi. Vers quatre heures du matin, alors que nous étions en train de replonger dans le sommeil, elle m'a demandé :

« Ta mère s'appelait Marie ? »

J'ai répondu, d'une voix pâteuse :

« Oui..., mieux même, aussi loin que remontent mes souvenirs familiaux, toutes les femmes portaient ce prénom. »

Il m'a fallu encore quelques minutes pour mesurer l'étrangeté absolue de sa question. Quand j'ai allumé, elle n'a pas cillé. À plat ventre, appuyée sur un coude, la tête relevée, elle semblait attendre mon geste :

« Je ne t'ai jamais parlé du prénom de ma mère. »

Soudain d'une pâleur de cire, elle a saisi l'une de ces feuilles de notes qui entourent toujours les endroits où je dors.

« Observe bien », a-t-elle dit.

Et elle a écrit en majuscules Chabrinost.

« Examine bien l'ordre des lettres. Tu ne vois rien ? Barre le A, puis le B, toujours rien ? Bon, finis avec le N et le O. »

J'ai dû me forcer à lire Christ. J'ai tourné la tête vers elle.

« Ça donne Christ, et alors ?

— Comment et alors ? Ça doit avoir un sens. Avec la forme ancienne, c'est encore mieux : Christus. Le nom dans sa forme latine.

— Avec ce système, on peut mettre en évidence toutes les corrélations que l'on désire.

— Juste, a-t-elle reconnu. Mais à condition que la première incidence n'en rencontre pas une seconde. Et qu'elles ne constituent pas, à elles deux, une coïncidence. Ce qui, en physique, a un sens très strict, tu le sais aussi bien que moi.

— Tu crois en Dieu ?

— Par mon père chilien et ma mère québécoise, quatrième de sept enfants de M. et Mme Petitbois, le contraire eût été surprenant. Je crois en Dieu, et aussi en son pire ennemi qui est également celui des hommes. Je crois aussi en la puissance du Christ. Tu avais " Christus ", puis " Christ " dans ton nom. Par deux fois l'orthographe en a été modifiée. Cette racine sacrée n'apparaît plus dans la dernière version. Pourquoi ?

– Quelqu'un a voulu changer de nom, c'est tout.

– Dans une telle discrétion que, trois générations plus tard, les intéressés eux-mêmes ne sont plus au courant ? Facteur aggravant : " Chabrinost " n'est pas devenu Martin ou Duschnock, comme vous dites chez vous. Il a été échangé contre un nom d'une orthographe proche, dont la prononciation est identique. Ce sont les mots de ton flic de Saint-Michel : quatre ans de procédure pour aboutir à la même chose. »

Elle avait réussi à me troubler. J'ai joué un instant avec ce fichu Scrabble.

« Heureusement, ai-je dit, que je ne m'appelle pas Christian ou Christophe en plus. " Christ-Christ ", j'aurais dû devenir prêtre au minimum.

– Et tu t'appelles Antoine... C'est vrai ça, pourquoi Antoine ? »

J'étais mal à l'aise, secrètement irrité par cette nouvelle émergence de l'inintelligible. Je n'ai pu m'empêcher de songer aux anges exterminateurs, anges noirs, annonciateurs d'Apocalypse.

« Pas une coïncidence, seulement un hasard, ai-je conclu péremptoire. Les gens ordinaires du XIX$^e$ siècle n'avaient pas ce genre de préoccupations.

– Qu'est-ce qu'il faisait ton modificateur de patronyme ? »

Je n'ai pu mentir :

« Agrégé de latin-grec au lycée Saint-Jean de Toulouse. »

Elle n'a pas commenté.

« Et alors ? Ça s'est passé, à peu près, au moment de la séparation en France de l'Église et de l'État. Tout simplement un intellectuel laïque, trop souvent mis en boîte, qui en a eu marre de traîner Christ derrière lui.

– Et ton grand-père ne t'en a jamais parlé ? Il était enfant, quand c'est arrivé. Il pourrait avoir un souvenir. »

Son argument était incontournable. Je m'en suis sorti par une pirouette :

« Tu m'as l'air d'une scientifique assez originale. Ce dont nous débattons ne se trouve dans aucun de nos livres habituels.

– Je sais.

– À quand les sorcières, les jeteurs de sorts, les envoûtements, les fées?

– Je sais, a-t-elle répété. Mais je suis le produit de deux mondes qui vivaient dans le mystère comme nous vivons aujourd'hui dans les équations. Connais-tu une seule des terribles légendes du Grand Nord canadien qui ont bercé mon enfance? Imagines-tu ce que les paysans chiliens se racontaient quand les tempêtes de la Cordillère dévalaient ses murailles rocheuses et balayaient leurs misérables cahutes accrochées sur la première ligne de plateau? Leur culture n'est pas si loin de moi. Je ne peux pas les renier complètement. Es-tu bien sûr que tes collègues nobélisables coupent la radio le matin, à l'heure de l'horoscope? Et toi, mon amant athée, combien de fois par jour prononces-tu un catégorique " Nom de Dieu! "

– Une expression comme une autre.

– Tiens, appliquons la stratégie des sciences expérimentales : les faits, uniquement les faits. Chaque femme de la famille a Marie pour prénom imposé; Marie, mère du Christ, première curiosité. Le changement de nom opéré a pour conséquence apparente de supprimer Christ, nom du fils de Marie, de l'état civil de la lignée, seconde curiosité. L'allergie au nom de Christ, seconde curiosité, aurait dû impliquer une allergie au nom de Marie, première curiosité. Cela aurait été logique. Mais ce n'est pas le cas. Tu as été baptisé Antoine. Prénom de ton grand-père?

– Paul.

– Paul? L'ennemi juré du Christ! Celui qui combat son œuvre, se convertit dans les conditions que l'on sait, et poursuit l'évangélisation. Le pilier de la foi chrétienne avec Pierre. Et l'arrière-grand-père?

– Anatole.

– Original. Je trouve à Anatole et Antoine un petit air de famille. C'est donc lui qui n'aimait pas du tout le fils de Marie. Un peu comme toi, d'ailleurs. Et le trisaïeul? »

J'ai fait la grimace.

« Alors là... Peut-être Jean, j'ai un doute mais il me semble.

– Jean l'Évangéliste ! L'apôtre préféré du Christ ! Le seul qui suit le Christ jusqu'au supplice. Celui-ci, sur la croix, lui confie sa mère Marie. Jean, vers la fin de sa vie, rédige son propre Évangile et un autre texte très important. Essaie de deviner.

– Pas le Kāma-Sūtra, tout de même ?

– Tabernacle ! Voilà encore que tu blasphèmes ! Comment fais-tu pour ne pas avoir encore été foudroyé sur le chemin de Damas ? Puisque je t'aime, je vais te mettre sur la voie : personne ne le lit plus mais tous connaissent le titre. C'est devenu un nom commun. Il raconte, pour l'édification des hommes, la fin des temps précédant l'heure du Jugement dernier. Langue au chat ? Réponse : l'Apocalypse. En grec, Apokalypsis, Révélation. Bilan : Jean, Anatole, ensuite Paul et un père sorti des ténèbres pour engendrer Antoine. Et y replonger aussi sec. L'histoire de ta famille pourrait faire partie des mystères sacrés. »

C'est peu dire que j'en suis sorti rêveur. Machine complexe, l'homme ! Il me faudrait réviser mes certitudes. Je demeurais pourtant arc-bouté à leurs parcelles de lumière. Ainsi, dans ma secrète angoisse de sa mort, je ne voulais que décrypter ma peur panique de devoir la perdre. Un sentiment commun que j'allais immédiatement tester :

« As-tu peur de ma disparition ? »

Elle m'a regardé avec une expression de bonheur.

« Pas du tout ; ça ne m'effleure même pas. Tant pis si tu te moques de ma mièvrerie de jouvencelle, je sais d'une manière absolue que tu seras toujours là. Je n'ai rien à craindre. Même séparés, tu demeureras en permanence à côté de moi. Aussi longtemps que je vivrai, tu seras là. Je l'ai toujours su. »

# 13

Un petit vent allait nous pousser hors de mon port d'attache, loin de l'escalier inutile enseveli sous la verdure et de mes grandes baies vitrées qui de Paris faisaient une fête. Justement Livia me rappelait que je lui avais promis de lui faire visiter notre capitale.

« J'attends toujours, dit-elle. Jusqu'à maintenant, c'est surtout ton lit que j'ai visité. » Après un silence : « Je voudrais aller vers la mer. »

Et moi, immédiatement :

« Madame du lointain Manitoba, je vous invite soixante-douze heures au Touquet, dans un petit Relais-Château qui devrait vous séduire. »

Mais c'est autre chose qu'elle voulait.

« Pas en hiver. S'il te plaît : la Méditerranée. Il y a, sur les rives du golfe du Lion, une adorable ville qui se donne des allures de fausse Venise : Sète. Tu as promis d'accepter d'avance, Antoine. J'ai envie de le connaître. À lui seul, il est toute ta famille. »

Elle avait déjà pris nos billets d'avion, ne me laissant plus que le choix de l'hôtel.

La tempête nous attendait.

« Un vrai temps d'apocalypse, a commenté devant l'hôtel le bagagiste qui avait des lettres. Depuis l'an 2000, en hiver, c'est toujours comme ça. »

Le vent chargé d'embruns salés balayait les quais et le canal qui marquait la ville de sa profonde entaille rectiligne. Les bateaux de pêche solidement amarrés semblaient attendre des jours meilleurs qui ne reviendraient plus. Le tambour de leurs coques jouait avec les cris des mouettes et des goélands.

J'aime depuis toujours cette rage violente du vent qui oublie la mesure et se saisit soudain d'une folie que seul je puis comprendre. J'aime le vent dès sa plus douce manifestation quand, au premier zéphyr, il semble dire : « Je suis là. » Son humeur s'exprime alors dans une palette de nuances telle que l'on ne peut s'empêcher de le ressentir pénétré d'esprit. Le vent n'a rien de commun avec l'air ou l'atmosphère. Il en est aussi dissemblable que les corps vivants le sont des corps inanimés.

Le vent est la respiration de la Terre, son extravagance. Il vient réparer nos fautes, nous rendre à la pureté originelle. Apporte à nos villes encrassées des volumes d'oxygène issus des grandes forêts de la Préhistoire. J'aime le vent quand il me prend et me bouscule. Quand il désorganise le bel agencement des chevelures féminines et chahute la suffisance architecturale de l'homme.

C'est le plus ancien compagnon de l'humanité, son plus grand pourvoyeur de rêves, celui qui lui a permis les plus longs voyages. Il ne connaît d'autres lois que les siennes. Il glace jusqu'aux os mais il sait aussi brûler. Il dégage notre ciel ou bien le charge de menaces. Il caresse ou frappe, murmure ou se prend à hurler, ravive ou fouette.

Oh ! Voix d'une Terre, muette le plus souvent, nous devrions te chérir comme signe divin, intelligence du cosmos. Mais les hommes n'apprécient plus le vent. Il est pourtant bien plus que la pluie, à qui l'on accorde la grâce d'étancher la soif des végétaux, et même bien plus encore que la mer. Il est le dernier interlocuteur de ceux à qui l'on ne parle plus.

Il berce et puis endort les enfants de l'hiver, cachés sous leurs couvertures, chasse dans ses tourbillons les démons de leurs cauchemars, tirant vers le ciel à leur intention les sombres fumées des cheminées pour en faire ces somptueux nuages aux formes si curieuses.

Chevalier de la mer, c'est en son nom qu'il parcourt les étendues terrestres pour lui narrer à son retour les incroyables modifications qu'ont engendrées les œuvres diaboliques des hommes. Né du feu des origines, le vent sera là jusqu'à la fin des âges. Fils de la Terre, amant des immensités marines, père de l'humanité, il a mis au monde les aventuriers.

Lorsqu'il vient, il blesse mon âme, tourment dont naît une joie ineffable. Et je peux voir sa couleur quand je ferme les yeux. Aujourd'hui, bleu profond. Demain, il retrouvera le noir qui lui va si bien.

Avec Livia, invisible sous son équipement de Grand Nord, je longe vers Agde la plage battue par la tempête. Les restaurants tremblants sur leurs pilotis sont tous fermés. Nous ne réussissons pas à nous parler. Le ciel acier s'en mêle. C'est la fin du monde sur cette plage où, l'été dernier, les enfants jouaient autour des parasols, creusant des trous d'eau, trouvant trois coquillages aux cannelures rousses pour leur maîtresse et leurs futurs copains d'école.

Nous sommes seuls, immobilisés, agrippés l'un à l'autre, ensevelis sous le sel, frappés devant la puissance déchaînée de ce monde. Un instant d'accalmie nous a laissés repartir.

Une série de jolis pavillons aux couleurs pimpantes du grand Sud. Tous regroupés autour d'un vaste et accueillant jardin intérieur aujourd'hui désert. Avant même de le voir, nous étions prévenus. Le directeur de la résidence des Pergolines nous a campé la silhouette de grand-père Chabrineau :

« Il va avoir cent deux ans. S'il ne vous a pas vu depuis longtemps, il vous reconnaîtra mal, et probablement pas du tout. À ce cap on devient très contemplatif, presque végétatif. Il parle peu, mange à peine. Très maigre. Et quelle dignité ! Il se tient droit comme un jeune homme. Ne le fatiguez pas. Il a peine à suivre une idée. Il lui reste peu de souvenirs. Son monde s'est tellement rétréci. »

Un visage hiératique, distant. Quand j'ai dit mon prénom, Antoine, il a saisi ma main pour ne plus la lâcher. Mais je sentais bien que ça ne lui disait rien.

« Grand-père, c'est moi, c'est Petit-Bonus. »

Ce fut le déclic.

« Petit-Bonus ? Tu es sûr ? Comme tu as grandi. » Il a demandé : « Tu te rappelles de la maison de Saint-Pré-de-Bigorre ? Dis, Petit-Bonus, quand tu installais ton télescope, justement quand il faisait le plus froid... » Et il a répété : « C'est mon Petit-Bonus. Ne les crois pas quand ils te disent que j'ai perdu la mémoire. C'est que je préfère me taire. Les trois quarts des pensionnaires n'ont pas le moindre intérêt. Ils se plaignent tout le temps, ils râlent contre tout. »

Livia m'a pincé le coude. J'ai dit :

« Grand-père, je veux vous présenter ma femme.

— Ta femme... » Et il a encore répété deux fois. « Vous êtes mariés depuis longtemps ?

— Quelques années. »

Livia m'a pincé à nouveau, cette fois-ci là où ça faisait plus mal.

« Vous vous appelez Marie, a affirmé le vieux.

— Non, elle s'appelle Livia, c'est-à-dire Olivia. Elle est canadienne, du Québec. Elle avait très envie de faire ta connaissance.

— Dommage que vous ne vous appeliez pas Marie.

— Je sais, répondit-elle, c'est un prénom important dans votre famille.

— Oh ! Beaucoup plus que ça. »

Il a paru réfléchir :

« Surtout, n'ayez jamais de fille ! »

Et puis il s'est tu, essoufflé par tant d'efforts. Les yeux de Livia me disaient : « Vas-y ! »

« Grand-père, j'ai des questions à vous poser. Des détails que je voudrais connaître, à propos de notre famille. »

Il a regardé devant lui et, dans une sorte de douloureux effort :

« Tu sais, à mon âge je ne me souviens pas de grand-chose. Je serai bientôt centenaire. Cent ans, tu te rends compte ! Je compte sur vous pour ce jour-là.

— Promis ! » a assuré Livia.

Enfin je retrouvais le sourire de son visage.

« Dites-moi, pourquoi votre père a-t-il tenu à modifier notre nom ? »

Il a sursauté.

« Qui donc t'a raconté cela ?

— J'ai mis à jour de vieux papiers, j'ai retrouvé Chabrinost, o-s-t. »

Son visage s'est rembruni. Il a paru réfléchir mais la vie semblait le quitter, j'ai serré sa main dans la mienne en le suppliant de me dire car « j'avais grandi et je voulais savoir ».

« Il n'y a pas grand-chose à savoir. Et puis, j'étais bien jeune à l'époque. Un jour, père est revenu du lycée, fou de rage. Il a répété cent fois à mère : " Je ne crois pas à la prédestination ! " C'est là qu'il a décidé d'entamer ces démarches qui allaient durer des années.

– Mais pourquoi a-t-il changé Chabrinost en Chabrineau puisque la prononciation est la même ? »

Son regard un peu fixe semblait se perdre dans des mondes intérieurs.

« Je ne sais pas ! » Sa main fragile s'est encore une fois heurtée à l'accoudoir. « Il ne me l'a jamais dit. Ou j'ai oublié. »

Et puis, il a changé de sujet.

« J'avais bien dit à ta mère de ne pas t'appeler Antoine ! Elle le savait pourtant. Mais non, il a fallu que ce soit Antoine ! J'étais trop faible avec elle. Jamais son grand-père n'aurait laissé faire. Heureusement, elle m'a laissé choisir tes autres prénoms. »

Il haletait un peu. Et puis, après un long silence :

« Je suis si fatigué, a-t-il soupiré.

– Grand-père, s'il vous plaît, juste encore une seule chose. Je voudrais savoir... Pour mon père... Qui a été le père de Petit-Bonus ? »

Il est resté immobile, sans réaction, comme s'il était déjà pris dans le marbre du tombeau. J'ai insisté.

« Petit-Bonus n'a jamais eu de père.

– Pourtant il a bien fallu.

– Vers cette époque, Marie était partie deux mois pour une tournée de concerts aux États-Unis. À son retour, elle s'est mise à parler d'enfant. " Un enfant, je lui ai dit, ça peut être une fille. " Mais le diable veillait. " On peut décider à l'avance, a-t-elle soutenu, et de choses que tu n'imagines même pas. " Et puis elle est repartie aux États-Unis sans raisons professionnelles. À New York. Deux fois. Elle est revenue toute changée, bouleversée ; comme illuminée de l'intérieur. Elle ressemblait à cette autre Marie, celle du vitrail de l'Annonciation. Petit-Bonus nous est arrivé tout juste neuf mois après son dernier voyage. Elle m'a dit : " Ne t'inquiète pas. Il ne sera qu'à moi et à personne d'autre. " C'est tout.

– Dis-moi, pour Petit-Bonus, dis-moi ce que tu as compris... »

Mais il n'y avait rien à comprendre. Ses phrases commençaient à manquer de cohérence. Il disait que ma mère était fière et orgueilleuse, encore plus que la moyenne des Marie Chabrineau. Elle n'aurait pas menti. Vers cette époque, les Américains avaient maîtrisé l'insémination médicalement assistée. Il ne se souvenait plus, comme il disait, du nom scientifique de cette nouvelle diablerie. Des cliniques garantissaient aux femmes célibataires presque cent pour cent de chances de succès en deux tentatives.

– Je lui avais dit pourtant qu'il ne fallait pas qu'elle choisisse Antoine. C'est toi, Petit-Bonus ?

– Oui, grand-père. Pourquoi les femmes se nommaient-elles toujours Marie ? Y avait-il un rapport avec Chabrinost ?

– Il fallait contrecarrer la... C'était notre tradition. C'est un bien beau prénom, tout de même. »

Il avait l'air de beaucoup souffrir.

« Je ne vais pas bien en ce moment. J'ai perdu la meilleure personne du monde. Elle était arrivée ici depuis un an. Elle était jeune encore ; quatre-vingt-quatre ans à peine. Toujours élégante, dynamique, coquette ; toujours bien mise à côté de ces vieilles veuves tristes et perpétuellement en noir dans leur tête. On prenait nos repas ensemble. Cet été nous restions des heures sous la tonnelle du jardin, à parler de livres, de cinéma et de nos enfants. Je lui disais : " Léonie, vous êtes plus jeune encore que toutes ces infirmières qui passent leur journée à bavarder. " Elle s'appelait Marie en deuxième prénom. Elle est morte brutalement il y a un mois. Je n'ai pas pu aller la voir une dernière fois à l'hôpital. À son enterrement, les infirmières n'ont même pas retiré leur blouse blanche. C'était scandaleux ! Elle avait la main gauche qui tremblait. Elle la cachait, mais je l'avais remarqué. Elle est partie à cause d'une hémorragie cérébrale. Je suis seul maintenant. »

Il s'est levé, toujours mes mains dans les siennes, et s'est penché vers moi :

« Dis à Petit-Bonus... Il faut que tu lui dises, il doit être très prudent et aussi très solide... Il lui faudra lutter contre le piège ; dis-le-lui, il devra comprendre... C'est son tour maintenant. »

Il a embrassé Livia :

« Rappelez-vous, hein, jamais Antoine pour un garçon ! »
Et il nous a quittés lentement, droit sur sa canne. Il s'éloi-
gnait avec effort et sans se retourner, nous léguant la dernière image de lui. Celle qui nous resterait.

# 14

Avec Gary, joint par visio-portable, nous avons débattu de la Grande Dame Blanche. Il se trouvait en Californie, au nord de San Diego. Sur une ligne non protégée, « impact » devenait « rencontre » et « la Terre », « Notre mère ». Chaque université américaine planchait sur le sujet. Un département spécial venait d'être créé à Washington. Et puis, il m'annonça qu'il tenait pour moi « une nouvelle très surprenante ».

« Olivia Lamberg, tu te rappelles, il paraît qu'elle se trouve en Europe de l'Ouest. »

J'étais en position mains libres.

« Comment! ai-je hurlé. Si je la croise, je la pulvérise! Attends, je vais te passer quelqu'un. »

Livia s'est rapprochée, tout en restant en dehors du champ.

« Bonsoir, Gary, c'est Olivia. »

Au prix de la seconde de communication, le silence de l'ami anglais a dû coûter une petite fortune.

« Gary? Coucou, tu es toujours là?

— Ne me dis pas que..., que c'est la voix de...

— Bingo! Gary, c'est Livia. »

Sous l'œil de la caméra, nous nous sommes donné quelques baisers sonores, « très goûteux », comme elle disait.

En bon scientifique, il s'inclina devant l'évidence et, dominant sa surprise, demanda :

« Vous vous êtes réconciliés?

— Euphémisme, Gary, dit-elle en riant.

– C'était notre façon de faire connaissance, ai-je ajouté.

– Vous ne blaguez pas?

– Je te jure que non. L'étranger a trouvé une étrangère à sa mesure. Gary, si la Grande Dame Blanche nous permet de nous marier, tu es coincé. Tu devras être le témoin des deux à la fois. »

À peine étions-nous rentrés à Paris qu'a sonné le petit téléphone élyséen. J'avais presque oublié le son de sa voix.

« Chabrineau, je reviens à l'instant de Washington. J'ai du nouveau pour vous. Il semble que vous ayez vu juste jusqu'à présent. Nous nous acheminons vers la solution que vous préconisez; mais cela va être beaucoup plus compliqué que vous ne l'imaginiez. Un expert militaire américain a fait de multiples références à ce qu'il nommait l'hiver nucléaire. Vous connaissez?

– Oui, à peu près.

– Eh bien, ce sera le centre de gravité de votre prochaine visite. Vous savez, Chabrineau, je n'envie pas votre place.

– Je peux savoir pourquoi?

– Parce que derrière chaque chef d'État se dissimule un conseiller au travail. J'ai reconnu vos propres mots dans la bouche des autres dirigeants. Vous serez une petite douzaine à prendre bientôt la grande décision. Nous ne ferons qu'appliquer votre loi. Puisse Dieu vous inspirer tous. À propos, vous y croyez, vous?

– Je crois de plus en plus au Diable.

– Pardon?

– Je plaisante.

– À demain. »

Le lendemain, tandis que je lui expliquais l'hiver nucléaire, cette notion découverte par les chercheurs d'outre-Atlantique vers 1980, époque à laquelle des menaces de guerre totale couraient entre les deux blocs, il m'a semblé pris au piège exactement comme l'était la Terre.

On avait alors calculé qu'un échange soutenu et mondial de missiles intercontinentaux à têtes thermonucléaires soulèverait et projetterait vers la très haute atmosphère des milliards et des milliards de tonnes de poussières. Propulsées par les vents de trois cents kilomètres/heure que les déflagrations lèveraient d'Arctique en Antarctique, elles essaimeraient dans le manteau atmosphérique terrestre, enveloppant la planète dans un cocon de plusieurs dizaines de kilomètres d'épaisseur qui mettrait près d'un siècle à se résorber. Plus de lumière : disparition de toute végétation.

La Terre se retrouve enfermée dans un boîtier opaque pour cent ans. L'hiver nucléaire la plonge dans une suite de périodes glaciaires, restitue un champ de ruines à douze millions de survivants qui n'auront plus d'humain que le nom, à supposer qu'ils aient résisté aux radiations. Une seconde version prévoyait l'installation progressive d'un formidable effet de serre. Température moyenne à plus de cent degrés, disparition des calottes polaires, toute l'eau terrestre passant à l'état de vapeur. Un autocuiseur à la dimension d'une planète.

Mais l'énergie de la chute d'une comète est sans commune mesure avec les cataclysmes atomiques ; là, il ne fallait pas escompter des survivants. Les nouvelles conditions régleraient leur sort à court ou à moyen terme. C'était ainsi. Et je tendis au Président mon dossier, le déroulement point par point qu'il m'avait commandé sur l'impact qui nous menaçait.

En abordant la banlieue terrestre immédiate, Diaz-Nostro se déplace à environ cinquante kilomètres par seconde et se trouve à cent quatre-vingts kilomètres d'altitude. Elle a parcouru la distance Terre-Lune en deux heures vingt minutes et il lui reste à peine moins de quatre secondes pour toucher notre sol.

L'impact serait sans doute maritime. Atlantique Sud ou Pacifique Sud. La surface de l'océan se creuse. Probable que, dans les deux secondes qui suivent, les fonds marins situés à moins de dix mille mètres soient mis à l'air libre sur une zone de cent kilomètres de diamètre, sous cent mille bars atmosphériques, avec une pointe entre huit cent mille et un million de degrés centigrades. Indescriptible raz de marée.

La comète explose, se volatilise à quatre-vingt-quinze pour cent de sa masse, absorbant ainsi une fraction infime de l'énergie selon $E = 1/2 \, MV^2$. Un éclair lumineux de quelques dixièmes de seconde avant l'impact, égalant l'intensité du soleil, constituera la preuve universelle du choc. Il fera jour pendant près d'une centaine d'heures. La Terre sera baignée d'une clarté très crue, très blanche.

Une onde de choc souterraine va rayonner à travers la masse terrestre et la toucher en tout point. Séismes, notamment au niveau des lignes de faille préexistantes : zone circumpacifique, région Alpes/Caucase/Himalaya, crête médiane atlantique, faille sous-marine de l'océan Indien.

Pour diminuer la tension qui devenait de plus en plus palpable, j'ai demandé au Président s'il avait remarqué ce qui se passait lorsqu'on laissait chuter une goutte sur une surface de liquide au repos, une goutte de lait par exemple tombant de la cuillère dans la tasse encore pleine, en attendant que ça refroidisse. Il m'a répondu, sans sourire, qu'il ne buvait que du café.

Au contact de la surface, l'énergie cinétique de la goutte engendre une onde radiale, comme le caillou dans la mare, et creuse une cavité éphémère. Celle-ci, en se refermant, provoque l'élévation d'un piton liquide et, quelquefois, l'envol vertical d'une goutte-réponse ; la hauteur atteinte est fonction de l'énergie reçue.

Dans le cas de Diaz-Nostro, la réponse correspondrait à l'élévation d'une colonne qui atteindrait entre deux et trois mille kilomètres et dont seule une partie retomberait. Le reste serait injecté en orbite terrestre ; ou alors, échappant définitivement à l'attraction, s'éparpillerait dans l'espace. Un hyper-typhon, de dix à quinze mille mètres d'épaisseur, se lancerait à l'assaut de la Terre, à la vitesse moyenne de mille quatre cents kilomètres par heure. Rien ne résisterait au passage de ce balai cyclopéen. En cas de chute dans un océan, le raz de marée que les Japonais nomment « Tsunami », pour l'avoir à plusieurs reprises éprouvé, ne formerait pas de vagues jusqu'à quatre cents kilomètres des côtes. Juste une amplitude – un creux, comme disent les marins – de l'ordre de cinq à six cents mètres et, pour une distance entre deux crêtes, de dix mille mètres. Au-delà, le front de vagues dépasserait deux mille mètres avant de s'abattre sur les installations côtières.

Le Président m'a fait marquer une pause et invité à le suivre. Nous traversâmes des bureaux bourdonnant d'activité. Certains se levaient précipitamment, tandis qu'il avançait les deux paumes ouvertes comme pour endiguer le flot émotionnel. Ce n'était sans doute pas dans ses habitudes. Du moins les regards qui s'attachaient à moi en témoignaient.

Le parc est boisé, sauf une vaste esplanade destinée aux réceptions estivales. Cette petite forêt est envahie des bruits incessants de la circulation parisienne qu'atténuent à peine les hauts murs protecteurs.

Soudain, il me prend le bras comme pour s'y appuyer.

« Voyez-vous, Chabrineau, souvent lorsque j'ai une décision difficile à prendre, je viens marcher ici, jusqu'à ce que la moins mauvaise solution apparaisse d'elle-même. J'ai besoin du bruit des véhicules ; d'entendre les autres vivre, de sentir proches de moi ceux que je ne verrai jamais et qui n'imaginent pas une seconde ma présence à cinquante mètres d'eux. Enfin exister en dehors des écrans de télévision ; se dire qu'ils ont besoin de moi ; que, peut-être, je leur suis utile quelques secondes par jour. Ce sentiment m'apaise. Je quitte un instant ce monde virtuel – son bras engloba les bâtiments derrière nous – pour celui, plus réel, des carburateurs qui fonctionnent mal, des pneus qui crissent sous la poussée nerveuse des avertisseurs. »

Par moments, le bruit paraissait si proche, si intense, que l'on pouvait s'attendre à voir foncer sur nous un véhicule surgi d'entre les arbres séculaires. Il nous arrivait aussi d'entendre distinctement des bribes des conversations échangées sur les trottoirs. Il m'a regardé avec une expression malicieuse :

« Un jour je ferai disposer des micros enregistreurs au pied de ces murailles et retranscrire fidèlement tous ces morceaux de vie qui passent. Quel livre merveilleux, n'est-ce pas ? J'ai longtemps cherché son titre. Vous et votre comète venez de me le donner. Écoutez-les, ils vont, viennent sans se douter une seconde que leur fin se discute à quelques mètres d'eux. Dites, *Avant l'Apocalypse*, qu'est-ce que vous en pensez ? »

J'aimais bien. Les deux mots sonnaient tel un constat, un avertissement déjà inutile. J'en profitai pour aborder le registre des conséquences à moyen terme.

La Terre est donc balayée par un ouragan planétaire supersonique, tandis que l'océan où a chuté la comète est parcouru par un gigantesque raz de marée qui dévaste jusqu'à une profondeur de cent kilomètres toutes les côtes. L'onde sismique devrait réveiller l'activité sismologique. La planète deviendra, pendant quelques années, le siège de gigantesques tremblements de terre. Et c'est un euphémisme! L'ouragan thermique allumera tout au long de son fulgurant cheminement des incendies qui consumeront les immenses selvas brésiliennes, les millions d'hectares de résineux nord-canadiens, les masses forestières subsahariennes, les jungles du Sud-Est asiatique et la grande forêt allant de la Scandinavie aux confins du détroit de Behring.

L'hiver nucléaire annonçait simultanément un effondrement thermique et une période glaciaire. Donc, une baisse significative du niveau des océans. D'énormes orages, des pluies torrentielles, des tempêtes, des tornades et des cyclones deviendraient le pain quotidien de notre pauvre planète. En termes géologiques, la Terre entrerait dans une longue période de déséquilibre et de déstructuration. Comme à l'ère secondaire, un volcanisme généralisé réembraserait la planète. En premier lieu, la ceinture de feu du Pacifique, du Krakatoa au vénérable Fuji-San. De la ligne indo-japonaise à l'arc pacifique oriental des Rocheuses et de la Cordillère, en passant par les Aléoutiennes et les milliers d'îles-volcans du Centre-Pacifique. Disparition de toute vie. Fin des civilisations. Extinction de l'humanité à quatre-vingt-dix-neuf virgule quatre-vingt-dix-neuf pour cent; c'était sans retour...

Ma litanie funèbre semblait ne plus l'atteindre. Il se contentait de hocher mécaniquement la tête, l'air parti dans un monde où les comètes se contentent de passer au large.

«Et le soleil dans tout ça? me demanda-t-il.

— Sa distance le mettra à l'abri. Quatre ans avant la fin du siècle précédent, Jupiter a absorbé la chute d'une autre comète, Schumaker-Lévy, dont la taille est comparable à notre Diaz-Nostro. Observé par tous les astronomes, l'événement s'est déroulé sans accroc, grâce à l'épaisseur de son atmosphère et à sa fabuleuse masse. La Terre ne dispose pas du bouclier jupitérien. Schumaker-Lévy s'est perdue dans une matière fluide et insaisissable, l'amortisseur parfait qui manque à notre Terre tellurique. Deux mois se sont déjà écoulés depuis l'apparition de la comète-tueuse, ai-je ajouté. Le temps presse. Il faut prendre des décisions.

– Je sais, a-t-il admis, j'aurai du nouveau pour vous la prochaine fois. »

# 15

Je suis rentré plus tôt, Livia absente.

Elle m'avait laissé une lettre sur le lit. Une écriture petite, précise, lisible, élégante, bref, digne d'être modélisée dans un traitement de texte. Soudain, je remarque, bouleversé, que mon bel escalier a perdu sa végétation. Bacs et jardinières ont émigré au pied des murs, en une procession ininterrompue et monotone. La main de Livia vient de le rendre à sa malédiction originelle ; il semble attendre la venue de quelqu'un, la nature, n'est-ce pas, ayant horreur du vide.

Sa lettre est une longue déclaration d'amour. Elle y analyse point à point les composantes de l'univers psychique irrationnel qui l'ont poussée vers moi. Chant, appel poétique, prière que je ne mérite pas. Je ferme les yeux. J'ai peur de la puissance de cette vénération. Je serai incapable de lui offrir ce qu'appelle cette vision divinisée de ma personne et « ce destin enfin révélé » dont elle se veut l'inspiratrice.

J'ai dû pleurer de douleur devant mon impuissance et, plus secrètement, mon indignité. Le monde allait devenir fou. Porté par la foi du seul être qui m'aimait, je le précédai dans sa marche à l'abîme. Tout ce que j'entreprendrais désormais serait marqué du sceau de la perversité hallucinée, soutenue par les plus terribles pulsions. Pourrais-je retenir longtemps sur cette terre le seul être pour qui, même à tort, je représentais quelque chose ?

Le téléphone sonne. C'est elle. Elle appelle de son ambassade. La communication est si exécrable qu'elle pourrait aussi bien téléphoner de la lune. Elle évoque un gros problème. Mais l'écouteur ne me délivre que des mots tronçonnés, et puis plus rien. Je m'attends au pire.

En attendant son retour, je tente d'inventer un dîner à peu près cohérent, fais un peu de ménage pour adapter l'espace à ses transformations. J'avais presque réussi à me calmer quand elle est arrivée.

Elle a froid. Elle est essoufflée par les étages qu'elle a gravis d'un pas leste. Son visage est glacé, ses lèvres, brûlantes. Ses bras, nerveusement crispés sur mes épaules, renouvellent son appropriation et ma dépendance heureuse. Ses cheveux mouillés déposent de nouvelles larmes sur mes joues. Le choc de la douceur de son corps est mon meilleur alcool. Ivresse et culte rendu à notre commune et sombre divinité nous préparent à accepter ce que j'ignore encore.

Elle allait partir, quitter la France, retrouver son immense pays dont elle s'était provisoirement arrachée pour moi : son administration la réintégrait et la rappelait sans délai.

« Nous ne sommes que sept millions de francophones et peu nombreux dans notre spécialité. L'État du Québec est chargé de constituer la cellule multidisciplinaire qui fixera la participation canadienne à la lutte anticomète. Ma place est là-bas... J'ai une information confidentielle mais ton Président t'a peut-être déjà avisé... »

J'ai secoué la tête :

« Il écoute, enregistre scrupuleusement tout ce que je dis, et parle de la pluie et du beau temps pour se rassurer.

– La conférence de Washington a décidé d'implanter le centre international de suivi et de surveillance de la Grande Dame Blanche, devine où !... À Hawaii, mon amour ! Mon lieu de travail ! Je suis sûre de rejoindre l'archipel après un ultime temps de purgatoire. »

Je n'ai su que lui demander ce que nous allions devenir.

« Rien n'est changé. Rien ne changera. Je suis ta femme et tu es mon... »

Elle ne trouvait pas le mot qui allait traduire notre réalité.

« Tu vois, je ne suis rien de précis en public. Ni ton mari, ni ton homme, ni ton copain, encore moins ton compagnon, et certainement pas ton ami. »

Nous nous sommes regardés. Il y a eu un creux, un vide que j'ai rempli de mes pensées pour qu'elle les perçoive.

« Et si on se mariait ? ai-je demandé en fixant mes mains. Il te reste combien de temps ?

– Deux jours.

– Est-ce seulement possible ? N'y a-t-il pas un délai minimal, comment savoir ?

– Mon ambassade peut procéder à une union civile qui sera validée après les préavis légaux dans la législation de nos pays respectifs. C'est une vieille tradition libérale du nord de l'Amérique. L'ambassade est territoire canadien. Ainsi, tu auras aliéné ta liberté loin de ton pays natal.

– Mon pays a toujours été toi, même avant de te connaître. J'étais partout en exil, partout étranger, comme l'avait bien compris l'ami Gary. Tout bonheur croisé m'était souffrance, car il me soulignait la douleur de ton absence.

– Tu redeviens romantique ; tu fais de drôles de vers.

– Non ! ai-je scandé. Comment te perdre maintenant que je t'ai trouvée ? Comment vivre ici en t'imaginant ailleurs ? Je n'ai pas la moitié de ta force.

– Tu te trompes. Je te connais depuis si longtemps. Tu es invincible ; tu vaux mille comètes et tu te dissimules derrière un enfant qui a trop souvent eu peur.

– Prends-moi pour être ton mari...

– Mais il reste encore un problème inhérent à tout mariage.

– Lequel ?

– Il faut l'accord préalable, intime et réciproque des intéressés. »

Elle ne souriait pas. Ce n'était plus l'un de nos jeux d'amants. Solennellement elle voulait être sûre. C'était soudain sérieux, grave.

Nous étions nus sous le seul éclairage des lumières de la ville, clarté diffuse qui déformait les reliefs et apparentait mon antre à celui des sorciers. Le feu qui nous embrasait n'illuminait pas ce monde. J'ai saisi sa main et l'ai conduite vers ces marches dégagées de leurs obstacles. Nous avons gravi jusqu'au sixième degré. Je l'y ai laissée. Redescendu, un genou au sol, la main sur la première marche, j'ai levé vers elle mon regard. Elle paraissait déjà hors d'atteinte.

« Je ne suis rien de clair, rien de bon ; je viens des flammes et y retournerai quand l'œuvre sera accomplie. Veux-tu de moi ?

— À quel titre ?

— Comme esclave exigeant et jaloux, comme maître attentif et soumis.

— Pour combien de temps ?

— Je récuse le mot. Il n'entrera pas dans notre royaume. La mort est fille du temps. Dehors la mort et le temps ! Nous serons sans limite et sans durée. Bien au-delà du cadre admis pour les mortels. Nous serons, du passé au futur. Je n'ai rien d'autre à t'offrir que l'éternité. »

L'escalier semblait frémir d'une vie mystérieuse tandis que la pièce nous enveloppait de sa tendre bienveillance. Abri secret qui protégeait, de sa vieille affection, les égarements de deux enfants un peu ridicules.

« M'emmèneras-tu dans ton royaume ?

— Il n'est que de moi et de mon amour.

— Ainsi, dit-elle, répondent les vrais rois. »

Avec lenteur, elle a étendu son bras que caressait une blancheur lunaire, l'index légèrement incliné dans ma direction. J'ai levé le mien à sa rencontre. Sans changer de position, j'ai gravi deux échelons. Les extrémités de nos doigts se sont rapprochées, effleurées. C'est ainsi que nous avons clos la première de nos vies.

Nous nous sommes mariés le surlendemain. Elle avait pris pour témoin un attaché de l'ambassade dont c'était l'une des fonctions obligées. Jacqueline Lévy remplissait ce rôle pour moi. L'échange des consentements fut précédé par le long énoncé de nos identités. C'est ainsi que Antoine Pierre Simon Chabrineau devint l'époux d'Olivia Judith Marie Lamberg. J'ai su ainsi pourquoi ce mariage avait pu se faire : elle aussi se prénommait Marie. Nous n'en avons pas reparlé tout de suite. Une petite réception, organisée à la va-vite, dans l'un de leurs salons, réunit tout de même une cinquantaine d'amis et de proches. Beaucoup de fleurs ! Pâles copies auprès de son sourire !

Parmi les bouquets, s'en trouvait un, discret, portant une simple signature et le sceau de la Présidence. J'ai eu droit aux plaisanteries classiques sur les vieux célibataires tombant dans le mariage pour exorciser leur encombrante vieillesse. L'ambassadeur a fait un bref passage.

« Nous n'ignorons rien de vos compétences, me dit-il. Nous sommes heureux de vous compter désormais parmi nos plus honorables citoyens. »

Gary adressa un message verbal, transmis par sono, qui nous parvint au cœur de la fête et nous fit beaucoup rire : « Désolé d'être absent, mais je n'ai pu trouver de gilet pare-balles... »

Elle a pris l'avion très tôt le lendemain matin. Tandis que je la regardais s'éloigner dans le long tunnel transparent qui l'emmenait à sa porte d'envol, j'ai eu à nouveau la fulgurante vision de sa fin prochaine.

Je l'ai vue, si fragile, abandonnée par la vie, cernée de visages au rictus figé dignes des peintures de Pieter Breughel. Je n'ai pu m'empêcher de crier, terrifié : « Livia ! »

Mais elle était trop loin. Ma voix ne l'a pas atteinte.

Elle a agité sa main une dernière fois.

L'ère des grands drames venait de s'engager.

# DEUXIÈME PARTIE

# 16

Le monde est redevenu ce qu'il avait cessé d'être, un désert surpeuplé et bruyant. Les jours qui ont suivi, je suis entré en contact avec chacun des grands observatoires de la planète. Tous suivaient la progression de Diaz-Nostro. Mes correspondants, sans exception, confirmaient la forte probabilité d'impact.

J'ai passé plusieurs nuits à constituer d'énormes dossiers manuscrits. D'après le Président, il fallait laisser un maximum de traces écrites, même si nous nous apprêtions à quitter l'Histoire.

J'ai aussi pris l'habitude de recevoir des visites directement à l'Élysée. En ce lieu, on les nommait audiences. C'est ainsi qu'un ingénieur-général du Commissariat à l'énergie atomique, organisme d'État regroupant la fine fleur des physiciens nucléaires, m'apprit que mon scénario d'impact avait été injecté dans les neurones électroniques de leurs méga-ordinateurs. Ils avaient donc pu vivre et revivre jusqu'à l'écœurement les affres d'une agonie planétaire. Il ressortait de leurs simulations un fait qui m'avait échappé. À l'impact, la compression de l'atmosphère et l'ascension foudroyante de la température équivaudraient à plusieurs millions de degrés centigrades. Mais je n'avais pas prévu l'étincelle thermonucléaire locale de forte puissance qui en résulterait. Ceci allait ajouter à la puissance du coup reçu et laisser en prime la malédiction d'une pollution radioactive. L'information était évidemment classée Secret-Défense.

Le Président avait prévu de m'envoyer aux États-Unis où l'on était sur le point de lancer un satellite terrestre pour l'observation du soleil. Du moins officiellement. En réalité, la sonde aurait toutes ses antennes braquées sur la comète, sans être gênée par l'écran des planètes ni par le soleil qui, dans quelques mois, allait masquer la progression de l'ennemi.

«Vous partez à New York la semaine prochaine, me dit-il. Vous voyagez dans les bagages de notre ambassadeur à l'ONU. C'est là que tout va se jouer. Cette organisation tentaculaire est la seule à pouvoir prendre une décision de cette importance au nom de toute la planète.»

Après quoi, il s'était lancé dans un cours de stratégie planétaire qui me parut compliqué. J'ai essayé de sortir du labyrinthe en le prévenant qu'avant de s'éloigner de la Terre pour la longue trajectoire de l'attaque, les lanceurs, avec leurs milliers de kilotonnes, orbiteraient à deux cent cinquante kilomètres d'altitude, dans le plan de l'Équateur, juste à la verticale d'une succession de nations très susceptibles sur leur souveraineté.

Mais, selon le Président, ces pays susceptibles n'accepteraient pas d'être survolés par la foudre des puissances dites impérialistes. D'autant moins qu'ils étaient protégés par les États-Unis, ou bien le Royaume-Uni, la Chine, la Fédération russe et le vaste empire de la francophonie.

Lorsque je lui avais demandé d'où on allait lancer – il était hors de question d'effectuer en orbite terrestre de délicates, donc dangereuses, modifications de trajectoires –, il m'avait tendu un globe.

«Allez-y, trouvez-moi la seule base digne de ce nom le long de cette ligne; entre dix degrés de latitude nord et dix sud...»

J'avais balbutié d'une voix éteinte :

«Kourou, en Guyane française.

– Vous voyez, nous n'échapperons pas au premier rôle.»

Et je lui avais demandé de me préciser mon rôle à New York.

«Vous montrerez la détermination de la France, obtiendrez un vote unanime des membres permanents, et majoritaire pour les dix autres. Les réunions du Conseil de sécurité se déroulent à huis clos. Vous serez à plusieurs reprises amené à intervenir directement ; vous n'aurez donc pas de gants à prendre pour enfoncer le clou de votre marteau scientifique. Je suis dans l'obligation de vous prévenir que notre ambassadeur onusien est dans la ligne de pensée du Premier ministre ; par principe, vous n'en obtiendrez rien d'excellent. Ne comptez pas trop sur lui, et méfiez-vous de ses peaux de banane. Vous ferez voter, il votera.

« Autre chose. Quarante-huit heures avant votre départ, des communiqués de presse informeront le public de l'existence de Diaz-Nostro. Votre ligne stratégique a été retenue, elle a convaincu vos confrères : officiellement, la comète croisera notre voisinage terrestre à une distance importante mais indéterminée. Suivra le descriptif euphorique des projets de recherche. Hélas pour vous, vous allez devoir quitter votre anonymat. Vous appartiendrez désormais à ce que nous nommons en politique les bornes de relais ; les journalistes disent "fusibles". Il faudra livrer une fonction, la vôtre ; puis le nom du conseiller national et inspirateur du projet, le vôtre. Préparez-vous au choc, il vaut celui d'une comète. Vous deviendrez une cible et une proie. Préparez vos arrières. Rendez impossible l'accès matériel jusqu'à votre personne. Changez de nom sur votre porte, arrachez votre boîte à lettres et faites dévier votre courrier ici. Conservez votre E-mail ; cette adresse servira d'exutoire aux myriades d'exaltés qui se découvriront quelque chose d'important à vous dire. Faites d'avance disparaître tout lien entre public et privé. Annulez vos abonnements de télécommunications visio, vidéo et audio. Ouvrez-en d'autres non nominatifs mais numérotés comme les comptes en Suisse. Tant pis pour votre vie privée, mais je vous inflige, à partir de demain zéro heure, une surveillance non resserrée, vingt-quatre heures sur vingt-quatre : je n'aime pas les enterrements car il faut y prendre la parole. »

Ma moue a dû se faire trop dubitative.

« Ne méprisez pas ce que vous ignorez. Vous ne voyez Diaz-Nostro que comme un corps céleste. Mais certains vont la percevoir comme un signe du ciel, la main de Dieu ou du Diable. Aucune foi religieuse ne sortira indemne de ce scénario de fin du monde, car toutes disposent dans leurs caves obscures d'un descriptif de fin des temps. Les croisés du mal seront les premiers sur la barricade. Il va s'agir pour vous de ne jamais en rencontrer un. »

Après un silence, entrecoupé de ses longues inspirations, il avait changé de sujet :

« J'ai ce soir un repas privé. Une dizaine d'amis, des vrais pour la plupart, que je réunis tous les trois mois pour discuter de tout, sauf de politique ; c'est la seule règle. Voulez-vous être des nôtres ?

– J'aurais peur de vous ennuyer.

– Vraiment ? Vous avez peut-être tort ; tant pis pour vous, mon cher. »

J'avais refusé car j'avais rendez-vous avec Livia.

Comme prévu, elle avait rejoint Hawaii. Onze heures de décalage horaire nous séparaient. Lorsque le jour finissait à Paris, il se levait à Hawaii. Nous utilisions quotidiennement la magie des téléconférences satellitaires, écran et caméra numériques de chaque côté. Mais chacun restait maître du contrôle « champ et direction » de celle dont il recevait les images, un peu comme un regard autonome et libre tendu vers l'autre. Pour le seul acte d'amour qui nous était désormais permis, il suffisait d'une modeste raquette de télécommande.

J'absorbais devant elle ces plats qu'elle qualifiait toujours de surprenants, tandis que je la regardais arroser ses pancakes de mystérieux additifs. Ces rendez-vous d'amour étaient à la fois bénédiction et torture. Nous nous regardions vivre avec toute l'intensité de notre passion. Mais son souffle, son odeur, le goût de ses dents sur ma peau, de mes mains sur ses seins, me manquaient.

J'effectuais, chaque fois qu'elle demeurait immobile, de gros plans sur son visage, ses yeux et sa bouche, dont j'avais peur de perdre la saveur. Et je sentais qu'à dix-huit mille kilomètres de moi, elle agissait de même pour les mêmes raisons.

Ce soir, j'étais déprimé. Elle l'a senti tout de suite. Elle m'a demandé de lui montrer Paris. Alors, j'ai posé la caméra en équilibre au regard d'une de mes fenêtres. Puis, selon son vœu, au terme de longues minutes de silencieuse contemplation, je l'ai tournée vers la pièce sans la changer de place. Elle a ainsi pu constater que j'avais respecté sa volonté d'un escalier dénué de plantes.

Notre lit était à l'autre bout. Comme d'habitude, je me suis mis complètement nu avant de m'allonger sur le drap. Nous avons parlé quelques courts instants. J'avais sa voix ; je l'entendais respirer. Il ne me manquait que sa main sur mon corps et son corps pour m'y fondre. J'ai glissé ainsi sous son lointain regard, dans ce monde nocturne que nous ne partagions plus. Chacun à un bout de la Terre, l'un se couchant quand l'autre venait de se lever. Quelquefois, c'était l'inverse. Elle me donnait ses soirées depuis l'observatoire, au sommet du Mauna Kea, à près de quatre mille mètres d'altitude. Étrange vie pour un jeune couple.

« Tu sais, soutenait-elle, nous nous voyons plus que mes collègues du Centre dont le conjoint est resté au Canada. Aucun n'aurait l'idée d'enrichir comme nous le faisons les consortiums de télécommunications.

Mais je m'en moquais. « Je t'aime tant », me contentais-je de lui dire. Souvent j'ai dû me faire violence pour ne pas poser mes lèvres sur le verre de l'écran, à l'instant fatidique de la fin de liaison imposée par le satellite.

# 17

« J'ai besoin de votre aide. Ma demande de séjour à Lascaux vient d'être rejetée par le secrétariat d'État à la Recherche : calendrier complet jusque dans deux ans. Lascaux est la clé de voûte de toute ma théorie. »

J'avais un peu oublié Paul Blasco, l'étudiant thésard de Jacqueline. À sa demande – depuis quelques jours, il m'assaillait de fax et de messages – j'ai accepté de le rencontrer et lui ai fixé rendez-vous au cœur des Champs-Élysées, entre le rond-point et l'avenue Marigny. Tandis que nous marchions, il tournait autour de son sujet comme un chaton affolé par sa première prise. Il avait ce regard attentif et fiévreux que j'avais remarqué la dernière fois à la Chapelle. Au sujet de la comète, je suis resté évasif ; il n'avait qu'un seul pied dans notre monde. Quand nous avons abordé sa thèse, le maladroit jeune homme s'est révélé un maître habité par le génie de sa recherche. Il voulait terminer son essai de paléoastronomie par un chapitre sur Lascaux.

« Certains indices m'inclinent à penser, dit-il, que le site porterait des symbolisations astronomiques encore cryptées ; c'est-à-dire non mises en évidence. »

J'ai répété avec surprise : « Cryptées ? »

Il a reculé : « Je n'en suis pas absolument certain. Je reviens d'Altamira en Espagne. J'ai aussi longuement étudié Niaux et Rouffignac ; je serai à Bernifal dans une quinzaine de jours. Les trois sites présentent des concordances plus que troublantes : il me faut la confirmation de Lascaux pour que ma démonstration devienne irréfutable. Il me faut Lascaux à n'importe quel prix !

– Et Jacqueline ?

– Mme Lévy ne peut intervenir pour moi ; c'est une question de déontologie. C'est elle qui m'a parlé de vous et des fonctions que vous occupez maintenant. J'ai besoin de votre aide. »

Et il a ajouté : « Si vous le voulez bien...

– Vous savez que ce que vous sollicitez s'appelle vulgairement un coup de piston ? »

Le timide jeune homme ne cilla pas et me rendit mon regard.

« Oui, a-t-il reconnu, c'est cela, je vous demande de me pistonner ; et de permettre, peut-être, un tout petit progrès dans la connaissance.

– Vous voulez rire, mon vieux. En fait, si j'ai bien compris, vous vous apprêtez à bouleverser toutes nos certitudes sur les peuplades du Magdalénien. Vous ne frappez pas poliment aux portes de l'Université ; vous voulez les forcer et sans doute les abattre. Vous allez vous offrir la tête de toute une série de mandarins. Je trouve que vous ne manquez pas d'assurance. »

En d'autres temps, il aurait rougi, confus. Dorénavant missionnaire de sa propre foi, il a juste un peu rosi. À moins que ce ne soit un effet de l'éclairage à iode, admirable flamme qui l'embrasait sans qu'il s'en doutât. Nous sommes entrés dans une brasserie. Après avoir commandé, je lui ai dit :

« Vous auriez besoin de combien ?

– Deux semaines de séjour.

– Vous rêvez. Un jour pour un paléontologue confirmé, c'est déjà inespéré, et vous ne l'êtes pas. Je vous obtiendrai deux jours.

– Non ! Non ! C'est impossible.

– Faites comme tout le monde, mon vieux. Prenez une centaine de clichés laser 3D et travaillez chez vous sur votre ordinateur.

– C'est impossible. Même avec de tels clichés, il faudrait que je travaille sur place. J'ai besoin d'éléments photométriques sur plusieurs longueurs d'ondes extérieures au visible. Il me faut aussi un relevé en lumière noire. Je devrai ensuite, en fonction des résultats, effectuer toute une série de triangulations sur l'ensemble des salles. Jusqu'à présent, aucun relevé topographique global n'a été pris. Je dois déterminer enfin les coordonnées d'un point géodésique précis ; une sorte de centre d'observation, un point de vue, peut-être un lieu rituel...

– Je pourrais vous décrocher quatre jours, comme on décroche la lune. »

Mais il y tenait à ses deux semaines, le bougre. J'ai exigé des éclaircissements avant d'aller plus loin.

« Mais quels rapports, tous ces projets, avec la paléoastronomie ?

– Je pense, dit-il, que nous avons sous-estimé les capacités d'abstraction intellectuelle des hommes du Solutréen. J'ai toujours été étonné du fait qu'ils semblaient avoir négligé toute influence du ciel sur leur vie : à part lune et soleil, on ne relève rien de très déterminant. À croire qu'ils étaient tous myopes ou que l'omniprésence des étoiles n'avait pas l'importance visuelle qu'elle a aujourd'hui. »

Cette étrangeté n'était qu'une des énigmes portées par la Préhistoire. En deux phrases, le thésard de Jacqueline brisait les tabous que, par conformisme, aucun d'entre nous n'aurait pu rompre. Mon Dieu, que la jeunesse était donc belle !

« Vos sous-entendus me paraissent lourds de sens.

– Je me suis tout d'abord demandé si l'atmosphère de l'époque avait la même limpidité que celle que nous lui connaissons aujourd'hui ; cela aurait tout expliqué. Mais j'ai très vite adopté l'option inverse. En premier lieu, en notant leur attitude face à la mort : ce sont eux qui inventent l'enterrement des défunts. Leurs représentations magiques et pré-mystiques fortes impliquent une grande capacité d'idéalisation, donc le sentiment naissant du concept d'éternité et de la notion d'immuable. On peut en déduire une liaison avec le ciel physique. Et pourtant, rien, nulle part, n'apparaît. »

Je venais de comprendre l'enthousiasme de Jacqueline. Ce type était un génie. Mais de la pire espèce, celle des iconoclastes.

« Et ensuite ?

– Il me fallait donc découvrir ce qui allait relier la contradiction.

– Et vous avez abouti ?

– Je vais. Il doit se trouver un relevé du ciel, du ciel de l'époque. Sa dissimulation probable prouve que seuls les chefs, les élites du groupe, la caste des chasseurs y avaient accès. C'est dans ce lieu que devait se nouer la communication avec la divinité. Il me faut trouver la porte des étoiles, et l'ouvrir... Les trois premiers sites confortent ma théorie. Lascaux sera l'incontournable preuve.

« Vous avez dit tout à l'heure : " du ciel de l'époque ". Parlant du Magdalénien, c'est presque un pléonasme. Que révèle cette entorse à votre rigueur ? »

Il a violemment rougi :

« C'est involontaire. »

Je voulais en savoir plus, mais je venais de briser son élan.

« Je ne suis encore sûr de rien. Si je fais l'impasse sur la dernière preuve, je risque une terrible erreur, un non-sens scientifique absolu. Je suis encore du mauvais côté de la frontière qui retient l'irrationnel.

– Il n'a pas bonne presse, surtout chez nous. Méfiez-vous-en ; c'est un cheval fougueux, incontrôlable une fois lancé. Vous m'avez convaincu. Je vais mettre en branle les réseaux du pouvoir. Je vous tiendrai au courant. »

D'une main, j'ai arrêté l'inévitable flot de ses remerciements.

« Invitez-moi à votre soutenance, ce sera suffisant. C'est pour quand ?

– Dans un an. Environ. »

Mais il avait encore quelque chose à dire. Il m'a cueilli à froid.

« À propos de l'irrationnel... Croyez-vous au futur ? »

Je l'ai regardé avec de grands yeux.

« Comment vous répondre par la négative ?

– Je me suis mal exprimé. Croyez-vous en un avenir déterminable à l'avance ? »

J'ai haussé les épaules :

« Il l'est toujours peu ou prou...

– Je veux parler du pronostic absolu d'un événement aléatoire, imprévisible et lointain. »

Je me suis calé contre mon dossier :

« Si vous avez le désir de vous faire pendre, posez donc cette question à Jacqueline. Où voulez-vous en venir ? Précisez un peu, c'est en rapport avec votre thèse ? »

Il a fait signe que oui.

« Je suis tombé dessus presque par hasard. Des recoupements ; il s'agit de pictogrammes ; anciens. Très anciens. Sur la représentation de certains champs d'étoiles, des ordonnancements non advenus au réel de ce temps, et associés à des proto-écrits non compréhensibles.

— Vous avez daté ?

— Oui ; le carbone 14 dit moins 10 000.

— Je vous arrête ! Vous allez me parler Zodiaque. Dites-vous qu'il y avait autant d'abrutis il y a dix mille ans que maintenant. L'ancienneté ne leur accorde aucune crédibilité supplémentaire. Je peux écrire que Paris sera rasé ; d'ici à cent siècles, j'ai une petite chance.

— Ce n'est pas cela. Il s'agit de la description en clair d'événements de niveau planétaire, et en train de survenir.

— Je ne vous ferai pas offense si je vous dis que je n'en crois rien.

— Ça a été aussi ma première réaction. Je vais avoir des preuves plus que troublantes, flagrantes.

— Des preuves ou des interprétations personnelles ? Ce chapitre fait-il partie de la thèse ?

— Il en est l'aboutissement naturel.

— Mais il s'appuie sur un mauvais pilier. Vous savez que ce terrain est miné ? Et que vous allez sauter avec, aussi sûrement que nous sommes là ce soir ?

— La science peut tout explorer sans se perdre ; je ne suis pas Nostradamus. »

Nostradamus ! Il ne manquait plus que lui. Le bon vieux Michel de Nostre-Dame, médecin, mage et grand ésotériste du XVIe siècle, qui connut un regain de mode au tournant du millénaire. Il se rendit célèbre par ses quatrains où l'on pouvait tout trouver, surtout après coup ; heureusement bien oublié aujourd'hui.

« C'est bien, ai-je conclu. Je vais faire ce qui est en mon pouvoir ; je ne promets rien. »

Il a aligné une succession de « oui » pour tout au revoir. Je ne donne pas cher de son avenir scientifique. Trop en avance sur son temps. Si la pression de l'irrationnel se fait de plus en plus forte, les barrages qui le contiennent sont encore solides.

Dès le lendemain, depuis l'Élysée, j'ai appelé le secrétaire d'État et, sans fioritures, j'ai demandé du temps sur Lascaux. C'est à peine si j'ai indiqué la qualité du bénéficiaire. « Combien de jours ? » J'ai dit vingt. « À quelle date ? » J'ai dit dans un mois si possible. C'était possible.

J'ai chargé Jacqueline de prévenir son poulain. L'annonce de l'octroi glissa sur elle sans la toucher en profondeur.

« Il t'a dit pourquoi il voulait tant de jours ?

– Oui.

– Et toi, le saint Thomas, tu as accepté de l'aider ? Il t'a parlé de Diaz-Nostro ?

– Non. Il aurait dû ? Qu'est-ce qu'elle vient faire là-dedans ?

– Alors il ne t'a pas tout dit. Tu sais qu'il me préoccupe un peu ; il s'éloigne de la vision classique... Enfin, tu vas devoir attendre. »

Tandis que la comète, loin de l'orbite de Saturne, allait bientôt couper celle de Jupiter, je retrouvai les chemins de mon Golgotha présidentiel. Les jours qui s'écoulaient ajoutaient à mon impatience et à ma nervosité. Le Président m'appelait maintenant son cher Cassandre. Du nom de la fille du roi Priam dont les prophéties au temps de la guerre de Troie ne furent jamais crues. Sinistre présage qui ne m'amusait guère : Cassandre avait eu raison contre tous ses concitoyens.

Il me demanda de lui décrire les conséquences humaines de l'impact. En quelques mots, je lui dis que l'humanité allait être gommée de la surface de la planète, qu'elle allait se trouver dans la situation du condamné à mort dont chacune des douze balles qui le frappent est mortelle.

« Un peu l'histoire des sept plaies d'Égypte ?

– Si vous voulez ; à ceci près que la légende les relie à une faute, un crime contre Dieu. Ici, je le distingue mal.

– Psychologie, mon cher. Nous aimons par-dessus tout découvrir une cause à l'absurdité des malheurs qui nous touchent ; nous voulons un sens même à la mort. Le hasard angoisse l'homme. Eh bien, donnez-moi des détails. Je vous écoute.

– Chute en mer ou sur sol. L'ouragan provoqué balaye tout. C'est-à-dire que les villes sont rayées de la carte. Rien ne résiste à un vent de huit cents kilomètres/heure.Quel que soit son poids ou son volume, aucun débris ne restera sur place; l'onde de choc s'abat sans signaux préalables. Ni brise, ni vent fort. Si le ciel est bleu ce jour-là, il virera au gris et, quatre minutes plus tard, Paris aura cessé d'exister. Des tours de la Défense jusqu'au bois de Vincennes, de la porte de Clignancourt à la porte d'Orléans, la mise en croix sera brève et sans retour. De Montmartre à Montparnasse, de la tour Eiffel aux hôtels du Marais, il ne restera rien. Tout disparaît; jusqu'aux arbres des boulevards et aux boulevards eux-mêmes. Des dernières ruelles du vieux Paris jusqu'aux plaques des tombeaux, rien ne pourra se maintenir devant cette fureur.

— Certaines sectes religieuses, dites des temps derniers, ont déjà décrit tout cela.

— C'étaient leurs cauchemars qu'elles décrivaient, et cela prouve que personne ne peut, sur tout, se tromper tout le temps. La surpression puis la dépression extrême qui suivent le passage du cataclysme provoquent la mort de tout être vivant, même non exposé, par destruction de son système respiratoire. Les corps sont brisés dans le gigantesque maelström qui les saisit, les broie dans les débris qu'il transporte et qui sont autant de projectiles; ce qui demeure des cadavres est porté par le flux et l'ouragan à tous les niveaux des couches atmosphériques. Passé et présent cessent de témoigner; l'ordre des bibliothèques et des cathédrales a cédé la place au chaos. Singapour, Chicago, Sydney, Tokyo, New York, San Francisco... Plus rien, pas même des ruines. Toute construction humaine, si minime soit-elle, est effacée. Les forêts, arrachées. Plus aucun pont quel que soit son type. Lignes de chemin de fer disparues avec leur ballast. Routes détruites ou enfouies ainsi que les lignes électriques et leurs pylônes. Aucune infrastructure industrielle ne reste debout; des complexes pétrochimiques aux garages de campagne, des centrales nucléaires jusqu'au moindre pressing, barrages, aciéries, usines, je cite tout en vrac, la litanie est interminable. La terre elle-même, la couche arable avec ce qu'elle porte de nos efforts, est décollée de la surface et projetée à plus de dix mille mètres d'altitude. Toutes les hamadas et le sable des déserts.

— À ce point...

– Les effets d'un vent culminant au-delà de mille kilomètres/heure dépassent la plus folle imagination. Je me demande même s'ils pourraient être informatiquement simulés. Le transport aérien cesse d'être, faute d'aéroports. Tout ce qui volera en cette heure dernière, du moineau au Boeing 797 de mille deux cents places, sera mis en miettes en l'air et propulsé dans l'espace proche ou projeté sur ce qui tiendra lieu de sol. Les satellites, en orbite terrestre basse et moyenne, traverseront les crêtes et cette véritable houle atmosphérique ; à court terme, rentrée et destruction dans les couches denses. En premier lieu, toutes stations habitées : Mir, Mir II et Alpha à quatre cents kilomètres d'altitude. Provisoirement à l'abri par principe, les géostationnaires à trente-six mille kilomètres. La production d'énergie électrique tombe définitivement à zéro ; et nul n'ignore que, privée d'énergie électrique, notre société ne fonctionne plus. Je vous épargnerai le listing de ce jeu de massacre. Notre dépendance est infinie. En nous élevant en tant que civilisation, nous nous sommes exponentiellement fragilisés ; le colosse a des pieds d'argile. Les improbables survivants, pas plus de cent mille sans doute, retournent à l'âge des cavernes en un mois de temps. Avec une perspective vitale d'une année au maximum.

– Inéluctable ?

– Inéluctable et sans retour. Il n'y a pas d'alternative. Le relief lui-même, dans ses accidents les plus notoires, sera remodelé : comblement des creux, arasement des sommets élevés et/ou déchiquetés, fleuves jetés hors de leur lit, mers et océans en état de transportation. Sauf exception due à une multitude de coïncidences, je ne distingue aucun moyen de survie. S'il y a chute continentale, les populations disparaissent instantanément dans un rayon moyen de mille kilomètres. Elles ont leurs organes et centres de vision détruits jusqu'à deux mille. Poumons, voies aériennes et auditives, tout tissu organique en liaison avec l'atmosphère est irréversiblement atteint. Irradiation de niveau mortel jusqu'à trois mille. Si la chute se produit en mer, le Tsunami envoie par le fond tout ce qui flotte. Destruction totale au passage de la faune sous-marine jusqu'à deux mille mètres de profondeur. Les abysses sont, dans un premier temps, épargnés. Au terme de sa course, le raz de marée détruit les côtes et toutes installations portuaires et urbaines, jusqu'à cent kilomètres à l'intérieur. Ce front de vague de deux mille mètres de haut filant à quatre cents nœuds s'enfoncera peut-être encore plus avant. L'intensité de l'onde de choc souterraine achèvera de mettre à bas tout ce qui ne l'aura pas été.

– Tout l'a été.

– Oui, monsieur. Mais la sixième balle, indépendamment prise, est mortelle elle aussi. Si je m'attarde sur ce phénomène, c'est qu'il décrit la destruction de tout abri souterrain. »

Je savais à quoi je faisais allusion. J'avais mis dans le mille.

« En zone de séismicité moyenne ou faible, destruction assurée. Je suis moins catégorique pour les régions asismiques, mais j'ignore si cette classification sera toujours valable. Quelle que soit la zone de chute, un front thermique dévaste la planète et incendie instantanément tout ce qui, fait de main d'homme, peut être combustible. Ce qui, à Nagasaki en 1945, fut nommé tempête de feu, prendra ici d'inimaginables dimensions. Puis viendront les secousses sismiques incessantes et sans commune mesure avec ce que connaît la Terre. Il s'agira plutôt de violents déplacements continentaux, engendrant de nouveaux bassins maritimes et, simultanément, en comblant d'anciens. Nouveaux plissements montagneux ; ce sera l'heure dernière de la faille de San Andreas, de Sacramento, jusqu'à la pointe de la Basse-Californie. Deux mille kilomètres de côtes américaines s'engloutiront dans les flots du Pacifique, de San Francisco à San Diego. Même destin pour l'archipel japonais, les centaines d'îles de l'Indonésie et celles des Philippines. En Méditerranée du Sud, tout le littoral d'Afrique du Nord limité au Maghreb disparaît. Au nord, du delta du Rhône jusqu'à Gênes, ces magnifiques méandres côtiers s'affaissent au niveau du plateau continental. Toutes ces merveilles ne seront plus qu'ombres sous la mer. Parallèlement, l'élévation de la température moyenne provoque une fonte massive des glaces polaires. Mers et océans montent d'autant. La superficie de la France est divisée par deux. La Hollande est rayée de la carte. Annihilation de toutes les îles du Pacifique sous l'effet conjugué des phénomènes les affectant. Holocauste des populations du Sud-Est asiatique, du sous-continent indien jusqu'à l'île d'Hokkaido, de plus de deux milliards d'êtres vivant sur cette frange côtière et les îles qui la longent. Volcanisme ensuite. Tous les volcans connus entrent en éruption simultanément. Une myriade de nouveaux venus surgit au hasard. Mais les épanchements de laves sont presque accessoires ; les nuées ardentes seront autrement plus dangereuses. Vingt-six mille morts à la montagne Pelée en 1902. Pour finir, les milliards de tonnes de poussières qu'ils éjecteront avec un bel ensemble donneront le top de départ de cet hiver nucléaire qui n'a plus de secrets pour vous. »

J'étais presque à bout de forces. C'est lui qui dut reprendre son souffle.

« C'est tout ? demanda-t-il.

Je n'ai pas senti qu'il s'agissait d'une manifestation d'agressivité.

« Je ne sais pas, et c'est sans importance.

— Vous ne savez pas ! Eh bien, vous êtes là pour savoir, nom de Dieu ! »

Je me suis levé. « Je crois en définitive que M. le Premier ministre avait raison. »

Il a abattu son poing sur la table.

« Asseyez-vous ! Vous êtes le Diable, Chabrineau ! Ou bien son fils encore dissimulé ! Vous rendez-vous compte de ce que vous me faites subir ? J'ai la sensation que vous vous vengez de quelque chose. Reprenez !

— Je voulais dire que le reste échappe aux prévisions. Quand une telle machine infernale se met en branle, nul ne peut savoir où elle s'arrêtera. Il y aura d'autres séquelles cataclysmiques ; mais elles sont inimaginables.

— Quel âge a la Terre, Chabrineau ?

— Quatre milliards et demi d'années.

— Et c'est maintenant que ça arrive ! Juste pour nous !

— C'est déjà arrivé, monsieur. Une multitude de fois sans doute dans l'histoire de la planète, mais toujours avant l'homme. Regardez la dimension et le nombre des cratères lunaires. Tous représentent les cicatrices laissées par les corps célestes dans cette gigantesque partie de billard qui accompagna la genèse du système solaire. Dites-vous que la Terre en a eu la même part. Depuis que la vie a fleuri sur cette planète, elle a connu de multiples extinctions, massives et presque absolues. Nous en connaissons au moins trois, entre ère secondaire et tertiaire, qui éliminèrent chaque fois quatre-vingt-dix pour cent des espèces vivantes. Plus proches de nous, il y a soixante-dix millions d'années, toutes les espèces des grands reptiles dinosauriens qui régnèrent en maîtres à travers Trias, Jurassique, Crétacé, furent exterminées par une comète de vingt-cinq kilomètres de diamètre. On sait depuis peu qu'elle tomba dans le nord-est du Mexique, au lieu-dit Chicxulub. Aujourd'hui la redite est un peu plus massive mais la Terre est habituée.

– Pas nous.

– Pas nous. Nous n'aurons été rien de plus que les autres : des invités provisoires. Tôt ou tard, les invités doivent se retirer, sous peine d'être chassés. D'autres s'impatientent.

– Vous ne confondez pas restaurant chic et bordel ?

– La morale est une invention humaine. Si nous devons partir, nous l'emporterons avec nous.

– Où est le bien dans ce galimatias ?

– La notion de bien nous conduit à survivre en respectant certaines formes, les nôtres. La morale cosmique a une tout autre mesure. C'est tout. »

# 18

Dès le lendemain, la presse a commencé de se remplir des aventures de Diaz-Nostro. Avec élégance et sans fausse note. À ceci près qu'indications de repérage et paramètres de trajectoire avaient été faussés. Les articles n'occupaient pas la première page. La presse internationale était au diapason.

Les jours suivants, l'information connut des regains d'intensité et des périodes d'accalmie. Je fus surpris par le ton mesuré, presque détaché des journalistes quand ils informèrent leurs lecteurs d'un projet de déviation de trajectoire.

Les services du ministère de l'Intérieur attirèrent cependant l'attention du pouvoir, dans les mois qui suivirent, sur toute une série de manifestations insolites : augmentation spectaculaire des mariages et des déclarations de naissances, progression de l'assurance-vie et élévation du taux des suicides. La nouvelle frappait d'abord à la porte de l'inconscient.

Le Président m'a appelé sur la ligne protégée.

« Ça y est, Chabrineau ! Vous ouvrez le bal demain avec une audience accordée à Greenpeace. Écoutez-les, pesez vos réponses au milligramme, et faites-moi un beau rapport. »

Greenpeace. L'âme mondiale des organisations écologiques. À la pointe du combat contre tout ce qui gravite autour du nucléaire. Ça commence bien. J'ai réveillé Livia pendant sa nuit. Elle semblait inhabituellement inquiète.

« Qu'est-il arrivé ?

– Rien de notable ; j'avais besoin de t'entendre parler. »
Elle a dit : « Tu vas surtout m'entendre dormir.

– Ton corps me manque, tu sais ; pire qu'une drogue dure.

– Lui seulement !

– Ton corps et tout ce qu'il contient, et ce qui le porte : toi, mon amour. Ma comète fulgurante, qui ne s'est pas arrêtée mais qui m'a arraché à moi-même et ne reviendra que dans dix mille ans. »

Nous nous sommes murmuré les horreurs et les merveilles qui sont les mots d'amour de tous les amants sevrés l'un de l'autre. La ligne devait être écoutée mais je m'en moquais. Nous nous sommes caressés ainsi, le temps d'exacerber la fièvre de nos sens.

Hawaii, me dit-elle, poursuivait sans trêve Diaz-Nostro. Sa trajectoire semblait emprunter un véritable rail invisible. Jaillie des confins du système solaire, elle semblait avoir été tracée par un mystérieux architecte du malheur.

Ma Livia était tombée sur une revue de presse en langue anglaise. Un journaliste un peu plus perspicace que les autres avait examiné les différents pays en lutte contre la comète. Il concluait sur une prééminence française, « paradoxale » selon ses termes. Il décrivait un chef d'État en butte à de multiples luttes de clans mais inspiré par une sorte de Raspoutine scientifique qui en tirait les ficelles. Un personnage au moins aussi maléfique que son modèle, et dont les buts paraissaient fort troubles.

Je me suis forcé à en rire. Ma désinvolture ne l'a pas rassurée.

« Je n'aime pas cela, a-t-elle répété. Que peut-il savoir de toi ? »

J'ai préféré lui demander son avis sur mon audience du lendemain.

« Ils veulent te parler. Alors écoute-les. Plaide pour une Terre propre. Mais vivante. Officiellement, tu n'es qu'un intermédiaire, rappelle-toi. Sois accessible à leurs arguments. Ne les prends pas de front.

– C'est bien toi qui m'as giflé à Venise, devant quatre cents personnes, l'année dernière ?

– Tout à fait. Je t'aimais déjà ; il fallait que tu me le payes. Eux, je m'en fous. Passe-leur sur le corps si tu veux. Fais-les arrêter pour intelligence avec l'ennemie-comète. Tu n'auras pas avancé d'un pas. Il vaut mieux les baiser.

– C'est toi que j'ai envie de baiser.

– Vulgaire ? Je ne connaissais pas ce nouveau défaut. » J'ai dû crier sans le vouloir.

« Tu me manques, Livia !

– Chut ! Moins fort ! On va croire que j'ai un homme dans ma chambre. Toi aussi tu me manques, mon Antoine, mon Toinou, mon Anté... On peut en faire des choses avec ton prénom, mon chéri ; chacune révèle une de tes facettes. Laquelle est la plus vraie ?

– Celle que tu as emportée et que je n'ai plus. »

Elle a retrouvé spontanément son accent du Québec et, de cette voix devenue douce et murmurante, elle m'a bercé, apaisé, rendu à moi-même. Il fallait que je me persuade qu'elle n'était pas un rêve, que je n'avais pas tout inventé pour me distraire de ma solitude. Les humains sont donc ainsi : privés de la présence physique, il ne leur reste rien de l'autre. Le vide, le néant. Dégagé de son support, la pensée ne vaut pas tripette. Je n'avais même pas eu le temps de la prendre en photo.

Ils sont arrivés les bras chargés de dossiers, comme autant d'armes et de munitions. Ils voulaient des précisions, ils avaient des questions à poser mais leurs réponses étaient déjà prêtes. Ils m'ont semblés dangereusement perspicaces. Ils avaient cerné la vérité. Pourquoi vouloir dévier la comète du moment qu'elle ne nous menaçait pas ? Pourquoi se lancer inconsidérément dans une aventure technologique plus qu'hasardeuse ? Les sociétés occidentales ayant privilégié le tout-nucléaire dans leurs choix capitalistes et à courte vue s'apprêtaient, sous ce fallacieux prétexte, à de condamnables expérimentations grandeur nature. L'impérialisme se moquait de tout, ne respectait rien.

J'ai répondu par un long monologue. Pourquoi sans attendre penser au nucléaire ? Rien n'était décidé. Nous connaissions les raisons de leurs justes craintes et en tiendrions compte. La France avait toujours privilégié la coopération et le dialogue depuis la triste erreur du *Rainbow Warrior* à Auckland en Nouvelle-Zélande, une vingtaine d'années auparavant.

« Sauf à Mururoa, il y a dix ans », dit, sarcastique, celui qui semblait être le meneur de groupe.

Je lui ai rendu son sourire.

« Aucune organisation internationale, la plus respectable soit-elle, ne peut braver une volonté nationale exprimée par un gouvernement démocratique. Sauf si celui-ci touche aux intérêts vitaux de toute la planète », répliqua l'un d'entre eux.

Ils n'étaient pas d'accord. Le dialogue de sourds était inévitable. Rien ne justifierait l'emploi du nucléaire. D'ailleurs les traités mondiaux l'interdisaient. Le gouvernement français devait prendre garde. J'ai senti confusément qu'ils cherchaient une forme d'affrontement verbal.

Mon téléphone a sonné. C'était prévu. Je n'avais rien à dire, juste à écouter. La Sécurité était formelle : l'un d'eux portait un petit boîtier métallique sûrement identifié comme un enregistreur. Il y avait doute sur le contenu d'un attaché-case. Aucune émission radio. J'ai répondu mécaniquement :

« Bien, je le verrai demain, dites-lui qu'il se soigne. »

Puis je leur ai souri :

« Veuillez m'excuser. »

Je leur ai rappelé mes fonctions d'origine. Parlant à un astrophysicien, ils prêchaient un convaincu. J'étais totalement acquis aux principes d'une écologie globale qui respecterait la vie dans son ensemble. Mais je ne pouvais donner la moindre assurance. Notre problème relevait de l'universel.

« La question qui nous occupe aujourd'hui, ajoutai-je, ne peut à l'évidence être imputée à une mauvaise vision des équilibres écologiques, à des erreurs politiques anciennes. Il s'agit d'un phénomène qui n'a rien de terrestre et que la Terre doit résoudre. Diaz-Nostro n'est pas Tchernobyl, même si j'en échangerais bien les risques.

— Craignez-vous une chute sur Terre ?

— Grâce à Dieu, non ! Cette crainte est totalement inenvisageable, même si on la découvre bientôt dans les colonnes bien informées de la presse. Mais la queue diffuse pourrait nous frôler. Connaissez-vous la composition chimique et l'effet des gaz produits par les comètes ? J'ai là un petit dossier sur leur dangerosité : pollution de première grandeur de la masse atmosphérique, atteintes gravissimes des équilibres naturels, augmentation du pourcentage des gaz à effet de serre et de celui des gaz rares dont l'action est mal connue, apparition de composés jusque-là absents du mélange que nous respirons d'où, à long terme, des perturbations écologiques à côté desquelles un pétrolier échoué de cinq cent mille tonnes ne serait qu'un pet de mouche. Comment dévier d'une fraction d'angle une masse de cinquante kilomètres de diamètre, autrement que par une impulsion nucléaire adaptée au plus juste ? Nous devons gérer le réel et non le souhaitable, afin de préserver la pérennité de la vie terrestre. »

Mais ils ne m'ont ni compris, ni cru. Ils dirent qu'ils tenaient à mettre en garde le gouvernement par l'intermédiaire de ma personne. Ils avaient perturbé Mururoa lors des ultimes essais souterrains, ils paralyseraient toutes les bases spatiales en cas de lancement nucléaire. À commencer par celle de Guyane.

Et ils ne reculeraient pas.

En bon politicien, je suis resté suave. J'ai dit que je prenais note. J'ai ajouté que j'avais une confirmation à leur demander. Selon certaines sources, leur organisation connaissait de sérieux troubles intérieurs et s'apprêtait à se scinder entre partisans – minoritaires – du dialogue, et tenants – majoritaires – de l'action dure pour ne pas dire terroriste. J'ai donné des noms, des dates. Les possibilités du pouvoir étaient infinies. Je leur ai même appris certains éléments qu'ils ne pouvaient pas connaître sur les luttes fratricides de leurs dirigeants mondiaux, et fait allusion à quelques détails un peu gênants sur des liens privilégiés qu'ils entretenaient. J'aurais grimpé au rideau que leur stupéfaction n'aurait pu être plus grande.

« Qui vous a informé ? Quelles sont vos sources ?

– Oserais-je un seul instant vous poser une telle question... ? Mais il est parmi vous. À lui de répondre. »

Ultimes précisions destinées à les achever. La bande magnétique allait être inexploitable. J'ai mis en garde contre la tentation terroriste d'une organisation qui respecterait la vie tout en la détruisant. Leur mouvement serait disqualifié. Je leur ai proposé une collaboration, et promis d'étudier avec sérieux toute solution qu'ils voudraient bien me soumettre. Je voulais un dialogue adulte et lucide, pas un affrontement.

En nous séparant, j'ai dit que, partisan d'une démocratie transparente, je comptais informer la presse accréditée de leur visite. Après leur départ, j'ai dû m'asseoir, je me suis mis à transpirer, mon cœur devait s'entendre à vingt mètres.

« La délégation française s'envole dans trois jours, m'a annoncé le Président. Regardez, observez, écoutez, prenez les contacts qu'il faut. Parlez le minimum. Montrez-vous toujours sûr de vous et ne réagissez à aucun coup dur. J'ai une ficelle personnelle : je m'efforce de me comporter comme si je n'étais pas moi-même mais un observateur extérieur, attentif aux faits et gestes du maladroit qui s'agite devant moi. Cette attitude m'a souvent aidé.

— C'est un peu le principe de l'ange gardien.

— Tiens, c'est vrai. Que diriez-vous de devenir mon confesseur ?

— Je crois que ce serait là votre plus sûr moyen de gagner les Enfers. »

# 19

J'aime Paris. Comme un musée à ciel ouvert. Comme un poème sans auteur. Œuvre délicate à jamais inachevée, âme féminine faite de grâce pudique. Je l'aime pour ses fausses nonchalances et ses vingt siècles de jeunesse éternelle. Je l'aime pour son exubérance excessive qui s'appuie sur la plus extrême retenue, pour cette difficulté qu'elle a à se livrer tout en sachant parfois se comporter en courtisane.

J'aime Paris pour sa qualité d'être vivant. Je pensais donc détester son contraire : New York, l'obscure mégapole, la moderne Sodome. Ville-abîme ; ville sale et désordonnée, brutale, sans âme et sans culture, dépourvue de repères, prostituée non pas à l'argent mais au fric. Où l'air même devait être dangereux à respirer dans cette cité d'assassins et de voleurs, cette ville-cancer. J'avais tout lu sur les viols de Central Park, le métro coupe-gorge, les drogués tueurs aux coins des rues, les centaines de milliers de sans-abri mourant dans l'indifférence générale. J'en connaissais la loi unique : « Marche ou crève, et marche sur celui qui crève. »

Il ne m'a fallu que quelques heures pour adorer New York, moi l'amant inassouvi de Venise. Loin des brumes adriatiques qui voilent d'irréalité les façades des palais de dentelle, loin des ruelles si étroites que deux passants s'y croisent avec difficulté, loin des églises comme autant de ports intérieurs égarés en arrière des rivages, j'ai adoré New York.

Belle et provocante comme la nuit, brillante à en rendre furieux le soleil, droite comme le front de lances dressées d'une armée prête au combat et toujours vive, bouillonnante, agressivement amoureuse. Je me suis mentalement agenouillé devant cette ville debout, qui darde vers le cœur des dieux l'élan démesuré et arrogant de ses innombrables Babels et de ses armes-buildings de mille pieds de haut. Cité des goules et des démons en liberté, de la beauté délivrée de toute chair, des bouges devenus temples, et des temples dédiés à l'adoration de l'homme et de sa puissance.

Je me suis reconnu en elle. J'ai su enfin avec certitude que j'avais été conçu dans le creux de ses remous immobiles, quelque part dans le tumulte incessant et sourd de ses millions de véhicules qui constituent le flot de son sang. C'est ici que j'avais surgi des amours sous contrôle d'un ovule prélevé dans le sein de ma mère, et d'un gamète mâle, inconnu mais dûment calibré.

Mon père veille quelque part en cette seconde même. Il est l'esprit de cette ville-défi, ses ténèbres absentes, son impossible silence. Du regard de ses innombrables yeux-fenêtres qu'il pose sur moi, de Citicorp en Chrysler-building, des Twins-Towers en Empire State, il découvre ce soir ce fils qu'il n'espérait plus et qui vient pour le servir.

Je sens combien ma mère a bien agi. Privé d'âge et ne se trouvant nulle part, mon père est immortel et partout. Magnifique et têtu comme cette flamme de bronze éclatant qui se dresse, depuis cent trente ans, au sommet de la Porte d'Or et qu'il n'a allumée que dans l'espoir fou de m'y attirer un jour.

Fils de l'arrogance, j'ai reçu l'orgueil en héritage. Sans rien renier de mes actuelles amours, j'ai recouvré mon bien et ma source première. Je sais désormais où je vais.

Les bâtiments de l'ONU s'étendent entre Quarante-Deuxième et Quarante-Huitième rue Est, le long de l'East River. Ils conservent encore, du moins à l'extérieur, un peu du fol espoir qui les a fait naître, tel ce revolver au canon symboliquement noué sur lui-même, en signe de refus de la violence.

À l'intérieur, l'ONU ne parvient pas à masquer, malgré les retouches, les signes de son délabrement. Dans ce dédale vient se croiser et se perdre le monde entier. C'est là, paraît-il, que réside le véritable et unique gouvernement mondial. Il m'a paru plutôt multiforme et anarchique. On comptait autant de journalistes que de délégués. À quoi s'ajoutaient les touristes multilangues que l'on retrouvait égarés dans les plus improbables endroits.

Tout ce monde venait pour Diaz-Nostro. « Danger de mort », titraient les feuilles de chou locales. « Le gouvernement fédéral doit distribuer des masques à gaz aux plus défavorisés. » « Si au moins elle tombait sur nous, la richesse de la Terre serait faite par son or et ses métaux précieux », pouvait-on encore lire.

À la tribune se succède un défilé d'orateurs. Certains poussent à la lutte à outrance, d'autres mettent en garde contre le refus d'un destin imposé par Dieu. Il en est même pour soupçonner le colonialisme toujours prêt à renaître, pour dénoncer le complot capitaliste, et s'évanouir au seul mot de riposte nucléaire. Interminable. Sous l'œil vaguement goguenard de l'ambassadeur, j'ai suivi jusqu'au bout les allocutions traduites par des interprètes au débit monocorde. La traduction informatisée n'avait-elle point poussé jusqu'à Manhattan ?

Quatre jours plus tard, l'Assemblée générale ayant épuisé son ordre du jour, le nombre de ses orateurs et la résistance de ses délégués, finit par émettre un vote. Unanime. La résolution définitive serait discutée au sein du Conseil de sécurité. Personne ne voulait d'une grenade dégoupillée entre ses mains.

Journées épuisantes où il fallait sans cesse faire face aux demandes d'interviews. Les journalistes se mirent à pourchasser les membres de la délégation française. Les bruits de couloir leur avaient appris le lieu probable des lancements, s'il y avait lancements. L'ambassadeur se réservant le meilleur du lot, nous avons dû nous charger du reste. Tous cherchaient le scoop, la révélation. Nous répétions jusqu'à la nausée les mêmes mots associés aux mêmes phrases.

C'est vers la fin de la session que les premières manifestations de rue ont commencé. En Amérique, les contestataires font des chaînes humaines, crient, hurlent, dansent sur place. Et perturbent la circulation qui, à New York, n'en demande pas tant. À la différence de l'Europe, ils ne sont pas agressifs et la police les canalise très symboliquement.

Nous nous retrouvions chargés de déclarations écrites sur un ton menaçant que je parcourais le soir avant de m'endormir. Des groupes religieux distribuaient, quant à eux, une prose démente, génératrice d'angoisse, qui évoquait la destruction du monde, la fin des temps, nos affreux péchés, enfin sanctionnés par un dieu de violence et de justice dont la main allait s'abattre sur l'humanité. Leurs citations de la Bible – « Et voici enfin qu'elle est à terre la Babylone orgueilleuse et chargée du poids de ses crimes » – étaient agrémentées de gravures apocalyptiques. Ce qui me troublait, c'était d'y retrouver les destructions que j'avais décrites à Paris dix jours plus tôt. Où mon inspiration plongeait-elle ses racines ?

Mon téléphone de chambre sonne. Quelqu'un me demande.

« Qu'il monte.

– Non, monsieur. Votre sécurité l'interdit. C'est une dame, journaliste, qui dit avoir rendez-vous, mais que je ne trouve pas sur votre listing. Puis-je vous demander de descendre ? »

J'ai failli l'envoyer au Diable, lui, elle et son journal. Mais l'admirable maître des Enfers n'avait pas encore requis mon aide. Dans le hall surpeuplé, bruyant, dissimulée entre des colonnes, j'ai aperçu Livia. Il était là mon ange noir, délicieux et persécuteur. Nous avons eu toutes les peines du monde à faire admettre qu'étant mari et femme elle pouvait s'installer dans ma chambre.

Elle sortait de dix heures d'avion, directement de Hilo sur Big Island, Hawaii, jusqu'à New York JFK. Cinq heures de décalage horaire : c'était le matin pour elle. Elle essaya de me persuader que les épouses honnêtes ne faisaient pas l'amour à cette heure-là. Il ne me fallut que vingt secondes pour lui expliquer qu'en France c'était leur moment préféré. À moins que nous n'ayons plus de femmes honnêtes.

J'ai dû tout reconnaître, tout reparcourir, pour me persuader qu'elle n'avait pas changé. J'ai tout revu, tout réembrassé de mes lèvres et du bout de mes doigts. Nous étions deux fauves méfiants, suspicieux de ces empreintes inconnues que le temps de notre séparation avait déposées sur nous. Pour me convaincre de la réalité de cet étrange mariage qui nous avait soudés, je répétais sur un air de vieille comptine : « Tu es ma femme et je suis ton mari. / Tu es ma femme / Et je suis / Ton mari. » Elle disait : « Chante, chante encore. »

Dehors rugissait la ville, éternellement en proie à son autocannibalisme. Elle avait faim, je mourais de soif. Nous sommes sortis malgré l'air désapprobateur du personnel de la sécurité. Sur le large trottoir, nous avons dû fendre une masse de visages déformés par les cris : ils scandaient sans trêve des slogans antifrançais. J'en ai écarté un, trop insistant à mon goût. Une voix – la sienne ? – a dit dans mon dos : « *Master ! Master !* » Ma pratique de l'anglo-américain étant trop courte, je n'ai pas saisi le sens dissimulé de ces mots. Avant que j'aie pu esquisser le moindre geste, il s'est jeté à mes pieds. Étreignant convulsivement mes jambes, une expression extatique tournée vers mon visage, les yeux clos, il s'est repris à balbutier :

« *Master ! Master ! I recognize you ! You're coming back !* »

Un cop new-yorkais m'a délivré. Il m'a expliqué qu'un nombre incalculable de dingos courait les rues. La plupart n'étaient pas dangereux, juste un peu surprenants pour les touristes. Il s'est excusé pour lui, ajoutant que celui-ci devait faire partie d'une catégorie nouvelle, selon lui un adorateur.

Nous nous sommes réfugiés dans un bar-épicerie-drugstore-cafétéria, ouvert vingt-quatre heures sur vingt-quatre, quelque part derrière Grand Central au pied de l'élégant Metlife Building. Nous avons englouti une part appréciable de ses réserves dans un joyeux et écœurant mélange et avalé chacun un litre de ce liquide mystérieux, noir, bouillant et absolument dégueulasse, que les autochtones nomment « *hot coffee* ».

Elle n'avait qu'une nuit à nous offrir. Nous en avons multiplié les heures. Le lendemain elle était arrachée par un taxi jaune et un chauffeur indifférent à nos baisers, avant d'être projetée vers le centre du Pacifique. Nous n'avions parlé ni de la comète ni de la riposte qui s'élaborait dans le bâtiment vieillot de Midtown sur la Première Avenue.

Le Conseil de sécurité s'est réuni le lendemain. La salle, heureusement plus restreinte, portait sur son mur Est une fresque monumentale symbolisant, comme il se devait en un tel endroit, la promesse de la paix et de la liberté, œuvre très allégorique d'un peintre norvégien. Au centre, la longue table des secrétaires de séance, entourés par le cercle ouvert des quinze membres délégués, installés par ordre alphabétique à l'anglaise avec, derrière eux, conseillers et reste des délégations.

J'étais au second rang, légèrement sur la gauche de l'ambassadeur. C'est lui qui m'a glissé la liste des dix membres non permanents. Aux côtés de l'Afrique du Sud, de la République islamique d'Algérie, de l'Australie et du Cameroun, il y avait l'Espagne, la République populaire de Finlande et l'Union indienne, suivies de la Mongolie, de la Norvège et du Vénézuela. Inutile d'être diplomate confirmé pour deviner que les débats tourneraient vite à l'empoignade. Trop de pays avaient des comptes à régler avec les membres permanents, des revanches subtiles et inavouées à prendre, quand il ne s'agirait pas d'un rejet viscéral du nucléaire.

Une journée entière s'est enlisée dans les palabres inutiles et les procès d'intention. J'ai dû découvrir et apprendre l'étrange vocabulaire qui avait toujours cours entre ces murs si solennels. L'Occident impérialiste et ses valets culturels furent pratiquement accusés d'avoir inventé la menace pour imposer leurs volontés d'hégémonie aux nations et aux peuples en voie d'émergence. L'ambassadeur australien employa les termes mêmes que j'avais entendus lors de ma rencontre avec Greenpeace. Le Président avait raison au-delà de tout pessimisme.

Seule détonait l'attitude des permanents : ils recevaient et comptabilisaient les invectives sans perdre leur calme. Une irréalité totale nous enveloppait tous. J'étais dans un théâtre piqué au sommet du monde et tous les acteurs jouaient faux. Une heure avant la clôture, rien n'avait avancé et le vote préliminaire allait être repoussé au lendemain. Profitant d'une courte interruption, j'ai demandé à notre chef de délégation si je pouvais intervenir dès le matin. Il a été catégorique : le statut traditionnel des conseillers spéciaux n'en faisait pas des délégués à part entière et, donc, n'incluait pas ce droit. Je suis revenu à la charge, sollicitant l'arbitrage de la présidente de séance, Mme l'ambassadeur du Cameroun.

Celle-ci, peu au fait des astuces réglementaires du lieu, et soucieuse de se préserver l'amitié présidentielle de notre pays, conseilla l'arbitrage de l'Élysée. Notre chef ne pouvait plus se dédire.

« Joignez-le personnellement. Je n'en ai ni la possibilité, ni le temps. »

J'obtins la liaison quelques instants avant que ne soit levée la séance. Le feu vert fut immédiat, avec quelques minutes de plus pour le fax de confirmation : « Accord pour prise de parole. » Suivait le paraphe présidentiel et le malicieux rappel : « Chef de la diplomatie française ». Le message passa soixante secondes avant la clôture. Je pus m'inscrire parmi les intervenants.

Je me suis égaré en repartant. Je suis sorti par une porte anonyme, loin des officiels. Une énorme manifestation coupait l'avenue. J'ai dû passer au travers. J'ai vu les drapeaux symboliquement brûlés, dont le tricolore ; une ambiance très houleuse, contenue par une police sur les dents. Mon regard soudain s'est bloqué sur un individu ordinaire. Immobile, il observait les désordres. Il ne montrait rien de particulier, rien de suspect. Et cependant, j'ai instantanément su ce qui allait se passer. Je venais de le vivre. Ce fut bref et violent comme un coup de poing au visage. Il avait les mains dans les poches. Il s'est avancé lentement, rapproché d'une voiture bleue à l'écusson géant de la NYPD. Portière ouverte et vide. J'étais paralysé, j'aurais voulu crier. Oh mon Dieu, je savais et ne pouvais pas l'arrêter. Un fugace mouvement de son bras et puis, un éblouissant éclair orange : le véhicule était en feu, du volant à la lunette arrière. Il y a eu un énorme mouvement de panique mais le flash de ma vision m'avait tout montré.

L'incendiaire allait disparaître dans la foule, tandis que l'embrasement serait rapidement maîtrisé. Une violente bagarre allait éclater devant l'entrée principale. Le bruit et la fureur seraient maîtres de la rue pendant trois minutes. Je claquais des dents. Je suis rentré à l'hôtel comme un somnambule, incapable d'analyser et de comprendre.

J'ai eu peur de moi-même. Qu'était-il en train de m'arriver ? Je venais de vivre le futur et cela n'était pas possible...

J'ai passé la nuit à préparer mon intervention. Je n'avais pas été formé pour ce travail. Pendant ces heures, la ville s'est donnée aux longs hululements des véhicules de secours. Le désordre a duré jusqu'au petit matin.

Le lendemain la présidente de séance informa ses honorables auditeurs qu'un vote définitif devrait être émis d'ici le soir. Cela signifiait, pour les initiés, l'inconvénient d'une séance-marathon, où la fatigue ajouterait au poids de la décision. Les débats s'engagèrent par le discours incendiaire d'une république issue d'une récente guerre civile et qui, par avance, frappait d'anathème ceux qui tenteraient de barrer la route d'un dieu vengeur. J'étais le second orateur. Au Conseil de sécurité, celui qui parle demeure assis à sa place. Personne ne semble lui prêter la moindre attention. Le micro est fixé sur la table. Mais trop loin, il faut se pencher. J'ai dû me faire une place. L'ambassadeur gardant la sienne pour marquer la permanence de sa fonction, nous étions ridiculement serrés l'un contre l'autre. Il a posé son regard sur mes notes et n'en a plus bougé.

« Madame la présidente, mesdames et messieurs les délégués, c'est à vous que je parle mais, au-delà de vos éminentes personnes, au-delà des gouvernements que vous représentez et que la France respecte, je m'adresse aux peuples de la Terre. Je veux les tranquilliser, les détromper, mais aussi les alarmer. »

Par mon entrée en matière, je venais peut-être de transgresser une règle non écrite. Certains membres du groupe des dix manifestèrent sans retard une colère à peine diplomatique, semée de cris tels : « Colonialisme/Paternalisme/Impérialisme ! » La présidente qui semblait en avoir vu d'autres imposa le silence. C'est la voix changée que j'ai repris.

« Oui ! Tranquilliser, détromper, alarmer. La France n'a d'autre but. Ne cherchez pas de desseins secrets. Elle ne veut que servir tous les habitants de notre planète. Sans exclusive et sans tabou. Modeste pays par la taille, nos ambitions et nos rêves sont à la mesure et au service de tous nos frères terriens. J'en prends l'engagement devant vous, la France respectera les lois internationales élaborées en ce lieu. Nous ne recherchons nulle prédominance, nulle hégémonie, sinon celle de l'homme sur son destin. Je veux aussi vous détromper. L'éminent organisme où nous siégeons n'a eu, en quelque soixante ans, qu'à traiter d'hostilités armées, affrontements d'intérêts pas toujours légitimes mais toujours opposant des hommes à d'autres hommes. Et ses seules victimes sont encore des hommes. La fatalité de sa tâche l'a conduit à diviser les hommes pour mieux les protéger les uns des autres. C'est là la source même de sa périodique impuissance ! »

Devant les invectives, j'ai perdu mon self-control, agrippé mon micro et crié : « Assez ! Taisez-vous ! » Ma voix amplifiée par la puissance des multiples haut-parleurs a immobilisé de stupeur les participants.

« Que le Conseil ouvre ses yeux ! Il n'y a ici nul agresseur, nul cryptocolonialiste, comme certains aimeraient à le croire. Je ne vois autour de cette table que l'assemblée des futures victimes, acharnée à agrandir ses propres divisions. L'ennemi est ailleurs. Et c'est bien la première fois dans l'histoire douloureuse de cette planète qu'il se situe à mille quatre cents millions de kilomètres. Il fond sur nous tandis que nous nous déchirons selon nos éternels schémas.

« Je vous demande de vous réveiller, d'oublier pour toujours les haines et les rivalités paralysantes. Pénétrons ensemble dans ce troisième millénaire sans nous inventer de nouvelles et fausses raisons de nous combattre. Ouvrez les yeux ! Il y a devant nous un agresseur dont nous devons ensemble éloigner les menaces. Par ma voix, la France vous propose de relever en commun le défi qui nous fera plus grands et plus justes. Si nous échouons à nous déterminer, l'ennemi céleste nous vaincra sans coup férir. Je vous le dis : l'alerte sonne, la grande horloge s'est mise en marche, et plus rien ne l'arrêtera si ce n'est notre détermination commune. »

J'étais en nage. Le silence était resté de plomb. La présidente a dit, d'un ton sec :

« Je demanderai préalablement à M. le délégué de vouloir bien présenter ses excuses aux membres du Conseil pour son comportement intempestif et inadmissible. »

C'était le prix. J'ai dit que je reconnaissais et regrettais mon emportement que rien n'avait justifié. Je déplorais mon attitude et priais les participants d'oublier mon bref mouvement d'irritation et d'accepter mes excuses.

Après une rapide série de conciliabules autour d'elle, la présidente a repris la parole.

« Je suis saisie d'une demande émanant de la majorité des membres de ce Conseil. Je vous renvoie au règlement intérieur des séances. Nous allons d'abord devoir nous prononcer sur la question préalable. »

Un voile de satisfaction s'est posé sur la majorité des visages. Je ne comprenais pas. Les diplomates de notre délégation sont soudain devenus fébriles. « C'est sans précédent, sans précédent », répétaient-ils. J'appris alors que le Conseil allait voter pour déterminer s'il désirait trancher la question par un vote.

« C'est ubuesque...

– Pas du tout, a commenté l'ambassadeur. Si le vote est négatif, ce dont je prends le pari, les dix membres non permanents se retireront et abandonneront aux cinq permanents la charge de cette terrible responsabilité.

– Mais à quoi cela rimera-t-il ?

– Rien n'est acquis, dit sur ma droite un jeune fonctionnaire du Quai d'Orsay. Ils se défaussent sur les cinq Grands pour mieux rester libres de leurs critiques et de leurs capacités d'influence. Ne disposant pas de droit de veto, ils vont nous travailler au corps pour obtenir de l'un des cinq un vote qui bloquera la machine. »

Le jeune homme avait vu juste. « Qui estimait incompétente sur l'ordre du jour l'Assemblée plénière du Conseil de sécurité des Nations Unies ? » Dix bras se levèrent. Quatre voulaient poursuivre, les États-Unis s'abstenant. Mes mots n'avaient convaincu personne. La séance a été suspendue, le temps de réorganiser le débat à cinq membres.

Les couloirs ressemblaient à une fourmilière en folie. Les ambassadeurs s'étaient retirés dans leur bureau personnel.

À ma demande, notre chef m'a accordé, tout en m'exhortant à la prudence, le service d'un interprète maîtrisant anglais, russe et chinois :

« Monsieur Chabrineau, un seul incident de séance de cette ampleur retransmis en direct dans le monde suffit à la France pour plusieurs jours. »

Mon interprète était assermenté depuis deux ans. Je l'ai impérativement mis en garde : ce qu'il allait entendre n'avait pas d'équivalent dans le passé de l'humanité. Il allait côtoyer l'Histoire pendant quelques minutes et devrait avoir tout oublié l'instant d'après. Puis, je l'ai entraîné au pas de course d'un secrétariat de délégation à l'autre. Mon rang m'interdisait la porte des quatre ambassadeurs. À chacun des quatre secrétaires particuliers, j'ai fait délivrer le même message, après avoir eu confirmation de leur prestation de serment : « Nous avons à régler un gravissime problème d'impact terrestre et non à nous distraire d'un spectacle de marionnettes. La France rappelle respectueusement mais solennellement aux membres du Haut Conseil la portée de leur choix. L'heure est venue de mettre entre parenthèses nos jeux politiciens. »

La réponse fut partout identique : ils savaient.

Pendant ce temps, l'ambassadeur de France recevait lui aussi des émissaires. Il en ressortait que le Conseil de sécurité restreint penchait pour une abstention globale, refusant ainsi la politique de mise au pied du mur que tentait de lui imposer l'Assemblée. J'ai dit que c'était inadmissible, que l'on ne se jetait pas à l'eau pour éviter la pluie, et que, pour ma part, c'était maintenant ou jamais. Ainsi s'ouvrit l'ultime ligne droite. Excepté cinq ambassadeurs et leur suite, quelques secrétaires de séance et quelques traducteurs au visage fantomatique derrière le reflet de leur vitre, nous étions seuls dans ce qui n'était plus qu'une modeste réunion de famille. Notre chef s'est tourné vers moi :

« Donnez-moi votre opinion, monsieur Chabrineau.

– Ce n'est pas une opinion, monsieur l'ambassadeur : la France émet un vote favorable.

– Je crains fort que vous ne vous mépreniez : la France, ici, c'est moi. »

J'ai tenu bon :

« La voix de la France est à l'Élysée. Je dois vous le rappeler, même si je ne suis que son modeste mandataire. Il faudra vous y conformer.

– C'est un putsch ! Un coup d'État ! rugit-il. La France s'abstiendra par ma voix et vous cosignerez l'acte de vote comme chacun ici présent !

– Non, monsieur l'ambassadeur, la France vote " oui ". »

La question à laquelle devait répondre le vote fut lue avec solennité dans les quatre langues : « Le Conseil de sécurité accordait-il, par la présente résolution, carte blanche à l'Organisation des Nations Unies pour permettre, s'assurer du but, et éloigner de la Terre, par tous moyens connus ou à connaître, le danger présenté par l'approche de l'objet céleste nommé Diaz-Nostro ? »

« China ? » J'entendis dans mes écouteurs : « Abstention. » Nous devions être les seconds, suivis de Russian Federation, United Kingdom et United States. Je me suis levé au moment où la présidente appelait : « France ? » L'ambassadeur pivota vers moi. Il comprit que j'étais prêt à quitter la salle. Ce qui ferait capoter la séance, second incident diplomatique dans la même journée. Tandis que la voix répétait : « France ? », il a demandé, d'un ton presque détaché, que notre vote soit reporté pour quelques instants.

« L'attitude et le comportement de la délégation française sont déplorables, lança la présidente. La séance n'est pas suspendue, le vote de la résolution se poursuivra. »

Mais elle nous accordait quinze minutes.

Nous nous sommes retrouvés dans une salle de secrétariat attenante.

« Alors, monsieur Chabrineau, vu l'heure qu'il est à Paris, que faisons-nous ? Devons-nous attendre demain matin ? »

Il ne disposait pas de ma petite merveille électronique. Au cœur de la nuit parisienne, le Président était bien réveillé.

« J'attendais votre appel, mon cher. Je suis vos aventures en direct sur CNN. Voudriez-vous avoir l'obligeance de me passer M. l'ambassadeur ? »

Celui-ci a saisi l'appareil que je lui tendais comme il l'aurait fait d'un objet repoussant. Il a dit deux fois : « Très bien » et puis, il me l'a rendu.

Nous sommes entrés dans la salle de réunion juste à temps pour entendre : « United States ?

– Abstention. »

La voix des traducteurs nous informa que les quatre premiers votants venaient de s'abstenir. La question a été relue pour la France. L'ambassadeur m'a jeté un bref regard. J'ai hoché discrètement la tête. Se penchant vers le micro, il a répondu : « Oui. »

La presse new-yorkaise a inondé la cité de ses éditions spéciales : « La France généralissime à l'ONU », « Les Frenchies déclarent la guerre à la comète », « Un leadership reconquis » et aussi : « Deux ambassadeurs pour un seul État », « Un Président bis ? », « Le Président français nous a envoyé son clone ». L'un d'eux publiait un extraordinaire gros plan ; pris en séance, ce qui était irrégulier, tout en massacrant l'orthographe de mon nom. De mon visage avait été saisie une expression ardente, à la fois tendue et farouchement déterminée. « Ange ou démon ? » interrogeait la légende.

Quant à la presse internationale, elle réagissait plutôt par la négative : « Le pays des va-t-en-guerre », « La France, boutefeu nucléaire. », « Mururoa spatial »... Mais je me foutais de l'opinion mondiale. Je connaissais mon but, j'étais en paix avec ma conscience.

Un message m'attendait à Roissy. Un véhicule devait me conduire directement à l'Élysée. L'ambassadeur semblait pressé : les comptes-rendus n'attendaient pas. Six heures du matin et je n'avais pas fermé l'œil depuis cinquante heures. Je me suis rasé dans la voiture. Le Président avait, lui, sa barbe de la nuit.

« Alors, Chabrineau, coup de foudre pour la haute politique internationale ? »

Courte grimace de ma part.

« Vous m'intriguez. Partout où l'on vous parachute, vous semblez tout de suite à l'aise. Vous tirez toujours votre épingle du jeu. On vous imagine maladroit et vous filez déjà devant, avec toujours cet air de ne pas l'avoir fait exprès. Vous êtes certain de ne pas avoir subi l'ENA ou souffert à l'Institut des Hautes Études... ? On vous habille de n'importe quel uniforme et, tout de suite, vous collez parfaitement au rôle. C'est la définition du ministre idéal. Hélas, ce n'est pas moi qui les choisis, sauf le Premier. Aimeriez-vous devenir Premier ministre, Chabrineau ?

– Non, monsieur. Mon peuple n'est pas de ce monde.

– Tiens, la fatigue vous fait parler comme le Christ. Aimeriez-vous être le Christ alors ? Mais là non plus, je n'ai pas pouvoir. Remarquez que je peux vous faire crucifier. Le reste serait affaire de légende. »

Il s'est penché vers moi.

« Où est donc votre peuple, Chabrineau ?

– Très loin. C'est celui des étoiles. Il s'appelle Galaxie.

– Celui-là ne risque guère de se révolter. »

Je lui ai fait un grand sourire. Il lui a fallu un temps pour comprendre.

« D'accord, nous avons une sorte de révolte à traiter. Votre peuple a fait des siennes. Diaz-Nostro, est-ce une révolte ou une révolution ?

– Elle sera ce que nous en ferons.

– Avez-vous compris ce qui s'est vraiment passé au Conseil de sécurité ?

– Je n'en suis pas certain.

– Tout simplement ce que le vieux routier qui est devant vous avait prévu. Tout le Conseil voulait un vote positif, notamment les quatre permanents. Mais aucun d'entre eux n'envisageait de signer. Trop lourd, trop dangereux face à l'opinion mondiale. Vous leur avez livré le colis sur un plateau d'argent. Vous faites maintenant partie du club très fermé des grands bienfaiteurs des Nations Unies. Dites-moi, avez-vous l'impression d'avoir été manipulé, Chabrineau ?

– Si vous me le permettez, surtout par vous, monsieur. »

Il eut un rictus.

« Vous êtes beaucoup trop pur pour moi. Et la pureté débouche souvent sur la trahison. Je me pose une question étrange : qui trahirez-vous, Chabrineau, votre peuple des étoiles ou bien celui de la Terre ? Allez, rentrez vous reposer. La semaine prochaine, Kourou. Vous irez leur jouer ONU 2 pendant quarante-huit heures, ça leur donnera du nerf. Ensuite, direction l'un des observatoires de poursuite de la Bête. Cela fera très chic dans les communiqués de presse hebdomadaires. Je vous laisse choisir. Vous avez une préférence ? »

J'ai dit :

« La Silla au Chili. Depuis la première image du VLT, ils sont à égalité avec Hubble. »

Il m'a regardé avec une profonde commisération.

« Ce que vous pouvez être cloche, quand vous vous y mettez ! La bonne réponse, c'était Hawaii. Le CFH ; Canada/France/Hawaii ! Je suis certain que vous choisissez Hawaii... Cet endroit ne vous rappelle personne ? »

Et, comme je ne répondais pas, il a ajouté :

« Même dire " merci " vous ne savez plus. Ce n'est pas grave ; moi, je vous remercie. Il y a tellement longtemps que la France n'avait pas fait parler d'elle. »

# 20

À l'Institut, les vrais amis n'avaient pas changé. Les autres découvraient leurs dents en de nouveaux sourires. Chaque fois que je croisais M. Schutz, il hochait la tête en me regardant. Mes collègues obtenaient dans leur travail sur Diaz-Nostro des résultats que les meilleurs laboratoires des universités américaines n'atteignaient pas. Notamment une extraordinaire étude balistique prévisionnelle resserrant l'incertitude d'impact à plus ou moins deux cents kilomètres.

Mais leur conclusion me glaça le sang. La trajectoire de Diaz-Nostro touchait la Terre sans la toucher. On pouvait tout imaginer : la comète rebondissant sur les couches supérieures de l'atmosphère ou alors freinée, déviée, elle percuterait de plein fouet. Terrible dilemme : ne pas lancer ou continuer à mentir. Je savais pertinemment que les composants de la queue gazeuse ne nous menaçaient guère.

Jacqueline m'a dit :

« Il faut lancer ! On ne peut pas jouer à quitte ou double. Si elle ne tombait pas, ce serait peut-être pire. »

Marel, qui était à l'origine de la technique de modélisation, fut du même avis. Je promis de lui transmettre les trajectoires de riposte dès qu'elles seraient établies. Il m'adjura de faire vite : dans une fourchette de deux mois, compte tenu du temps que mettraient mes missiles à remonter la longue pente gravitationnelle qui les mènerait à la comète, la rencontre explosive se situerait juste au-delà de l'orbite de

Mars, à environ cent vingt millions de kilomètres. Presque une misère.

Pour me changer les idées, j'ai rejoint Gary Arp chez lui à Londres. J'ai fait la connaissance de sa jeune femme et de leurs deux enfants, deux adorables jumelles de un an. C'était la troisième Mme Arp. Et elle acceptait mal de succéder aux deux précédentes. Gary m'avait mis en garde :
« Par pitié, pas d'allusions, pas de gaffes... »
J'avais souri en songeant à Venise et je m'étais dit : « Mon beau salaud... » Il s'était justifié :
« J'ai enfin trouvé mon Olivia. Je veux oublier mes deux erreurs successives. »
Patty Arp, une blonde au teint clair, était médecin pédiatre. Comme elle perdait pied au troisième terme d'astrophysique, Gary ne risquait pas les heures supplémentaires en conférences et débats nocturnes. Elle dormait déjà tandis que nous discutions du choix de la meilleure trajectoire.
La nuit était très avancée quand il m'a conduit à ma chambre. Nous avons fait un détour par la nursery. Il y flottait un cocktail de senteurs où se mêlaient l'odeur du lait fermenté et le parfum du talc. Les petites dormaient ensemble, presque sans respirer, dans un curieux lit trop large. Elles étaient tournées l'une vers l'autre en un silencieux et mystérieux entretien.
« Regarde comme elles sont belles. J'ai quarante-cinq ans mais j'ai bien fait de les attendre. Tu te rends compte, j'ai donné dix-huit ans de ma vie à l'étude des étoiles doubles. Et elles sont là toutes les deux, comme pour se moquer de moi. C'est un gag, tu ne trouves pas ? »
J'ai tendu ma main vers la plus proche. À trois centimètres de sa peau, on ressentait la chaleur qui rayonnait d'elle. C'était animalement très doux. Il a ajouté :
« Quand je suis seul avec elles, je les appelle Alpha un et Alpha deux, mes Twin Stars. Mais je crois que Patty n'apprécierait pas. »

Et puis, je suis parti en Guyane où je n'avais encore jamais mis les pieds. Je n'avais jamais non plus approché une base spatiale. Du ciel, j'ai découvert un monde primitif.

C'était la Terre telle qu'elle devait être lors de sa turbulente jeunesse. La forêt, comme le ventre secret et prometteur d'une jeune femme, pleine de bruissements et de cris étouffés.

La base tourne le dos à ces abîmes horizontaux. Ses hommes n'y songent guère : ils n'ont de tendresse que pour le gouffre vertical qui les surplombe ; ils ne rêvent que d'en perturber la stabilité tant appréciée des astronomes.

J'avais donc changé de camp. Je rencontrai successivement et longuement les ingénieurs de lancement, les responsables de l'injection sur orbite terrestre et l'équipe chargée de la navigation spatiale. Ils hésitaient encore entre le tir direct sur une route circumsolaire et l'utilisation de Vénus comme fronde gravitationnelle. J'ai fait pencher la balance vers la première solution, compte tenu du droit à l'erreur quasiment nul dont nous disposions.

Le nombre d'aires de lancement disponibles avait été doublé. Soixante-cinq pour cent des ogives venaient des États-Unis ; vingt-cinq pour cent étaient d'origine française et dix pour cent d'origine anglaise. La moitié des lanceurs serait européenne. La part américaine, déjà livrée montée, serait lancée par la fine fleur de ses techniciens militaires et civils. Certains avaient déjà planté, à l'orée des milliers d'hectares qu'ils venaient de prendre sur la forêt, un panneau « Cap Canaveral ». J'ai donné l'ordre de le retirer sans délai. Je me suis également penché sur les problèmes de sécurité, demandant à l'autorité militaire de transférer en urgence quatre régiments parachutistes d'infanterie de marine brevetés brousse. Et, côté mer, deux escorteurs équipés de missiles mer/mer et mer/air, ainsi qu'une demi-douzaine de vedettes rapides armées. Je voulais une stratégie agressive.

J'ai enfin demandé à l'état-major civil de raccourcir le délai des premiers lancements. Quand j'ai annoncé quarante-cinq jours, ils ont manqué tourner de l'œil et m'ont répondu que c'était impossible, qu'il leur faudrait des crédits supplémentaires et un renfort en techniciens et ingénieurs. Après avoir fait chiffrer, j'ai tout promis, leur enlevant le plaisir de marchander.

J'ai ramené à Paris les spécialistes de navigation spatiale. Je les voulais sous la main. Les programmes de guidage seraient établis à Paris. Nous emprunterions notre route spatiale durant quinze jours. Dans un an, car tel était le délai imposé par le gouffre des distances, Diaz-Nostro serait soumise à l'épreuve de cinquante coups de poing thermo-nucléaires. Du fait de leur vitesse à proximité de la comète, les ogives seraient espacées de cinq cents mille kilomètres. Les effets d'un tel chapelet d'explosions s'additionneraient, au lieu de se combattre, dans une mise à feu simultanée.

En revenant à l'Élysée, j'ai échappé à mon premier atten-tat. Une fois enfermé dans le sas véhicule, une alarme s'est déclenchée. Toutes les issues se sont bloquées. Un cercle de faisceaux éblouissants m'a obligé à enfouir mon visage dans mes bras. La voiture présentait une altération dans sa signa-ture électromagnétique. Une bombe avait été fixée sous le réservoir d'essence.

Mais l'impulsion qui devait me rayer de ce monde n'était pas venue. Ou pas encore. Une main immatérielle avait dit non. Mon heure ne dépendait pas de la volonté de ce monde. Ce sentiment m'a permis de surmonter l'épreuve. Car j'avais été atteint plus que je ne l'aurais pensé.

« Vous voyez, m'a dit le Président, il va falloir resserrer le filet qui vous protège. L'ennemi n'est pas seulement dans le ciel. Plus pernicieux est celui qui se dissimule ici-bas et contre lequel vos armes en mégatonnes ne peuvent rien. »

Le Président m'avait ménagé quelques audiences sur plu-sieurs jours. Il avait baptisé ce cycle « Le Matin des magi-ciens », en référence à un succès de librairie vieux d'un demi-siècle qui traitait de l'intervention permanente de l'irrationnel dans le monde ordinaire. C'est lui qui avait sélectionné les candidatures. Je m'étais élevé contre ce que je qualifiais de choix arbitraire et non représentatif. Tant qu'à s'égarer sur les terres privées de la foi, j'aurais préféré les représentants officiels et accrédités des cultes : cardinal, pasteur, imam ou grand rabbin.

« Sans intérêt ! avait tranché le chef de l'État. À situation nouvelle, interlocuteurs nouveaux. Dites, Chabrineau, je suis bien allé vous chercher, moi ! Et puis, ils ne vont pas vous parler de foi, mais de sorcellerie, de tératologie, de thaumaturgie, d'alchimie des âmes, de mondes obscurs, d'hermétisme, de cabale et, si vous les poussez un peu, de succubes et d'incubes. Ils vous dévoileront le sens de la présence de tous ces affreux monstres de pierre au pourtour de nos cathédrales. Vous m'entretenez de mégatonnes, d'énergie cinétique et de kilomètres par seconde. Les petites gens sont frustrés de ne rien comprendre à vos discours. Alors ils imaginent les choses avec leurs mots à eux. Ce sont eux qui paient pour vous, eux qui votent. Nous devons leur être attentifs. Prenez le pouls de vos interlocuteurs, vous comprendrez mieux les poussées de fièvre du pays réel. »

J'ai admis. Le tribun savait encore convaincre.

Le premier fut un exorciste pour qui Diaz-Nostro était une création de Satan. Il préconisait les prières et non les fusées, la pénitence et non l'orgueil des bombes. Satan nous offrait sa subtile tentation pour mieux nous perdre car nous étions égarés dans notre désert spirituel ; la Terre avait oublié l'enseignement du Christ.

Je lui ai confirmé que je n'avais rien contre les messes et l'encourageai même dans cette voie. Mais je doutais qu'elles puissent dévier quelques milliards de tonnes de roches. Ce qui était mon travail. Il a souri avec douceur. Rien n'échappait à la puissance divine. Il me dit, en me regardant dans les yeux, que ce qui était publié n'était qu'une faible part de la vérité. Il affirma sans le nommer que le Vatican disposait, lui aussi, de services de renseignements et d'un observatoire astronomique où se pressaient de nombreux scientifiques. Puisque certains mots étaient tabous ou interdits, eh bien il ne les prononcerait pas. Mais il les penserait, tout comme, en cet instant même, il savait que j'étais en train de les penser.

Je ne pouvais que jouer les naïfs. J'ai répondu que je ne voyais pas ce qu'il voulait dire, mais que je serais très intéressé par toute information qu'il voudrait bien me transmettre sous quelque forme que ce soit. Mais il n'avait qu'un message auquel il fallait que je réfléchisse : le pouvoir politique n'était pas seul à connaître l'étendue de la menace.

« Vous n'ignorez pas l'existence de notre très sainte Compagnie de Jésus. Vous savez donc qu'elle a reçu la charge d'un observatoire situé en Arizona. Il n'est pas loin de l'observatoire plus modeste d'Alan Nostrosignore. Cela ne vous paraît-il pas pour le moins curieux ? Connaissez-vous la " Prophétie des Papes " ?

Je lui ai avoué mon ignorance de ce texte.

« Malachie d'Armagh, moine irlandais, mort à l'abbaye de Clairvaux en 1148, nomme les papes d'une périphrase parfois sibylline, de son époque jusqu'à la fin des temps, c'est-à-dire la fin du monde chrétien. Faites chercher dans les Archives nationales, monsieur le conseiller. À défaut de l'original, vous disposez certainement d'une copie manuscrite, au pire d'un apocryphe. Selon ce texte sacré, nous sommes au dernier pontife. Rappelez-vous les trois derniers successeurs de saint Pierre qui l'ont précédé : " De la moitié de la lune ", qui fut Jean-Paul Iᵉʳ ; " Du labeur du soleil ", notre grand Jean-Paul II, et " La gloire de l'olivier " qui, après la disparition exemplaire de Jean-Paul II, connut un si triste et bref pontificat. Voulez-vous me permettre une courte citation de la prophétie? " Dans la dernière persécution de la Sainte Église romaine, siégera Pierre Romain qui paîtra ses brebis au milieu de nombreuses tribulations. Les tribulations passées, la ville aux sept collines sera détruite et le Juge redoutable jugera son peuple. " Puis-je vous rappeler que notre pape actuel a reçu de sa mère inspirée le nom baptismal de Peter? Il sait qu'il devra se plier à la volonté divine. Les faits s'ordonnent d'eux-mêmes. Les temps reviennent qui connaîtront désordres et épreuves. Vous n'y discernerez comme les vôtres, tous grands esprits nourris d'une science sans Dieu, que de simplistes raisons matérielles. Mais les œuvres de Satan et, avec plus de certitude encore, celles de Lucifer vont abattre l'homme plus sûrement qu'une pierre du ciel. Lucifer avance couvert du masque séducteur de la connaissance et du progrès qui veulent, pour son plus grand malheur, rendre l'homme égal à Dieu. " La Lumière issue des Ténèbres "...

« Je vois en vous ; j'imagine ce que vous devez penser de mon équilibre mental. Encore un piège tendu par le Malin! Peu importe ce que la Révélation a fait de moi. Soyez curieux et objectif, même si vous estimez que la matière ne s'y prête pas. Consultez les vieux écrits, retrouvez les relations faites des illuminations de saint Césaire d'Arles, Jean de Vatiguero, Marie Julie Jehanny, Élisabeth Canoni-Mora, Bernard de Bustis. Rien de ce qu'ils ont laissé n'a été mis à l'index : l'Église n'a jamais cessé d'attendre le Jugement dernier, bien qu'elle n'en parle plus. Parle-t-on devant lui de la mort prochaine du vieillard? Ce Jugement est très proche, monsieur le conseiller. Et c'est bien respectueusement que je suis venu vous en prévenir. Je dirai une messe solennelle pour que Dieu étende sa main de sauvegarde sur vous qui êtes aussi son fils. Et il a lourdement appuyé sur " aussi ". »

Ma seconde audience fut plus extraordinaire encore. L'homme que je reçus était en toute certitude cliniquement fou. Mais de cette folie particulière produite par une fausse recherche et une quête absurde poussée à son paroxysme dans lesquelles sa raison s'était sabordée.

Il se disait cabaliste.

« Et seulement cabaliste », souligna-t-il d'un regard furieux.

Tout pour lui vivait dans et par l'Ancien Testament. Il me cita interminablement le Sepher Zoar et le Sepher Yetzirah. Et aussi cette discipline méprisée de nos jours qui privilégie la relation d'essence mystique des lettres de l'alphabet entre elles, ainsi que des nombres. Il discourut longuement de l'influence de la philosophie arabe et de celle du néo-platonisme.

« Tout, affirmait-il, porte à s'incliner devant cette esthétique de la fin des temps qui avait séduit avant nous bien des noms illustres parmi lesquels Pic de La Mirandole, l'historien de Charles Quint, Gaffarel, bibliothécaire de Richelieu. »

Pour en revenir aux nombres, il rappela les vertus reconnues au 7 et au 13. Mais ce qui l'intéressait surtout était le 6, chiffre maudit, révélateur de l'Antéchrist, le signe même de la Bête. Partout où s'élevait l'orgueil du 6, le Malin se trouvait dans ses œuvres. Soudain, je repensai à mon escalier de Montmartre, à sa légende.

« À propos de la comète, tout est frappé de la malédiction du 6, affirmait-il. Un indice entre mille : le télégramme de l'UAI annonçant officiellement sa naissance est marqué du numéro 6336. D'où vous obtenez 666, la signature de la Bête. »

Je lui demandai de me parler de l'Antéchrist.

« Ah, dit-il le regard soudain extatique, je savais que vous en seriez curieux. Comment ne pas l'être ? Il restera le grand inconnu de notre époque. Il a été annoncé depuis l'origine des temps dits chrétiens : le Christ lui-même savait que ce qui commence doit un jour inéluctablement finir. Le sépulcre à peine vide, le Fils à peine retourné vers son Père, voilà que fleurissent les prophéties prévenant de la venue de celui qui abattra, peut-être sans l'avoir voulu, l'œuvre à peine ébauchée. Ces textes nous disent que l'Antéchrist est déjà parmi nous. Il a entre trente et quarante ans aujourd'hui. Tout comme le Christ, il est né d'une vierge, peut-être d'alliance ou d'origine juive comme Marie. Mais son père est un démon, monté des Enfers pour l'accomplissement de cette genèse. L'Antéchrist est parmi nous mais ne s'est pas encore livré au monde. Il se dissimulera jusqu'au bout car la lumière du ciel de Dieu n'est pas de son royaume. Son nom nous est révélé par saint Jean dans sa première épître, chapitre deux, versets dix-huit/vingt-deux. Saint Jean, celui-là même que Jésus nomma par affection " Fils du tonnerre ".

« Antéchrist. Du grec Anti-Christus, ennemi du règne de Dieu. Daniel (IX, 26-27), saint Matthieu (XXIV), saint Paul (IIᵉ aux Thess.), et encore saint Jean (Apoc. XIII), tous docteurs de l'Église, confirment. Lorsqu'il se lèvera, la Terre l'écoutera, le suivra et l'adorera car cela est écrit. Il sera le maître de la puissance du monde. Par ses actes, il le conduira à sa perte. La foudre du Seigneur s'abattra alors sur ceux qui auront cru en lui et, jetant au sol toutes les Babylone terrestres, les détruira jusqu'au dernier. La Terre, donnée aux pompes et aux œuvres du mal, ne sera plus que champ de ruines. Elle boira le sang de ses enfants, les mers seront montagnes et les plus hauts sommets s'engloutiront au sein des océans. Il ne demeurera plus le moindre souvenir de l'ancien âge. Le chaos sera court mais de durée presque éternelle. Quand le royaume des morts recevra son dernier hôte, mais longue sera la vie du bourreau, alors sonnera l'heure du Jugement. Celle aussi de la victoire du Christ revenant en Majesté sur la Terre qui l'avait crucifié, et pour un règne sans fin. C'est l'heure de la résurrection des morts, des tombes humaines s'ouvrant sous la volonté de Dieu. »

J'ai fait mine de me lever. Mais il a poursuivi d'une voix redevenue paisible :

« Je vous en prie, quelques instants encore. Je ne vous importunerai plus longtemps. Je ne suis pas dangereux. Ceux qui me surveillent en ce moment le savent bien. »

J'ai haussé un sourcil. J'ai dit : « En ce moment ?

– Oui, a-t-il confirmé. Il y a dans cette pièce deux caméras dont l'une est en gros plan permanent sur mon visage pour qu'un spécialiste du psychisme puisse y déceler préventivement toute crise de violence.

– Qu'est-ce que vous racontez ?

– Doutez de moi, monsieur le conseiller, mais vérifiez tout à l'heure. Connaissez-vous Nostradamus ? »

Il ne manquait plus que ce personnage. J'ai dit avec un peu d'humeur : « Depuis quelque temps, oui.

– Vous m'en voyez heureux. Permettez-moi de vous citer de mémoire la Centurie X-74. Nostradamus, 1503-1566, y écrit :

" Il y a grande hécatombe ;
Passé le grand nombre sixième,
Du grand âge millième. "

« Comme il ne prédit pas à reculons, il faut comprendre non pas l'année mille six, mais le millénium suivant ; soit l'an deux mille six. Je crois que c'est suffisamment clair. Plus avant encore. Centurie III-66. Vous noterez au passage ces deux beaux Six... Nostradamus écrit :

" Quand viendra la Grande Dame vénérée.
Le Prince de divine lignée,
Fera chuter Ancienne Révélation.
Au Fils du Tonnerre accordé. "

« Comme toujours chez Nostradamus, le sens est crypté par mélange, noms codés et inversion. Je bute un peu sur le premier vers : une Grande Dame doit venir selon lui ; mais si cette Grande Dame est, comme je le pense, sainte Marie, mère de Jésus, nulle part il n'est prophétisé son retour sur Terre à la fin des temps... J'opte pour un " viendra " pris au sens de " préviendra ". Me permettez-vous de traduire maintenant ? La Grande Dame vénérée serait donc dans un premier temps sainte Marie ; Notre-Dame comme l'on dit aussi. Le Prince de divine lignée : c'est Notre-Seigneur, le Christ, fils de Dieu. L'ancienne Révélation : en grec cela se dit Apocalypse ; aujourd'hui le terme a pour signification " Destruction du monde ". Le Fils du Tonnerre : il s'agit sans ambiguïté de saint Jean l'Évangéliste. Poussons un peu plus loin avant d'assembler ce puzzle. La Grande Dame serait donc Notre-Dame ; pourquoi pas Nostradamus lui-même ? Il a toujours répugné à se mettre clairement en avant dans ses œuvres. Il utilise un procédé moyenâgeux très pratiqué à l'époque. Le Prince de divine lignée ou Notre-Seigneur : en latin des xv$^e$ et xvi$^e$ siècles, ce nom se dit et s'écrit " Nostro Signore " ; c'est aussi l'italien d'aujourd'hui. Le quatrain se termine par la destruction du monde, rapprochée de la présence de saint Jean. Voilà, tout est mis à plat ; écoutez ce que cela donne, tout en pardonnant la lourdeur du style :

" Quand, prévient Nostradamus,
Le Christ, Notre-Seigneur,
Se retrouvera accordé à saint Jean,
Alors viendra l'heure de la Grande Destruction. "

« Dois-je parler encore... ? La comète, monsieur le conseiller ! Son nom et celui de ses découvreurs ! Fernando Diaz São-João et Alan Nostrosignore. En portugais et italien, les deux noms désignent saint Jean et Notre Seigneur. Les deux noms réunis, accordés sur le même objet... Qu'ajouter d'autre ? Je n'y peux rien. Je sens que je vous ai ébranlé. Mais le premier vers m'obsède ; qui est donc cette Grande Dame que je ne parviens pas à identifier ?

« Pour compléter votre information, lisez aussi l'épître de Nostradamus à Henri II, et surtout celle à son fils César. Vous ne pourrez trouver plus conforme description des effets terrestres d'une chute de météore. Je vais vous quitter maintenant, mais je tiens à vous faire un dernier cadeau : il y a, sur la Cinquième Avenue de New York, situé au numéro 666, un building très élégant de deux cents mètres de haut, qui brandit impudiquement ce nombre maudit sur son sommet. Ces trois chiffres, lumineux la nuit, font six mètres de haut. Vérifiez là aussi que je ne vous mens pas. Cherchez ensuite si vous le désirez ; peut-être y trouverez-vous ce qui est à y trouver... »

Un pur dément. J'ai demandé une copie personnelle de la cassette de l'entretien. J'ai appelé la sécurité. Pour les caméras, c'était exact : tout ce qui concernait un sujet classé Secret-Défense était sous contrôle. Le gros plan restait sous l'œil d'un spécialiste en morphocomportement. Le système étant indécelable et hyper-confidentiel, la fuite demeurait inexplicable. J'ai piqué un coup de gueule de principe pour me payer de mon ignorance.

Je dus subir encore un dernier matin des magiciens, un petit homme tout en rondeur et à l'air très doux en dépit de son activité d'agitateur qui lui avait déjà valu des ennuis. Un Soudanais qui bénéficiait du statut de réfugié politique, tout en multipliant les prêches enflammés aux quatre coins du territoire. Les Renseignements généraux le connaissaient bien et guettaient le faux pas qui se transformerait irrémédiablement en aller sans retour. Le recevoir s'intégrait dans le filet de cette surveillance.

D'entrée, il m'offrit un livre à la couverture blanche intitulé *Les Signes de la fin des temps d'après les sources traditionnelles*. Il ne mentionnait pas de nom d'auteur mais la liste exhaustive des grands initiés qui avaient recueilli et transmis cette anthologie de hadith, vieille de douze siècles au moins. Ce petit format avait été édité à Lyon il y a une dizaine d'années.

« La foi, dit-il, nous commande d'être vigilant. Dieu, par son Prophète, nous a donné les signes qui annonceront l'heure de la fin des temps. Il suffit aux fidèles d'ouvrir leurs yeux et leur cœur pour reconnaître le moment où l'Heure fondra sur eux. Mon intervention auprès de vous sera brève et amicale. Je viens vous transmettre ce que la foi nous a appris pour notre sagesse et la plus grande gloire de Dieu. Je vous demande d'écouter cet enseignement de notre Tradition seulement pour ce qu'il contient : des signaux d'alerte, des engagements saints à modifier notre comportement et à nous soumettre aux exigences divines. L'Heure est une de nos plus grandes préoccupations. Plus d'une centaine de hadiths lui sont consacrés. Si vous me permettez de vous en citer quelques-uns sans rien en modifier, vous constaterez combien leur sens est clair. Dans le hadith 28, Abu Hurayra rapporte : " Le ventre de la Terre s'ouvrira pour vous quand vous confierez la conduite de vos affaires à vos femmes ; alors l'Heure sera proche. " Hadith 36 : " Parmi les conditions de l'Heure, il y a l'apparition de la grossièreté et de l'indécence, la rupture des liens familiaux, la trahison de l'homme loyal et la confiance accordée au traître (Al-Tabârâni), la consommation du vin, la prolifération des femmes. " Hadith 41 : " Les vieux ne seront plus respectés ; l'hypocrite deviendra un homme exemplaire ; les enfants d'adultère seront de plus en plus nombreux (Al-Hakim). "

« L'Heure n'aura pas lieu avant que les hommes n'aient eu honte du livre de Dieu. Les coupables seront en sécurité et l'on accusera les gens fiables. Les meurtres se multiplieront. » « Les mères s'attristeront de la dureté de leurs enfants et l'on fécondera artificiellement les femmes stériles. » Vous voyez, monsieur le secrétaire, il n'y a rien à traduire ou à interpréter. Il n'y a qu'à accepter d'entendre. »

Je manifestais quelque impatience.

« Je vous en prie, dit-il. Écoutez l'hadith 60 de Al-Sulamî : " Viendra le temps où les hommes consacreront toute leur énergie à remplir leur estomac. Leurs biens constitueront la plus grande part de leur préoccupation. Ils prendront l'argent pour religion. " Al-Tabârâni ajoute : " Quand les hommes se satisferont des hommes et les femmes des femmes. Quand les forces de police seront multipliées. Alors des tremblements de terre seront proches ainsi que de grands troubles, et l'Heure sonnera. " Et Tirmidhî précise encore : " Quand l'homme obéira à sa femme et se montrera irrespectueux à l'égard de sa mère, qu'il favorisera son ami et éloignera son père. Que l'on fera des avances aux jeunes hommes comme l'on en fait aux jeunes filles vierges et que les ministres seront crapuleux ou libertins, attendez-vous à ce moment à voir se lever un vent rougeâtre, des éclipses, des mutations, des chutes de projectiles. " Permettez-moi une courte parenthèse. Les signes ne citent pas ces faits comme condamnables en eux-mêmes, mais simplement comme le reflet d'une époque donnée et qui nous concerne tous. Ainsi dit le Qâdî Abu-el-Faraj : " L'Heure sera proche quand les voyages seront de plus en plus courants, quand les hommes prendront des manières de femmes et les femmes des manières d'hommes ; alors, la mort avide se répandra, la Terre bougera et la Kaaba elle-même sera détruite. " Suit la liste des destructions mondiales et de la disparition violente des pays que porte la Terre. Notre Tradition parle aussi de l'Antéchrist. Mais celui-ci sera tué par le prophète Jésus qui viendra de l'Orient. Auparavant, soixante-dix mille Juifs d'Ispahan seront ralliés au monstre. Dans notre Livre, l'Antéchrist est réputé borgne. Mais il faut voir ce détail comme l'impossibilité symbolique pour lui de distinguer les deux visages du monde.

– Qui sont ?

– La matière méprisable et la foi qui élève. L'Antéchrist ne verra que la connaissance et la matière palpable ; jusqu'au bout, il ignorera tout ce qui touchera à l'esprit et aux pouvoirs de Dieu. " La Terre, quand l'Heure sonnera, traversera de grandes épreuves. " La mort de l'Antéchrist suivra l'échéance de l'Heure. Je vais conclure maintenant. Al-Hassan ajoute dans le hadith 170 : " L'Heure n'aura pas lieu sans que la science n'ait disparu. " Je crois qu'il faut interpréter ce dernier mot dans le sens de l'effondrement de ses réalisations matérialistes et qui, si souvent, ont offensé Dieu ; car ce qui s'élève hors de sa volonté est destiné inéluctablement à s'abattre. Nous avons aussi, dans notre Tradition, de nombreux textes sur la Bête. Je ne vous importunerai point avec ces longs énoncés. Sachez seulement que pour les gens de notre foi, il est clair qu'elle représente la puissance du Démon, l'ennemi insoupçonné qui jaillit du néant et des ténèbres, pour la ruine de l'orgueil du monde dans un océan de feu et de destruction. La Bête est de taille démesurée. Notez cela : selon Tha'labî, sa tête atteint encore le ciel quand ses pattes touchent la Terre. Excusez-moi, mais n'est-ce pas là le diamètre calculé de la comète dont parlent les journaux du monde ? La Bête est l'alliée de l'Antéchrist ; ou plutôt, c'est celui-ci qui, se servant d'elle et de sa magie, asservira les hommes. Deux derniers hadiths pour terminer. " À cette époque, dit Ibn Mardawaghi, le mensonge sera la plus grande arme ; les étoiles filantes se multiplieront, les hommes eux-mêmes en créeront pour égaler Dieu, et il y aura deux lunes pour éclairer le ciel. " Deux lunes ! Monsieur le secrétaire... Quel sera donc ce phénomène nouveau qui devrait être aussi lumineux que la bien-aimée compagne de la Terre et à qui Dieu a donné mission de rythmer nos mois ? Que pourrait-il être d'autre, sinon le passage ou la chute d'une comète si majestueuse que sa lumière nous éblouira dans les temps et les jours qui précéderont l'accomplissement ? Monsieur le secrétaire, nous sommes, je vous l'ai dit, des hommes de foi et de prière. Nous ne suivons pas ce monde impie qui néglige son maître. Exclus et humiliés, notre cœur s'est tourné vers Dieu ; et Dieu nous éclaire de sa volonté. Ainsi savons-nous que le châtiment des crimes de la Terre est proche. Dieu a lancé vers elle la force de son sabre vengeur. Nous ne croyons pas à ce que nous lisons et entendons. Le mensonge ! Monsieur le secrétaire. Nous pensons que la colère de Dieu va s'abattre sur nous et non pas nous frôler. La Terre doit accepter sa punition ; et nous ne voulons pas que l'orgueil des hommes essaie d'écarter le sabre divin. Je pense que vous me comprenez... L'Histoire est gravée dans la pierre. La main du voleur est déjà tranchée bien avant qu'il n'ait commis son premier crime. Tout est écrit.

— Si je vous suis bien, le coupai-je, dans votre hypothèse où la comète devrait heurter la Terre, vous préconisez de ne point tenter d'échapper à la mort ? »

Il a hoché vigoureusement la tête.

« Quand elle est donnée et reçue pour honorer Dieu, la mort est plus souhaitable que la vie. Ne vous mettez pas en travers de sa marche.

— Je vous trouve bien menaçant.

— Le tonnerre n'est pas l'éclair. C'est l'éclair qui est violence et non le tonnerre qui en porte le message. »

# 21

Il fallait dix-huit heures de vol pour atteindre Hawaii. Pendant la courte escale technique de Los Angeles, j'ai respiré pour la première fois l'air du Pacifique. Immensité océanique qui ouvrait sur d'insondables distances. Là-bas, très loin, l'arc infini du Sud-Est asiatique. Plus proches de l'autre hémisphère, ces myriades d'îles comme des étoiles jetées sur l'océan, qui furent le rêve d'éden des insatisfaits des deux derniers siècles. Au-delà, les terres australes. Il y avait beaucoup de vent, signe d'un pluvieux automne californien.

Avec deux collaborateurs scientifiques, j'ai profité de ces heures où l'avion semble flotter immobile sur l'atmosphère, pour établir les tâches des soixante-douze heures suivantes. Un voyage objectivement inutile. Tout aurait pu être traité par télécommunications. Mais un déplacement officiel fait mieux dans les communiqués de presse qu'une téléconférence par réseau numérisé.

Les longs vols donnent le temps de rêver au futur. Je le voyais majestueusement se lever et monter au-dessus de l'horizon, à la fulgurante vitesse de deux cent cinquante mètres par seconde, tandis que je regardais sous les ailes se dérouler l'invisible courbure de la sphère terrestre. Et que les autres passagers, ces inconnus croisés pendant quinze mille kilomètres, paraissaient dormir.

Là-bas m'attendait Livia. Nous retrouver serait d'abord professionnel. Représentant l'État, j'allais être reçu avec beaucoup trop d'égards, de parlotes et d'affirmations de bienvenue automatiques. Comment y échapper ? Le directeur de l'observatoire international me présenterait peut-être Livia : « Votre femme, monsieur le conseiller spécial... » Et je répondrais : « Très heureux de faire votre connaissance. »

Nous étions attendus à l'aéroport de Hilo-International Hawaii. Du haut de leur quatre mille deux cents mètres, les volcans du Mauna Loa et du Mauna Kea dominent la principale île de l'archipel. Avec Maui, Oahu et Kauaï, la région n'est qu'une succession de volcans sous-marins dont les sommets ont fini par émerger après des millénaires. Oahu, avec Honolulu, est plus touristique.

Hawaii est sauvage, presque désertique. Au sommet du Mauna Kea, au-dessus des couches de nuages, se trouve l'un des plus formidables observatoires de la planète. Des miroirs parfaits de plus de huit mètres de diamètre, jaillis sur place en multitude, comme si les entrailles de la Terre les avaient enfantés pour sa plus grande gloire. Un lieu privilégié où une technicité de rêve et un extrême génie se sont donné rendez-vous pour de prodigieuses épousailles. Peut-être ce que mon dernier interlocuteur du cycle « Matin des magiciens » appelait une insulte à la face de Dieu : cette suite de cathédrales ouvertes vers le ciel n'est vouée qu'à la connaissance du cosmos.

Livia était dans la délégation d'accueil. Le secret de notre lien n'avait pas résisté. La joyeuse complicité qui nous entourait aurait pu me faire oublier le sens officiel de ma présence. Je détestais de plus en plus la partie publique de mes fonctions. Je voulais travailler vite et dans l'efficacité de l'ombre sans avoir à jouer le jeu de la représentation. Je voulais Livia.

Et j'y suis parvenu. D'un commun accord, j'ai bloqué mes premières vingt-quatre heures sur mon devoir de soldat spatial. J'ai mobilisé les immenses possibilités de tous les réflecteurs, groupés en réseau interférométrique optique, pour traquer l'intrus.

Un ennemi théorique et abstrait reste toujours sous-estimé. C'est ainsi que j'ai vu la Bête pour la première fois. D'abord un infime et ponctuel accroc de lumière, à peine discernable sur les noires profondeurs d'où il était issu. Et puis, par la grâce de l'optique adaptative et la magie des caméras électroniques à mémoire, j'ai vu se dessiner ses troubles contours. Elle entamait insensiblement son activité de dégazage et l'on devinait déjà la formidable queue qu'elle se préparait à développer. Sa chevelure encore bien ténue m'a permis de distinguer une conformation globale plus râblée et compacte qu'il n'était statistiquement possible d'espérer. Ainsi la Bête ne risquait-elle point trop le fractionnement et l'émiettement sous les coups nucléaires que nous allions lui porter. J'ai demandé à mes accompagnateurs de s'attacher à un relevé 3D définitif, plus fin que celui fourni par la NASA. Il permettrait une simulation plus fiable de ce qui se préparait. Son autorotation était suffisante pour obtenir un résultat quasi parfait.

Aux trois nuits sur place, j'ai ainsi ajouté trente-six heures de liberté. Trois nuits, trente-six heures, mon cabaliste parisien aurait sans doute apprécié. J'ai tendu la main à Livia :

« Maintenant je t'appartiens sans restriction. »

Nous avons délaissé Hilo et son absence d'intérêt. Direction Kona sur la côte ouest, et son Hilton pour sa réputation de paradis des touristes. Mais pour nous, ce paradis était synonyme d'enfer. Son architecture inhumainement démesurée obligeait à se déplacer en voiture à l'intérieur. Son immense piscine aurait pu recevoir la totalité de la population de l'île sans s'en trouver affectée. Ce n'était plus un hôtel mais une ville grouillante, une cité autarcique qui, de plus, s'enorgueillissait d'une ligne de métro intérieure. Tout le contraire d'une chaumière pour amoureux romantiques.

Notre fuite nous a menés jusqu'à Kilauea. Le *Volcano House*, petit hôtel établi au bord d'un cratère qu'il dominait, a recueilli notre errance. Il était accordé à notre désir. Nous n'avions, ni l'un ni l'autre, envie de ciel bleu. Elle était mon soleil ; j'étais le sombre espace de ses nuits remplies de nos étoiles. Notre monde était en nous et, pour le découvrir, nous n'avions qu'à plonger notre regard dans les yeux de l'autre.

Sur la route intérieure, seuls circulaient les véhicules tout terrain. À intervalle régulier, d'énormes langues de lave, parfois encore tièdes, coupaient partiellement le bitume. Il se dégageait de ce paysage d'hostilité lunaire une âme, une présence faite de dangers et de multiples vertiges. C'était la vraie voix de la Terre qui nous parlait de son exacte nature.

Vers la mer, la route traversait une végétation à la densité de jungle. De nombreux panneaux mettaient en garde : ATTENTION ! PASSAGE DE NÉNÉS. J'ai demandé qui était Néné. Mon esprit français imaginait une famille d'originaux libertaires vivant en symbiose avec les éléments, inconsciemment provocateurs face aux dangers de la route. Pour couronner le tout, il était interdit de nourrir Néné.

Entre deux rires, Livia demandait :

« Raconte-moi, tu le vois comment ?

– Comment dit-on, dans la Belle Province ? Une sorte de clochard sympathique, avec une trogne d'enfer et une bouteille dépassant de la poche.

– *A tramp*, pour les anglophones et, chez nous, un robineux. »

Elle riait de bon cœur. Mais les Nénés étaient de grosses oies paisibles, protégées car en voie de disparition, qui commençaient à comprendre le parti alimentaire qu'elles pouvaient tirer du tourisme.

Dans le nid de notre chambre du *Volcano House*, nous avons repris nos rites et nos soifs d'amants inapaisés. Sous mes doigts, son corps se renouvelait sans cesse, quelquefois prairie sauvage, sillon secret, forêt magique qui me retenait captif, et souvent jardin de délices, dont il n'était plus possible de découvrir les frontières.

Les sortilèges de cette île d'aube du monde réussissaient pourtant à nous tirer de la pénombre de notre repaire. Nous avons plongé au centre d'un cratère volcanique à demi immergé. Moi qui nageais à peine, j'ai dépassé la barre des trente mètres sans la moindre appréhension. Entourés d'une phosphorescence d'un bleu-vert profond, nous progressions main dans la main tandis que s'élevaient vers la surface les longs chapelets cadencés que nos poumons produisaient en hommage à ce pays des merveilles ; nous voguions, portés par la tiédeur de l'eau, baignés dans les dégradés de lumière qui nous arrivaient de partout à la fois, tandis que dormait, sous nos corps heureux, l'une des portes de l'Enfer. Pour combien de temps encore ? N'était-il point écrit que la Porte n'ouvrirait que pour la Bête, et la Bête seule ? Cette nuit-là, momentanément repus d'amour, lovés l'un contre l'autre, elle a dit doucement :

« Nous ne nous sommes encore jamais vraiment disputés.

– Et Venise? Et Paris?

– Je t'ai dit et redit qu'il s'agissait de déclarations d'amour.

– Même Paris?

– Là, c'était une dispute pour rire.

– Tu me sembles drôlement obsédée par les bagarres. Tu aurais dû t'inscrire au Quartier latin. CRS et gendarmes mobiles y avaient pas mal de répondant. Tu y penserais moins aujourd'hui.

– À l'intérieur des couples, ça n'est pas la même chose.

– Tu te rappelles que nous en avons déjà parlé? Est-ce inévitable ou seulement nécessaire?

– Sûrement les deux. Tant pis pour toi si je me répète, tous les vrais couples se disputent; c'est la preuve qu'ils s'aiment.

– Les femmes normales préfèrent un bijou comme preuve. Toi, c'est une belle empoignade. Moins onéreux mais plus déprimant. Ne tiendrais-tu pas cette obsession de ton origine culturelle hispanisante? Va-t-on se battre sous le prétexte que je ne vois pas l'utilité de le faire? »

Mais elle persistait.

« Quand allons-nous nous disputer vraiment, mon Antoine chéri, mon Anté Chabrinostus? »

J'ai rétorqué :

« Dans pas longtemps si tu continues à m'appeler comme ça.

– Je n'invente rien; je t'appelle comme tu t'appelles.

– Pourquoi perdre du temps dans des querelles, nous nous voyons déjà si peu.

– Là, c'est bien de ta faute. C'est bien toi qui, avec toutes tes relations, n'as pas levé le petit doigt pour retenir ta femme expédiée à l'autre coin du monde! Ça arrangeait probablement le harem que tu entretiens derrière tes tiroirs.

– Puisque par ma faute nous nous voyons si peu, disputons-nous alors sur Internet. Inaugurons le serveur des brouilles amoureuses, des poissardes poursuivant les bovins domestiques.

– Tu as lu *Qui a peur de Virginia Woolf?* »

J'ai dit : « Oui pour la pièce, le livre et le film, et non pour le sens évident de ta comparaison. Qui a écrit ça?

– Edward Albee.

– Eh bien, ce cher Edward montre deux êtres qui se détruisent parce qu'ils se détestent.

– Tu n'as strictement rien compris à la beauté de l'histoire : ils s'aiment si fort que les autres les voient se détester ! C'est de l'amour supérieur.

– Tu parles ! C'est à celui qui va tuer l'autre le premier.

– Justement, c'est bien ce que j'essaie sans résultat de faire entrer dans ton cerveau obtus. Tu as dû trop stationner près de tes trous noirs virtuels ; ils ont retenu ta matière grise. Et tu oublies cet enfant qu'ils ont perdu et qui revit seulement durant leurs affrontements ! »

J'ai tenu bon.

« L'enfant n'a jamais existé autrement que comme poignard qu'ils utilisent à tour de rôle. Il y a peu de marge entre l'amour et la haine, mais là, c'est de la haine. »

Elle est devenue blanche de colère. Moi aussi. Et l'hôtel n'avait pas la cassette vidéo qui nous aurait départagés ! C'est ainsi que nous nous sommes disputés. Et même un peu battus. Ce fut violent, bref, puissant, comme six mois de vie commune et d'amours ininterrompues.

La dernière nuit, tandis qu'à peine éveillés nous vivions enlacés les ultimes heures d'avant mon départ, elle a dit rêveusement :

« Nous nous sommes à peine explorés. Chacun est pour l'autre toujours plus mystérieux que la surface de Mars. Nos corps portent plus d'énigmes que la planète rouge. Qu'est-ce qui produit ce bruit régulier sous la peau de ta poitrine ? Où va ce souffle aspiré par ta bouche ? Qu'est-ce qui se passe là ? Et là ? Et là encore ?... Tu te rends compte que je ne connais même pas ta date de naissance. Ma mère avait fait graver celle de mon père sur son alliance et réciproquement. Une tradition qui nous vient de France, paraît-il. »

J'ai confirmé et fourni la réponse :

« Vendredi 24 juin 1966, vers midi je crois. »

Elle l'a récitée à mi-voix une ou deux fois. En la notant le lendemain, pendant que je bouclais mon bagage, elle a dit :

« Dis donc, ça t'en fait une belle collection. »

J'ai demandé de quoi.

« De 6, a-t-elle dit sur un ton d'évidence. Et, comme je restais bouche bée, elle a expliqué : Tu es né le 24-6-66. Ça t'en fait déjà trois. 24, c'est 2 + 4 = 6 ; ou mieux encore 4 × 6. Avec les trois de tout à l'heure, ça t'en fait sept... Ce n'est pas tout : midi, c'est douze heures, et douze font 2 × 6. Ta mère l'aurait-elle fait exprès ? Tu te rends compte, ta date de naissance se décompose en neuf chiffres 6 successifs ou, si tu préfères, trois séries de trois six. Groupés comme cela, c'est assez esthétique : 666/666/666. Tu ne trouves pas ? Avais-tu seulement remarqué ? »

Le choc n'aurait pu être plus grand si la foudre soudain s'était abattue à mes pieds. Elle a ajouté :

« À Québec, j'ai une bonne amie qui fréquente une diseuse. Je lui ferai demander si ça a un sens.

— Inutile, il ne faut pas, lui ai-je dit sur un ton précipité. Et puis, tu te rends compte, si l'on apprend qu'une astrophysicienne nobélisable pratique la science des nombres, ta carrière... En France, ça ne pardonnerait pas. Je vois d'ici les titres : " Des naines brunes aux nombres maudits. "

— Pourquoi maudits ? »

À l'aéroport, alors que je finissais d'enregistrer et qu'elle serrait mon bras tout contre elle, elle a dit encore :

« Hawaii est le paradis mondial des voyages de noces, le savais-tu ? Nous avons rempli cette formalité.

— Tu ne trouves pas que c'est une tradition un peu rétro ?

— Au contraire, très romantique... »

Et puis elle m'a tenu contre elle et, d'une voix devenue rauque, elle a soudain murmuré :

« Antoine, je veux que tu me fasses un petit. Je veux sentir bouger mon ventre et voir tes mains posées dessus ! »

Elle m'a regardé, comme surprise elle-même par les mots qu'elle venait de prononcer : « Tu te rends compte de ce que tu me fais dire !

— Tu crois que l'époque est bien choisie pour une maternité ? Tu réalises que nous n'avons en tout vécu que trois semaines ensemble ? Tu es sûre de ne pas te lasser de mon humeur trop égale, et moi de tes éruptions à répétition ? Oublies-tu Diaz-Nostro ?

— La vie se gagne avec de la vie.

— Sauf dans le quartier des condamnés à mort. Et c'est la Terre maintenant.

— Oh, Antoine, dis-moi le contraire. Cesse de l'appeler. Chacune de ces trois nuits, dans le gouffre de ton sommeil, je n'ai pas arrêté d'entendre le cri de ta fascination silencieuse monter vers elle. Jure-moi que tu as cessé de désirer la Grande Dame.

— D'aussi loin que je vienne, c'est toi seule que je voulais, que je veux, et que je voudrai jusqu'à ma mort et même au-delà, celle de la Terre et aussi celle de Dieu.

— Ne blasphème pas.

— On ne peut pas aimer si l'on n'a auparavant brisé toutes ses chaînes. Livia, l'amour est liberté. L'amour rend libre... »

Elle a souri. Nous étions à la limite de la zone internationale. Ses yeux se sont embués.

— Les hommes ne sont que de vieux enfants qui ne quittent jamais définitivement les terres où vivent Démons et Merveilles. »

J'ai dit avec fougue :

« Moi aussi je veux que tu me fasses un enfant ! Une fille ! Une fille de toi me libérera de mes dernières chaînes ! »

Elle s'était imperceptiblement raidie.

« Devra-t-elle se nommer Marie ? »

— Oui. Je le veux. Car toi qui me l'avais caché, tu le portes aussi, ce prénom protecteur. Et, s'il le fallait, c'est qu'il le faudra encore ; parce qu'il faut vaincre la fatalité et qu'ainsi Marie, notre fille, vivra jusqu'à des âges pas possibles avec ses sœurs. Elle sera la première Marie qui ne s'arrêtera pas pour toujours à l'âge de quarante ans. »

Plus tard, alors que l'avion survolait la nuit profonde du Nord-Canada, j'ai compris la terrible implication de ce que j'avais dit.

# 22

Mais qui du Diable ou de Dieu s'occupait désormais de la Terre ? Dès mon retour, j'ai été assailli de demandes, de dossiers à régler en urgence, de décisions qui n'attendaient pas : Kourou, les lanceurs, les ogives, les complications imprévues et inextricables, les ambassadeurs africains qui multipliaient les démarches, la presse tel un fauve jamais rassasié et toujours prête à tout imprimer. Je refusais systématiquement toute réunion de conférence, malgré l'Élysée qui n'en décolérait pas.

Nous avons reçu d'Hawaii une nouvelle estimation de trajectoire qui contredisait l'américaine. Celle-là concluait à une certitude d'impact en hémisphère austral, entre trente et trente-cinq degrés de latitude sud, plus bas que le tropique du Capricorne. Ceci impliquait une minuscule évolution dans la trajectoire ; je ne l'ai pas vu tout de suite, mais l'affaire a généré un mini-incident diplomatique. Quoique la France soit maître d'œuvre à Kourou, les Américains n'acceptaient pas d'inscrire leurs lanceurs sur une orbite qui ne sortait pas de leurs machines. J'ai fait envoyer une mission de bons offices à Houston. Disquette contre disquette, méthodologie contre méthodologie, on finirait bien par se mettre d'accord.

J'avais tant de travail que je dormais à l'Élysée. Pendant ce temps, toutes les plantes de mon grand escalier de Montmartre sont mortes d'un seul coup. Longeant maintenant le bas des murs, selon la volonté de Livia, elles avaient marqué leur désaveu dans un vaste suicide collectif. Je n'ai pu m'empêcher de piquer un coup de sang après ma dame-ménage.

« Je n'y peux rien ! jura-t-elle. Je les arrose et m'en occupe comme vous l'aviez dit. Touchez la terre, touchez : elle est humide, vous voyez bien... »

Mais les tiges et les feuilles étaient sèches, plus brûlées et racornies qu'après un séjour d'été dans le Hoggar.

« Vous n'auriez pas un peu oublié entre-temps ?

— Oh ! Oh ! Dites que je fais mal mon travail !

— Non, vous le faites bien. Alors, c'est la malchance ou l'absence de lumière.

— Moi je dis que c'est un mauvais sort, un mauvais présage.

Je n'avais plus le temps de courir les jardineries et les pépinières. Mon refuge délaissé est devenu plus froid. Ce n'était plus qu'une succession de fenêtres ouvrant sur du gris, qui semblaient ne plus savoir accueillir le jour, capter et conserver la lumière. L'escalier lui-même en est devenu presque inquiétant.

Les pays du Conseil de sécurité ont commencé à être en proie à de gigantesques manifestations antinucléaires. Durant quelques jours, chaque capitale a été successivement paralysée par des millions de manifestants. D'énormes *sitting* bloquaient les grands axes, les gares, les aéroports, les points névralgiques. « Pas de nucléaire dans l'espace ! » hurlaient les slogans ; « Espace sans radiation ! » « Non à la pollution atomique des étoiles ! »

Ignoraient-ils que le soleil, comme ses milliards de sœurs, n'était rien d'autre qu'une gigantissime fournaise thermonucléaire ? Naturelle celle-là, mais à côté desquelles nos ogives ne seraient que pâles pétards. Le cosmos lui-même ne devait son histoire qu'à la synthèse et à la destruction de noyaux atomiques perpétuellement recommencées dans des torrents de radiations toutes plus biocides les unes que les autres. Au sens étroit qui était désormais collé à ce terme, le cosmos n'avait donc jamais été rien d'autre qu'une infinie poubelle nucléaire. Mais elle avait engendré la vie.

Un tract mondial se mit à circuler. Des millions d'affiches furent placardées. On y voyait les cinq chefs d'État sous le titre-guillotine : « Voici le club des grands fossoyeurs. » À

Paris, des avis circulèrent : « Recherchés – Plutôt morts que vifs – Six milliards de vivants en récompense. » Parmi les photos, il y avait la mienne.

Et puis les manifestations devinrent émeutes. Le sang coulait à Karachi, Tokyo, Paris, Bogota, Washington et Londres. À l'heure où sonnait l'alarme, l'humanité, une fois encore, se trompait d'ennemi.


À l'heure des premiers lancements, Kourou se trouvait littéralement au bord de l'explosion. Nous lancions, en vitesse de pointe, un satellite ou une sonde par tranche de trois semaines. Nous en avions trente à effectuer en quinze jours. Trente lanceurs montés et stockés vides dans d'immenses bâtiments neufs mieux surveillés que des réserves d'or, trente ogives thermonucléaires d'une méga-tonne et demie, qui ne seraient définitivement installées qu'une heure avant la fin du compte à rebours.

Nous restions sous la menace d'une explosion chimique lors du lancement, ou d'une destruction du lanceur avant le point d'orbite. Auquel cas les débris et la charge retombe-raient sur terre. Ce qui produirait une terrible pollution nucléaire. Notre chance était à ce prix. Un lanceur spéci-fique avait été mis au point et certifié en un temps record. Sur la base d'une Ariane 5-D, déjà porteuse de deux fusées d'appoint latérales à poudre. Les ingénieurs avaient adjoint, à angle droit des premiers, une autre paire de boosters du même type.

La paire initiale élevait l'ensemble jusqu'à cinquante kilo-mètres puis s'éjectait. La seconde conduisait le reste du vaisseau au seuil d'orbite. Le reste était affaire d'un coup de pouce donné par les moteurs cryogéniques d'Ariane. L'excellence de nos hommes avait permis de maîtriser le fonctionnement peu contrôlable des quatre moteurs à poudre.

Une fois connus les paramètres orbitaux effectifs, le pro-pulseur cryogénique injecterait le vaisseau sur une longue trajectoire qui l'amènerait à croiser la route de Diaz-Nostro.

L'étage portant la charge nucléaire était doté d'un système expert qui devrait déterminer le millionième de seconde optimum pour la mise à feu. À cette distance, il était hors de question de donner un ordre direct : il mettrait, à la vitesse de la lumière, plus de sept minutes pour atteindre son but; il fallait faire confiance à l'intelligence artificielle. Deux terreurs me poursuivaient, même la nuit : une destruction en cours de lancement ou avant l'orbite, ou une perte quelque part entre Terre et Mars. Cela, on ne pouvait se le permettre. J'ai dû faire appel à tous mes souvenirs de calcul de probabilité pour évaluer le taux de coups au but que nous pouvions espérer. Il nous fallait quatre-vingt-dix pour cent et je ne parvenais à l'obtenir qu'en trafiquant les informations statistiques les plus fiables. L'enfer.

Autre problème : les opposants terrestres ne désarmaient pas. Services de renseignements américains et DGSE avaient eu vent d'une opération « Lawrence d'Arabie » que les organisations écologiques, maintenant radicalisées, s'apprêtaient à lancer contre la base. Mes ordres à l'état-major militaire avaient été confirmés et durcis. Compte tenu du risque de missile à autodirecteur infrarouge, aucun groupe hostile ne devait approcher à moins de vingt-cinq kilomètres du premier grillage électrifié. Et j'avais précisé : « Quel qu'en soit le prix. »

Côté mer, les îles du Diable et du Salut avaient été dotées d'un port militaire artificiel. Clé du dispositif maritime, un AWAC-Hercule était en l'air en permanence pour détecter tout ce qui pouvait flotter jusqu'à deux cents kilomètres des côtes. Là aussi : une sommation et puis l'intrus éventuel serait envoyé par le fond. Les Américains s'étaient intégrés sans problème à ce dispositif. Leurs installations propres avaient reçu le nom d'Arromanches. Ainsi se trouvaient préservées toutes les susceptibilités. Je m'étais rendu au baptême officiel de leur base où j'avais été longuement acclamé. Tous les voyants diplomatiques étaient au vert.

Ils prendraient en charge vingt lancements. Ne disposant pas de la puissance de la nouvelle Ariane, ils avaient opté pour un survol préalable de Vénus. Le retard consécutif à ce détour serait compensé grâce à l'élan donné par cette planète. Au prix de cette acrobatie, ils seraient sur place un peu avant nous. Mais leurs vaisseaux s'approcheraient à moins de cent millions de kilomètres du soleil. Avec tous les dangers que cela supposait pour l'électronique de bord. Leurs lanceurs étaient bourrés de réservoirs d'azote liquide pour le refroidissement. J'avais préféré éviter ce souci supplémentaire.

L'alerte se déclencha dans la nuit précédant le premier tir. Une colonne venait d'être repérée en lisière de jungle. Temps sec, ciel dégagé, bonne visibilité, pas de lune. Sommés de stopper par moyen radio, les agresseurs ont demandé, préalablement à toute reddition, l'envoi d'un officier-négociateur pour la remise d'un message.

Il semble que celui-ci ait été pris en otage immédiatement. J'ai pris le relais du commandement, écouté les professions de foi, les invectives et les menaces hurlées avec un fort accent néerlandais, discuté et parlementé. Enfin, exigé un contact direct avec l'otage avant de me plier à leurs conditions. À trois reprises, cela m'a été refusé puis, le chef du commando a coupé la communication. Il y a eu quinze morts. L'officier et deux légionnaires, plus la totalité du groupe hostile.

Je n'ai pas voulu assister au premier lancement depuis la salle de contrôle, baptisée Jupiter. Trop de monde, trop d'angoisse, trop de regards sur moi. Juste après minuit, j'ai appelé Livia.

« Je suis en train de t'oublier. J'ai besoin que tu me parles. Dis-moi que ça va marcher. Regarde l'avenir, demande à ton Dieu, à qui tu veux. Dis-moi où se trouve le point faible. Il y en a toujours un... »

Mais elle a préféré me parler de Paris, des balades promises, du jour si proche où nous nous retrouverions, pour dix minutes peut-être mais tant pis ! Et puis elle a affirmé que tout marcherait, qu'elle en serait l'une des premières informées : Hawaii, comme station de poursuite, devait confirmer, en même temps que l'Australie, la qualité de chacune des orbites.

Malgré la climatisation, il faisait une chaleur lourde, humide. J'ai choisi l'extérieur, violant ainsi toutes les règles les plus élémentaires. L'officier de sécurité-sol en a fait tout un foin. Il a presque fallu que je lui passe sur le corps pour qu'il me laisse sortir.

J'étais à mille cinq cents mètres du pas de tir. S'il y avait explosion au sol, et jusqu'à H plus trente secondes, je serais balayé par la boule de feu ou l'onde de choc qui se formerait. J'ai répété que je prenais le risque. Ni courage ni forfanterie. Je voulais que le premier lanceur s'envole, telle une avant-garde, porté par le déchaînement de ses moteurs et la puissance directe de ma haine. Je voulais que la comète sache que je demeurerais jusqu'au bout son irréversible et inconciliable adversaire. Je relevais son défi. Si j'avais pu le faire, j'aurais inscrit au marqueur indélébile sur la coiffe de l'ogive : « Meure la Bête. » Et j'aurais signé de mon nom, A-C, pour que plus jamais elle ne m'oublie.

À H moins dix, je me suis dressé, fou d'excitation, méconnaissable. H moins cinq correspondait à l'allumage, l'instant H le moment précis où l'engin quitterait sa plate-forme. Mais le zéro du compte à rebours s'est affiché sur mon boîtier sans que rien ne se passe. Je suis sûr d'avoir crié, hurlé, de m'être déchaîné contre cette flèche blanche illuminée. Et qui ne bougeait toujours pas.

« Démarre ! Démarre ! »

Ce n'est qu'à H plus dix que sa base s'est embrasée de flammes orange, puis éclatantes, tandis que l'énorme grondement me submergeait. La foudre des hommes partait enfin à l'assaut du ciel ! Le bruit était tel que je n'entendais rien de mes propres hurlements de joie. De mes poings dressés et tendus, j'ai littéralement porté cette étoile incandescente qui maintenant escaladait l'obscurité. Trois minutes plus tard, la nuit était rendue aux ténèbres.

Je suis retourné en salle de contrôle où régnait une tension à couper au couteau : techniciens rivés à leurs écrans et officiels dans leur hémicycle vitré, le regard accroché à l'écran géant où la trajectoire réelle se superposait au tracé idéal. Trois centaines d'yeux focalisés au même point. La même pression partout.

Quatre minutes encore. *Mankind 1* est installée sur son orbite sans à-coups ni alarme. Le projet Humanité – nom de l'action de riposte que la France porte à bout de bras – vient de s'engager avec seulement vingt secondes de retard sur une impondérable météo. Dans le PC de contrôle, pas la moindre manifestation de joie. Nous n'en sommes qu'au début. Dans douze heures, nous remettons ça.

Toutes les quatre-vingt-dix minutes passe au-dessus de ma tête le premier de mes fils, le pionnier des cavaliers de ma garde : un démon de une mégatonne et demie. Quatre-vingt-cinq fois la puissance d'Hiroshima que, dans dix heures, nous élancerions vers sa proie sur une orbite interplanétaire de trois cents et quelques jours.

Là-haut, tout est OK. Au sol, les voyants lumineux affichent tous un vert rassurant. Je tourne en rond, finissant par énerver tout le monde. Le directeur de tir me cède sa place devant ses consoles. Rien à faire qu'à regarder défiler les paramètres qui se succèdent sans interruption. Tout est automatisé. La séquence de mise à feu n'a plus besoin de notre hargne.

L'étage cryogénique a fait merveille. En deux cents secondes de fonctionnement, la vitesse est passée de vingt-huit mille à quarante et un mille kilomètres par heure. Trajectoire optimale. Les moteurs de correction se chargeraient des impondérables. J'ai tenu soixante heures avant que la cohérence de mon comportement n'en soit affectée. J'ai vu ainsi s'éloigner de la Terre quatre cavaliers.

Dans l'Apocalypse, l'ange de la mort devait être précédé par l'entrée en splendeur de quatre cavaliers chargés de violence : l'incendie, la pestilence, l'inondation et la destruction. J'en avais trente, que j'allais expédier sans coup férir, pour annoncer à mon peuple des étoiles la colère et l'infinie puissance de l'homme enfin libéré de lui-même et de Dieu.

C'est environ à H moins une heure du cinquième tir, alors que nous étions en train de régler un problème de pressurisation du troisième étage de *Mankind 6*, son suivant, que j'ai brutalement perdu conscience. Je me souviens de mes mains survoltées, pianotant comme si elles ne m'appartenaient plus sur un clavier, au milieu du brouhaha et de l'odeur trop forte du café. Et puis, je vois ces mêmes mains posées sur un drap vert pâle dans une pièce minuscule, éclairée comme la cellule d'un condamné à mort.

Ils m'avaient récupéré effondré contre un écran. Je dormais depuis douze heures. J'étais fou de rage. Plus tard, le médecin-général m'a dit :

« Vous voyez, l'épuisement et l'évanouissement peuvent révéler et créer des liens imprévisibles.

– De quelle façon ?

– Nous avons un point commun que je n'aurais pas soupçonné. Je ne vous aurais jamais imaginé orientaliste, et de talent qui plus est... »

Et, comme je restais sans réponse, il a ajouté :

« Votre pratique de l'araméen parlé est parfaite. Lorsque l'on vous a allongé, inerte, vous avez répété deux fois très clairement ceci. » Et il a articulé une série de sons et d'onomatopées qui semblaient surgir du fond de sa gorge. J'ai demandé :

« Vous êtes sûr ?

– Et vous parveniez à prendre naturellement cette cadence et ce ton rauque que les spécialistes accordent aux grands prêtres de ce peuple dont le Christ fit probablement partie.

– Pas possible.

– Pourquoi donc ? La perte de conscience consécutive à un effondrement brutal de la tension n'affecte pas l'automatisme des fonctions mnémoniques supérieures. Le patient réputé évanoui peut continuer à s'exprimer quelques instants avec une sorte de cohérence superficielle, comme une mémoire électronique qui cafouille et livre, sans prévenir, des fragments supposés effacés. Je me trouvais dans le sas d'accès quand c'est arrivé. J'ai identifié cette chère langue morte en quelques secondes. Je n'ai pu entendre distinctement que ce que je viens de vous répéter : " Le Père " et " La Maison ". Ensuite, vous vous êtes enfermé dans une catalepsie réparatrice. Il faudra que l'on se revoie si vous le voulez bien. Je serais heureux de connaître votre cursus. »

Les Tropiques montent à la tête des plus solides. La jungle s'ouvrant sur les étoiles projette le passé immuable dans le lointain avenir. Ce devait être cela.

Les problèmes de sécurité ne nous lâchèrent pas : un navire non identifiable avait pénétré dans le périmètre interdit. Au terme d'une course-poursuite, il venait d'être arraisonné au prix d'un rapide et très lourd engagement. Il était équipé d'un système de tir laser de très haute énergie capable d'endommager toute électronique embarquée. Les partisans du suicide ne désarmaient pas.

Nous avons dépassé le dixième tir sans encombre. *Mankind 1* se trouvait déjà à cinq millions de kilomètres de la

Terre. Tout était au beau fixe. J'aurais dû me sentir au sommet de la satisfaction. Mais, en l'espace d'une nuit de vrai sommeil, je me suis retrouvé au fond de la crise d'angoisse la plus noire.

Des scénarios invraisemblables ébranlaient mon équilibre intime : succession d'échecs au lancement, explosion nucléaire au sol, vitrifiant tout dans un rayon de vingt kilomètres, panne définitive paralysant toutes les installations du centre Jupiter. Le doute me mettait en pièces. J'ai pris conscience de l'extrême déraison de mon attitude : un malade était responsable de la survie de la Terre et de la gestion d'un arsenal nucléaire.

Le dix-huitième tir s'était engagé comme les autres. Rien ne l'avait signalé à notre attention. Pourtant, l'allumage du deuxième jeu de boosters à poudre fut obtenu avec quelques secondes de retard. Immédiatement, les ingénieurs de vol constatèrent une faible disparité de poussée entre eux. Rien de calamiteux, sinon que nous allions vers une orbite décalée et nettement plus elliptique, et donc toute une série de corrections de trajectoire. Le regard soudé aux écrans de contrôle, je n'ai pu prévoir, cette fois-ci, ce qui allait arriver.

Au terme de cette seconde phase, un seul des deux boosters s'est séparé automatiquement du corps de l'engin. Le deuxième a refusé obstinément, malgré toutes nos manœuvres et procédures d'urgence. Nous avions trente secondes pour aboutir ou prendre une autre décision. Une demi-minute maximum avant l'allumage séquentiel du dernier étage et l'insertion dans l'orbite. La voix nouée, j'ai demandé :

« Est-ce qu'on peut l'établir sur une orbite provisoire, n'importe laquelle, avec un tel facteur de charge ? »

Sans quitter son écran des yeux, l'ingénieur-balistique a fait oui de la tête :

« En terme de poussée, pas de problème ; feu vert aussi en ce qui concerne le bilan énergétique disponible. »

Mais le dynamicien a été catégorique : dans cette configuration, c'était impossible :

« Avec les deux boosters vides et restés accrochés, nous aurions une longue trajectoire parabolique avec chute dans l'océan Indien, au sud des Maldives. Mais avec un seul, c'est ingouvernable. Le seul résultat que nous obtiendrions serait de vriller la trajectoire, avec éparpillement en vol au bout de vingt secondes. »

Pas d'alternative : il fallait détruire. À deux cent cinquante kilomètres d'altitude et six mille neuf cents mètres par seconde, *Mankind 18* abordait la verticale des côtes africaines entre Cameroun et Gabon, avec, s'annonçant sous lui, près de quatre mille kilomètres de terres surpeuplées. Le pire de mes cauchemars se mettait en place. J'ai essayé encore :

« Et si l'on n'allume pas le troisième étage ?

– Rentrée progressive dans l'atmosphère et, au mieux, désagrégation au-dessus du Kenya. L'ogive atteint le sol en un seul morceau avec tous les risques.

– Politiquement inacceptable », a fait une voix derrière moi.

J'ai dit : « Destruction ! »

Quelque part au-dessus du Congo, un imperceptible éclair s'est allumé, telle une étoile filante très paresseuse et peu déterminée sur sa direction. Sur nos écrans, nous avons immédiatement perdu tout contact. Attendre, il n'y avait plus que cela.

Les parties mécaniques étaient cinétiquement dangereuses, mais l'Afrique vaste. Nous pouvions espérer. Chacun cependant ne pensait qu'à la charge et à l'océan de radiations et d'isotopes mortels qu'elle avait pouvoir de libérer.

Un satellite de poursuite, obligeamment lancé depuis trois mois par les États-Unis, nous a très vite informés de l'énormité des dégâts.

Les éléments de la charge nucléaire avaient été physiquement désintégrés à cent cinquante kilomètres d'altitude, après plusieurs rebonds imprévus sur les couches denses. Ils s'étaient ensuite répandus sous forme d'aérosols mortellement empoisonnés, de ce niveau jusqu'à la surface. Une région de mille kilomètres sur cinquante voyait s'abattre sur elle une pollution atomique de première grandeur de Kisangani jusqu'au mont Kenya. Le nuage radioactif qui allait noyer cette zone reléguerait celui de Tchernobyl au rang de joyeux souvenir.

Mais le pire ne nous fut annoncé que douze heures plus tard. L'immense lac Victoria avait été au cœur d'une catastrophe sans précédent. Ayant reçu le principal des débris actifs de la charge, ses eaux présentaient désormais un taux de radiations absolument incompatible avec la vie humaine.

Le lac Victoria. Les sources du Nil. Le seul grand réservoir naturel de toute l'Afrique de l'Est. Des milliards de mètres cubes allaient maintenant porter la plus terrible des morts le long des six mille six cents kilomètres de leur long chemin vers la Méditerranée. Les deux cents millions d'êtres humains qui se pressaient sur les rives de ce fleuve à l'échelle d'un continent dépendaient, pour leur survie, de cette eau définitivement maudite. La contamination allait frapper de plein fouet, sans rémission possible, Ouganda, Kenya, Soudan, Égypte.

Notre rêve s'était mué en délire hallucinatoire. L'Enfer avait inspiré mes décisions. J'étais le seul responsable, le seul coupable à la face du monde.

J'ai appris par la suite les conséquences du formidable désastre que j'avais provoqué. Mais jamais personne ne m'a mis en face de mes responsabilités. À commencer par la première de toutes, la plus grande : j'aurais dû forcer la fusée à se perdre dans les profondeurs de l'océan Indien. Le mal était devenu mon guide. J'avais dit « destruction » sans m'attarder une seconde sur le sort de ces innocents que ma volonté de détruire allait frapper. Perdant tout lien avec l'humanité, j'étais devenu un monstre. Comment nommer autrement un être capable à lui seul de provoquer plus de morts que les deux guerres mondiales du siècle passé ?

Curieusement, je ne me suis pas effondré. J'ai conservé jusqu'au bout une sérénité abstraite faite de silence et d'attention. Comme si ce drame affreux ne comptait pour rien. Tandis que s'accumulaient les plus épouvantables bilans et relevés scientifiques, je conservais un étrange sang-froid. La mort et la souffrance qui s'abattaient sur tant d'innocents ne parvenaient pas véritablement à m'émouvoir. Pourtant, je pensais sans cesse à eux, à leur vie difficile que mon crime allait briser comme brin de paille. Et je pressentais que les organisations de secours, comme celles qui se trouvaient déjà à pied d'œuvre, ne parviendraient pas à endiguer grand-chose.

J'avais délibérément envoyé la mort sur leurs têtes. Mes premiers otages allaient commencer de mourir. En quelques instants, j'étais devenu le plus grand criminel de tous les temps. Et je respirais toujours, dormais et me nourrissais normalement.

Dans les semaines qui suivirent, je me suis fait adresser les rapports. Peu de victimes sur vingt-quatre heures. Ce qui voulait dire un peu moins de cent mille morts pour les êtres sans âme, ces êtres à mon image, qui avaient osé écrire cela. Cent mille humains, de leur cent mille visages sans nom, me scrutaient désormais par-delà les enfers. Cent mille regards sans vie allaient me suivre pour toujours. Comme le pire des démons, j'avais, en quelques heures, soufflé cent mille existences difficiles, laborieuses, souvent désespérées, à qui personne n'avait jamais donné la parole. Et qui pour tout bien n'avaient eu que leur dignité.

Dans l'échelle de l'holocauste, ce n'était rien par rapport à ce qui devait suivre. Les peuples entiers de l'Afrique suppliciée se lancèrent dans un exode à l'échelle d'un continent. Par dizaines de millions, ils partirent pour n'importe où. Sans autre destin que d'aller, à la limite de leurs forces, mourir loin du village de leurs ancêtres.

Les satellites d'observation donnaient tous la même information : aucune violence, ce n'était plus la peine. Mes victimes marchaient quelques jours, quelques semaines, selon le degré de leur irradiation. Et puis, après une heure ou un mois, elles s'écartaient de la piste pour mourir en quelques instants. Les creux des chemins, les fossés naturels, les espaces dégagés, puis les savanes et le ventre des forêts ne furent plus que d'immenses cimetières veillés par l'indifférence et le silence des étoiles.

Personne ne m'a dit que j'étais un salaud. Aucun journal n'a eu le courage de la vérité en l'imprimant. Peut-être n'y avait-il plus de mots pour traduire l'intensité du réel.

Ensuite, la mort ionisante a abattu ses griffes définitives et impatientes sur les derniers survivants. En une année, cent millions d'Africains sont tombés, rongés puis détruits par cette lèpre invisible qui se répandait partout. Rien ne pouvant arrêter les radiations, cette part du continent se recouvrit peu à peu d'un voile funéraire, lourd comme le plomb.

La planète entière vola au secours de l'Afrique. Avec, pour seul résultat, un chaos plus absolu encore. Des myriades de navires livraient sans fin des vivres dans les ports. Offertes aux radiations, après un mois, elles ne semaient que la mort. L'eau était un poison, l'air lui-même... La Terre pouvait commencer à tuer ses enfants : je venais de lui ouvrir la voie.

Personne ne m'a dit que j'étais un salaud. En revanche, tous m'ont laissé entendre que l'on n'y pouvait rien, ou si peu. Ils m'ont assuré que tous les médecins de la Terre n'y auraient jamais suffi. Depuis cet instant, le désir de ma mort ne m'a plus quitté. Je voulais partager leur chemin de croix, marcher avec eux jusqu'à mon dernier souffle. Expier ce crime inexpiable du prix négligeable de ma juste disparition.

Je n'ai pas eu ce courage. Quand elle dépasse tout, l'horreur est à la fois éternelle et fugace comme un soupir. Je ne savais plus où se trouvait mon corps mais mon âme crucifiée ne cessait de retourner là-bas, encore et encore.

Le Président m'a fait rentrer à Paris par avion spécial. J'étais plus protégé que ne le fut jamais le plus grand des plus grands chefs d'État. Il m'a serré la main. Et même, il a essayé de me guérir. De me guérir de mes certitudes. Je me suis longuement entretenu avec lui dans les jours qui ont suivi. C'est lui qui en prenait l'initiative, comme s'il voulait vérifier sans cesse la réalité de mon état psychique.

« Vous n'aviez pas le choix. La France n'a pas le choix. Vous n'êtes pour rien dans cet accident. Vous n'êtes qu'un pion parmi d'autres, Chabrineau. Celui qui dirige, c'est moi. Et je vous donne l'ordre de continuer. Le mandat que la France a reçu provient de l'ONU. Ne sous-estimez pas la puissance de ce gouvernement toujours plus mondial. Ouvrez vos yeux, par le Diable ! On vous a manipulé, on vous manipulera encore. Au nom de Dieu, Chabrineau, ne vous laissez pas prendre au piège de votre propre orgueil. Et cessez de me regarder comme un halluciné !

— Je voudrais que vous me remplaciez immédiatement.

— Pas question ! L'ordre est de poursuivre, alors vous poursuivez. Expédiez-moi les douze restants. Fichez-les-moi dans ce foutu espace de merde ! Battez-vous, bon sang. Personne n'abandonne pendant la bataille. Et ne me pompez pas l'air avec vos langueurs de pucelle ! Qui est responsable d'Hiroshima, le gouvernement américain ou le pilote du bombardier ? Eh bien, vous n'êtes même pas le pilote... »

Il ne pouvait comprendre. Qui l'aurait pu d'ailleurs ? Seule ma folie me permettait d'apercevoir le gouffre qui s'ouvrait devant moi. Un puzzle quelque part s'ordonnait lentement. Il avait raison sur un point : je n'étais pas Dieu le Père. Ni même Judas désigné et conscient de l'être. Il fallait poursuivre.

La réaction de Livia a été identique : allait-on mettre en jugement le constructeur des boosters, le responsable de leur assemblage, le fournisseur des poudres et le fabricant des boulons explosifs ? Pourquoi un bouc émissaire plutôt qu'un autre ? Trop facile.

Elle avait raison, elle aussi. Mais elle omettait l'essentiel : j'étais responsable parce que j'existais. Comme je l'appelais et la désirais, la comète m'avait choisi. Pas de hasard. Dès l'origine, l'un n'existait pas sans l'autre.

La presse s'est encore une fois déchaînée. Le Président s'était fourvoyé dans son analyse trop rassurante. Seule la France était montrée du doigt. Pour l'Afrique frappée en son cœur, elle était la patrie d'un crime perpétré contre l'humanité, la terre des démons. « Si le Christ était blanc, alors assurément le Diable l'est aussi. Mort à l'Occident ! Mort à la France ! »

Je suis parvenu à mener ma mission à son terme. Les ultimes lancements se sont effectués sur le modèle des premiers. Je portais le dix-huitième en mon cœur, gravé comme une malédiction prévisible : dix-huit, $3 \times 6$, aurait remarqué Livia. Trois mignons petits 6 ensemble. Mais je ne l'aurais pas crue.

Les Américains, quant à eux, perdirent deux lanceurs. Le premier, un Thor-Delta, explosa à $H + 2$, tandis que l'ogive était éjectée sans casse ; le second retomba dans l'Atlantique, conséquence certaine d'un acte de sabotage jamais élucidé qui avait neutralisé l'une des centrales de guidage. Là aussi, la charge fut récupérée intacte en six heures. Il nous restait quarante-sept vaisseaux disposés régulièrement sur une chaîne de vingt millions de kilomètres.

J'étais arrivé à mes fins. Amer, le goût de la victoire ne produisait que douleur. Plus rien à faire. À part attendre et suivre le lent cheminement de nos armes vers l'ennemi. J'ai repris mille fois les calculs de trajectoire, les comparant sans trêve avec la réalité, traquant l'impondérable, la panne de télécommunications, l'extinction d'une des informatiques de bord. Tout cela, je le souhaitais pour contrer la perfidie du sort.

Mais rien n'advint. Mes quarante-sept cavaliers de l'Apocalypse gravissaient, sur leur monture désormais assoupie, les interminables et invisibles chemins qui les conduiraient, bien au-delà de l'orbite de Mars, à la rencontre de notre destin.

Tentative de purification, j'ai vécu deux mois à Hawaii. La nuit, je retrouvais les bras et le corps de ma Livia. Le jour, j'explorais en solitaire ce chapelet d'îles jaillies du cœur des enfers terrestres. J'ai gravi, contre l'avis de tous, les pentes des volcans toujours au bord de l'éveil, le Mauna Loa, le Kilauea, dont j'ai touché les laves encore brûlantes. J'ai observé du plus près les épanchements de soufre et failli périr de leurs miasmes irrespirables. J'ai survolé ces îles impatientes, nées de la violence naturelle, inouïe et tendre, des éléments. Leurs reliefs sont noirs comme les âmes à jamais maudites. J'ai mis en péril les nénés en les nourrissant à peu près de la même façon que j'avais lancé la mort pour vingt ans sur une nature qui, elle, ne demandait rien.

J'ai dû payer deux cents dollars d'amende pour ce manquement aux lois locales. Je n'ai pas osé calculer sur cette base combien je devais à mon espèce pour avoir brisé ses lois et, avec préméditation, avoir attenté à sa survie.

J'ai passé un mois dans la belle maison de bois que Gary possédait en Californie, au sud de San Francisco, sur les hauteurs de Santa Cruz. J'ai évité absolument les deux métropoles côtières, préférant errer au hasard de ces côtes rocheuses qui abritent une multitude de petits ports, à la recherche d'une nostalgie et d'un mal de vivre qui n'existaient peut-être que dans les livres. À moins qu'ils ne soient l'apanage des destins fulgurants.

Monterey et Salinas : tout près de chez moi, les bars, forcément crasseux, et les rues de la Sardine, comme autant de clins d'œil. J'ai sillonné une semaine le désert de Mojave. Pour l'Amérique du Nord, un petit désert de poche. Mais où la mort peut surprendre facilement le promeneur qui s'égare.

Je suis retourné à Kourou pour quelques jours. La ruche créée pour la grande cause était silencieuse, vide. Il y régnait une étrange atmosphère d'abandon. Les Américains partis, plus rien qu'un fantôme de base que la jungle ne tarderait pas à reprendre.

J'ai tardé à rentrer en France. C'est pourtant là que mes rêves vivaient. Ils m'attendaient patiemment. Même si mon humanité était à jamais détruite. Même si mon âme demeurait prisonnière au cœur du Pacifique.

# 23

Le Président m'a fait établir un nouveau passeport. Un vrai-faux avec un vrai faux nom à l'intérieur. « Vous verrez, a-t-il dit par téléphone, très pratique quand on est trop connu. Gardez le moral; tout va pour le mieux. Dans l'espace et aussi en Afrique. Nous allons limiter les dégâts, je vous l'assure. Et puis, a-t-il poursuivi devant mon silence, je suis heureux de vous apprendre que vous devenez une véritable star mondiale. L'être vivant le plus aimé de la Terre. Même Greenpeace ne tarit pas d'éloges sur vous. »

J'ai cru un instant qu'il se moquait de moi. Il a marqué un temps.

« Dites donc, vous n'êtes guère loquace aujourd'hui. Cassandre n'a pas le moindre message pour moi?

– Si, justement. Il s'agit d'une énième conséquence de l'impact, que j'avais oubliée. Nous la nommons " effet rôtissoire ". Mais je ne supporte plus les descriptions de catastrophes. Je vous en parlerai une autre fois, monsieur. »

Il a raccroché sans un mot.

Malgré moi, je n'étais plus un homme de chair et de sang mais un mythe. Mon nom tournait autour de cette planète à la vitesse de la lumière, comme cette photo très réussie qui m'avait saisi pendant ma harangue au monde, et qui apportait à son auteur fortune et célébrité.

L'Élysée me fit parvenir régulièrement un service de presse international. « Sauveur » était le terme le plus couramment utilisé à mon sujet. Il était suivi de toutes les variantes possibles : « de l'humanité », « de la planète »,

« protecteur des hommes », « de la vie », « grand et discret bienfaiteur » ; certaines appellations s'inspiraient de la religion : « rédempteur des péchés de la Terre », « Messie des âges nouveaux » et même : « Christ », trouvé dans un journal de langue anglaise tirant à plusieurs millions d'exemplaires.

J'étais le Christ revenu sur Terre qui, en gage d'amour divin, venait sauver l'humanité en sa maison terrestre. J'avais été envoyé par Lui pour écarter les poisons diaboliques que le Malin distillait pour nous tenter. Diaz-Nostro, par son éclat futur, était devenue Lucifer lui-même, sinon son œuvre. J'étais le Christ descendu de la croix, ressuscité, vivant et revenu en majesté parmi son peuple pour ouvrir le temps de son règne éternel, comme l'avaient annoncé les prophéties.

Tous les anciens Chabrinost devaient bien rire du bon tour que je leur jouais, moi, Antoine, fils de Marie et d'un père virtuel, porteur comme Anatole d'un prénom interdit. Mon grand-père encore de ce monde, comme les autres dans leurs tombeaux, et l'aïeul exterminateur du nom et ennemi de son prénom.

L'assassinat de l'Est africain ne pesait plus rien. Une péripétie que l'on ne m'imputait plus, l'ultime tentation du Malin pour que s'embrase la violence des hommes. La France en devint une cible privilégiée. Les attentats la frappèrent par vagues répétées. La Fédération des États francophones, essentiellement africains, se saborda. Notre ambassade de Khartoum était incendiée peu de temps après, tandis que celle de Tokyo était entièrement détruite par un véhicule piégé. À Quito, seule capitale mondiale pratiquement posée sur l'Équateur, le consulat subit un blocus de plusieurs mois. Des États rompirent leurs relations diplomatiques. Cette année-là, Livia m'a fait connaître sa terre natale. À trente-neuf ans, j'ai découvert le sens terrestre du mot immensité. Nous avons ainsi vécu plusieurs mois au hasard de nos désirs. À sa mère, à qui elle avait tenu à me présenter, j'ai dit que Livia m'avait donné envie de devenir meilleur.

« Méfiez-vous, a-t-elle répondu, elle m'a déjà parlé de vous. Il va vous falloir beaucoup d'efforts pour égaler votre portrait idéal. »

Et puis, plus sérieuse, elle m'a pris la main :

« C'est donc vous, a-t-elle répété deux fois, l'homme des miracles... »

Il y avait, dans son regard, tant d'admiration que j'ai rougi. Le lendemain, à l'heure de notre départ, elle a encore demandé :

« Comment avez-vous fait ? Mon petit chat sauvage a perdu toutes ses griffes. Je vois en vous, Antoine ; je suis heureuse, vous êtes venu à temps. »

Je n'ai eu de réponse à sa question que plus tard, quand j'ai senti les ongles de mon amour s'enfoncer avec délices dans la chair de mon dos.

Nous avons séjourné quelque temps au bord d'un grand lac, à l'ouest de Jonquière et de Chicoutimi. Notre maison se trouvait légèrement en retrait de la rive, enfouie dans un gigantesque massif forestier où, paraît-il, l'on rencontrait parfois de grands ours.

« Mais rassure-toi, ils nous font la gueule maintenant, nous évitent, rouspètent dans leur argot et puis se glissent entre deux arbres. Eux aussi ont changé ; il y a cinquante ans, tu aurais été obligé de cavaler jusqu'à ta voiture. »

J'ai demandé, d'une voix un peu incertaine :

« Et quand on n'avait pas de voiture ? Et si l'on tombe aujourd'hui sur un traditionaliste ?

– Alors là, il faut prier qu'il soit végétarien ou rassasié. Ils sont très protégés. Pas question de faire le moindre trou dans leur fourrure.

– Vous êtes marrants dans ce pays ! Et notre peau alors ?

– Ta fourrure est moins intéressante, mon mari chéri. Si ça devait t'arriver, tu n'auras qu'à leur crier : " Je suis Antoine Chabrineau ! ", ça les fera tous s'agenouiller. »

Je lui ai lancé à la tête ce qui m'est tombé sous la main. Ce n'était qu'un coussin de plumes. Lors de nos promenades, j'ai pris l'habitude de jeter un coup d'œil derrière moi.

Les bords du lac étaient très peuplés, affirmait-elle. Mais j'avais du mal à compter plus d'une maison au kilomètre. Elle m'a initié à l'art familial de la pêche. À celui de l'aviation aussi. Elle savait piloter ces petits hydravions Cessna qui sautent de lac en lac par-dessus les immensités vertes. Nous en avions loué un. J'ai tenu le manche, heureux comme un enfant de sentir l'extrême sensibilité de ses commandes. Les pieds bien calés, Livia conservait la maîtrise du palonnier.

Nous n'avons vu personne. Le ciel était perpétuellement couvert. Même les étoiles me laissaient provisoirement en paix. Mes portables ne sonnaient plus. C'est elle qui interrogeait les messageries électroniques : mes mains d'homme des bois ne possédaient plus ce doigté nécessaire à l'usage des claviers. Elle écoutait les informations sur une minuscule radio très rustique qu'elle dissimulait au creux de ses lingeries.

Quand notre séjour approcha de sa fin, elle m'a demandé :

« Tu as aimé ce lac, cet endroit ?

– Avec toi, c'était mon jardin d'Éden ; un peu frisquet le soir, quand même...

– Je ne t'ai pas dit son nom. Le lac Saint-Jean. J'ai fait exprès. »

Le lendemain, un peu avant l'aube, alors qu'elle dormait encore, je suis allé me plonger dans cette eau qui ne dépassait pas six ou sept degrés. Le soleil n'était pas levé. Un léger brouillard s'élevait au-dessus de la surface immobile, en longues traînées fuligineuses. Pas le moindre souffle de vent. Dans le silence absolu, seul était audible le léger friselis de l'eau du lac Saint-Jean sur ma peau de Christ dévoyé.

J'ai compris plus tard que j'avais cherché une sanction ou un accord. Un signe quelconque. Que l'eau glaciale se mette à mon contact à bouillir ; qu'un monstre jailli des abysses me saisisse pour me reconduire en ce royaume qui était le mien et dont j'avais perdu le souvenir. Mais ce n'était qu'un mauvais rêve. L'eau, à la longue, s'est faite plus douce. Elle a cessé de m'écraser la poitrine de sa température de banquise. J'en suis sorti frigorifié mais renouvelé, propre et absous. Nous sommes repartis vers Chicoutimi. Dans le dernier survol du lac, Livia a précisé :

« Je crois que le lac n'est pas dédié à Jean l'Évangéliste, celui des derniers temps du Christ.

– Il y en avait donc deux ?

– Tout à fait, un à chaque bout du Nouveau Testament ; l'auteur de l'Apocalypse est le second. Le premier ouvre la voie au monde chrétien ; tu ignores même ça ? C'est lui qui annonce le Christ et même le baptise dans les eaux réputées froides du Jourdain. Notre lac est pour celui-ci. »

Nous avons échangé le Cessna contre un gros camping-car. Évitant Montréal et Ottawa, en honnêtes pionniers, nous avons mis le cap sur l'ouest. De lac en forêt, de forêt en lac, nous avons abattu des milliers de kilomètres avec la sensation étrange que cette route n'aurait jamais de fin. La nuit, nous nous arrêtions au hasard, parking ou orée de forêt plus déserte que le Sahara ; ou bien nous faisions halte sur un immense terrain de camping occupé par des vieillards itinérants surpris par notre jeunesse.

Entre Winnipeg et Regina, nous avons aperçu notre premier ours. Il se tenait bien droit entre deux arbres, tout près de la route, comme s'il faisait du stop ou attendait sagement pour traverser. Il devait faire deux mètres de haut et dégageait une froide sauvagerie. Il nous a posément suivis de son œil noir, un peu trop inexpressif à mon goût.

« Quelle bête ! a commenté Livia.

— J'espère que celle qui descendra mon escalier à Paris sera moins inquiétante. »

Elle n'a pas compris. Alors, je me suis libéré de la vieille légende en la lui racontant. Mais, au lieu de l'amuser, cette histoire l'a effrayée et angoissée.

Passé Calgary, nous sommes montés à l'assaut des montagnes Rocheuses, barrière de pics sauvages de plus de trois mille mètres. Ce fut ensuite la longue descente vers Vancouver, où nous allions nous séparer. Vancouver ! Un nom qui restait, pour l'Européen que j'étais, chargé de tous les exotismes, de toute la magie des ports inaccessibles. L'ombre romantique de Jack London devait errer sur ses quais lugubres en quête d'un navire pas trop cher pour le Klondike et son mirage de l'or. La ville-frontière, porte de la lointaine Asie, gardait dans ses flancs le souvenir d'un espoir endormi.

Mais Vancouver est triste aux amants qui se séparent. Livia poursuivait par un vol direct sur Hawaii. Quant à moi, Paris m'attendait. Durant ces longs mois nomades, nous étions définitivement devenus mari et femme. Par la grâce du camping-car qui nous avait fait subir avec succès l'épreuve de sa redoutable et permanente promiscuité. Nous l'avons franchie sans y penser, main dans la main, en chantant à tue-tête ces comptines qu'elle avait apprises enfant, et que je n'avais jamais eu le temps de connaître.

# 24

J'ai pris de bonnes résolutions. Ne plus jamais rater une seule nuit dans mon île montmartroise. Résister à l'envie de réinstaller une barrière naturelle sur les marches de mon escalier. Renouer avec les amis et les collègues. Tacitement, jamais personne ne faisait allusion à cette espèce de folie qui s'était construite autour de mon image. Beaucoup moins absorbé par les charges présidentielles, j'ai repris avec bonheur le chemin de mon laboratoire d'astrophysique. J'avais soif d'anonymat et de routine. J'avais l'impression d'être arrivé au terme d'un interminable voyage au bout de moi-même.

Cependant, tout ne se trouvait qu'en veilleuse.

Un jour, Jacqueline est arrivée en larmes. Paul Blasco, son étudiant thésard pour qui j'avais décroché un séjour à Lascaux, s'était suicidé. D'après elle, rien ne pouvait justifier son geste. Un caractère solide, déterminé, un passionné, actif et sans faiblesse connue. Bien qu'absorbé par la fin de ses études, il voyait cependant son amie – avec qui il ne cohabitait pas – plusieurs fois par semaine.

C'est elle qui, ne parvenant plus à le joindre, avait alerté ses proches qui l'avaient trouvé pendu avec sa ceinture à un anneau métallique fixé dans le plafond. Son travail de thèse était pratiquement bouclé. Ne manquait que le chapitre sur Lascaux, où il devait se rendre au début de la semaine suivante.

Sa mort semblait avoir été méthodiquement organisée. Ses quelques affaires avaient été réparties dans des cartons

portant chacun le nom du destinataire. Il ne laissait aucune lettre derrière lui. À vingt-six ans, Paul Blasco avait mis fin à ses jours. N'aurait-il été que le procureur exemplaire d'une humanité en quête de son châtiment ?

Il avait pris un dernier repas préparé par ses soins, tiré les rideaux de son unique pièce et coupé la lumière. Il avait surtout consciencieusement brûlé dans son lavabo tous les documents ayant trait à sa thèse. Originaux d'imprimante, photocopies, pièces de référence, supports bibliographiques, rien n'avait échappé à cette volonté presque inhumaine. Il avait systématiquement détruit toutes ses disquettes sans oublier les disques durs de son ordinateur, qu'il avait mis en pièces avec la même froide obstination. Comme s'il avait voulu céder la place et tout emporter avec lui.

La cérémonie funèbre s'est déroulée dans le petit village près de Reims où il était né. Le prêtre nous a demandé de comprendre le désespoir et de pardonner la souffrance qu'involontairement il imposait à ses parents et à ses amis. La responsabilité en incombait à ce monde aveugle, tourné vers des valeurs qui ne pouvaient engendrer que le mal.

Il ne me quitta plus un instant des yeux.

« Derrière tant de désespérance, s'enflamma-t-il, se trouve une société inspiratrice et souvent un inspirateur. Interrogeons-nous chacun en notre cœur, avons-nous répondu à ses véritables attentes ? Qui d'entre nous l'a poussé à cette terrible extrémité ? Qui a indiqué la fausse route de l'orgueil à cette jeune âme pour mieux la livrer au Malin ? Ce péché, mes frères, ne conduit qu'à l'abîme ceux qu'il entraîne avec lui. Je vous le dis, le silence de ce cercueil est un cri vers Dieu, cette mort injuste appelle pénitence, cette jeunesse brisée est le commencement de notre punition ! »

Quelque temps plus tard, Jacqueline m'a donné, à moi qui lui avais offert Lascaux, le reste de son travail qu'elle détenait : doubles annotés, corrections en cours, graphiques et tableaux qu'ils élaboraient ensemble.

« Depuis New York et Kourou, tu étais devenu son dieu, même si tu ne t'en es jamais rendu compte. Voilà ce que je te propose : prends tout le paquet. Lis-le. Ce sera une façon de le ressusciter quelques heures. Tout ce qu'il faisait était si original. »

J'ai mis le paquet en attente sur la troisième marche de mon escalier.

Au radio-observatoire de Nançay, en Sologne, nous allions tenter de suivre l'approche finale de notre force de frappe. J'étais sans angoisse. Mes quarante-sept cavaliers se ruaient avec détermination sur leur cible. Aucun ne manquait à l'appel. Les quarante-sept ogives ont été armées par le système expert embarqué que nous avions conçu comme un véritable directeur de vol. Nous remettions à la machine le pouvoir de décision. Toute information demandait quatre cents secondes pour nous parvenir; de même que tout ordre envoyé. Ce que nous observions dans notre réel se trouvait déjà révolu depuis sept minutes. Le temps direct avait perdu toute signification.

Hubble et le satellite NASA, sur son orbite polaire, étaient chargés du contrôle ultime en visuel, tandis que nous nous chargions de la partie fréquences-radio. Mes quarante premières charges devaient être mises à feu lorsqu'elles passeraient au plus près de la comète. Compte tenu des vitesses absolues qui s'additionnaient, la fourchette d'exécution était de plus ou moins cinq millièmes de seconde. Le Président et tous les ministres avaient tenu à faire le déplacement.

Comme à Kourou, les premiers tirs allaient capter l'attention de la planète. Nous suivions un double timing. Un temps dit réel-réel qui, ne tenant pas compte de l'incontournable décalage des quatre cents secondes, décrivait un présent théorique sinon désiré. Et un temps réel assujetti à ce que nous confirmaient d'effectif nos récepteurs locaux.

Au top de H.R/R, un voyant rouge s'est allumé sur l'affichage central tandis qu'une voix chargée d'émotion a crié dans nos casques de contrôle : « Séquence ! » Les quatre cents secondes suivantes ont été les plus longues de ma vie. Le Président était derrière moi, la main sur mon épaule.

« Et si ça n'explose pas ?

– Ça explosera, monsieur. Ça explosera parce que je le veux. »

Il y a un an, à Kourou, j'avais chargé mon premier cavalier de mes ondes de violence. L'âme de l'engin et mon propre esprit avaient été les pôles d'une profonde inter-action. C'était un peu de mon mystère qui voguait aux confins de mondes que les hommes n'approcheraient pas de sitôt. Je l'avais posé au creux de l'encolure, lié aux longues mèches de la forte crinière de mon destrier d'armes.

Et voici que je suis infiniment plus là-bas que dans cette salle d'impuissance. Par moins deux cent cinquante-huit degrés, je vais furieusement vers mon éclatante cible. Je suis l'ogive et son vaisseau porteur. Mes ordinateurs enfin réveillés de leur longue somnolence ont déchaîné leur puissance de calcul tandis que la Belle Dame Blanche fonce vers moi, auréolée de toute son ardente gloire. Le spectacle est d'une beauté insoutenable. Mon regard électronique dévore le corps cométaire plus étincelant qu'une perle de métal chauffée à blanc, le caresse de ses fréquences glacées. Je vole vers mon plus grand rendez-vous d'amour.

Plus que quelques milliers de kilomètres, juste une modeste poignée de ces secondes, élastiques et compressibles en tous sens. J'ai peur soudain. Je suis l'arme de l'Apocalypse. Vais-je la décevoir? Que peut-elle ignorer encore de ma trahison, puisque tout est inscrit dans les pages de cette aberration de nos sens que nous nommons le Temps?

Pour le cosmos, il n'y a ni cruauté ni douleur. Rien que le jeu machinal et inerte de la matière réduite à son essence.

C'est elle qui a donné l'ultime impulsion. L'ordre tranchant a jailli de son cœur à l'instant même où le lançait ma créature. Il est venu de partout à la fois, comme un long cri projeté par mille gorges. « Viens, m'a-t-elle murmuré, allume pour moi cet enfant-soleil qui dort encore en ton sein. » Au point précis et choisi par elle, à l'instant parfait, la température en mon cœur de deutérium-tritium est soudain montée à vingt millions de degrés. L'onde brûlante de mon amour a embrasé ces lieux consacrés aux ténèbres. Le torrent de particules de ma semence royale a inondé son corps qui se tendait vers moi. Elle a répondu à mon premier et fécond suicide par l'orgasme puissant de ses sources profondes, inondant l'espace entre nous du torrent impétueux de sa longue et vaporeuse jouissance, jaillissant en geysers au ciel obscur de notre lit nuptial.

Ce fut si court. Déjà, elle était si loin.

Un énorme vacarme m'a rendu à ma part terrestre. Partout hululaient nos récepteurs. Des klaxons déchaînés se répondaient d'une salle à l'autre. Tous les écrans de contrôle, inondés de ce flot d'informations qui nous parvenaient enfin, délivraient le même message, tandis qu'une stridence à vriller les crânes signalait la naissance du feu thermonucléaire. Dans la salle des VIP, toutes les enceintes reliées à l'interminable ligne de nos antennes paraboliques beuglaient sans discontinuer, assourdissante symphonie dédiée à la victoire de l'homme éternel. Tous, techniciens, ingénieurs, informaticiens, ont lancé en hommes de la Terre un : « BUT ! » si puissant qu'il s'est répercuté jusque dans mes écouteurs. Un charivari indescriptible. Alors, j'ai compris que toutes ces centaines de gorges m'acclamaient.

Pendant plusieurs minutes, mon nom a été martelé, scandé, loué à tue-tête. Mais, très vite, nous avons dû replonger dans l'analyse de l'océan de données qui nous parvenaient de partout. Le coup au but était sûr, confirmé ; le résultat, inégalable. Un triomphe. Une fois nos évaluations certifiées, on nous a retransmis sur écran géant le visuel obtenu par Hubble.

Sur un fond noir d'encre, au centre d'une image un peu tremblante, la tache déjà floue de Diaz-Nostro, point rendu immobile par la distance, voilée par son cocon de gaz et de poussières avec, s'étirant sur la droite, le trait distinct de sa queue de vapeur. À la base de l'écran, le défilement d'un décompte électronique en millièmes de seconde. Au temps H moins 2, un point de clarté infinitésimale apparaît sur son flanc gauche. Même pas un timide éclair, même pas l'intensité de la plus faible étoile. Juste l'équivalent d'une pointe d'aiguille, dont il nous fallut amplifier la luminosité pour que tous la distinguent.

Nous avons pu suivre sa courte vie sur l'étal d'une interminable seconde de temps. Et puis le cosmos a repris ses droits, recouvrant de son manteau d'obscurité cet arpent de domaine que nous avions occupé par surprise.

Le triomphe comme le malheur n'est qu'affaire d'habitude. L'infernal cycle des rendez-vous de la douzième heure est redevenu notre règle. Le second tir égala son aîné en perfection. Mes cavaliers étaient incomparables. Le Diable lui-même n'aurait pu faire mieux. À Kourou, c'est mon dix-huitième cavalier qui s'était abattu sur le continent des origines de l'homme. À Nançay, ce fut le numéro vingt-quatre. Comme le quantième du jour de ma naissance. Quatre fois six, quatre jolis 6 associés, aurait encore diagnostiqué Livia... Comment faisait le monde pour ne point encore discerner la marque de la Bête, la signature de l'Antéchrist, sous cette répétition que nulle probabilité n'aurait su justifier ? Comment faisait le monde pour ne point m'avoir encore mis au jour ?

Le vingt-quatrième cavalier, pourtant éveillé, pourtant aux aguets, refusa de s'offrir sur l'autel de l'annihilation. Il n'y eut point allumage ; la charge resta inerte. Le rêve approché s'éloigna sans merci. Le vaisseau demeuré matière devenait vaisseau fantôme.

Un jour, quelque part dans le gouffre de l'espace-temps, une autre vie de hasard s'interrogerait sans fin sur cette graine de cœur d'étoile, ce bébé-soleil à la peau métallique et glacée qui se serait perdu dans sa propre maison.

Quarante-six coups au but. Tel fut notre bilan. Tous les calculs allaient dans le même sens : Diaz-Nostro allait éviter la Terre. L'humanité était sauve. L'humanité allait poursuivre sa marche. Le troisième millénaire balbutiant ouvrirait sur un quatrième et non sur les rivages du Styx. Nous avions modifié la trajectoire de la Grande Dame Blanche d'un écart trois cents fois plus petit qu'un angle de un degré. Mais, au niveau de la planète, cette valeur micrométrique représentait presque un rayon terrestre : six mille kilomètres !

Nourris de ces données, nos ordinateurs ont établi leur verdict : Diaz-Nostro passerait au large, entre quatre et quinze mille kilomètres, puis contournerait le soleil avant de reprendre le long chemin de retour vers les abysses dont le Diable l'avait tirée. La probabilité d'impact cessait d'exister.

Mais pour l'opinion, seuls nous avaient menacés les poisons gazeux de sa longue traîne. L'humanité échappait, non à l'Apocalypse certaine, mais à l'asphyxie probable. Le mensonge charitable se révélait impossible à stopper. La vérité dormirait quelques siècles, le temps que la révélation de l'escroquerie n'éclabousse plus que des tombes disparues et des mémoires oubliées.

Ainsi en fut-il décidé dans le secret des palais nationaux et des conférences au sommet. C'était cela l'Histoire. Toutes les pièces, les documents, les montagnes de notes, les colossaux travaux informatiques, toute cette pyramide d'informations fut engloutie dans le trou noir du Secret-Défense sous le bienheureux prétexte de l'argument nucléaire. Il ne resterait rien de la grandeur de notre combat.

Dans les fêtes et autres réjouissances, l'an 2005, qui venait tout juste de naître, fut officiellement déclaré année de la renaissance mondiale. J'avais vaincu les prophéties, vaincu les malédictions du destin, abattu le socle des idoles. J'avais brisé et foulé aux pieds toutes les vieilles croyances et libéré six milliards d'esclaves. J'avais porté à bout de bras l'épée du refus, brandi la mort et récolté la vie. Chaque être qui naîtrait dorénavant, au-delà de sa filiation, serait aussi mon fils.

J'ai connu une période d'ivresse totale, une sorte d'embrasement permanent qui, en me consumant, me régénérait sans fin, renaissance entretenue par l'infinie gratitude des peuples terrestres. Oublié l'Est africain en proie à la mort radioactive. Disparu le Nil devenu source de désolation et de ruines. Rayé des mémoires le lac Victoria désormais interdit jusqu'à vingt kilomètres de ses rives. La victoire absolvait l'horreur. Le crime appelait récompense. Ce fut pour moi comme un lent électrochoc.

Brûlant les étapes des grades intermédiaires, l'Élysée me décerna la Grand-Croix de l'ordre de la Légion d'honneur : « Antoine Chabrineau, en vertu des pouvoirs qui me sont conférés et au nom... »

Le Président voulut que mon plaisir soit complet. Livia se trouvait en tête des invités. Belle comme jamais.

« Si tu savais comme je t'ai admiré à ce moment-là. Et sur ton visage se superposait sans cesse le souvenir de ma déclaration d'amour de Venise. Tu étais si beau déjà...

— Étais ? ai-je interrogé insidieusement.

— Par contre, tu es idiot, et cela en permanence ! »

Nous étions au cœur de la réception donnée en mon honneur. Le Président avait accordé les grands salons. Dans ce décor à couper le souffle des plus blasés, une foule très cosmopolite représentant toutes les ambassades se pressait autour de nous. Elle s'est rapprochée de moi et, profitant d'une accalmie entre deux conversations officielles, elle a murmuré à mon oreille :

« Dis, s'il te plaît, fais-moi un enfant tout de suite... »

Et elle a enfoncé des ongles d'acier dans le dos de ma main. Paris allait surpasser Venise.

« Au milieu des petits-fours, ça va faire désordre.

— Peu m'importe ! J'ai envie de toi tout de suite. »

Nous nous sommes éclipsés vers mon bureau. Il n'y avait pas de volets aux larges baies vitrées et, bien sûr, pas l'ombre d'une surface horizontale et matelassée de plus d'un mètre de long. Mais les moquettes du pouvoir sont les plus épaisses du monde. J'ai masqué l'objectif des deux caméras de surveillance avec les sous-vêtements que je lui arrachais. Il m'a fallu dix bonnes minutes pour retrouver ensuite, au milieu du capharnaüm de ce nouveau coup de foudre, la trace de ma décoration toute neuve.

« Une petite fille, conçue dans un palais républicain, tout au sommet de l'autorité et au cœur de la victoire, que pourrions-nous souhaiter de mieux ?

— Tu sais, répondit-elle d'un ton confus, je crois que ce ne sera pas encore pour cette fois : je n'ai pas pensé à faire retirer mon implant contraceptif.

— Quoi ! ai-je répliqué sous l'affectation d'une fausse colère, je viens de gâcher pour rien dix bons centimètres cubes de ma meilleure semence ?

— Ainsi, répondit-elle en éclatant de rire, tu mets de l'orgueil jusque dans tes modestes génitoires ?

— J'en ai tellement. Je ne sais plus où le caser. »

Et puis soudain, changeant de ton et de voix, je lui ai dit que je l'aimais, que j'étais né à la vraie vie à l'heure où j'avais touché son visage, et que je m'y maintiendrais tant que je pourrais le faire encore et encore. Qu'elle resterait à moi tant que nous serions en vie et bien au-delà de notre mort, et encore plus loin même, car l'éternité serait un cadre trop étriqué pour contenir tout le feu de ma passion pour elle. Sur cet infime vecteur de temps, elle constituait mon port d'attache, mon ancre la plus sûre, la seule planète que je voudrais sauver au prix des plus grands massacres. Parce qu'elle n'était pas à moi, elle était moi. Mais surtout j'étais elle et plus rien d'autre.

Elle m'a dit que maintenant elle savait. Notre enfant du futur jaillirait à la vie et naîtrait au monde à Hawaii, parce que c'était l'une des portes secrètes des entrailles du monde.

Parmi le chapelet d'îles déchiquetées et tourmentées qui formaient l'archipel, il en était une encore sous-marine, que son activité volcanique ferait un jour émerger sous le ciel de Dieu et, ajouta-t-elle, d'Antoine Chabrineau. Mais il fallait encore patienter quelques milliers d'années, entre cent et deux cent mille, d'après les géologues. Son nom était déjà fixé : elle s'appellerait Loihi.

« Nous l'annexerons ! décidai-je. Et je la nommerai " Livia Island ", et puis, nous la peuplerons de notre descendance de seigneurs.

– Serons-nous éternels ? » a-t-elle demandé d'une toute petite voix.

J'allais lui dire que même les démons l'étaient par naturelle prérogative et qu'ils portaient le Temps comme l'air porte l'oiseau, quand mon téléphone élyséen a grésillé.

« Alors, monsieur le Grand-Croix, déjà plongé dans quelque dossier urgent ? Rejoignez-nous, venez nous entretenir de votre proie spatiale, tandis que je ferai plus ample connaissance avec Mme Chabrineau, si vous voulez bien me la prêter quelques instants. »

Dans les semaines qui suivirent, il fallut que je sois partout, distribuant mon image et ma voix comme si j'avais tout fait tout seul. Je dus me soumettre à plusieurs reprises à l'extraordinaire torture des conférences de presse.

L'excès apparaissait là où on l'attendait le moins. La dernière trouvaille des Nations Unies me parut d'abord être un canular monté de toutes pièces par les humoristes du cabinet présidentiel. S'inspirant de deux précédents célèbres, celui de Mohandas Gandhi et de Mustafa Kemal, le premier vénéré comme père de l'indépendance indienne et le second père des Turcs sous le nom d'Atatürk, l'Assemblée générale venait de m'attribuer à l'unanimité, aux quelques abstentions près de l'Afrique tropicale, le titre nouveau et suprême de « Père du futur ». Il fallut au Président toute une nuit d'âpres discussions pour me contraindre à accepter.

Une cérémonie ultra-rapide fut organisée à Paris, au siège de l'Organisation. J'obtins que soit créé un fonds spécial pour aider mes victimes et reconstituer, quand il en serait temps, le biotope que j'avais saccagé. J'accordai l'usage de mon nom à une marque japonaise de télescopes qui en centupla ses bénéfices en quelques mois. C'est ainsi que j'ouvris le fond de réparation mondiale de l'ONU. Dans de nombreux États asiatiques et sud-américains, se mirent à circuler des millions de petits livrets détaillant par le menu l'histoire inventée de ma vie. Je n'en eus jamais en main. Mais le texte et l'iconographie en étaient délirants ; jamais nulle divinité n'avait reçu tant de louanges. C'est vers cette époque que j'ai demandé à reprendre à plein temps mes activités d'avant la grande menace. En vain.

« Vous ne vous appartenez plus et vous le savez, trancha le Président. Coupons la poire en deux. Retournez à vos laboratoires et à vos chers étudiants. Rejouez à l'homme d'avant que vous n'êtes plus, si ça vous chante. Mais je vous protégerai malgré vous. Envers et contre tout, je vous maintiens à la fonction de conseiller spécial-chargé de mission. Moi aussi je sais être têtu, nom de Dieu ! »

La Grande Dame Blanche était maintenant visible dans le ciel, et commençait chaque nuit d'offrir ses séductions à six milliards de curieux passionnés.

Quelques semaines plus tard, mon nom finit par se retrouver accolé à ceux des découvreurs de la comète. Elle devenait contre toute règle « Diaz-Nostro-Chabrineau ». J'eus beau me démener, je ne pus empêcher l'UAI d'entériner la volonté de la *vox populi*.

C'est le vieux Michel de Nostre-Dame et son quatrain III-66 qui devait être content : le Christ rejoignait enfin, et pour de bon, son préféré, saint Jean l'Évangéliste, pour que débute le dernier acte.

Celui-ci ne tarda guère. Il prit la forme d'une convocation élyséenne. Le Président avait sa tête des mauvais jours.

« Votre satanée comète vient de nous jouer un sacré tour. Je me répète que vous n'y êtes pour rien. Bon, je vous écoute.

— Mais je n'ai rien à vous dire. C'est moi qui vous écoute, monsieur.

— Ainsi, vous ne savez rien. Eh bien, les nouvelles ne sont pas bonnes. La trajectoire de votre comète vient d'être recalculée : elle va passer à vingt-trois mille kilomètres de notre planète. »

Nous nous sommes longuement regardés. J'ai eu l'impression qu'il souriait. Il a dû répéter le nombre. Jamais nos quarante-six missiles n'auraient pu faire autant. La conclusion était simple.

« Diaz-Nostro-Chabrineau, DNC comme l'on dit maintenant, n'a jamais menacé la Terre. »

Tout cela n'avait été qu'un médiocre guignol. Je n'ai su que balbutier :

« Seigneur, qu'ai-je fait ? Que de désordres pour rien ! Que de sang !

— Vous n'avez fait qu'obéir, Chabrineau.

— Non. J'étais l'âme unique, l'inspirateur et le commandement. Je suis responsable de tous ces crimes et je n'ai même pas d'alibi.

— Vous avez utilisé les données que l'on vous a fournies.

— Vous faites fausse route vous aussi. Vous ignorez ce que j'ai découvert. Il s'agit d'un rendez-vous fixé depuis vingt siècles : l'Apocalypse, la lucidité de saint Jean, la Bête et l'Antéchrist. Un jour je vous dirai pourquoi il fallait que je m'appelle Antoine Chabrinost. J'étais vraiment manipulé ; mais vous n'imaginez pas par qui...

— Je ne comprends pas un traître mot de ce que vous me racontez. Vous m'énervez, Chabrineau, mais je ne peux m'empêcher de vous admirer tout comme quelques milliards de naïfs. »

Je me suis enfoncé dans cette crise d'une manière chaotique et définitive. Tous ont tenté de m'aider ; jusqu'à M. Schutz qui sut trouver les mots pour me faire sortir de cette terrible dépression qui venait de me saisir.

Livia a assumé à distance plus que sa part de mon malheur. Mais ce fut en vain. Plutôt que de me plaindre, elle choisit alors de me bousculer.

« Que cherches-tu à rattraper ? Quel est ce crime mystérieux que tu essaies de racheter à n'importe quel prix ? Qui donc un jour as-tu négligé de sauver ? C'en est fini du Christ et du péché originel... »

Je restai silencieux le reste de la semaine. Ce fut elle qui rappela.

« Je descends à Hilo pour une messe en langue hawaïenne. Acceptes-tu que je prie pour toi ?

– Je refuse ! Je te l'interdis ! Et pour une raison que tu m'as donnée : si c'en est fini du péché originel, alors c'en est fini de Dieu.

– Mais il n'y a aucun rapport entre ces deux points.

– Si ! Et je sais maintenant comment il faut considérer cette maudite théorie. »

Elle a crié « Tais-toi ! », mais j'ai poursuivi :

« Si Dieu n'existe pas, alors le bien cesse d'être. Il est donc inutile de le chercher. Et cela correspond à la réalité effective. Sans le bien, le mal ne peut que disparaître aussi. Cette découverte est fantastique car elle vient à son heure : elle ouvre le monde de demain. Ce qui vient de m'arriver en est la meilleure preuve. Nous faisions fausse route ; il n'y a ni codes, ni lois, ni juges. Le crime est au sommet de tout.

– L'amour humain le surpasse !

– Non ! C'est une illusion ! »

Sur l'écran, j'ai vu qu'elle pleurait, mais je devais aller jusqu'au bout.

« Je suis tombé dans ce dernier piège. Ma vie entière n'a été qu'une succession de pièges que je n'ai su éviter. Écoute : si Dieu n'existe pas, alors le Diable non plus. Je lui échappe donc ; même dans l'horreur, je suis libre. Livia, je t'en prie, dis-moi que Dieu n'existe pas !

– Jamais ! Jamais je ne pourrai me parjurer ! Antoine, je crois que tu m'as trompée sur tes sentiments.

– C'est le contraire ! C'est maintenant que je comprends pourquoi je t'aime. Il me suffit de ton sourire, ta voix, une gifle à Venise et dans notre ciel une comète de temps à autre. Livia ! Le ciel est vide, et ce monde est beau. Beau comme la souffrance et la mort inutile.

– Arrête ! Tu dois t'arrêter !

– Livia, je t'en supplie, dis-moi que Dieu et Diable n'existent pas... »

Mais elle n'a rien dit, elle ne pouvait pas. C'est donc que j'avais tort. Je me suis mis à trembler de froid. J'ai continué en hoquetant :

« Dieu existe donc mais il a livré ce monde au Diable. J'en suis la preuve vivante. Il nous a livrés dès la création. Il se moque de nos malheurs et de nos prières. Sais-tu ce qu'il aurait dû faire de la comète ? »

Elle secouait la tête mais rien ne pouvait plus me stopper.

« Il devait la dissoudre, l'écarter. Faire ce que j'ai fait, mais mille fois mieux et mille fois plus vite. C'était son devoir de Père aimant. Un amour, ça se protège. Je me battrai pour ce que j'aime, je mourrai pour toi ! Regarde ce qu'il m'a laissé faire : cent millions de morts pour écarter une comète qui ne devait pas tomber ! Qui peut soutenir qu'il aime l'humanité ? Si ton Dieu existe, il n'avait pas le droit. Et le Diable, où donc se cache-t-il ? De qui suis-je le fils ? Lequel des deux m'a cette fois envoyé parmi vous ? Qui dois-je servir ? Je n'ai pas de message à transmettre. C'est toi seule qui es l'âme de mon royaume et le cœur de ma maison. Écoute la vérité, Livia : non seulement Dieu est mort, mais en plus il s'est suicidé. Grâce à toi, je sais maintenant qui est le maître de ce monde et à qui je dois obéir.

— Eh bien moi, dit une voix à dix-huit mille kilomètres, je ne pourrai jamais te suivre dans cette impasse bordée d'abîmes. Qu'importent tes blasphèmes, tes outrages et tes sacrilèges ! Où est passé le savant sûr de lui, conquérant et timide, le modèle vénéré de tous, l'homme d'action qui négligeait les honneurs pour la lumière des astres ? Réveille-toi ! Guéris-toi ! Lucifer n'a pas eu de fils.

— Nous sommes tous ses enfants ! Et moi celui qu'il a choisi.

— Tu te trompes, Antoine. Tu devais devenir meilleur. Es-tu toujours celui que j'ai aimé ? »

L'écran est redevenu gris sombre. Ma maison terrestre venait de se dissoudre.

# 25

J'accepte mon destin. Je suis redevenu celui que je n'aurais jamais dû cessé d'être. Je laisse les morts enterrer les morts, je commence à négliger la Présidence et j'ai repris mes activités de chercheur astrophysicien pour lesquelles je suis fait et dont rien n'aurait dû me distraire. Enfin, je refuse de prêter l'oreille aux bruits qui me rangent déjà parmi les futurs prix Nobel. En se dégageant des tombes des défunts, mon domaine a retrouvé sa place au-dessus des nuages.

Je me suis réveillé peu à peu, lentement, comme l'on revient avec prudence d'un trop long voyage. J'avais commis une lourde erreur en quittant le seul monde qui m'avait apporté la paix de l'esprit. Le rêve des comètes, les voiles des Dames Blanches n'auraient jamais dû m'en détourner. Un mot suffisait à résumer mes actes de ces deux dernières années : ravages.

J'ai renoué avec mes chers observatoires. Malgré la distance, Gary a été le premier à sentir que je n'étais plus comme avant. Il a su rester discret. La Présidence a continué d'exiger de moi un bulletin bimensuel sur la progression de Diaz-Nostro-Chabrineau.

La comète fonçait vers nous à raison de quarante-trois kilomètres par seconde, tandis que Mars, loin derrière, commençait à s'effacer de son souvenir. Le spectacle devenait progressivement grandiose. Elle apparaissait, aux regards et dans les instruments, parée de couleurs fluides. D'étranges et riches teintes pastel chatoyaient entre les volutes claires, mais peu discernables, de sa chevelure avant de se répandre en semis diffus au long de l'éclatante queue.

Sa trajectoire ne recelait plus l'ombre d'une incertitude. Elle devait couper finalement le plan de l'écliptique à quatre-vingt-dix mille kilomètres de nous. Et, dans un mois, survoler la Terre par le pôle sud à vingt mille deux cents kilomètres d'altitude. Seul le vaste océan Indien pourrait saluer son bref et éblouissant passage. Elle traverserait notre voisinage immédiat en moins d'une heure. L'hémisphère austral verrait alors sa nuit illuminée d'un éclat très blanc, très intense, plus éblouissant que la pleine lune. Les spécialistes estimaient probable que l'hémisphère nord en bénéficierait aussi dans une moindre mesure. Diaz-Nostro-Chabrineau devait être, après son périgée, visible en plein jour durant vingt-quatre heures : un gros clou d'argent brillant, festonné d'une longue bannière courbée à l'opposé du soleil.

L'Élysée m'a relancé. Je me suis soumis à la demande. J'ai scrupuleusement obéi. C'était là que résidait la modeste grandeur des subalternes. Le hasard ou la chance m'ont épargné de devoir rejoindre un observatoire au-delà de l'Équateur pour participer aux innombrables expérimentations originales qui se préparaient dans la fièvre. Jamais une comète ne s'était autant rapprochée de nous. Jamais, au contraire des sombres astéroïdes, la moindre Dame Blanche n'avait franchi la barre des cinq millions de kilomètres.

De mes fenêtres Sud, chaque soir désormais, je regardais grossir celle pour qui j'avais failli perdre la raison. La queue, maintenant idéalement positionnée, composait, dans le prolongement de l'énorme étoile, une traîne à la luminosité toujours plus éclatante. Son déplacement devenait presque sensible à l'œil nu, surtout dans les derniers jours avant sa plongée vers les régions australes.

La nuit, lorsque mon île acceptait de réduire tous ses éclairages intérieurs, il se mettait à flotter entre ses murs un halo diaphane qui semblait transmettre une vie indéfinissable à toute chose. Bien que sombres, les marches de mon mystérieux escalier s'offraient à l'effet de cette onde. Leur luminescence, en un savant dégradé, ne finissait par s'atténuer qu'aux niveaux supérieurs. Quelque résistance se manifestait encore. Mais la Belle Dame avait vaincu la nuit.

Dans les ultimes moments de visibilité septentrionale, Paris fut illuminé au point que le maire de la ville décréta l'extinction de l'éclairage public sur tout l'axe des Champs-Élysées, du Louvre jusqu'à Nanterre. Le spectacle en devint incomparable.

En cette veille de pleine lune, la lumière de la comète était étincelante, impossible à fixer plus de quelques instants. Jamais la Terre n'avait connu semblable expérience. Certains s'amusaient à lire sous la lumière conjuguée des deux astres. Une jeune fille, belle et brune comme Livia, se retourna vers un garçon que je ne voyais pas et, riant et criant à la fois, elle lui dit :

« Il y a deux lunes ! Regarde, deux lunes. »

Ces mots ont exhumé le souvenir d'une espèce de fou que je n'avais pas cru.

Quarante-huit heures plus tard, la seconde lune avait plongé dans l'invisibilité provisoire de l'écran terrestre. Par la suite, on la discerna mal de jour et depuis l'Europe. Elle filait vers son rendez-vous solaire, le seul qui lui était imposé par les lois de la mécanique céleste. Elle apparaissait légèrement au-dessus de notre horizon sud. Je ne pus voir qu'une fois ce point lumineux qui s'était fait modeste devant l'omnipotence de la royauté solaire.

Ainsi passa dans l'histoire de la Terre, la comète Diaz-Nostro-Chabrineau. Elle devait tout détruire. Mais, rapidement, l'humanité inconséquente oublia jusqu'au souvenir des efforts entrepris pour l'écarter d'elle. Par la suite une étude sur sa nouvelle trajectoire fut publiée dans une très sérieuse revue anglo-saxonne.

Lors de l'engagement de sa route de retour, la comète passerait dans moins d'un an à trente millions de kilomètres de la Terre, côté Nord. Elle aurait alors, par l'effet de la fournaise solaire, perdu dix pour cent de sa masse initiale. Et ne devrait revenir que dans quatre mille huit cents ans. Les humains de cette époque auraient-ils trace des drames provoqués par son premier passage ?

J'ai revu le Président. Il tenait à me montrer qu'il conservait à mon égard une réelle et profonde amitié. Ce que nous avions vécu ensemble en constituait l'indestructible ciment.

« Je vais peut-être vous étonner, mais je crois que je vais garder une petite nostalgie de nos rendez-vous catastrophes. Grâce à votre persuasion, je dispose dorénavant d'un bel abri antiméléore de neuf cents places, quelque part en France, en un lieu classé top secret : deux années d'autonomie totale, tout comme vous l'aviez préconisé. Plus qu'un sous-marin nucléaire, un véritable vaisseau spatial enfoui dans le sol de la planète. Cela vous dirait-il de le visiter ? »

J'ai refusé d'aller voir ce qui désormais faisait partie intégrante de ce que je voulais effacer de mes souvenirs.

« Je dois vous remercier, Chabrineau. C'était bien de jouer à sauver le monde en votre compagnie. Ne vous méprenez pas sur le mot : même dans ses moments les plus dramatiques, la vie n'est qu'un jeu. Nos actes les plus sérieux ne sont que divertissements. Le dernier de tous ouvre sur notre mort. Ce doit être agréable de se dire, à l'heure du grand départ : " Je ne regrette rien, j'ai toujours bien joué. " Eh bien, jouons ainsi encore quelque temps. Je voudrais vous faire un cadeau. Un vrai cadeau cette fois. Pas un de ces hochets à ruban qui s'entassent dans mes tiroirs. Un cadeau spécial, que le pouvoir ou l'argent ne peuvent acheter. Qu'est-ce qui vous ferait envie ? »

Mais je ne voulais rien et je n'avais pas d'idée.

« Cherchez, cherchez ; on a toujours un rêve inaccessible et un peu bizarre : vivre dans l'appartement inoccupé de Gustave Eiffel au sommet de sa tour, ça je peux ; vous imposer sur une navette américaine à destination de la station Alpha, je peux encore ; engager la République à vous dresser l'hommage d'une statue juste après votre mort, je peux aussi. Mais décidez-vous vite. Il me reste peu de temps avant le terme de mon mandat. Tenez, conservez votre téléphone de fonction. Passez-moi un petit coup de fil quand vous en aurez envie. Ça intriguera mes interlocuteurs. Ils se demanderont avec qui je parle aussi légèrement dans les moments les plus sérieux. Dans dix ans, nos personnes, à défaut de notre œuvre, seront bien oubliées, la mienne surtout. »

Je lui ai répété que je ne désirais rien et que dix ans me semblaient bien longs pour atteindre à l'oubli. Il a dit :

« J'ai une sorte de cafard... Vous aussi ? »

J'ai répondu que cela pouvait s'appeler comme ça. Il a paru rassuré.

« Les psys d'aujourd'hui nomment ce phénomène le spleen de la victoire. On se dit : voilà, c'est fini et l'on se sent tout bête devant ces trois mots. C'est le douloureux moment de la démobilisation, du rêve qui disparaît. Mais je ne vous dis pas adieu. »

Mes horaires de présence à l'Institut sont demeurés très souples. Insensiblement, j'ai fini de me rattacher à ma famille d'esprit. J'ai retrouvé mes repères avec circonspection et prudence. Et profité de mes heures de liberté pour redonner vie à mon moulin sans ailes. Au pied de l'escalier dépourvu de porte, j'ai retrouvé la pile de documents de Paul Blasco. Je me suis assis. D'abord, j'ai feuilleté au hasard et puis, j'ai lu. C'était à peu près cohérent, quoique très fractionnel. Le feu en avait détruit une grande part.

À intervalles réguliers réapparaissaient l'écriture hachée et les commentaires catégoriques de Jacqueline Lévy. Ses annotations commençaient souvent par : « Je vous propose... » En dépit des ratures, des rejets presque illisibles, je me trouvais devant un vrai manuscrit bouillonnant de force et porté par une écriture fine, nerveuse.

Dans ce chapitre, le site de Lascaux vivait à toutes les pages. Il y était esquissé un remarquable travail de relevé morphologique animal. Du moins des yeux, de l'extrémité des cornes et des membres, de leurs articulations et de la courbe des queues. Idem pour les quelques personnages présents, auxquels s'ajoutaient les positions de la bouche, des seins, du nombril et du sexe. Plus de cinq cents points topologiques à étudier selon une projection sphérique, à la manière de ce que l'on observe dans un planétarium. Passionnant.

Mais Paul Blasco avait sous-estimé le temps nécessaire. Il lui aurait fallu des mois et des mois pour aboutir. D'autant plus que, selon sa théorie, plusieurs plans temporels avaient été représentés par les artistes de l'époque. Il fallait aussi imaginer les peintures des autres salles comme intégrées par transparence dans le décor de la salle principale. Relevés laser et reconstitutions informatisées seraient alors les bienvenus. Mais par dizaines.

La dernière des soixante pages du chapitre laissait son lecteur sur une faim d'autant plus forte qu'irrémédiable. J'ai réfléchi encore pendant une semaine. Et puis, j'ai franchi le pas.

Comme toujours, trente secondes pour avoir le Président.

« C'est au sujet du cadeau.

— Vous tombez en plein conseil, mais vous me faites plaisir ; dites-moi.

— Il s'agirait de Lascaux. »

Il a répété deux fois : « Lascaux..., Lascaux... », retrouvant ce ton de grande surprise que j'avais toujours eu le génie d'éveiller chez lui.

« Est-ce que le site ferme parfois sur de longues périodes ?

— Attendez une seconde. »

J'ai perçu un vague conciliabule, puis sa voix.

« Tous les cinq ans et durant douze mois : élimination des mousses, entretien des supports pariétaux, reconstitution d'une atmosphère neutre, plus tout un tas de modestes travaux. L'art préhistorique a aussi besoin de vacances.

— Peut-on avancer la prochaine fermeture et l'étendre à dix-huit mois ?

— Mais dans quel but ?

— C'est cela mon cadeau, monsieur. Je vous expliquerai plus tard. Si vous pouviez pour la tour Eiffel, alors vous pouvez pour Lascaux.

— Vous ne voudriez pas vous satisfaire de la salle dite de reconstitution ?

— Surtout pas. Je dois travailler sur l'original et l'ensemble des salles, et non dans l'unique pièce d'une pâle copie pour touristes. Ce que je veux y chercher n'a pas été mis au jour par les paléontologistes.

— Oui, est-il convenu dans un vague soupir, je dois pouvoir. Mais ne me dites pas que cela a un rapport avec l'astronomie ?

— Justement si ! Il s'agit même uniquement d'astronomie.

— Vous savez de quel ministère dépend Lascaux. Votre nom passera mal. Surtout quand ils devront annuler tous les séjours de spécialistes qui piaffent d'impatience depuis des mois et des mois.

— J'avais obtenu un créneau de calendrier pour un de mes étudiants. Il est mort. Il s'appelait Blasco, Paul Blasco. Inutile de modifier le nom. Et puis, proposez-leur en échange ces deux cartes que j'ai trouvées un jour tout à fait par hasard boulevard Saint-Michel.

– C'est une idée. Dites-moi, vous êtes certain qu'il s'agit bien d'un cadeau ? Vous n'êtes pas encore en train de vous inventer une croisade ? Rappelez-moi d'ici à une huitaine. »

Je n'en eus pas le loisir. Quatre jours plus tard, mû par une incontrôlable pulsion, je me retrouvai à Roissy, un chétif sac de sport au bras bourré de je ne savais même plus quoi. Faute de réservation préalable, j'allais devoir suivre une route en zigzag par Londres, Mexico, Los Angeles jusqu'à Hawaii. Trente heures entre ciel et terre.

Il me fallait reconquérir Livia. À l'embarquement j'ai eu quelques difficultés avec mon passeport. Il a été contrôlé et recontrôlé. Mon identité semblait au cœur du problème. J'ai cru que j'allais être refoulé.

Les avions étaient tous à moitié vides. Peut-être un effet secondaire de la comète. Dormant ou somnolant la plupart du temps, étalé sur plusieurs sièges, j'élaborais le canevas des phrases qui devaient m'absoudre dans le cœur de Livia.

Tempête tropicale au moment d'atterrir. Le vent siffle par tous les interstices, s'accroche en longues bourrasques aux moindres reliefs de constructions. À tel point que l'on s'entend à peine dans les vastes halls de l'aéroport. J'ai dû parlementer longtemps avant de convaincre un taxi de me conduire jusqu'à Mauna Kea. Me prenant pour un astronome en mission, le chauffeur affirmait, dans un anglais que je comprenais mal :

« De toute façon, même là-haut le vent souffle. Toutes les coupoles sont fermées, alors vous pouvez rester en bas. » Il a ajouté, en roulant, qu'un tel temps n'arrivait qu'une fois dans une vie.

Il était certain que cette diablerie de comète, que le ciel venait de nous envoyer, avait dû fiche en l'air toute la météo de la planète. La violence de la tempête l'a obligé à stopper deux fois.

J'avais gardé un double de ses clés. Son appartement était vide. Bref instant d'angoisse. J'ai cru qu'elle l'avait déserté pour une longue absence. Mais certains signes me prouvaient le contraire. J'ai déambulé dans ses pièces pour refaire sa connaissance, respirer son air et retrouver quelques sentiments oubliés par nous deux à mon précédent séjour. Des sentiments accrochés à ces aspérités invisibles et que la vie sème au hasard pour s'y griffer l'âme. J'ai retrouvé des pensées d'elle posées au coin de son lit, tandis que sur ses étagères guettait, debout en sentinelle, toute une mystérieuse cohorte de bâtons, pinceaux divers, flacons et tubes, silencieusement à l'affût de son retour.

C'était nouveau, des photos de moi me souriaient et me suivaient du regard. L'étalage en était discret mais omniprésent. J'avais acheté, lors de l'embarquement en France, un modeste bouquet d'œillets : « Les roses ne tiendront que quelques heures. Eux résisteront, même privés d'eau. Et ils récupéreront vite, m'avait suggéré la jolie fleuriste blonde. » Sept œillets de Provence, rouge vif, avaient ainsi voyagé sur mes genoux.

Pas de vase pour mes fleurs. Et, dans ma tête, s'étaient perdues toutes ces phrases que je m'étais efforcé d'apprendre pour le moment où elle me découvrirait. Mais bien avant d'ouvrir sa porte, elle avait ressenti ma présence. Aveugle, elle aurait marché vers moi avec la même certitude. Nous n'avons pas parlé, nous sommes juste un peu touché les mains, avons reconnu l'odeur de notre peau. Nous avions retrouvé presque naturellement l'ensemble des gestes ordinaires devenus nôtres au fil de la foudroyante constitution de notre couple.

À l'exception du petit déjeuner qu'elle troquait, il n'y a pas si longtemps, contre mon dîner du soir, elle ne prenait chez elle que de rarissimes repas. En cherchant bien, nous avons découvert quelques antiques boîtes de conserve. J'ai dû les forcer de la pointe d'un méchant couteau. Elle s'est coupée au pouce en m'aidant. J'ai ainsi appris le goût de son sang. D'un commun accord, nous n'avons ponctué notre silence que de quelques mots, comme si nous venions tout juste de nous quitter la veille. À la fois très doux et terriblement douloureux.

Avec la tempête qui ne faiblissait pas, la nuit est tombée très vite. Mais je n'ai pas dû sortir. Les volets étaient, comme dans les châteaux, intérieurs. Vers la fin de notre soirée, l'alimentation électrique a été coupée par un coup de tonnerre plus violent que les autres. Nous sommes restés dans le noir car les groupes électrogènes de l'observatoire n'étaient destinés qu'à sauvegarder la vie silencieuse des gros monstres tapis sous leurs abris de métal.

C'est ainsi que nos corps ont retrouvé nos chemins réciproques. Il régnait dans cette chambre une obscurité de tunnel. C'était bien car, même si elle les a devinées, elle n'a pu apercevoir ces larmes qui coulaient sur mon visage. Elle a dit dans un souffle :

« J'ai fait retirer mon implant depuis deux mois. »

Et puis, quelques heures plus tard, juste avant que l'aube difficile ne puisse se frayer un passage jusqu'à nous, elle a ajouté :

« Tu as tellement tardé. Je t'attends depuis si longtemps... »

Je n'ai pas eu la force de lui dire qu'il avait fallu que je la préserve de la fièvre maligne qui avait failli me détruire. D'un commun accord, nous n'avons plus parlé de la comète ni de ce vent de folie qui, comme celui qui se ruait encore sur cette maison, finissait d'assiéger la Terre.

Au fil des heures et des jours qu'elle a pu voler à sa tâche, nous avons patiemment redécouvert toutes les raisons secrètes que, chacun, nous avions de nous aimer. Nous avons fait l'amour, encore et encore, dans la volonté acharnée de gommer de nos mémoires toutes ces semaines perdues. L'une des dernières fois, alors qu'épuisés, brisés de plaisir, nous gisions immobiles, serrés l'un contre l'autre, elle a demandé :

« Sais-tu bien ce que nous sommes en train de faire ? Mesures-tu la gravité de ces instants de notre histoire ? »

Je lui ai dit :

« C'est un bout du paradis qui nous effleure ; il nous laissera bien emmener l'un de ses anges. »

Il paraît que nous serions restés ensemble plus d'une dizaine de jours. Du moins tous les calendriers l'affirmaient. Mais j'ai toujours soupçonné l'effet d'un méchant tour qu'ils nous auraient joué. Constitués de feuilles et de médiocres gravures, ils régissent la vie de la Terre et non pas celle qui anime le cœur des amants.

C'était sans importance. Plus rien désormais n'en avait. Nous allions vivre. La Terre allait vivre. L'avenir qui avait repris sa marche en avant venait de marquer d'une invisible fleur le ventre lisse et chaud de Livia.

Même dans les îles les plus lointaines les journaux portent des nouvelles. Elles sont presque toujours sans importance : ce qui importe vraiment, nul ne le voit et on ne le sait qu'après. Ils m'ont appris que les élections présidentielles françaises se dérouleraient dans un mois. Tous les éditorialistes s'accordaient sur la victoire de l'opposition. Si je ne me pressais pas, Lascaux me deviendrait inaccessible.

Je le lui ai expliqué. Mais elle savait déjà, à la progressive brièveté de mon sommeil, que mon départ était proche. Elle m'a parlé de son projet de quitter ce bout du monde pour un poste d'astronome-enseignant à l'observatoire du mont Mégantic, à Notre-Dame des Bois, dans l'État du Québec. Elle a ajouté sans rire :

« Tu te rends compte, il n'y aura plus que sept mille kilomètres entre nous. »

J'ai récupéré mon vieux fourre-tout, pris un billet retour sans trop de détours. À Hilo-International, juste avant de nous séparer, je lui ai demandé :

« Quand est-ce que nous pourrons savoir avec certitude ? »

Nos regards accrochés l'un à l'autre, elle a répondu, comme à une question sans importance :

« Six semaines, probable; deux mois sans risque d'erreur. »

Mais ses yeux trop grands démentaient la légèreté de nos propos. Nos mains ne parvenaient pas à se détacher. Une existence nouvelle s'offrait à nous. Les nuages mêmes avaient disparu, balayés par ces vents de tempête qui m'avaient suivi jusqu'ici pour mieux y mourir.

# 26

À partir de Périgueux, dans ce décor particulier à la Dordogne qui hésite entre emprise de la forêt et empreinte humaine, la route suit un tracé ondoyant. À partir de Thénon, elle rétrécit et commence son imperceptible ascension. À Montignac, but de mon voyage, j'ai découvert un gros bourg très sympathique de près de quatre mille habitants. Sa touche méditerranéenne lui vient d'un agréable micro-climat et de cette atmosphère de vacances qu'apportent avec eux les innombrables amateurs d'art paléolithique.

Depuis maintenant quarante ans, les merveilleuses salles se refusent au public. Les raisons en sont : l'humidité excessive, les variations de température, le dioxyde de carbone respiratoire, le cocktail de poussières, et tous ces germes et ces bactéries que l'être vivant ne peut s'empêcher de traîner dans son sillage.

Par un très net renfoncement du niveau de son cours, la Vézère traverse l'agglomération avec la même nonchalance affectée que les Montignacois mettent à vivre. Mais la ville souffre de l'extraordinaire circulation automobile. Étouffée entre camions, véhicules et camping-cars, elle se trouve embouteillée du matin au soir. C'est la dure rançon de la célébrité mondiale.

Il me fallait découvrir le service très peu touristique qui, émanant du ministère, gérait au plus près l'utilisation du joyau dont je ne connaissais rien. À ce qu'il paraît, j'apportais dans mes bagages une révolution, rien ne justifiant la fermeture prématurée de Lascaux. Et pour une aussi longue période. Mais je n'avais que faire des états d'âme des fonctionnaires locaux. Lorsqu'il fut bien compris que postes et prérogatives n'étaient pas menacés et que je n'arrivais pas en procureur, ils devinrent très coopératifs. J'ai prévenu que j'allais être suivi d'une grosse livraison de matériel, que je comptais opérer seul pour le montage et que les travaux prendraient plusieurs mois. J'ai lâché un peu de lest pour les mettre définitivement de mon côté : nous étions à la veille d'une révision en profondeur des fonctions que nous avions attribuées au lieu. La paléontologie traditionnelle allait devoir reconnaître l'existence d'une mythologie du paléolithique supérieur.

Je citais de mémoire les phrases de Paul Blasco dont je portais l'identité. J'ai ajouté personnellement qu'après mon passage le site allait devenir en toute certitude le premier centre préhistorique européen, si ce n'est mondial. Maintenant ils étaient prêts à se faire tuer pour moi. Mon cynisme m'apparaissait odieux. Mais je savais qu'une fois à pied d'œuvre dans la salle des Taureaux, l'ombre d'un jeune disparu commencerait à connaître la paix.

Ils m'ont remis les clés, les plans, la check-list des procédures de sécurité, les codes d'accès, plus nombreux que dans une banque, et toute une bibliographie dont je n'avais que faire. Tout en me proposant une nouvelle fois leur aide, ils m'ont remis tous les éléments de cette tenue pseudo-spatiale que portent les opérateurs admis à l'intérieur. Ils m'ont expliqué les subtilités de fonctionnement du sas de décontamination chimique et bactérien mis en place en 2002.

Ils avaient retenu mes deux chambres dans l'hôtel où la science héberge ses clercs. L'un d'eux, plus physionomiste, m'a dit qu'il avait l'impression de me reconnaître ou de m'avoir déjà vu quelque part. Pour contrer ce risque, je m'étais laissé pousser cheveux et moustache, comme c'était à nouveau la mode au Quartier latin. J'ai répondu en toute modestie, la main sur leur carton de bouquins, que c'est là qu'il avait dû me croiser.

Mon nouveau domicile me convenait. Après une rapide installation, je n'ai pu résister à la tentation de reprendre la route pour une exploration superficielle des lieux. C'était à trois kilomètres, presque au sommet d'une zone de vastes collines arrondies et boisées. Il était vingt et une heures. Un immense parking totalement vide marquait le terme de cette longue impasse bitumée. Un vrai désert que pas un souffle ne venait troubler. Un silence très fantomatique que la nuit entreprenait de recouvrir.

Un peu plus haut, caché par une forte ligne d'arbres, le promeneur curieux tombait sur un long et solide grillage de deux mètres de haut surmonté d'une tresse de barbelés. PROPRIÉTÉ PRIVÉE – DÉFENSE D'ENTRER. Là s'ouvrait la frontière de mon nouveau domaine. Un accès unique menait à ses invisibles trésors souterrains. Système d'alarme, porte blindée, seuls des explosifs auraient pu forcer le passage.

Je me suis arrêté là. C'était suffisant. Au moment de redescendre, le cœur léger et l'âme au beau fixe, comme à New York une sorte de flash douloureux et furieux s'est superposé à ma vision paisible. Ce n'était nullement un effet de mon imagination. Les images étaient réelles. J'ai vu la même pente de colline. Mais elle était nue, lisse, défigurée, déchargée de sa végétation sous un ciel lourd et noir. La lumière rougeoyante d'un tapis de braises encore vives la recouvrait à perte de vue.

Malgré les terribles frissons qui me parcouraient, j'ai rejeté de toute ma volonté cette image subliminale, dernier sursaut d'une époque révolue. Je l'ai exorcisée en touchant le tronc rugueux et froid de quelques arbres bien réels, amicaux et rassurants, pour longtemps encore solides. Tout est mensonge : la vie terrestre est inexpugnable.

J'avais formé au début le projet de travailler sans interruption pendant quinze jours pour retrouver Paris le temps d'un week-end. À l'épreuve des faits, ce projet se révéla utopique. Chaque tranche d'activité s'ordonna sur un plan séquentiel strict. Chacune s'avérait indivisible. À tel point que, travaillant en permanence sous lumière artificielle, je me laissais surprendre non par le début mais par la fin de la nuit.

J'ai mis plusieurs jours à m'adapter à la magnificence. Dans un silence coupé du seul ronronnement des conditionneurs d'atmosphère et sous un éclairage savamment étudié, les fresques parfois monumentales, les peintures et les gravures se manifestaient par une extraordinaire présence, un relief surprenant, une vie sans commune mesure avec leurs limites matérielles. J'aurais pu, presque sans effort, distinguer le sourd martèlement des sabots, les appels, les cris de chasse des hommes et les longs beuglements d'agonie.

Ce curieux phénomène donnait toute l'étendue de sa puissance, lorsque l'observateur se contraignait à de longues minutes d'immobilité. Il ne s'agissait pas de cette fixité attentive adoptée dans les musées, mais plutôt d'une attitude proche de la méditation et du recueillement religieux. Une vie paradoxale courait sur ces murs où des mains anonymes avaient ciselé le temple de leur éternité. Plus de soixante-cinq ans après sa découverte par de jeunes bergers, il suffisait de quelques heures pour comprendre que Lascaux n'avait pas encore livré tous ses secrets.

Les théoriciens du réel fidèlement traduit butaient sur une extraordinaire représentation de licorne absolument non équivoque. Tandis que l'interprétation onirique achoppait presque dans chaque salle, sur l'aspect bande dessinée. Lascaux constituait un lieu contradictoire et probablement unique. C'était un révélateur souvent irritant de la complexité d'une pensée perdue dans la nuit des temps.

Là résidait l'intuition géniale de Paul Blasco. Sans même s'être imprégné de l'austère fascination de l'endroit, il avait compris qu'il devait y avoir plusieurs Lascaux, le plus accessible servant de protection au suivant. Et ainsi de suite, jusqu'au sommet suprême. Son impétuosité d'adolescent encore capricieux lui avait fait exiger celui-là tout de suite. Sa meilleure et ultime qualité.

Mon travail d'installation fut très long. Compte tenu de la densité des informations qui allaient circuler, je ne pouvais me passer d'une liaison par fibre optique. Et celle-ci s'arrêtait à Montignac. J'ai fait également poser une parabole de transmissions-satellite pour m'affranchir des aléas locaux et acquérir mon indépendance vis-à-vis des honorables correspondants dont je tenais à me faire oublier.

Bien qu'elle soit toujours affectée à Hawaii, j'ai fait consciencieusement visiter ma caverne aux trésors à ma tendre Livia. Sa voix et son image sont venus régulièrement me tenir compagnie, sous les regards complices de la fresque des grands cerfs royaux, occupés depuis quinze mille ans à traverser un large cours d'eau.

Au bout de trois semaines de fastidieux va-et-vient avec Montignac, j'ai, contrairement à la règle impérative, passé ma première nuit de sommeil dans la grotte. Cette expérience sans précédent m'a fait avancer d'un grand pas dans sa compréhension intime. Si l'on part du principe qu'une onde de vie l'anime toujours, il ne s'agit pas d'opérer une dissection mais de réussir une symbiose. C'est ainsi que je me suis surpris à choisir progressivement la vie cloîtrée du moine pour atteindre au double objectif de la connaissance et de l'élévation.

Au cap de la cinquième semaine après mon retour d'Hawaii, j'ai commencé d'être obsédé par la même insidieuse question. Dans un mouvement de pudeur respectueuse certainement très désuète, mais dont je ne pouvais me défaire, je n'ai pas osé m'en ouvrir tout de suite à Livia. Nos rendez-vous électroniques se sont peu à peu multipliés. Sans doute à cause de mon enrichissement pileux, j'étais d'abord devenu « son Gaulois préféré » puis, progressivement, « son homme des cavernes ».

C'est elle qui m'a donné les dernières nouvelles de la Grande Dame Blanche que j'avais presque fini par oublier. Totalement disparue, échappant à toute détection car noyée dans les torrents de radiations solaires, elle s'apprêtait à croiser notre étoile. Selon la NASA, elle perdait de ce fait près de huit cents tonnes d'eau à la seconde. J'aurais aimé que le soleil l'engloutisse sans un hoquet et recycle celle qui nous avait fait vaciller en un éphémère tourbillon de plasma et de particules. Mais le désir de vengeance ne peut troubler la grande paix du cosmos. La Belle Dame Blanche resterait à peu près ce qu'elle était, diaboliquement belle. Le souvenir le plus extraordinaire de ce début de millénaire. Je n'ai pu retenir une courte bouffée de nostalgie à cette évocation. Comme un amant sauvé de justesse et triste d'avoir survécu aux affres de son amour.

J'ai commencé de pénétrer dans ce domaine inexploré dont Paul Blasco avait soupçonné l'existence. Il était évident qu'il avait prévu juste, au-delà même de ses espérances. La preuve m'en fut assenée en dix journées de travail à peine entrecoupées de courts instants de pause.

Je me trouvais dans la superbe salle dite des félins. Je venais de terminer le relevé-laser des points recommandés par les bribes de thèse sauvées par Jacqueline. Les ayant artificiellement isolées de leur contexte, il me fallut quelques instants pour identifier sur mon écran les quatre principales étoiles de la Balance, Elgenubi, Elschemali, Elakrab et Elakribi. Mais le positionnement ne correspondait à rien de cohérent.

Je résolus le problème en vingt-quatre heures d'insomnie : ce décalage inexplicable coïncidait en fait avec leur situation d'il y a quinze mille ans. Un dernier détail résistait à mon analyse : une sorte de globe, l'œil obsédant d'un tigre-puma. Réduit à un point, il ne signifiait rien. Mais quand je lui eus restitué sa surface, et surtout les cils dressés qui l'entouraient, il devint évident qu'il représentait le soleil. Cette énorme découverte tomba sur moi comme un coup de massue : bien avant les Égyptiens, nos admirables ancêtres avaient repéré et cartographié la position de l'astre du jour au moment de leur propre équinoxe de printemps.

Je fis un rapide calcul : le soleil se levait bien au cœur de la constellation de la Balance quand s'établissait, sur l'horizon de Lascaux, le premier jour du printemps magdalénien.

J'ai dû crier, hurler de joie. Je me suis surpris dansant au long des salles illuminées une gigue endiablée que n'auraient pas désavouée les illustres collègues de l'an moins quinze mille. Quel bonheur, mon Dieu ! Mais pourquoi ce jeune con s'était-il suicidé ? Tout de suite, j'ai eu honte de ma pensée. J'ai essuyé mon visage. Je n'ai pu m'empêcher d'appeler Livia pour que, la première, elle apprenne cette éclatante victoire posthume. Emporté par mon enthousiasme, je n'ai pas calculé le décalage horaire. Il devait être pour elle trois heures du matin. Je n'ai pas prêté attention à son visage rendu fixe par l'emprise du sommeil. Je ne suis pas sûr qu'elle ait bien démêlé l'écheveau de mes explications enthousiastes et embrouillées. Elle a seulement répété deux fois :

« J'allais t'appeler à mon réveil. Mais que fais-tu à cette heure de France ? Depuis combien de temps est-ce que tu ne dors plus ? » Et elle dit encore : « Je voulais t'appeler tout à l'heure. »

C'est ainsi que j'ai appris, de la bouche de la femme que j'aimais, la plus importante nouvelle qu'un homme puisse entendre au cours de sa vie. Notre enfant naîtrait en septembre, ces jours où l'été vacille avant de s'abandonner aux douceurs fraîchies de l'automne. J'aurais alors presque quarante ans. Quelque horloge en moi avait dû machinalement éteindre l'idée même de cette possibilité.

J'allais être père. L'expression m'apparut délicieusement ridicule et troublante. J'allais transmettre cette vie que j'avais reçue par des chemins obscurs, vivant par hasard, tandis que Livia existait par exception. Nous venions de fondre ce double défi dans un être enfin réconcilié avec ses sources.

J'ai réagi gauchement, tombant dans tous les poncifs. Je lui ai recommandé de se reposer, de faire attention à elle, de partir sans attendre consulter le meilleur médecin de l'île. J'ai proposé de la rejoindre même pour quelques heures, au prix de deux jours et demi de perdus pour les deux vols. Je lui ai dit que je l'aimais; que cet enfant qu'elle allait porter neuf mois représentait la fusion impossible dont les amants rêvent inlassablement. Je voulais qu'elle se couvre bien chaque fois qu'elle mettrait le nez dehors. Je me suis inquiété de l'effet de l'altitude sur une grossesse débutante. Mais ce mot écorchait ma gorge; il faudrait que j'en invente un autre, spécialement pour elle. J'ai essayé de la persuader de prendre un congé, de me rejoindre sans attendre. Mais, me dit-elle, elle n'avait nulle envie d'emménager dans une caverne, même décorée pour l'occasion. Elle a laissé s'apaiser ce raz de marée maladroit. Elle était maintenant bien réveillée. J'ai supplié qu'elle braque sa caméra sur son ventre; j'ai dû vaincre la résistance d'une gêne étrange. J'ai posé ma main et puis mon visage sur cet écran froid pour me rapprocher illusoirement de la jeune vie qui venait de s'allumer là. Fille ou garçon, je n'y ai pensé qu'après. Cela m'était devenu indifférent. Les vieilles malédictions, comme les mauvais rêves, ne résistent pas à l'épreuve de la lumière. Bien que blotti dans ce ventre de la Terre, j'en étais inondé.

J'ai eu, au moment de la quitter, une nouvelle crise de protectionnite. J'ai exigé d'elle qu'elle mange souvent, qu'elle se suralimente, qu'elle s'écarte de tous porteurs potentiels de virus. J'ai réclamé qu'elle surveille préventivement sa température. J'aurais voulu l'avoir tout près de moi pour la réchauffer et la protéger des dangers qui devaient rôder autour d'elle. Fou d'angoisse absurde, j'étais devenu le jouet de mes instincts de mammifère supérieur. Elle a eu un petit rire heureux :

« Je ne savais pas que tu m'aimais à ce point ; tu es très vieille France, mon chéri. Chez nous, ajouta-t-elle, les femmes gravides coupent du bois à la hache pour garder la forme. »

Elle a dit aussi qu'elle ne voulait pas que je la rejoigne dans l'immédiat. Nous pourrions sans doute nous retrouver au lac Saint-Jean un peu avant l'été. Je devais me rappeler que l'époque des anges noirs était révolue. Un jour qu'elle sentait très proche, nous pourrions enfin partager chacune des heures de notre vie. J'ai dit oui à tout. Mais, au fond de moi, je savais qu'il me serait impossible de ne pas bondir un jour dans un avion.

Quelque temps plus tard, j'ai reçu à mon hôtel un long courrier du Président. Il m'informait de la fin officielle de son mandat et de son départ définitif de l'Élysée. J'étais tellement absorbé que cette élection perdue aurait tout aussi bien pu se dérouler sur Neptune. Dans ses mots, aucune nostalgie du pouvoir, peut-être le regret de quitter des hommes qu'il avait appréciés. Je n'aurais pas supposé cet esprit stoïcien. Il a aussi commenté notre action commune face au fallacieux danger de la comète et m'a appris certains détails purement politiques que je n'aurais pu croire s'ils n'étaient venus de lui.

Il possédait une propriété dans le Lot et avait décidé de s'y retirer durant une année. « Venez me visiter, concluait-il, j'aimerais retrouver mon cher Cassandre pour lui dire tout le bien que je pensais de lui tandis que s'activaient ces groupes de pression qui journellement me demandaient sa tête. Je vous attends. »

Sa dernière phrase trop sibylline alluma ma curiosité. Je pris la route un mois plus tard.

« Chabrineau ! C'est vous ! Ah, laissez-moi vous regarder et vous embrasser. Dites-moi, le dernier coiffeur de votre village a dû mourir de misère à ce que je vois... »

J'ai fait connaissance avec son épouse.

« Vous arrivez bien, dit-il, je voulais vous voir seul et, d'après mon agenda, c'est presque un miracle. »

Et il a répété « un miracle » sur un ton de plus en plus sarcastique. Il m'a longuement regardé.

« Vous avez eu des ennemis très puissants, et que vous n'avez même pas pressentis. »

Je lui ai demandé :

« Est-ce utile de le savoir aujourd'hui ?

– Oui, tout à fait, de la même façon qu'il faut toujours bien connaître ses vrais amis. Question de pertinence et non de rancune. »

J'ai senti qu'il avait besoin de se libérer. J'appris de sa bouche que tout ce que la foi religieuse compte de structures organisées s'était acharné contre mon action. Les organisations catholiques surtout. J'en fus abasourdi.

« Dans un premier temps, elles se sont contentées d'agir contre le volet nucléaire de votre projet. Mais très vite vous êtes devenu l'ennemi privilégié. Pour finir, vous n'étiez plus qu'un monstre innommable et immonde dont il fallait sauver la Terre. Le Vatican a représenté le fer de lance de ce combat impitoyable et souterrain. Ils se sont comportés comme si, dès le premier jour, il avait été évident que la comète ne devait pas percuter la Terre. Quand leur propre observatoire d'Arizona affirmait la même chose que vous d'ailleurs. Vous n'imaginez pas les trésors de diplomatie que j'ai dû déployer face aux assauts de M. le nonce apostolique. Le nonce a rang d'ambassadeur. Que d'audiences à votre sujet j'ai été contraint d'accorder ! C'est tout juste si vous n'étiez pas le Diable lui-même, revenu sur Terre pour détruire l'héritage du Christ. À ma dernière visite, il m'a proposé un court dossier qu'il ne pouvait me laisser, paraît-il. Il désirait, très respectueusement bien sûr, obtenir votre limogeage. J'ai feuilleté pour faire plaisir. »

Il a dû remarquer ma pâleur.

« Vous voyez, ça vous touche encore. C'était un tissu d'absurdités et d'incohérences tout à fait indigne du message chrétien. Leur réquisitoire faisait référence à votre naissance, à votre origine et aussi à des textes anciens et totalement rendus caducs par l'Histoire et la connaissance. Des prophéties ! Chabrineau, vous vous rendez compte ? Je suis catholique pratiquant et fidèle, je ne pouvais admettre. J'ai dit à Son Excellence que je croyais close l'époque des bûchers et de l'Inquisition. J'ai ajouté que je ne croyais pas aux sorciers et que mes conseillers ne se parfumaient pas à l'essence de soufre. Évidemment, il y a deux mois, j'ai perdu une remarquable fraction de mon électorat catholique chrétien. Soyez sur vos gardes. Envers et contre tout, vous êtes toujours un dieu terrestre. Méfiez-vous du fanatisme que vous avez suscité sans le savoir. »

J'ai demandé :

« Est-ce que je risque de perdre Lascaux ?

— Non, c'est exclu. Une règle républicaine non écrite stipule que les décisions apolitiques ne peuvent être remises en question lors d'une alternance régulière du pouvoir. Vous n'avez jamais fait de politique, n'est-ce pas ? Vous me l'aviez affirmé une fois : votre royaume n'est pas de ce monde. Et puis, vous savez bien qu'Antoine Chabrineau n'occupe plus de fonctions nulle part ; il est en congé sans solde nul ne sait où... »

Plus tard, en me reconduisant, il a demandé les dernières nouvelles de la comète et il a ajouté :

« C'est bizarre comme ces événements paraissent vieux. Encore un an ou deux et plus personne ne se souviendra de Diaz-Nostro... Acceptez-vous que j'accroche toujours Chabrineau derrière ? »

J'ai fait signe que cela m'était indifférent. Mais je ne lui ai pas dit que c'était la part des ténèbres qui s'ajoutait désormais au nom des deux découvreurs. Je suis redevenu cartésien le temps d'une phrase : « Diaz-Nostro-Chabrineau filait maintenant sur une trajectoire de cinquante siècles qui ne cesserait de l'éloigner de nous. »

# 27

Nos bonnes résolutions n'ont pas résisté à l'intensité de notre lien. Livia est venue me rejoindre à Paris. À mon grand désespoir, son tour de taille ne manifestait aucune évolution. J'avais beau la surveiller discrètement chaque matin à sa toilette, lui dire : « Ne te contracte pas », « Respire plus à fond », « Tu t'habilles trop serré », « Relâche les muscles de ton joli ventre »... Rien. Mon impatience provoquait ses fous rires. Alors, je posais mon oreille au-dessous de son mignon nombril qui gardait son expression étonnée.

Elle s'impatientait, tandis que je rétorquais que ce n'était pas pire que d'écouter les étoiles qui, de plus, n'avaient, elles, strictement rien à nous raconter. Et puis, je caressais ses seins dont je ne serais bientôt plus que le copropriétaire.

Un mois plus tard, je la fis venir à Montignac. J'avais décrété que la marche était le sport adapté à son cas. Sac au dos, nous avons exploré la verte vallée de la Vézère. De châteaux en grottes et de grottes en sites préhistoriques, il n'est de kilomètre entre Montignac et Les Eyzies que nous n'ayons parcouru trois fois.

Quelques jours avant notre séparation, son ventre, si plat qu'il en paraissait creux, avait pris un certain relief. Elle allait retrouver sa mère, qu'elle n'avait pas vue depuis un an, au Canada. Elle n'était pas sûre de vouloir connaître le sexe de notre enfant. Je m'efforçais de lui dire que cela m'était indifférent. Pour le choix du prénom, elle préférait le ressentir plutôt que de se décider sur un simple coup de tête.

Nous ne devions plus nous revoir avant trois ou quatre mois. Je ne voulais plus qu'elle se soumette aux chocs d'un nouveau voyage. Précaution qui avait le don de la mettre en joie :

« Imagines-tu, mon Diable de Gaulois, que j'ai déjà parcouru plus de deux millions de kilomètres en aéroplane ? Cinquante fois le tour de la Terre ! Que veux-tu qu'il m'arrive de plus ?

– Tout à fait d'accord. Mais tu n'étais qu'une sonde spatiale. Te voilà vaisseau habité... »

Je ne pouvais pas non plus délaisser Lascaux avant les termes imposés aux serviteurs de l'État. Je résolus de m'étourdir davantage encore dans mes recherches. Ce n'était pas difficile : une question réglée, un problème résolu entraînaient deux énigmes dans leur sillage. J'attendais l'heure où j'entrerais de plein droit dans l'âge d'homme.

Livia comptait donner naissance à notre enfant dans sa ville natale. Les innombrables photos d'imprimantes-laser, que je tirais en douce durant nos liaisons avant de les scanner, voisinaient avec les grands formats de mon bestiaire.

« Il ne nous reste plus que trois mois de patience, disait-elle.

– D'impatience », corrigeais-je.

Un mois avant la date présumée, elle quitterait définitivement Hawaii pour rejoindre son cher Canada. Je suivrais quinze jours plus tard. Et puis nous deviendrions trois. La longue vie du nouvel être irait bien au-delà de la nôtre. Elle couvrirait tout le XXI$^e$ siècle, et s'étendrait peut-être sur un bout du XXII$^e$. Ces jours étaient les plus heureux de ma vie.

Plus rien ne pouvait m'arriver. Plus rien. Plus rien. Sauf d'être pris dans un cauchemar. Mais une expérience précédente m'avait donné le remède. Il y a longtemps, j'avais été réveillé par d'horribles cris, les miens. Je revois le visage très doux d'une jeune femme qui se penche vers moi. Je suis en train de rêver que je rêve. Le visage se précise. Mais l'image est brouillée par mes larmes qui ne coulent pas.

Je suis couché et une voix me dit que l'on peut vaincre les cauchemars en les appelant par leur nom. En répétant très vite : « Cauchemar ! Cauchemar ! » tout en ouvrant et en fermant très rapidement les yeux. Sa main me caresse et je reconnais l'odeur de ses cheveux. Soudain tout s'apaise. Plus qu'un talisman, son secret devient un porte-bonheur. « Oh, mère ! Oh ma mère ! Pourquoi êtes-vous venue ce soir ? Quel est le message ? Parlez ! Parlez, je vous en supplie... » C'est ainsi que j'ai rouvert la porte aux noirs démons qui veillent sans se lasser aux fonds de nos abîmes.

Simultanément, toutes mes lignes extérieures se sont mises en branle : c'était Livia, le visage déformé par la souffrance. Elle n'avait pas voulu m'appeler tout de suite, escomptant une fausse alerte. Mais il n'y avait plus aucun doute : notre enfant allait naître au cœur du Pacifique, loin de son père, et avec presque sept semaines d'avance. Le médecin du site est auprès d'elle mais totalement démuni : rien n'est prévu pour mettre au monde dans un observatoire à quatre mille mètres d'altitude. Une ambulance allait la conduire en catastrophe jusqu'à l'hôpital de Hilo. Il ne fallait pas que je m'inquiète. Tout se passerait bien. Notre enfant pesait un tout petit peu moins de trois kilos.

« Quand tu arriveras, me dit-elle, il aura quarante heures. Peut-être te sourira-t-il déjà.

– Elle me sourira, ai-je corrigé. Vous me sourirez toutes les deux ! Et j'aurais alors deux femmes dans ma vie. »

Je ne m'inquiétais pas. J'étais seulement fou d'inquiétude. Fou devant l'énormité d'espace et de temps qui me séparait d'elle. Je n'aurais jamais dû accepter un tel pari. Trop tard ! Il fallait trouver des solutions là où il n'y en avait déjà plus. Nous avons résolu de conserver la liaison par portable-satellite. Ce qui me permettrait de l'accompagner et d'entendre naître notre enfant.

Le lien-image a été coupé au moment où l'ambulance est arrivée. Ma dernière vision d'elle, c'est ce visage qui se voulait souriant, confiant, mais qui était déjà parcouru par ces ondes de souffrance qui l'atteignaient comme les vagues de plus en plus rapprochées d'une marée montante. Mes yeux devenaient inutiles, je n'avais plus que des paroles pour m'accrocher à elle. Elle avait dû glisser l'appareil dans une de ses poches car, si je percevais bien sa voix, celles des autres ne me parvenaient plus qu'incomplètes, étouffées, indistinctes. Outre le chauffeur, il devait y avoir à ses côtés un autre médecin. Il semblait y avoir plusieurs tonalités.

Au début, elle m'a parlé. Je ressentais dans mon corps, à travers les intermittences douloureuses de sa voix, la terrible route qu'il fallait vaincre pour retrouver la civilisation. Elle avait mal mais se disait heureuse de la vie, déjà si longue, que nous nous étions donnée. Moi qui souffrais mille morts de ne pouvoir la tenir contre ma poitrine, je lui répondais que ce temps n'était rien à côté de notre vie future et que plus jamais, non plus jamais, je n'accepterais d'être loin d'elle. Que j'avais commis une énorme faute et que j'en étais seul responsable.

C'était elle qui me rassurait. Ce n'était rien, affirmait-elle, du moment que notre enfant ne naîtrait pas dans ce véhicule. Elle savait que tout se passerait bien et c'était pour cette raison qu'elle m'avait choisi. Il y a eu un premier vide pendant lequel je n'ai perçu que son souffle saccadé et le grondement du moteur. Et puis, elle m'a dit que les trois quarts de la route étaient parcourus, que tout allait bien se terminer. Elle a ajouté avec un petit rire forcé : « Vingt minutes encore et je pourrai t'appeler papa. » Après quoi, elle a dit dans un souffle un peu rauque : « Parle-moi maintenant, je me sens si fatiguée ; voilà que j'ai envie de dormir, tu te rends compte ! »

Instinctivement j'ai eu peur de ce désir. Je vivais depuis deux heures le pire des cauchemars. J'avais beau utiliser tous les exorcismes, je ne parvenais pas à lui faire lâcher prise. Je ne voulais pas qu'elle s'offre à son tour au sommeil des monstres. Je lui ai dit : « Ne dors pas. Il ne faut pas. » Et je crois que j'ai dû hurler parce que j'ai entendu une voix déjà lointaine qui murmurait : « Ne crie pas, Antoine ; ne crie pas. » Et puis plus rien d'autre que le bruit assourdissant du moteur. Un bruit à devenir fou ! Il allait, par-delà les dix-huit mille kilomètres qui nous séparaient, finir par abattre les parois millénaires de la salle où je me trouvais. C'était comme s'il provenait à la fois du ciel et des plus grandes profondeurs terrestres. Tandis que me fixaient les faisceaux de tous ces étranges regards figés depuis l'aube des temps.

Là-bas, ma Livia ne répondait plus à mes cris. Au début, j'avais perçu le rythme de sa respiration et maintenant, il n'y avait plus qu'une voix affolée qui répétait : « Madame ! Madame ! » et qui s'est tue pour reprendre : « Oh mon Dieu ! Oh mon Dieu ! » Je hurlais son nom par-dessus l'atmosphère, les océans, les continents et les mers sans parvenir à me faire entendre.

Là-bas, la batterie commençait à donner des signes de faiblesse. J'entendais des bribes épouvantables. Ils devaient être une multitude à présent.

« Vite ! Dépêchez-vous.. ! Que dit son pouls ? Ne laissez pas filer. Le monitoring, branchez le monitoring ! Le respirateur, plus vite, bon sang ! Intubez. Non, passez-moi le vingt-six. Accélérez la perf. La dose ! La dose ! Elle nous file entre les doigts ! Remuez-vous, bon Dieu ! »

Des mots incompréhensibles jaillissaient de mon brouillard.

« La tension ? Ça s'effondre. Il faut enrayer la chute ! Faites-lui un massage cardiaque. »

Et puis :

« L'enfant ? On y va. Monitoring pour lui aussi ! »

Le mot cyanose revenait sans cesse dans des propos qui ne m'atteignaient plus. J'étais assis au sol, pétrifié, silencieux. J'ai perçu dans mon écouteur :

« Tout est plat. Ça ne fait rien, recommencez ! »

Et puis soudain une voix féminine extraordinairement plus proche :

« Qu'est-ce que c'est ça ? Un téléphone ! Mais il est en ligne ! »

Une voix autoritaire :

« Coupez-moi ça ! »

Ils ont dû m'entendre crier : « Non ! »

« Qui est là ? a dit enfin une voix froide. Identifiez-vous. »

Mais je n'avais pas le temps. Je voulais qu'on me passe Livia. Lui donner du courage, et puis après la laisser tranquille pour qu'elle se repose. Les laisser tous tranquilles. Je voulais qu'elle me dise encore que tout irait bien. Elle était la seule que je croirais : elle ne pourrait jamais me mentir. La voix s'est faite encore plus froide : ce n'était pas possible. Ils n'avaient pas le temps.

« Qui êtes-vous ? Qui êtes-vous, monsieur ? Veuillez donner votre numéro... »

C'est tout ce qu'ils pouvaient faire pour nous deux ; ils me rappelleraient plus tard. Je ne sais même plus si je leur ai dit que j'étais en France. Juste avant qu'ils ne coupent, j'ai eu un dernier courage. J'ai demandé si elle vivait encore. Tombée de l'espace à travers tous les tendres ciels de la Terre, la voix indifférente a dit qu'ils ne pouvaient pas me répondre et qu'il fallait que je les excuse.

Je me suis retrouvé seul. Ce n'était pas un cauchemar, juste la réalité habituelle. J'ai su que je ne me réveillerais plus maintenant. Plus jamais. J'ai essayé de rappeler. Mais seule la voix virtuelle de la messagerie internationale a daigné se préoccuper de mon sort. Livia venait de mourir.

J'avais tout reçu d'elle. En moins d'un éclair, tout m'était repris. C'était impossible, comme de voir l'avenir ou de trouver la racine carrée d'un nombre négatif. Et pourtant, Livia venait de mourir. Le regard aveugle de la licorne lui aussi me l'affirmait, repris par tous ses complices d'ocre de Sienne et de pierre froide qui se penchaient attentivement sur moi. J'ai dû réprimer la tentation de faire éclater leur insolente certitude sous les coups de ces redoutables petits marteaux d'archéologue dont la grotte ne manquait pas.

Ainsi, ma Livia était vraiment morte. Son visage, ses yeux, me souriaient de partout pour m'affirmer le contraire. Et puis non, ce n'était pas vrai. J'avais mal interprété ce que j'avais cru entendre. Je n'étais qu'un homme, ignorant cette science des naissances que toute femme porte en elle dès le premier jour de sa vie. Je ne savais rien de cette tempête mystérieuse et brutale qu'elles traversent sans dommages, avec juste un peu de fatigue autour des yeux. Nous avions beau participer, être présents, faire semblant de nous rendre utiles, que savions-nous de ce monde interdit qui ne serait jamais le nôtre?

S'ils voulaient sauver notre enfant, c'est que la mère était sauve. Les accoucheurs ont autre chose à faire que d'être pendus à un téléphone. Je rappellerais dans une heure ou deux. Elle dormirait encore mais ils me feraient écouter la double respiration. Je savais que je serais là quand ils se réveilleraient tous les deux. Elle serait épuisée mais souriante. Et puis nous serions trois et plus jamais je ne pourrais être seul. Je n'avais plus une minute à perdre. Je n'ai pris que ma sacoche, mes papiers, aucun effet personnel ; je verrais sur place. J'ai rejoint Paris, puis Roissy, en voiture. J'ai réussi, au prix de nouvelles acrobaties de trajet, à articuler une succession de vols qui ne demanderaient que vingt-huit heures.

Toutes mes tentatives téléphoniques avaient échoué. Boîte vocale ou enregistreur : « Veuillez laisser votre message. Votre correspondant est provisoirement indisponible... »

Je devais avoir une tête épouvantable. C'est vrai qu'au fond de mon repaire j'étais peu enclin à l'usage des crèmes, des brosses à cheveux et des rasoirs. J'ai dû paraître suspect ; je n'avais pas de bagages. On m'a demandé d'attendre puis, au bout de dix minutes, de bien vouloir rencontrer un officier de police quelconque. J'ai patienté dans un bureau sans fenêtre, exigu comme une cellule.

Plus qu'une heure avant le décollage tandis qu'un fonctionnaire empesé et respectueux tourne autour du pot :

« Nous savons qui vous êtes, monsieur Chabrineau, et nous allons malheureusement nous trouver dans l'impossibilité de vous laisser partir. J'ai là une interdiction de franchissement de frontière à votre nom. Elle émane du ministère de la Défense et elle est classée " Sécurité de l'État ".

– Appelez le service qui l'a émise ; faites-la sauter. Ma femme vient de mourir à Hawaii, vous comprenez ce que cela veut dire ? Vous devez, vous allez me laisser partir ! »

Mais il a secoué la tête. « Je comprends, je comprends. » Et il a tenté de m'expliquer :

« Rien à faire. Ce type d'interdiction est réactualisé chaque jour à zéro heure. Chaque nuit, à vingt-trois heures, nos ordinateurs crachent les listes valables pour la journée suivante. Il n'y a rien à espérer avant quinze heures. Et je dois vous dire que votre nom ne quitte plus ces listes depuis plus de deux mois, depuis les élections présidentielles. Aucun motif ne nous est jamais indiqué. Il n'y a malheureusement aucune raison pour que vous n'y soyez plus demain. Et je sais par expérience que nulle démarche de l'intéressé ne peut rien modifier. La prise de décision est très lourde et provient des plus hauts niveaux...

– C'est une lettre de cachet aux dimensions d'un pays ! »

Il a haussé les sourcils sans répondre. Puis, après un temps :

« Tous ici, nous savons ce que vous avez fait et ce que le monde vous doit. Nous ressentons pour vous la plus grande admiration ; mais nous ne pouvons rien pour vous. Votre sécurité personnelle est sans doute en jeu ? »

Je reconnaissais le processus qui se mettait insidieusement en place. J'ai pris deux longues inspirations pour retarder la déflagration que je sentais arriver. Et puis soudain, par miracle, ma rage a disparu. Je me suis retrouvé paisible, tranquille, même pas tendu ou énervé. Comme si tous ces événements m'apparaissaient subitement conformes à l'ordre supérieur du monde : conformes, donc souhaitables et bienvenus. J'ai eu tout à coup, sur mon épaule droite, la sensation d'une main légèrement appuyée. J'en devinais la tiédeur, comme en ce temps si proche de nos randonnées, quand Livia, sur une pente de cailloux instables, s'aidait ainsi. J'ai touché l'angle de mon épaule ; elle portait encore la trace vivante du bonheur. J'ai dit cependant :

« Je vois... Mais si je forçais le passage ? Vous n'allez pas m'abattre tout de même ? »

Il a souri tristement.

« L'appareil ne décollera pas, monsieur Chabrineau. »

Il a dû lire dans mon regard. Il a ajouté :

« L'interdiction sera respectée sur tout le territoire de l'Europe, de la Turquie jusqu'au cap Nord. Les frontières vous sont infranchissables. Vous réussirez peut-être une sortie clandestine, mais votre nom est dans tous les aéroports. Vous êtes indésirable sur tous vols ; pas une compagnie aérienne ne vous acceptera à son bord. Je regrette pour vous, mais je dois vous le dire : votre second passeport, celui que l'on pouvait qualifier de diplomatique, vient d'être annulé aussi. Il ne peut vous servir à rien. Rentrez chez vous, monsieur Chabrineau. Je suis sûr que vous trouverez une autre solution à votre problème. Avec du calme, on en trouve toujours une. »

Il avait raison. Je suis rentré. À Paris, il y avait un message sur mon portable. L'ambassade de l'État fédéral canadien cherchait sans succès à me joindre et m'attendait de toute urgence. Je me suis rendu rue Montaigne le même jour. Je devais maintenant ressembler tout à fait à un vagabond. Mais la diplomatie avait plus de ressources que la police des frontières. J'ai été conduit tout de suite jusqu'au bureau de l'ambassadeur.

« Je suis triste, monsieur Chabrineau, de vous revoir en de telles circonstances. C'est une terrible catastrophe qui vous frappe et touche tout notre pays. Sachez que, pour moi, c'est aussi un moment très difficile. Mais je dois préalablement vous demander une précision de grande importance : était-ce bien vous qui étiez en relation téléphonique avec votre épouse lorsque c'est arrivé ? »

J'ai fait signe que oui.

« Je comprends », a-t-il dit.

J'avais été le premier touché par cette maladie originale. La contamination était instantanée : tous ceux que j'approchais comprenaient. Ils comprenaient tout jusqu'à l'incompréhensible.

« Je dois donc vous confirmer officiellement que Mme Olivia Lamberg-Chabrineau est décédée des suites d'un accident pulmonaire, foudroyant et imprévisible, ce jour à deux heures dix minutes, heure française, en territoire américain sur l'État de Hawaii. Le décès était déjà cliniquement irréversible lors de son arrivée à l'unité hospitalière d'urgence. L'enfant n'a pas survécu. C'est épouvantable. »

Je n'ai rien ajouté. Quelque part tout était bien ; c'est la main sur mon épaule droite qui ne cessait de me le dire. J'ai demandé pour l'enfant, mon enfant que je ne connaîtrais jamais. Il a répondu, sans regarder les dossiers étalés devant lui, que c'était une fille ; décédée, comme disent les obstétriciens, *in utero*. Elle aussi avant la fin du voyage.

Il avait reçu un dossier médical très complet et qu'il devait me transmettre. L'ambassade et les autorités canadiennes d'Ottawa et Québec partageaient ma douleur et se tenaient en permanence à ma disposition. Elles déploraient les incompréhensibles restrictions de circulation que je subissais. Elles désiraient connaître dès que possible mes volontés quant à la récupération des corps. Ceux-ci pourraient arriver en France sous huitaine. Il allait de soi que le gouvernement canadien, s'associant à ma peine, prendrait en charge tous les aspects du transfert. Il me suffisait de décider où et quand. Le pays honorerait ainsi une dernière fois l'une de ses plus brillantes scientifiques. Sa famille était par avance en accord avec ma décision. Mais je savais déjà avec certitude ce que voulait Livia.

« Désirez-vous quelques jours de réflexion avant de vous décider ? »

J'ai répondu que c'était inutile. Je voulais que les deux corps soient incinérés ensemble et sur place. J'ai demandé que leurs cendres soient dispersées sur cette longue plage de sable volcanique noir qui bordait le côté sud de Big Island. Cette plage solitaire que dominaient les deux sommets du Mauna Loa et du Kilauea, où nous avions si souvent marché main dans la main en pensant à l'avenir.

La mère de Livia, ainsi que ses proches, pourrait assister à la cérémonie et m'y représenter. Je voulais que tout se déroule dans la plus stricte confidentialité. J'ai demandé s'il était possible aussi de faire graver un texte commémoratif sur l'un des pans de cette montagne sombre qui s'abattait aux limites de cette côte inhospitalière. Il a levé sur moi un regard halluciné :

« Vous voulez dire une plaque à fixer ?

— Pas du tout. Je voudrais que l'on grave directement la roche après l'avoir surfacée. Et que l'on sélectionne une orientation sud, face aux interminables rouleaux du Pacifique. »

Il a scrupuleusement écrit ; et puis, sans lever les yeux, a demandé si j'étais fixé pour le texte. Alors j'ai dicté :

« À la mémoire de Marie et Livia Chabrinost,

Disparues avant l'Apocalypse,

Et qui veillent en ces lieux

Dans l'espérance émerveillée du prochain royaume. »

Il n'est plus parvenu à me regarder en face. Il devait penser que le chagrin m'égarait. Et pourtant, je ne souffrais plus. Le torrent de mon supplice avait dû trouver une autre voie que celle de ma raison à détruire. Mon Père que je reconnaissais enfin venait de me saisir dans sa main protectrice : je n'avais plus rien à craindre. J'étais en paix ; je le serais définitivement. Comme il ne pouvait l'admettre, il a choisi de ne rien en dire.

« Pensez-vous que l'autorisation des États-Unis soit difficile à obtenir ?

— Ne vous en faites pas. À Honolulu, le gouverneur accédera par avance à toutes vos demandes. Si certains ici vous ont oublié, sachez que le continent américain n'a la mémoire ni courte ni sélective. Monsieur Chabrineau, laissez-moi vous poser une question, officieusement et à titre personnel. Avez-vous besoin d'aide? Désirez-vous aller à Hawaii pour y accompagner les restes de votre famille? Une ambassade a les moyens de négliger les frontières. »

J'ai remercié et refusé. Il ne fallait plus s'opposer à rien. Il suffisait désormais d'accepter et d'attendre le dénouement de toute chose.

L'homme croyait qu'en luttant contre son maître il parviendrait à modifier le destin; alors qu'au cœur même de son inutile combat, les membres chargés de chaînes, il ne cessait jamais de le servir.

L'astronomie constituait le meilleur exemple de cette sagesse qui venait de s'imposer à moi : loin de contester les lois physiques qui régissaient le destin des corps célestes, loin de chercher à les combattre ou à les influencer, elle s'y soumettait scrupuleusement. Ainsi l'obéissance générait l'harmonie; et de l'harmonie naissait le bonheur. Devenant connaissables, les desseins de l'univers exigeaient coopération, et surtout soumission. C'est ainsi qu'intuitivement j'ai deviné et admis le destin de ce monde.

J'ai dû contresigner chaque élément de ma démarche, tandis que mon interlocuteur répétait de manière automatique : « Tout ira bien; nous nous chargerons de tout. »

J'ai passé la nuit au sommet de mon île. Preuve de ma nouvelle docilité, j'ai dormi sur un matelas tiré au pied de cet escalier qui depuis si longtemps attend son heure. J'ai lu et relu toute la paperasse de l'ambassade; le rapport médical, paraphé par tout ce que la grande île comptait d'experts, était sans ambiguïté.

Livia était affectée depuis toujours d'une très forte hypertension de l'artère pulmonaire, véritable épée de Damoclès, indétectable par les examens de routine et sans effets sur le reste du système circulatoire. Ce défaut génétique provoquait une mort quasi instantanée lors d'un effort plus soutenu ou plus violent que d'habitude. Les sujets atteints dépassaient rarement la quarantaine.

Le destin avait frappé ma Livia une vingtaine de minutes avant l'arrivée aux urgences. Ma fille avait cessé de vivre quelques minutes plus tard.

Ma grand-mère, ma mère, ma femme et puis, ma fille. Je n'y décelais pas l'effet du hasard. C'était plus qu'un signe à reconnaître : un message à recevoir, un ordre à exécuter. J'étais prêt maintenant. Je ne désobéirais plus. Je me conformerais en serviteur attentif et soumis à la volonté du seul seigneur de ce monde. La plénitude me serait donnée en échange.

# 28

J'ai quitté Paris sans un regard en arrière. La grande Babylone m'était soudain devenue indifférente. Elle était la
même, c'est moi qui avais changé. Délivré à jamais du bien
et du mal, au point de rencontre où l'homme peut enfin
avec bonheur croiser le cosmos.

C'est dans un état de grande paix que je suis rentré à Lascaux. J'ai retiré dès le premier jour toutes traces de l'existence de Livia. Fax, cadres et grandes photos, lettres,
billets, j'ai fait une chasse impitoyable à tout ce qui pouvait
rappeler cet âge révolu, dont l'excès d'insolence avait provoqué le maître de ce monde. Jusqu'aux disques mémoire
où je stockais les images et les voix de nos innombrables
rencontres informatiques.

À l'extérieur, là où les paléontologues avaient localisé l'un
des multiples foyers du site, j'ai allumé un grand bûcher en
signe d'expiation personnelle. J'ai ainsi restitué au néant
tout ce qui lui appartenait et n'aurait jamais dû le quitter.
Le temps était agréablement frais et doux. C'était l'époque
de la fête annuelle de Montignac. Je m'y suis rendu chaque
soir. Il y avait du bruit et une saine animation ; ces soirées
très distrayantes furent pour moi d'agréables vacances.

La présence des touristes était encore très forte. À certaines heures, il devenait impossible de se garer sur le
parking de la grotte-copie. La route d'accès, pourtant en
impasse, se donnait des allures de boulevard périphérique.
À cette altitude intermédiaire, les nuits étaient toujours
extraordinairement douces. Sous un ciel chargé d'étoiles, la

lune venait aimablement me rendre sa longue visite men-
suelle.

Je me suis efforcé de ne plus penser à Livia et j'y suis parvenu presque sans peine. Sa disparition n'avait pas dû être
ébruitée car je ne reçus aucun courrier. Mes quelques
contacts avec l'extérieur révélaient que le monde traversait
une époque étrange, sans événements. Guerres et cataclysmes avaient d'eux-mêmes bloqué leur invariable cours
comme si le temps, soudain suspendu, hésitait encore sur la
route à suivre.

Une longue lettre de l'ambassadeur canadien me détail-
lait très scrupuleusement tout ce qui avait été entrepris à
Hawaii selon mes volontés. Il avait joint une photo de cette
portion rocheuse qui avait reçu mon inscription. Bien face
au sud comme je l'avais sollicité. Et avec des lettres profondément gravées. Votre mémorial, précisait-il, se dresse face
à douze mille kilomètres ininterrompus d'océan. Il n'y a
entre lui et le lointain Antarctique que le vaste poudroie-
ment des îles de la Polynésie centrale.

Les cendres de ma vie avaient été consciencieusement
mêlées au grain très fin de cette plage peu fréquentée. Votre
texte, m'affirmait-il, sera encore lisible dans dix mille ans,
quand toutes nos sépultures auront depuis longtemps disparu. J'en demandais beaucoup moins. Les temps, maintenant, étaient proches.

Par curiosité, j'ai interrogé à distance la police des frontières. Rien n'avait bougé ; je me trouvais toujours interdit
de voyage. Ma cellule était aux dimensions de mon pays
natal. Il m'a fallu beaucoup de temps pour renouer avec ma
thèse. Il me fallut aussi beaucoup de courage pour admettre
que j'étais fatigué et, de plus en plus souvent, confronté à de
terribles trous de mémoire.

Comme je butais sur le développement d'une intégrale à
quatre termes, disposée telle une mine sous mes pas par le
cher Paul Blasco, j'ai lancé à Gary, grand virtuose mathématique, un SOS professionnel. Il semblait guetter cet
appel depuis des mois.

Il savait sans savoir, ne comprenait pas pourquoi toutes
mes adresses informatiques avaient cessé d'exister. Du
moins, il le comprenait sans l'admettre. Même le courrier-
papier revenait avec la mention « Inconnu à l'adresse ». Il

me dit, véhément : « J'ai écrit à Hawaii, à l'Élysée, chez toi, et toujours un mur. » Il voulait savoir mais n'osait rien demander.

Il y aurait eu trop à expliquer. Je lui ai juste indiqué ma nouvelle adresse physique. Car, loin des sombres plages d'Hawaii, celui que j'étais devenu guettait à l'horloge cosmique l'heure de la résurrection des morts.

Nous avons choisi de retrouver ce ton léger qui était le nôtre. Au détour d'une phrase, il a reconnu qu'il savait. Il m'a souvent demandé : « Ça va ? » me prouvant ainsi toute l'amitié inquiète qu'il me portait.

« Tu te souviens de notre projet californien ? Il reste viable sous une semaine de préavis. Tu sais maintenant où sont les clés. Tu arrives et je rapplique. »

Cher vieux Gary, j'ai eu beau lui affirmer que tout allait bien, il n'est pas parvenu à le croire. À peine coupée notre communication, il a dû sonner le rappel du ban et de l'arrière-ban de tous ceux autour desquels j'avais gravité. Petit à petit, j'ai ainsi repris l'habitude d'exister pour d'autres.

Ce que j'avais subi dépassait, à plus d'un titre, l'entendement moyen de ce qu'il est humainement possible de subir. À leurs yeux, j'avais franchi toutes les limites ; il y avait trop de choses dont nous ne pouvions plus parler.

Jacqueline m'a envoyé un long message, le plus troublant de tous sans doute : elle n'arrivait pas à admettre mon absence totale et la dissimulation de ma souffrance.

« Il est, me disait-elle, des chagrins dont on ne se remet pas mais que l'on peut vaincre en les devançant, en ayant toujours sur eux l'avance d'un désespoir ou d'un tourment. En les anticipant d'une nouvelle douleur que l'on se choisit et que l'on s'inflige quand on l'a décidé. En les frustrant ainsi de cette nuit où ils nous auraient fait errer sans rémission de remords inutiles en regrets inutiles. Souffre, Antoine. Recherche ta souffrance. Déchire-toi le visage du souvenir des ongles d'Olivia. Arrache une à une de toi toutes ces images qui t'écrasent. Fais-toi mal ; ne te laisse pas en paix une seule seconde. Elle est morte, tu m'entends ! Morte ! Morte ! Morte ! Et elle t'a privé de votre enfant. Révolte-toi ! Engueule-nous ! Hurle que c'est injuste ! Tandis que tous nous vivons pendant que toi tu es mort et continues sans fin de mourir... »

Sa longue lettre une fois imprimée, son texte m'a fait du bien. Mais comment lui dire qu'elle aussi faisait fausse route ? Que Lascaux était bienheureusement déserte tout comme mon âme et que la paix qui y régnait n'avait d'égale que celle de mon cœur. Tout était bien ! Pourquoi se refusaient-ils obstinément à le comprendre ?

J'ai demandé des nouvelles de ma comète : elle se trouvait totalement éclipsée par le soleil, inobservable. La NASA avait stoppé brutalement tous les communiqués parce qu'il était clair que plus personne ne s'en préoccupait. Mais ils avaient tort : la Bête ne s'avouerait pas vaincue si vite.

J'ai eu par la suite d'autres contacts plus rigoureusement administratifs. C'est ainsi que j'ai eu des nouvelles de moi. Du mythe Antoine Chabrineau. Un peu partout dans le monde, de nouvelles Églises dont j'étais devenu le Dieu vivant, le messie et le prophète tout à la fois s'étaient créées. Les Terriens n'avaient pas accepté les preuves démontrant que je n'avais écarté de la Terre qu'une menace fictive. J'avais apporté le mal et celui-ci, premier de mes nombreux miracles, s'était changé en bien. Avec de la mort j'avais fait de la vie. Partout où j'étais passé j'avais rendu l'espoir, rassuré, guéri, ouvert la porte de mon nouveau royaume pour y accueillir mon peuple de la Terre et son infinie reconnaissance.

J'étais et demeurerais le sauveur, celui qui avait racheté la Terre de tous ses crimes. Et par un crime encore plus inouï, tant les conséquences de la radioactivité sur l'Est africain se révélaient cataclysmiques.

Mes fidèles se retrouvaient autour du signe d'une comète de feu et d'or. Le bien seul, disaient-ils, était impuissant, pervers. C'était son arrogance qu'il fallait abattre.

J'appris peu après que le Vatican venait de m'excommunier. Selon la décision officielle, pour crime contre Dieu et l'œuvre de son fils Jésus-Christ, et pour dangereuse impiété. Il y a quatre siècles, on aurait dit hérésie. Il fallait remonter loin dans le temps pour retrouver un précédent.

Cela me fit beaucoup rire. Les éclats de ma joie se répercutèrent sans fin entre les larges parois de mon refuge. Je trouvais même cette idée encore plus réjouissante que le fait d'être devenu la clé de voûte et l'autel des nouvelles églises qui surgissaient partout pour mieux abattre la pieuvre romaine. En ce sens, il me convenait d'être devenu l'objet d'un culte planétaire. La ville aux sept collines commençait à se lézarder.

Je me suis repris à penser à la comète. J'essayais d'imaginer ce grand corps dans sa traversée du domaine solaire. Je tentai de me la figurer dotée d'une ébauche de conscience minérale et donc soumise à des chocs inimaginables pour elle. Une comète pouvait-elle souffrir ? Et, par voie de conséquence, était-elle en mesure d'apprécier le bonheur ? Connaissait-elle comme moi l'appréhension et le désir ? C'était absurde. Je me suis fait communiquer, par le Bureau des longitudes, une situation héliocentrique des planètes inférieures.

Mercure et Vénus en conjonction avaient dû recevoir une visite rapprochée de ma Grande Dame Blanche. Personne nulle part ne l'avait envisagé. Puis j'ai interrogé la rue Michel-Ange au sujet des nouveaux paramètres d'orbite depuis le survol de la Terre. Mais ils ne disposaient de rien de pertinent. En langue profane, ils n'avaient établi qu'une trajectoire dite abstraite, constante dans un espace théorique et, au soleil près, considérée comme vide. C'était indigne d'un étudiant de première année. Leurs prévisions étaient donc fausses d'un bout à l'autre.

Je me suis connecté sur la NASA, au site du JPL à Pasadena. Fidèles à leur tradition d'efficacité, ils devaient posséder les réponses. Mais l'accès aux données était désormais soumis à une toute nouvelle clé d'habilitation dont je ne disposais pas. Paris non plus. L'obsession du secret national revenait en force.

Je m'en suis ouvert directement au patron, pour qu'un minimum de cohérence préside à notre suivi observationnel. Comme les autres, il se moquait du destin de Diaz-Nostro. M. Schutz s'est montré égal à ce que j'avais connu. J'eus droit à de nombreux « peut-être », à d'innombrables « si possible ». Il ne manquait plus, en fond sonore, que le requiem pour une comète défunte. J'ai renoncé.

J'étais maintenant très bien adapté à ce monde souterrain. Souvent il m'arrivait de me déplacer de salle en salle sans le moindre secours lumineux, me jouant des pentes, des obstacles frontaux et des brusques dénivelés. Le défi personnel se faisait habitude ordinaire. Je parvenais peu à peu à cet idéal de symbiose que j'avais tellement souhaité. Voulant tout connaître de mon paradoxal domicile, je m'attachais à l'étudier sous tous les angles. J'entamais une complexe analyse de résistivité de l'ensemble de sa structure. Celle-ci révéla une qualité remarquable. On pouvait dire que le hasard l'avait conçu comme un continuum indestructible. À partir d'une simulation 3D effectuée sur la totalité, il apparaissait clairement que le site de Lascaux disposait de toutes les qualités de résistance d'une coque monobloc de type ovoïde. Vulgairement parlant, j'habitais un œuf géant dont la coquille était du meilleur bronze.

Dans les semaines qui suivirent, je m'attachais à l'histoire de sa découverte en 1940. Le hasard avait présidé à son émergence de l'oubli des temps : un chien perdu dans un trou à rats, un petit pâtre de dix ans, guidé par des aboiements montés du fond de la Terre, et puis la longue incrédulité, et puis la certitude... Un mystère parmi d'autres imprégnait l'endroit : on n'avait pas réussi à mettre en évidence la moindre entrée/sortie de l'époque. L'œuf s'était obstiné à rester clos ; comme si les êtres qui l'avaient habité se dématérialisaient pour y entrer ou en sortir.

Provenant d'un effondrement naturel, son système d'accès actuel faisait grossièrement face au sud. Le jeune garçon qui, le premier, avait visité les lieux, avait rapporté la présence d'un gros filet d'eau qui s'écoulait d'une fracture verticale de la roche et suivait les méandres d'un caniveau naturel de la salle 3 avant de retourner d'où il était issu. Mais celui-ci avait complètement disparu lors des visites d'authentification de l'abbé Breuil, maître des préhistoriens par-devant l'Éternel. L'eau salvatrice s'était refusée au représentant de Dieu.

L'atmosphère intérieure était en permanence sous contrôle. Mais celui-ci n'intervenait pas dans la surveillance de la pression. C'était une lacune. Je résolus de faire engager les travaux pour un réel asservissement barométrique. J'en profitai pour faire livrer plusieurs bouteilles d'oxygène, type plongée sous-marine, avec tubes et détendeurs. Avant que la Cour des comptes ne mette le doigt sur cette aberration plutôt burlesque, il me restait une bonne marge de temps.

M'appuyant sur la recrudescence des cas de pillages et de destructions du patrimoine archéologique, je fis aussi doubler le sas par une porte blindée autobloquante. J'ai ensuite réorganisé le magasin intérieur, éliminant une montagne d'outillage devenue obsolète et inutile, au profit d'une réserve alimentaire logiquement démesurée. Pour éviter les questions, je fis provenir celle-ci de plusieurs points du territoire.

Par les fonctionnaires de Montignac, j'ai modernisé l'installation électrique à laquelle j'ai fait ajouter une chaîne de groupes électrogènes. Je rendais ainsi complètement indépendante la maintenance de mon arche de survie. L'idée parut judicieuse aux représentants de l'autorité centrale :

« J'aimerais pas me faire coincer là-dedans un jour de panne générale... »

Et l'autre de surenchérir avec une involontaire allusion :

« Ni un jour, ni une nuit d'ailleurs. »

Il ajouta même que Lascaux était en train de devenir une véritable station spatiale.

Tout cet ouvrage demanda beaucoup de temps. Mais, dans ma nouvelle manière de vivre, celui-ci ne comptait plus. Il n'y avait ni jour ni nuit, mais un état permanent et paisible, proche du bonheur. Je pensais de moins en moins souvent à Livia morte. Je n'avais pas connu ce douloureux travail de deuil. Car, avec une très grande régularité, sa main venait se poser chaque jour, chaque nuit, sur l'appui de mon épaule droite et je prenais bien garde de ne pas tourner la tête pour ne point la faire fuir. Elle m'accompagnait partout et la voix de mon amour ne me manquait pas tant elle vibrait encore et murmurait en mes espaces intérieurs.

En contrepartie, une part de moi, la meilleure sans doute, était devenue elle. Cela s'était passé par-devers nous, bien avant notre ultime et provisoire séparation. Ainsi avait-elle emporté l'essentiel de mon être, quand c'était la totalité que j'aurais dû lui offrir. Je survivais désormais en état d'amputation permanente. Et c'est de cet arrachement dont je souffrais parfois. Mêlées au sable noir d'un archipel perdu, mes cendres aussi dormaient d'un merveilleux sommeil.

Cette année-là, l'hiver fut rude pour les gens de l'extérieur. Mais vivant vingt-quatre heures sur vingt-quatre à onze degrés centigrades, je n'y ai point prêté d'attention particulière. Juste assez cependant pour faire modifier une dernière fois la voie d'accès extérieure. Celle-ci avait une fâcheuse tendance à s'engorger sous la neige. En automne, elle stockait tout ce que la nature répandait avec largesse. La pente que je fis reprofiler devint un véritable toboggan naturel à déclenchement autoréglé.

Les collines dormaient d'un long sommeil de cristal. Lorsqu'il m'arrivait de m'extraire de mes profondeurs, je ne rencontrais dans cette vaste solitude que traces et empreintes, celles que la vie obstinée abandonnait en signature sur l'éclat de ce glacial édredon.

C'est aux abords du printemps que tout commença. Tout comme à Bure, il y a deux ans déjà. J'étais moins partie prenante et ne vécus donc les prémices qu'en modeste spectateur. L'Institut battait le rappel informatique de ses astrophysiciens et planétologues. Peut-être tout devait-il recommencer et une nouvelle Dame Blanche réparer ce que la précédente avait négligé de faire.

Mais c'eût été trop beau. La vérité se révéla beaucoup plus simple. Ayant catégoriquement refusé de me déplacer jusqu'à Paris, malgré les demandes pressantes de M. Schutz, je ne fus que tardivement informé. Contrairement à ce que me raconta plus tard le vieux Marel, frappé encore plus que la première fois par l'incrédulité unanime des nouveaux anges noirs, j'admis tout de suite la terrible certitude parce qu'elle donnait son sens à la mort de Livia, au sacrifice ritualisé de mon pauvre enfant et à mes modestes souffrances, parce qu'elle couronnait l'irrationalité qui subjuguait le monde et établissait, s'il en était besoin, la justesse absolue de ma brutale vision du destin terrestre.

Comme tout berger ordinaire, comme tout christ commun, j'avais écarté le banal supplice du troupeau pour mieux le conduire au martyre à l'heure choisie par moi. À l'heure choisie par mon maître, c'est-à-dire par mon Père. En un geste précurseur et hautement symbolique que tous avaient refusé de lire, j'avais commencé par sacrifier de sang-froid le berceau même de l'humanité. Cette région d'Afrique de l'Est où Lucy – cette modeste ancêtre issue des hominidés Australopithécus Afarensis, comme disent les savants – avait vécu sa courte vie de vingt-deux années. Elle avait ainsi permis que s'établisse cette humanité que j'allais maintenant rayer de la surface de la Terre.

J'avais enfin touché au faîte de toutes les Églises ; j'allais toutes les abattre. J'avais un nom. Un nom que saint Jean, l'apôtre halluciné, avait voulu révéler au monde à venir depuis sa retraite de Patmos. Et ce nom à la fois maudit et bienheureux, dont les miens avaient tenté sans succès de me protéger, se dissimulait encore telle une perle maléfique sous la gangue obstinée de quelques lettres inutiles. « Antoine Chabrinost », cet état civil n'avait existé que pour servir de labyrinthe. Mais plus pour longtemps. J'étais l'Antéchrist.

Il paraît qu'il fallut un temps fou pour convaincre ; même les spécialistes de la balistique spatiale. Ce qui venait d'être découvert était trop incroyable ; même pour eux. Les Américains eux aussi, du moins les quelques centaines de super-ingénieurs des centres de poursuite, refusèrent collectivement d'admettre, durant une semaine, ce que leur transmettait leur bijou satellisé sur sa belle orbite plantée toute droite dans l'écliptique. Mais la schizophrénie n'est qu'un médiocre remède au virus impitoyable de la vérité.

À ma connaissance, l'information n'eut même pas à être classée « Secret ». Tout changeant soudain de dimension changeait aussi de nature. J'eus beau surfer sur tous les sites scientifiques et astronomiques que m'offrait le Net, rien ne filtrait. À croire que les nouveaux anges noirs eux-mêmes rejetaient le dessein de leur Dieu. C'est à peu près vers cette époque que j'ai commencé de tenir un journal. Dernier acte de lucidité face à cette fonction que j'avais dû mener à bien sans rien en connaître. L'espèce humaine n'aurait donc été sur cette Terre qu'un très bref et très absurde épisode. Par cette responsabilité que je portais et que j'étais fier d'assumer, j'étais autorisé à la clore par un geste éminemment absurde.

Le temps n'était ni ne serait plus aux moyens sophistiqués, à cette informatique impie qui périrait avant l'homme. J'utilisais un des derniers perfectionnements de ce jeune siècle qui ne verrait jamais sa fin : un support-papier à structure polymère et dont le graphe modifiait définitivement la chaîne. Les tests garantissaient plus de cinq mille siècles de lisibilité. C'était peu. Mais Lascaux avait bien préservé des gravures et des dessins dont la rusticité ne laissait pas présager une telle pérennité.

Si ce lieu avait été élu comme temple du passé, c'est qu'il devait continuer de l'être. Musée des espèces mortes, il porterait message aux nouvelles vies, à ces nouvelles monstruosités que la Belle Dame Blanche allait se plaire à engendrer. Si la volonté de celui qu'il était désormais convenu de nommer mon Maître et mon Père m'y avait envers et contre tout conduit, c'est que ma fonction n'était point terminée.

J'ouvris ce journal, ce nouveau manuscrit de la Terre morte, par ce qu'il faut bien nommer un diagnostic terminal. Il me fut fourni par ceux qui ne m'avaient pas oublié rue Michel-Ange. Reliés en télé-conférence nous avons crypté nos échanges avec une clé de codage élaborée en commun. Nous étions mi-sérieux mi-joueurs pour la dernière fois.

Maintenant, j'étais l'élève avide d'apprendre et de recevoir pour, à mon tour, porter la lumière. Mon maître avait besoin, à travers moi, de savoir ce que les hommes savaient. Car ils étaient finis, ces temps préhistoriques où la vie comptait moins que le minéral inanimé. Disparaître sans doute. Mais sous certaines conditions de forme et de cérémonie. Diaz-Nostro-Chabrineau, ma grande et belle Dame Blanche, mon épouse, ma maîtresse, ma plus sûre amie, était de retour. Ma comète revenait pour l'accomplissement de sa plus grande gloire. La frivolité humaine qui l'avait si rapidement délaissée n'avait pas eu de prise sur sa détermination.

Nous n'avions pu maîtriser tous les paramètres. L'erreur commise sur la trajectoire initiale avait induit une véritable réaction en chaîne que personne ne pouvait contrôler. C'est ainsi que s'était accumulée une cascade de petits écarts dont la somme allait nous conduire au Jugement dernier. Perturbation gravitationnelle du système Terre-Lune : sous-estimée. Donc distance de survol du soleil notablement réduite. Celui-ci avait par conséquent courbé la trajectoire de la comète plus fortement que prévu ; la Dame Blanche s'était vue propulsée dans les parages de Mercure. Cette nouvelle influence qui n'avait même pas été envisagée avait entraîné une trajectoire de survol de Vénus. Par sa masse, celle-ci s'était comportée en fronde céleste et avait rabattu la malheureuse vers le soleil pour une ultime déformation de sa course balistique. Chaque aiguillage infernal avait rempli sa fonction. La partie de billard cosmique touchait à sa fin. Diaz-Nostro-Chabrinost, quittant à jamais la zone solaire, s'offrait enfin aux détecteurs terrestres. Ce qu'ils nous disaient était hallucinant.

Vitesse actuelle : quarante-huit kilomètres/seconde. Nouvelle masse après la double cure d'amaigrissement imposée par la chaleur solaire : soixante-dix-huit pour cent de la masse initiale. Trajectoire : définitive puisque rien désormais ne viendrait la modifier. Destination : la planète Terre. Une petite planète plus connue comme troisième fille d'une modeste étoile nommée soleil. Étoile elle-même perdue sur l'humble branche d'une galaxie qu'une conscience balbutiante appelait Voie lactée. Diaz-Nostro allait s'abattre sur nous !

Pour la grandeur du cosmos, il n'allait s'agir que d'un non-événement total. Deux infinitésimales poussières allaient se réunir. Cet incident avait déjà eu lieu des milliards et des milliards de fois.

J'imaginais la discussion. Collision ou impact ? Impact. Probabilité ? Quatre-vingt-dix-neuf pour cent, à plus ou moins un pour cent près. Délai ? Élémentaire, répond le berger à l'agneau : quarante jours encore avant la fin du monde. Juste le temps du premier déluge. Lieu d'impact ? De par l'origine de l'objet, une zone comprise entre + 5 et + 20° de latitude nord. Et en longitude ? Quelques minutes de calculs élémentaires... Temps de révolution sidérale..., clic, clic ; trajectoire de la Terre..., clic, clic... Résultat : chute vers douze heures, entre 155 et 160° ouest.

Était-ce possible ? Oui, tout à fait. Incertitude ? Faible. Plus ou moins à un pour cent près.

Père ! Est-ce vrai ? Est-ce un cauchemar ? Non, mon fils, seulement un rêve, ton rêve qui va aboutir. Le règne de ma justice qui vient de commencer, la lumière enfin accordée à ce monde, mais seulement au terme de la longue nuit qu'il doit encore subir pour se purifier des hommes et de leurs perfides inventions mystiques.

Je n'ai pas eu besoin de chercher sur une carte ou un globe. Même un piètre géographe aurait su situer ce lieu sacré de l'avènement des temps futurs : huit cents kilomètres à peine au sud de cette plage où ma vie et mon cœur de cendres brunes venaient d'être répandus selon les volontés inspirées par mon Père : huit cents kilomètres au sud de l'archipel d'Hawaii...

Angle d'incidence à l'impact ? Orienté nord-sud, à 80° de la verticale, en un remarquable tir au but. Efficacité ? Maximum. Potentialités de détection depuis la Terre ? Très faibles, et d'ailleurs inutiles, l'objet se situant pratiquement dans l'axe du soleil. Contact visuel ? À la limite de l'impossible : Diaz-Nostro-Chabrinost demeurerait noyée dans l'éblouissante puissance de son rayonnement.

Tout ce que j'avais prédit se mettait en place : l'humanité promise au néant et la Terre livrée au chaos, en de terribles, successifs et ininterrompus coups de boutoir. Chaque être humain doté désormais de dix Hiroshima personnels dont les six milliards d'effets allaient tout ravager. Tous coupables ! Tous porteurs de l'étoile jaune d'une monstrueuse et irrémédiable malédiction. C'était ainsi.

Consulté par le nouvel exécutif, l'Institut des sciences du ciel fit répondre qu'aucune riposte n'était envisageable. Le Jet Propulsion Laboratory de Pasadena proposa cependant un dernier défi : la construction d'une station de tir laser d'un million de gigawatts. Mais on n'arrête pas un bombardier en piqué avec une lampe de poche. Et puis le temps manquait. Peut-être désiraient-ils en toute gratuité sauver l'honneur, à défaut de l'espèce. En tout cas, je n'entendis plus jamais débattre de ce projet.

L'annonce programmée de la fin du monde ne quitta pas le secret des laboratoires et des bureaux présidentiels d'une dizaine d'États. Le nombre maximum des nouveaux anges de la mort ne dépassa pas le millier cette fois-ci. En une seule nuit, l'ensemble des sites informatiques en rapport, même lointain, avec la comète disparurent de la liste des menus. Il semble que cela apaisa tout le monde car le E-mail de l'Institut n'enregistra pas la moindre question à ce sujet.

Manifestation éclatante de la théorie dite du silence des agneaux. Celle-ci affirme que, devant l'intrusion soudaine du prédateur dans l'espace clos de leur abri nocturne, et au tout dernier moment, ces animaux se couchent placidement et sans cri, en signe d'acceptation de leur destin. Certains même s'endorment brutalement en une bienheureuse prémort.

Sans doute tout cela était-il trop irréel.

« Méfiez-vous de l'irrationnel ; rejetez-le toujours », avait prophétisé l'un de nos prix Nobel. Pour le coup, il devait être satisfait.

Oserai-je le dire ? Mon bonheur touchait à la plénitude. J'étais heureux car ma vie avait cessé d'errer à tâtons et de se blesser aux fléchages de son chemin. La direction venait d'apparaître, monstrueuse sans doute, mais ce mot n'aurait guère de signification au-delà de l'échéance. Délivré du bien et du mal, je pouvais enfin regarder sans crainte celui qui m'avait conçu à son image. Cet ange, en révolte contre Dieu, et qui m'avait enfanté pour le venger de son humiliation.

J'étais heureux aussi pour une raison plus éclatante encore : les îles où dormait cette poudre de moi-même seraient vaporisées les premières, dès le début du fulgurant holocauste. Les cendres de mes cendres, propulsées vers la haute atmosphère, seraient uniformément réparties dans le volume terrestre, et puis se déposeraient à sa surface.

Des quelques trillions de trillions de molécules qui avaient été Livia et Marie Chabrinost, quelques milliers viendraient me rejoindre ici par la grâce du hasard, les lois statistiques et la volonté de mon Père. Et je les recueillerais en un film ténu, saisi par la caresse d'un doigt appliqué et humide glissant à la surface d'une roche.

Et je les respirerais, et je m'en nourrirais, en cette fusion inaccessible à tous mais que mon Père m'aurait rendue possible.

# 29

J'ai fait un court voyage à Paris. Déjà nous ne disposions plus que de trente-six jours. J'ai acheté un pic de maçon – outil qui sert à abattre les vieux murets. Il m'a fallu de multiples ampoules et l'acharnement maladroit d'une journée entière pour fragiliser et amincir au maximum la paroi qui rendait aveugle le sommet de mon bel escalier. Puisqu'il devrait ouvrir pour la Bête seule, celle dont la tête serait encore au sommet des nuages quand ses pieds toucheraient le sol, il venait de trouver en moi son serviteur annoncé. J'ai épargné les trois derniers centimètres d'épaisseur de la pierre cimentée. Quand sonnerait l'heure dernière, quand exploseraient les vitres et fenêtres de la ville, tandis que toutes les grandes Babylone du monde vibreraient sur leurs bases avant d'être soufflées en un épouvantable envol, alors, en cette ultime seconde, la mince pellicule de meulière sauterait pour laisser s'accomplir la vieille légende devenue prophétie.

J'ai fixé la plus resplendissante photo de ma Livia face à cette future porte de l'Apocalypse, sur la dernière et plus haute marche. Tout en bas, à l'opposé, j'ai répandu les branches brisées d'un crucifix acheté à Montignac, que j'ai ensuite consciencieusement foulé aux pieds. Il n'y avait plus que les villages pour vendre encore des symboles aussi repoussants.

En une première et rituelle expérience, j'ai effectué toutes les tâches d'un ménage complet. Passé l'aspirateur surtout là où cela ne se voit pas. Nettoyé les vitres avec un petit pistolet de plastique et un chiffon. Essuyé les dessus de portes et tringles de rideaux. Dégivré le frigo à la limite de l'apoplexie glaciaire. Vérifié la verticalité des cadres. Supprimé toutes rides sur l'enveloppe de couette. Tapé sur les coussins. Dépoussiéré les tranches des livres. Rangé enfin tout ce qui était susceptible de l'être.

À l'heure où trois petits millions d'années d'histoire retourneraient au désordre originel, quand peut-être des fous se révolteraient contre leur juste sort en détruisant tout, comme l'on tente absurdement de précéder le destin, il faudrait que mon île soit le premier autel qui, pour une fraction de seconde, célébrerait les temps nouveaux du règne de mon Père.

J'ai connu un court moment de faiblesse. Lorsque j'ai rencontré, au milieu de mes eaux de toilette, un de ces minuscules bâtons de rouge à lèvres que Livia semait partout. Je l'ai regardé, cherchant l'introuvable ; mais ce n'était juste qu'un peu de brouillard.

Trop de souffrances s'accrochaient encore à ce vieux monde. Pour la plus grande louange d'un dieu moribond, usurpateur, insatiable des douleurs humaines, les créatures de mon Père avaient accepté de souffrir sans raison et sans fin. Mais elles avaient aimé leur souffrance, elles s'y étaient soumises ! C'était là le plus grand de leurs crimes. Dans l'affaissement et l'oubli de leur filiation, elles avaient rejeté notre Père commun, Lucifer, dont nous tenions l'étincelle de conscience et le goût de comprendre. Méconnaissant celui-ci, elles disparaîtraient donc avec celui-là en restituant la Terre aussi sale qu'elles l'avaient trouvée en y entrant.

J'ai une ultime fois agi en chef. Respectant les formes cependant, j'ai fait organiser par M. Schutz une dernière réunion solennelle des chercheurs de notre discipline. Il fallait bien que l'on se dise adieu. Tous savaient pour Livia. Pas un d'entre eux n'a une seule fois prononcé son nom.

M. Schutz, sans nous en prévenir, avait fait livrer une large collation. Il m'a donné la place centrale de la longue table, tout au milieu d'eux. J'avais ceux que j'aimais de part et d'autre de moi. Au début, ce fut dramatique et j'ai vu le moment où cela tournerait court. Nous étions entre initiés de la grande épouvante. Et celle-ci, en ce lieu clos, ne pouvait que nous saisir et nous broyer. Nos yeux de condamnés à mort ne rencontraient que le regard d'autres condamnés à mort. Ici, pas de faux-fuyants : l'humanité vivait ses derniers moments et chacun savait que l'autre, celui dont il avait apprécié ou repoussé l'amitié, celui qui était devenu une sorte de frère d'affinité, celui-là et les autres n'avaient aucune chance d'être en vie dans six semaines. C'était une expérience hallucinante mais inutile.

Au début, durant de longues minutes, ce fut l'anarchie de la douleur. J'ai vu fleurir des larmes inimaginables et d'incommensurables désespoirs ; les âmes mouraient avant les corps et les corps, soudain sans contrôle, ne pouvaient montrer que la faiblesse et l'angoisse.

Et puis, peu à peu, la dignité réflexe a repris le dessus. Les cris, les larmes et le désespoir se sont taris. Tous avaient peur de cette sorte de mort totalement inouïe ; la mort de ceux qu'ils aimaient, la leur, celle de ce monde dont ils s'étaient obstinés à ne voir que la beauté, celle qui allait s'abattre en une seule fois sur ces myriades d'êtres dont on soupçonnait à peine l'existence en temps normal, et qui en devenaient, brusquement, indispensables à l'harmonie du monde.

Et moi qui étais déjà mort si souvent, qui avais souffert mille mises en croix, moi qui avais dû subir les affres d'autant de résurrections pour mieux mourir encore, j'essayais de les persuader que cela n'était rien. Que notre place dans l'Histoire, pour douloureuse qu'elle soit, serait d'abord privilégiée ; qu'il fallait sans attendre cesser d'y penser ou seulement se réjouir de ce mouvement de respiration cosmique qui ouvrait les temps d'un ciel nouveau au-dessus d'une Terre nouvelle.

Mais ils avaient vécu empoisonnés, dès le départ et jusqu'à cette minute, par ce qu'ils avaient choisi pour être le vrai, par ce qu'ils avaient appris et vénéré : la logique, l'harmonie, le rationnel et l'équilibre, le réel, le droit et la morale, le beau, le juste et l'ordre supérieur des choses. Ce qu'ils appelaient les valeurs et qui, en réalité, n'étaient que les anneaux forgés de leurs chaînes d'esclaves. Et plus s'étaient accumulées les preuves de leur erreur, plus ils s'étaient enfermés dans son adoration.

Élites de la planète, ils étaient à l'image de ce monde. C'est ainsi qu'ils ne pouvaient accepter le chaos magnifique qui allait reprendre possession de la Terre. Une nouvelle tempête s'est levée parmi eux. Je me suis dressé. Saisissant le lourd cendrier de cristal au centre de la table, je l'ai lancé à toute volée sur l'une de ces armoires largement vitrées destinées à protéger les reliques qu'entassait la science des hommes.

Devant ce signe de ma folie, ils se sont tus. La crise était finie. J'ai pu enfin me libérer de ce que j'avais à leur dire. Je proposais un sens à ce qui, à leurs yeux, n'en avait point. Je me suis désigné comme l'unique et réfléchi coupable de la fin de l'humanité, de cette humanité à laquelle je n'appartenais plus. Pas un d'entre eux ne m'a interrompu ni contredit. J'ai pu rapidement expliquer les grandes lignes de ce que j'allais montrer. J'ai fait éteindre la salle. Ils ont docilement tourné leur regard vers l'écran mural géant tandis que je glissais dans le lecteur ce disque compact qui m'avait demandé une semaine de labeur.

Il s'agissait d'une visualisation de la trajectoire réelle de la comète. Séquence par séquence, on pouvait la suivre, depuis son passage au large de Saturne jusqu'au choc anticipé et inéluctable avec notre planète.

Cela, c'était le réel. L'incroyable trajectoire s'est matérialisée sous leurs yeux, avec ses à-coups et ses changements de cap intempestifs.

« C'est un vrai baby-foot », commenta avec son sérieux habituel le bon M. Schutz. Il était au-dessous de la vérité.

Nous avons délaissé cet insupportable réel. Ma deuxième partie revenait à l'origine de l'affaire :

« Imaginons une seconde que nous n'ayons point réagi à l'alarme. Imaginons qu'une humanité moins orgueilleuse et démunie d'un Antoine Chabrineau ne se soit pas préoccupée de modifier la marche de la nature. Point d'ONU, pas de Kourou, point de missiles nucléaires. Notez au passage que cent millions d'Africains y gagnent déjà la vie. Pas de modification de trajectoire donc. Observez bien la course de la comète : survol de la Terre à quatorze mille kilomètres. Notez les paramètres de la nouvelle trajectoire, celle que j'ai fait avorter. Notez la position au plus près du soleil : déjà cent mille kilomètres de différence. »

J'ai ralenti la vitesse de défilement pour que ma démonstration soit sans appel. Plus un souffle autour de moi.

« Regardez maintenant les conséquences : Diaz-Nostro échappe complètement à l'influence de Mercure et va ignorer totalement l'effet de fronde de Vénus. Cette planète est survolée avec huit cent mille kilomètres d'écart au lieu des quarante mille effectifs. Dès ce moment la comète ne va plus cesser de s'éloigner du soleil au lieu de s'en rapprocher. Aucun rapport avec la situation d'il y a six mois. La voici qui entame sa longue route de retour ; elle passe au large du pôle Nord solaire, à six millions de kilomètres au lieu de deux comme précédemment. Regardez bien maintenant. Si je n'avais pas pris le mors aux dents, si le Diable ne m'avait pas fait quitter votre compagnie, Diaz-Nostro aurait recroisé la Terre à dix-huit millions de kilomètres. Oui, dix-huit ! Trois fois six, si vous préférez ; au lieu d'impacter dans trente jours comme cela va nous arriver... »

J'ai fait revenir l'image en arrière, jusqu'au premier survol de la Terre. J'ai remonté le temps ; mais hélas, ce n'était que virtuel. Je voulais que cette succession d'images se grave en leur mémoire. J'ai relancé la machine, cette fois en coupant la bande-son. Ils ont suivi ma simulation comme s'ils la découvraient dans un silence si profond qu'il aurait pu être qualifié de religieux. Je les ai laissés s'imprégner de cette logique. Je savais qu'ils ne pourraient accepter l'inéluctable avant de comprendre pourquoi il allait les frapper. Ils demandaient encore un sens. L'orgueil, toujours lui, la supériorité de la conscience au-delà même de son assassinat, face à cette brutalité qu'ils estimaient sans âme.

Je leur ai laissé le temps. J'ai juste conclu, en coupant l'écran :

« Vous voyez, pas de Chabrineau, pas de fin du monde. Je suis votre bourreau. Je suis le meurtrier de vos familles, l'assassin de vos enfants et de toute votre postérité à venir. Je suis celui par qui le malheur aura été rendu possible, le fossoyeur du beau et du bien. »

Quelqu'un a dit :

« Il y aura des survivants.

– Oui, ai-je admis. Il y en a toujours. Un sur un million ; dix mille au mieux, répartis sur toute la Terre. Isolés, démunis, affamés, brisés. Condamnés sans appel. Leur définitive extinction demandera quelques années.

– C'est absurde, dit une voix féminine. Tu n'y es pour rien tout seul. Cela aurait pu être n'importe qui, dans n'importe quel pays développé.

– Cela a été moi. Car seul je pouvais le faire, et ce n'est pas le hasard qui m'a choisi. Les circonstances qui y ont conduit, dans les conditions limites et irrationnelles que vous connaissez, échappent à toute description de type scientifique. Pour des tas de raisons que vous ignorez, cela ne pouvait être que moi. J'ai chaque fois été volontaire ; je n'ai jamais rechigné. J'étais poussé par la plus terrible des motivations : la quête de la pureté. J'ai cru défier le mal et je n'ai cessé de faire son jeu. Comme disent nos collègues informaticiens, j'étais le seul à être chargé du bon programme. Mais je n'ai pas l'intention de fuir cette responsabilité aussi. Écoutez-moi bien. Même si vous ne le voyez pas, nos barrières s'effondrent. Plus rien entre nous et le néant, la raison va céder devant l'instinct et la pulsion. Si quelqu'un parmi vous veut donner un sens à la fin commune, si quelqu'un veut venger le meurtre de l'Histoire et le génocide du Futur, si cela peut lui permettre d'atteindre à la paix, je veux qu'il sache que je ne ferai rien pour m'opposer à sa volonté. Je la favoriserai même. J'accepte de mourir dès cette seconde et par la main de celui qui le voudra. »

Il y a eu une nouvelle explosion de cris. Ils ont protesté comme ils devaient le faire. Certains même se sont levés pour me serrer dans leurs bras, tandis que d'autres pleuraient. Mes mains furent saisies, étreintes et embrassées à plusieurs reprises. L'un d'entre eux, tout au bout de la table, a rugi :

« Qui pourrait ainsi te trahir ? Montre-le-nous s'il est autour de cette table ! Qui oserait jamais avoir une telle idée ? Plus que toi, c'est celui-là que je tuerais de mes propres mains ! Tous, nous te suivrons pour te protéger, Antoine.

– Écoutez-moi ! Écoutez-moi justement. J'ai une proposition à vous faire et une demande à formuler. Vous savez où je vis. Je pense que ce site souterrain va résister aux premiers effets dévastateurs de l'impact. Il y a beaucoup de place. Lascaux veut revivre. Elle pourra le faire avec votre aide. En recevant en son sein, au bout de quinze mille ans d'attente, la même fine fleur des grands esprits qui la fréquentaient au cœur de la nuit des temps. Vous êtes ma dernière famille terrestre ; je vous attends avec les vôtres, ne tardez pas. »

Mais je savais que pas un d'entre eux ne ferait le chemin. Ils m'aimaient sans doute, mais ne trouveraient pas la force de ce dépassement. Ils ne pourraient que m'abandonner ou me trahir. Je voulais seulement leur donner l'illusion du choix, leur communiquer l'impression qu'ils étaient toujours libres et le resteraient à l'heure de notre mort. Dans ces illuminations qui ne cessaient de m'assaillir, l'image obsédante d'une terrible, interminable et définitive solitude dominait. L'épouvante de ce qui m'attendait était telle que je n'avais pas les mots pour la traduire. J'enviais cette mort prochaine que je n'avais pas le droit de partager avec eux. Mon Père m'avait fixé un autre destin. Mais il fallait que je termine vite tant le désordre menaçait.

« Je veux vous demander quelque chose. Si vous ne venez pas, vous pouvez entretenir la petite flamme vacillante de l'humanité. Lascaux a besoin de vous. Tant qu'existent encore ces liaisons électroniques, confiez dans ces vastes mémoires qu'elle abrite le meilleur de vous-mêmes. Votre imagination de chercheurs, les rêves les plus fous que votre amour de la science a conçus, toutes ces idées que vous n'avez jamais osé divulguer. Confiez vos fantasmes aux murs de Lascaux. Ils peuvent encore les accueillir et les protéger. Si vous voulez que ce monde avorté laisse malgré tout sa trace, son modeste sillage paléologique sur l'océan du futur, alors pensez à ce conservatoire à l'épreuve de l'éternité. En lui dormiront, le temps qu'il faudra, les bribes de notre grandeur.

En disant cela je savais que je leur mentais. Mais je les aimais pour cet âge d'innocence qu'ils n'avaient jamais abandonné et cette acceptation sereine de mes crimes dont ils devaient assumer le fardeau. Il fallait que je les paie des deniers de mon amour. J'ai ajouté encore :

« Confiez-moi vos délires car ils étaient le plus sûr moteur de la science. Vous voyez, je parle déjà au passé... »

M. Schutz qui avait su se contenir jusque-là a pris la parole.

« Votre langage a perdu de son orthodoxie coutumière, cher ami.

– Que voulez-vous ? ai-je murmuré. Une situation qui revient tous les soixante-dix millions d'années autorise certaines licences. Nous ne sommes plus déjà que des fantômes, et les gesticulations de fantômes restent sans conséquences.

– Laissez-moi vous rassurer sur votre prétendue responsabilité en vous racontant cette courte histoire. En 48 avant Jésus-Christ, juste après la conquête des Gaules et contrairement à son habitude, Jules César décida de gracier l'un des multiples comploteurs qui naissaient régulièrement sous ses pas. Il écrit ceci dans ses commentaires où il parle toujours de lui à la troisième personne : " Caïus Decimus Gracchus méritait mille supplices pour le mal fait à Caesar ; mais une force issue de la volonté des Dieux contraignit celui-ci à lui faire grâce. Il le frappa cependant de bannissement et le fit conduire sous le fouet et les chaînes vers les peuples barbares du Nord, aux confins de l'Empire. Et tandis que tombait le châtiment, il fit répandre sur ses terres une telle couche de sel que plus rien jamais n'oserait y pousser. " Fin de citation. Vous avez remarqué comme moi : " Une force issue de la volonté des Dieux "... Bien ; maintenant j'extrapole. Imaginez avec moi : le nommé Caïus Gracchus finit sa vie quelque part aux confins de l'actuelle Autriche. Il y fit certainement souche. Quelque cinquante à soixante générations plus tard, le 7 juillet 1837, et dans l'immense éventail de sa descendance, naît près de Linz un dénommé Aloïs Hitler. Celui-ci deviendra à cinquante-deux ans le père d'un certain Adolf sur lequel je ne m'attarderai pas... En toute certitude, et j'insiste sur le mot, on peut dire de ce sinistre personnage qu'il n'aurait pu exister sans l'intervention génétique du lointain Caïus Decimus Gracchus. Ce ne sont pas nos collègues mathématiciens et logiciens qui vont me contredire. Peut-on pour autant rendre Jules César responsable du déclenchement de la Seconde Guerre mondiale et de son épouvantable génocide ? Qu'en pensez-vous, monsieur Chabrineau ? »

J'ai dit : « Non, bien sûr », mais je pensais oui. Lui non plus ne pouvait s'affranchir de nos étroites contingences. Il ne parvenait pas à comprendre que les Dieux supposés de César, pour qui la barrière du Temps n'avait pas plus d'importance que pour mon Père, avaient eu besoin ou envie de jouer avec cette complication absurde pour engloutir cinquante millions de coupables dans une de leurs nombreuses petites fêtes. Et coupables parce que vivants. Ce raffinement obscur faisait partie intégrante de leur plaisir. Les plus grands moments de l'Histoire naissaient de conditions uniques, impossibles à reproduire.

C'était ce que les mathématiciens nommaient pudiquement, et depuis quelques décennies, « théorie du chaos ». Mais il y avait une volonté derrière le mot, une volonté qui était à l'opposé de celle que nous avions angéliquement imaginée.

Je l'ai cependant remercié pour sa compassion à mon égard. Il était froid et maladroit, mais il était homme et il souffrait.

Plus tard, alors que tombait une de nos dernières nuits, à cette heure où nous allions nous séparer pour toujours, je les ai tous, un à un, embrassés. À Jacqueline, qui ne pouvait contenir ses sanglots, j'ai dit que notre privilège était grand de connaître ainsi l'heure de notre mort, et que cela valait le prix de quelques larmes.

« Je souffre, dit-elle, pour vous, pour toi, pour les miens.

– Garde le secret. Ne laisse rien paraître. Regarde-les vivre jusqu'au bout ; leur joie d'exister te donnera la force. Ou alors, décide-toi vite, rejoignez-moi à Lascaux.

– C'est impossible, tu le sais bien. Comment délaisser le moindre d'entre eux ; nous sommes une si grande famille, et tant de Lévy sur Terre avec qui j'ai un lien. Et cette vieille voisine à qui je dis un mot de temps en temps ? Et ce chat pelé et farouche à une seule oreille, qui guette ce que mon mari dépose en se cachant dans les bosquets du parking ? C'est impossible, Antoine. Tu me connais, tu dois le sentir. Et puis, Lascaux est à toi seul ; il n'y a pas eu de hasard, c'est lui en mourant qui te l'a remis. Tu te rappelles qu'il s'appelait Blasco, Paul Blasco... Ce serait risible si je n'avais pas tant envie de pleurer. »

Et ses yeux se sont remplis de larmes une nouvelle fois. Je me suis penché vers elle. J'ai saisi délicatement son visage entre mes doigts ; j'ai posé sur ses lèvres un baiser sans sexe et sans passion, mais plein d'une forme d'amour, comme je n'en avais encore jamais ressenti. J'ai soufflé à mi-chemin entre sa joue et ses premières mèches :

« Ne t'alarme plus. Prends cette paix que je te donne. Si tu choisis la voie la plus difficile, si tu décides de rester ici, je promets à tous ceux qui habitent en ton cœur une fin facile et sans souffrance. Ils ne la verront pas quand elle viendra les saisir et s'endormiront en elle comme un nouveau-né entre les seins de sa mère. À toi qui sais, je promets d'abréger tes souffrances physiques ; je t'épargne la douleur. Si tu y crois, je t'accorde ton paradis. »

Elle était blanche comme un linge.

« Mais... Comment... ? » a-t-elle bégayé.

J'ai dit seulement :

« Je promets. Sache que je le peux. Il suffit que tu aies foi en moi. Vois, j'ai repris l'ancien nom rejeté par mes ancêtres ; Antoine Chabrinost a désormais de grands pouvoirs. »

# TROISIÈME PARTIE

# 30

Alors que s'apprête à se rompre le septième sceau de la prédiction, Lascaux est prête à jouer son rôle de vaisseau spatial posé sur une planète inhospitalière dont il ne faudra rien attendre pendant longtemps. J'ai testé tous ses systèmes. J'ai vécu une semaine sous trente pour cent de dépressurisation pendant laquelle j'ai respiré le même volume d'air, éternellement régénéré, et limité ma consommation à son niveau extrême. Tout fonctionne, tout fonctionnera. Seul se posera le problème de l'eau.

J'ai fait installer un large râtelier d'armes. Si je survis, j'aurai peut-être à me défendre de quelque animal redevenu prédateur. J'ai privilégié les armes blanches : quand la technologie sera morte, les armes à feu perdront tout avenir. J'envisage sans frémir de faire couler le sang et de donner la mort.

Je suis descendu à plusieurs reprises à Montignac. J'ai délaissé ma voiture. Je me prépare d'ailleurs à l'abandonner. Je tente de retenir le chemin qui relie Lascaux à Montignac. Sans référence aucune à des points de paysage. J'essaie de me comporter en centrale inertielle à mémorisation. Comme ces missiles de croisière capables d'atteindre leur but, sur le simple tracé électronique d'une route virtuelle. Difficile et paradoxal : je dois me conduire en aveugle doué de vue.

Dès le surlendemain de mon retour, j'ai reçu dans ma messagerie la première des visions dites posthumes que j'avais sollicitées. Je l'ai immédiatement enregistrée sur

CD-Rom avant de la retranscrire laborieusement sur mes indestructibles feuilles. La signature de l'émetteur m'a laissé pantois. Noblesse oblige, il s'agissait de M. Schutz.

« Je sais, écrivait-il, que vous allez vous moquer de moi. Mais au point où nous en sommes, ce risque mesquin m'est absolument égal. C'est drôle de se dire que nous allons mourir dans trois semaines. Quel embouteillage d'âmes en perspective ! Bientôt nous connaîtrons même l'heure fatidique et, c'est curieux, je n'arrive pas à avoir peur. Je ne me serais jamais imaginé dans la peau d'un condamné à mort ; mais celle du condamné à vivre est-elle maintenant plus prometteuse ? Le croirez-vous ? Mon principal sentiment reste la curiosité. Je suis comme cet enfant qui hurle son angoisse devant le cabinet du médecin mais brûle d'envie de jeter un coup d'œil derrière la porte. Privés du droit d'établir un testament, nous voilà réduits à des bilans personnels tout autant dénués de portée et de signification. Arrivés sur Terre par hasard, nous nous apprêtons à la quitter par malheur, hélas. Le sens de notre court passage sur cette planète sera de ne pas en avoir eu. Ce que je vous offre n'est qu'un rêve ; et non cet époustouflant coup de génie que vous attendez peut-être, et que d'autres que moi vous adresseront.

« C'est un vrai rêve, nocturne et très inquiétant parce qu'incompréhensible. Il vient me visiter irrégulièrement et sans prévenir, et je l'ai fait déjà une bonne douzaine de fois. C'est dire son importance. Faut-il que ce qui nous arrive soit véritablement révolutionnaire ! Jamais je n'aurais pu vous imaginer un jour en collecteur de fantasmagories. Riez si vous voulez et tant pis pour moi.

« Je me trouve dans un local sombre, étroit et arrondi comme une coquille. L'air y est frais ; la paroi au-dessus de mon visage est basse, de couleur indiscernable et mate. Incliné en arrière plus que couché, je repose sur ce que je peux appeler un fauteuil. Mais celui-ci reçoit mon corps plus qu'il ne le supporte, au point que la sensation de mon poids disparaît très vite. Littéralement, je me sens flotter. De chaque côté de mon corps, j'ai enfoncé lentement mes mains dans une sorte de matière souple, à mi-chemin entre liquide et pâte. Un peu comme si l'on enfonçait ses doigts dans du mercure liquide. C'est un peu froid au début ; puis je perds toute sensation. Je ne ressens plus que mes bras devenus infinis et ma volonté qui s'écoule en eux comme un courant ; cette volonté commande et fait obéir toute matière à l'expression abstraite de mon exigence. Vous avez bien lu : l'objet dans lequel je me trouve se soumet alors à ma seule pensée. Il va, vient, là où je décide de le conduire. J'ai la sensation même qu'il pressent mes ordres et anticipe leur exécution. Mes yeux ne servent plus à rien. C'est la surface de cette chose qui voit pour moi. Je suis le centre d'une machine fluide devenue presque vivante et qui m'épargne toute sensation d'accélération. Je n'ai plus aucune sensation de claustrophobie ; mes limites corporelles se sont évanouies. Je suis l'ensemble. C'est un sentiment de grande ivresse car l'espace autour de moi, pourtant infini, devient immédiatement accessible. Après je me réveille. Je suis détendu et serein et j'ai la sensation que quelqu'un est satisfait de moi et de mes progrès, et qu'il se dit que je vais finir par comprendre. Je n'ai jamais parlé de ça à quiconque. Je n'ai aucune tendresse pour les psys. Je connais leurs arguments et leurs explications qui vous ramènent invariablement à l'utérus de votre mère.

« Si vous conservez cette histoire bête comme une fin de monde, n'oubliez pas, s'il vous plaît, d'inscrire mon véritable nom au-dessous. Je le préfère. Je tiens à vous dire que je vous aimais bien, même si vous avez pu croire le contraire. J'appréciais tous vos défauts, peut-être autant que vous les miens. Je vous dis adieu. »

Il m'a fallu du temps pour réaliser qu'il avait signé avec panache de ce nom que nous lui avions donné : M. Schutz. Sacrés humains, c'est quand ils vont mourir qu'ils laissent paraître leur réelle valeur.

J'ai rendu une dernière visite au Président. Ses fonctions passées lui avaient permis d'être informé en permanence. Il m'a paru abattu, très déprimé. Il semblait porter une culpabilité, assez irrationnelle à son niveau.

« J'aurais dû vous écouter.

— Vous n'avez fait que cela.

— J'aurais dû vous croire vraiment.

— Là aussi, vous n'avez fait que cela.

— Non. Je vous entendais, sans plus ; et l'on ne croit guère ceux qui vous amusent. Je vous regardais comme si j'étais au cinéma. Ce n'était pas tout à fait réel. La politique n'est qu'un grand spectacle ; vous étiez dans la distribution. J'avais beau prendre chaque fois de bonnes résolutions, tout restait artificiel tout le temps.

— Mais, monsieur, vous avez suivi tous mes conseils, donné votre accord à tout. Vous m'avez tout rendu possible. »

J'ai failli révéler une bribe de vérité afin d'alléger sa faute. Mais il ne le souhaitait pas, préférant mourir ainsi. En quelque sorte sa barque pour l'autre rive du Styx. Il semblait rongé de l'intérieur. Je ne savais que faire pour lui. J'ai dit encore :

« Sans vous, nous n'aurions même pas essayé.

— Justement ; il aurait peut-être mieux valu.

— Que comptez-vous faire ?

— Quatre jours avant, je serai conduit par hélicoptère militaire jusqu'à l'abri que vous nous avez fait creuser. Je n'en ai aucune envie mais j'y suis contraint. Dites-moi, Chabrineau, tout cela va-t-il vraiment arriver ? Vous en êtes vraiment certain ? Vous ne croyez pas plutôt que nous nous réveillerons le lendemain du dernier jour avec la gueule de bois en nous disant : " Allez, fini de rire... "

— Il n'y a pas de lendemain après le dernier jour.

— Il nous reste encore combien... vingt-trois journées, je crois ? »

J'ai seulement hoché la tête pendant qu'il poursuivait son monologue.

« Mais où donc menait tout cela ? À quoi toute l'histoire de l'homme aura-t-elle rimé ? À rien ; à rien du tout ! Tout était inutile dès le début ! La conquête du feu, la première pierre taillée, il n'est d'efforts qui n'aient été sans but. »

Il n'a pu s'empêcher de crier :

« Mais ce n'est pas possible ! »

J'étais de plus en plus mal à l'aise. Mais que croyaient-ils tous à la fin ? Où donc avaient-ils lu qu'humanité rimait avec éternité ? Dans le testament d'Adam et Ève ? J'ai failli le lui demander. Mais à quoi bon ?

« Il faut se dire qu'à l'échelle du cosmos nous n'étions qu'une négligeable colonie de parasites. Les nôtres n'ont jamais pesé lourd dans nos laboratoires. C'est à notre tour d'être purifiés d'une goutte de Javel. L'humilité nous protégera de la folie.

« – Ça c'est la meilleure ! C'est vous, Chabrineau, porté par votre légendaire orgueil, qui faites de telles recommandations ?

– J'ai beaucoup changé, monsieur.

– Moi aussi. Je crains que nous n'ayons échangé nos personnalités. Peut-être l'un de vos derniers maléfices. Quels sont vos projets ?

– Je resterai à Lascaux. C'est là que je mourrai, à moins que la comète ne m'oublie dans son travail des premiers jours. »

Je lui ai demandé s'il avait encore accès aux services de renseignements. Une recherche de documentaliste, un peu spéciale tout de même. Il a dit :

« Je crois que c'est faisable, quoique, quoique... Vous menez de bien étranges enquêtes ; vous verrez bien. Tiens, je vais vous confier un dernier secret d'État : le président des États-Unis et quelques proches vont être transférés en navette spatiale sur la station Alpha dont l'orbite a été relevée de quatre cents kilomètres. Pensez-vous qu'ils aient une chance ? »

Je suis resté sans voix. L'Amérique allait rejouer l'Arche de Noé ! Ainsi certains croyaient-ils échapper au bras de la vengeance. C'était bien de le savoir ; mais je suis resté rationnel :

« Il aura, au mieux, huit mois de plus à vivre que vous dans votre abri. Un à deux ans si les Américains nous ont caché quelque petit secret sur l'adaptation à l'impesanteur. L'espace fera lentement ce que la comète aura fait très vite. Ce sera la seule différence. »

Chacun de nous savait qu'il voyait l'autre pour la dernière fois. Nos phrases en perdaient tout sens ; les mots n'étaient plus que des adieux et nos gestes, des rides provisoires sur les sables du temps. Au moment de nous séparer, je l'ai embrassé. J'ai senti ses bras étreindre convulsivement mes épaules. Il a dit, sans me regarder :

« Et vous-mêmes, avez-vous cru à tout ce que vous me disiez ?

– La question n'a jamais été là, monsieur ; je devais seulement livrer le message, et puis accomplir ma mission. »

Il m'a scruté en clignant des yeux.

« Vous étiez qui vraiment, Chabrineau ? »

Malgré ses yeux qui guettaient les mouvements de ma bouche, je ne pouvais lui donner l'ébauche de la moindre réponse. C'était trop tard.

À moins seize jours, j'ai reçu directement les réponses à mon enquête quasi policière.

Le 666, Cinquième Avenue, New York City, est un très élégant et discret building du centre de Middletown. Il n'appartient pas à l'aristocratie très fermée des plus de trois cents mètres. Sa taille lui permet cependant d'abriter près de quatre cents sociétés et bureaux divers. Situé au cœur de Manhattan, à égale distance de Harlem et de la pointe de Battery Park, il se trouve assez proche de la cathédrale Saint-Patrick. Du dernier étage du 666, on voit émerger, au-dessus des terrasses, la double aiguille des flèches jumelles, élevées là pour la plus grande gloire de Dieu et du saint patron de l'Irlande. Elles dépassent d'un cheveu d'architecte le sommet du 666. Mais la nuit, c'est l'inverse : le sigle des trois chiffres, maudits par les serviteurs des Cieux, resplendit de toute sa puissance lumineuse quelques mètres au-dessus de l'ultime élan divin.

J'avais en main le listing alphabétique des sociétés locataires entre 1960 et 1970. C'était interminable et fastidieux. Mais j'avais précisé l'axe de ma quête. Une dizaine de logos professionnels se dégageaient de l'ensemble. Je suis tombé tout de suite sur ce que je cherchais. Le trente-troisième niveau avait accueilli, à partir de 1963, un certain « Laboratory of Human Genetic Engineering ». Cet établissement de recherche avait disposé, dès cette époque, d'une douzaine de lits. Doté d'une série d'éminents chercheurs, c'est entre ses murs qu'avait été maîtrisé l'aspect pratique et non expérimental des premières fécondations *in vitro*. C'est là aussi que leurs extraordinaires résultats furent expérimentés avec succès sur de nombreuses volontaires : ils maîtrisaient le tri des caractères héréditaires.

Longtemps à la pointe du progrès, le laboratoire avait été immédiatement en butte à une violente opposition des milieux religieux et d'une classe bourgeoise rétrograde. Durant sa courte existence, il n'avait cessé d'avoir des ennuis. En 1969, sans doute à la suite de difficultés financières, le laboratoire quittait Manhattan pour le New Jersey.

Mais un scandale touchant aux donneurs masculins n'avait jamais été élucidé.

Un an plus tard, selon les limiers de l'ex-Président, le LHGE était détruit par un gigantesque incendie où périt d'ailleurs son directeur-propriétaire. Le brasier ne fut sous contrôle qu'au terme d'une nuit de lutte.

« Un véritable feu de tous les diables ! » titrait le *New Jersey Star* le lendemain. Une dernière précision fermait le dossier : aucune archive connue. C'était mieux ainsi...

# 31

Plus que quatorze jours avant la fin du monde.

À Montignac, sous les arbres des places, les autochtones se demandent pourquoi les gens de Périgueux ont tellement changé. Plus loin, l'atmosphère est aussi devenue triste, terne.

« On dirait qu'i va y avoir une guerre », disaient certains. « Et qué guerre, ballot ? » « Hé, je te dis c'que j'vois, si tu veux plus que j'cause, alors j'cause plus. »

Même dans les villes du Sud, les gens prirent l'habitude de rentrer tôt chez eux le soir, bien que la douceur du climat commençât à les appeler à l'extérieur. Le phénomène se vérifiait sur toute la planète.

Par la radio, j'appris une nouvelle fort réjouissante. Le pape venait de quitter Rome, de nuit. Bien que le secret eût été jalousement gardé, la foule se pressait en lamentations et en prières sur chaque mètre carré de la grand-place vaticane.

Pierre Romain avait plié devant la prophétie de saint Malachie d'Armagh. Il abandonnait la ville dite éternelle avant d'avoir à y fouler le sang de ses brebis. Mais Rome, Babylone d'entre les Babylone, n'échapperait pas au destin commun ; même négligée, contournée et bannie, telle était et serait la loi. Nul ne savait où il était parti se cacher. Mais la foudre de mon Père saurait le débusquer.

Une défaite humiliante par laquelle Pierre Romain bouclait l'interminable boucle de l'ère dite chrétienne. Sur la route amère de son exil sans retour, il n'avait pu faire la même rencontre que son plus illustre prédécesseur, le premier des Pierre, celui que la Tradition nommait le Fondateur. Fuyant les persécutions de Néron en 64, il avait croisé le fantôme de son maître crucifié trente ans auparavant à Jérusalem. À la question : « Où pars-tu, Pierre, pendant que je vais à Rome me faire recrucifier ? », il avait répondu en rebroussant chemin. Mais il n'y avait plus ni maître, ni fantôme, ni question, ni courage. Le glaive éclatant de mon Père allait bientôt se dresser au-dessus de la ville de tous les crimes qui allait se peupler de millions de croix.

C'est à moins dix jours que j'ai reçu le dernier des testaments de mes collègues encore dignes d'intérêt.

Celui-là venait de mon vieux Marel ; il donnait une dernière fois libre cours à son penchant pour les mondes mystérieux chers à Kepler, Newton et au truculent Tycho Brahe. Je dois le reconnaître, son texte étrange a passablement obscurci mes certitudes. Il soulevait un point de vue que je n'aurais même pas imaginé. Il disait :

« À peine sa conscience s'élève-t-elle que l'homme, immédiatement, invente Dieu. On est confrontés à ce phénomène dans toutes les cultures, à toutes les époques, et absolument partout sur la Terre. Plus que le rire, c'est la notion de Dieu qui est le propre de l'homme touché par la raison. L'humanité est-elle à ce point débile ? Pour le libre penseur que je suis, cela a toujours été une énigme extrêmement préoccupante. Et l'infime exception des athées ne prouve rien : les déicides restent négligeables face au nombre des déicistes. Ceci est mon premier point.

« Nous avons tiré notre corps matériel des éléments mêmes qui constituent le cosmos. Nous sommes tout autant complexes et nombreux que le sont nos mères les étoiles. Peu importe la taille, nous représentons le cosmos au même titre que les amas de galaxies. On peut donc affirmer que, lorsque les hommes commencent à s'interroger sur ce qui les entoure, c'est le cosmos qui se met à réfléchir sur lui-même. Et il s'est comporté tout de suite comme s'il avait besoin d'un créateur, au point de le créer de toutes pièces. Second point.

« Et puis les philosophes bouffeurs de curé se sont demandé pourquoi il y avait quelque chose, alors qu'il aurait pu n'y avoir rien. Et puis sont venus Edwin Hubble et son big-bang, nous annonçant que l'univers n'était pas ce que l'on croyait et que lui aussi avait connu un début, c'est-à-dire une naissance... Voici mon troisième point.

« Là-dessus s'est greffé cet éclair de lumière et d'énergie à la source de toutes choses, décrit depuis deux mille ans déjà par la Bible sous la formule divine : " Que la lumière soit ! "

« Je terminerai sur les angoisses métaphysiques de ce bon Einstein et sur sa formule : " Dieu ne joue pas aux dés. "

« C'était beaucoup pour mon fragile esprit scientifique, mais je n'ai pas pour autant abjuré mes erreurs aux marches des autels. J'ai eu le seul réflexe que je pouvais avoir : appliquer la seule méthode que l'on m'avait apprise, celle de la pensée expérimentale et du doute interrogatif. J'ai saisi le problème par l'autre bout. Je me suis mis dans la peau du manipulateur. Que nous enseigne la pratique des expérimentateurs, biologistes, chimistes et physiciens ? Quelque chose d'extraordinaire et que je vous prie d'écouter avec une grande attention : toute manipulation, toute expérience scientifique tend à créer dans un lieu clos des conditions et des événements qui ne peuvent exister à l'extérieur du confinement. Plus qu'une simple évidence, c'est le principe de base. L'idée a fait son chemin.

« Plus je réfléchissais et plus il m'apparaissait que notre cher cosmos n'était ni plus ni moins qu'une manip. Ou, du moins, qu'il pouvait être considéré comme tel. Comment grossièrement définir le cosmos ? On peut dire qu'il s'agit d'une somme d'espace de temps et de matière intimement associés. Pouvait-on rêver au passage d'une plus éclatante Sainte Trinité ? Revenons à l'idée de départ.

« Si nous disposons de temps, d'espace et de matière, c'est donc, selon mon principe, que ces trois éléments font défaut à l'extérieur du confinement expérimental. Ils ont été tous les trois réunis à l'intérieur, avec juste les lois physiques et chimiques qu'il fallait, pour qu'ils s'y stabilisent et qu'ensuite il se passe quelque chose.

« Pauvre entité manipulatrice. Privée de bel espace, elle n'est nulle part ; c'est-à-dire partout à la fois. Sevrée de ce temps merveilleux qui rythme nos vies, elle est permanente, sans fin ni début; autant dire éternelle. Dépourvue de ces bonnes vieilles particules regroupées en atomes puis en molécules, elle est forcément immatérielle, démunie de forme au sens corporel du mot. Elle ne saurait donc être représentée, comme disait le catéchisme de ma petite cousine. Je viens de définir Dieu.

« Mais l'entité est sérieuse et vigilante. Comme tout bon expérimentateur, sa création lui tient à cœur; elle l'aime, disons globalement. À un point près cependant : elle ne peut plus y intervenir. C'est la règle essentielle du scientifique, sinon elle modifie les données et fausse tout. Rien ne lui échappe pourtant, des collisions de galaxies au doigt pincé dans la porte; mais rien ne l'implique. Ça marche ou ça ne marche pas.

« Si ça ne marche pas, elle recommence en supprimant, créant ou modifiant un des éléments. Et puis elle observe attentivement de ce lieu sans distance ni temps ni matière. Elle n'a même pas besoin de patience; il lui suffit de regarder simultanément ce qui s'y passe, s'y est passé et se passera. Elle est l'ici et l'ailleurs, le tout et le rien, le début et la fin. Chez elle, le temps est un lac immobile; ici, c'est un fleuve majestueux. L'entité découvre avec ravissement qu'elle vient d'inventer quelque chose d'absolument inouï : la notion d'Histoire! Elle recevra pour cela l'équivalent de notre prix Nobel. Tant pis pour la manip si elle vient aussi d'y créer quelques toxines : le destin, la souffrance, la mort, les sentiments, la violence, la révolte.

« Ce ne sont là que sous-produits, effets secondaires regrettables et totalement indépendants de sa volonté. Tout progrès a ses inconvénients, n'est-ce pas? Avait-elle prévu l'émergence de la vie? C'est une grave question et je n'en sais foutrement rien; encore un sous-produit sans doute. Peut-être même un terrible accident, comme une réaction en chaîne dans un paisible réacteur nucléaire. Ou alors, imaginez que cela fût une énorme surprise pour l'entité; un fait extraordinaire, imprévisible. Imaginez que la manip n'ait présenté cette singularité qu'en un seul point de sa structure; quel bouleversement dans le calme schéma initial! Vous vous rendez compte, cher ami! Une vie autre que celle, si particulière, de l'entité créatrice. Mais en quelque façon, une vie à son image puisque découlant de la force de son désir. Une vie liée au temps, avec un début et une fin.

« Et très vite les complications apparaissent, tandis que le fleuve du Temps s'écoule impalpablement et paisiblement en tous points de la création, la singularité voit s'accumuler les problèmes. Le sujet entre en compétition avec son maître, cherche à le surpasser et décide très vite d'entrer en contact avec lui. Le sujet a des observations à faire sur la conduite de la manip. Lui, objet de l'expérience, exige d'avoir voix au chapitre pour telle ou telle modification. Il veut faire changer les règles par l'entité. Il veut exprimer ses remontrances. Mais comment établir cette impossible liaison ?

« Alors le sujet invente la prière et communique avec le maître sur le mode impératif. Le ton est suppliant mais péremptoire : " Donnez-nous... Délivrez-nous... Pardonnez-nous... " Rien n'échappant à l'entité, celle-ci perçoit ces appels incessants. Ils lui disent qu'elle a été mise au jour, qu'elle doit cesser de se cacher et qu'elle doit venir mettre de l'ordre dans une manip qui en contient déjà trop. Ils exigent l'envoi d'un délégué, un messie avec les pleins pouvoirs. Très vite, pour l'entité, la situation est devenue ingérable : même pas des protozoaires et déjà en train de former un syndicat !

« Mais la règle déontologique est impérative : ne jamais intervenir. Juste observer le long mouvement de houle entre l'ordre et le chaos. La finalité dernière de la manip n'était peut-être pas au-delà... Toute la souffrance du monde tourne à vide, c'est une curiosité parmi une myriade d'autres ; un simple accident.

« Vous ai-je converti ? J'en doute et ne le cherche point. Je viens de démontrer que Dieu n'existe pas. Ou du moins pas tout à fait comme nous le pensions. Mais, si j'ai raison, je prouve que tout cela aura été une simple farce, un insignifiant passe-temps. Au-delà de cet univers créé de toutes pièces, fruit d'une volonté et d'une détermination pour nous à jamais inaccessible, je sais maintenant qu'il y a autre chose. J'en suis définitivement persuadé.

« Mais c'est tellement triste, tellement mesquin, que j'en pleure tandis que mes doigts tremblent sur le clavier. La Terre n'est rien. Notre comète n'est rien. Nous ne sommes rien nous-mêmes. Et cette grandeur qui monte jusqu'aux étoiles reste un effet imprévu, sans conséquence, sans objet et sans but. Il n'y a ni Dieu ni Diable, ni Enfer ni Paradis. Le ciel est vide et nous sommes seuls. Définitivement. Pendant que nulle part, un médiocre apprenti sorcier ne s'interroge même pas sur ce qu'il voit et réfléchit déjà à sa prochaine expérience. J'ai hâte de mourir pour renaître ailleurs, encore et encore. La vraie fin m'intéresse. Adieu. »

J'ai lu et relu ce texte effrayant à la pensée parfois bien touffue. Je l'ai payé du prix d'effroyables cauchemars. Il semblait que quelque part j'étais devenu l'enjeu d'un sombre combat. Et puis, peu à peu, il s'est éloigné de moi, me rendant à mes nouveaux devoirs.

Moins huit jours.

La presse électronique vient de signaler un phénomène très beau et très curieux que, dans notre hémisphère, on peut tenter d'observer, juste après le coucher du soleil, par ciel très clair : la queue de Diaz-Nostro-Chabrinost luisant selon un axe oblique du plus bel effet, dressée au-dessus de l'horizon, avant de poignarder la Terre dans son lent mouvement vers le couchant.

Les États-Unis viennent de procéder à trois lancements de navette sur trois journées à peine. Mission militaire à destination de la station Alpha. J'ai reçu, par le biais de mes nouvelles installations, mon premier vrai coup de téléphone : Jacqueline me disait adieu d'une voix légère, calme. Elle m'a souhaité bonne chance sur un ton heureux que je ne lui avais jamais connu. Sa sérénité m'a comblé. Elle m'a fait part d'un phénomène étrange : Paris se vidait peu à peu de ses habitants. De parents installés à Londres, elle tenait la même information, tandis que des amis de Washington s'étonnaient du calme soudain et de la disparition quasi totale de la criminalité record de leur cité. « Les villes s'endorment », disaient-ils tous.

Nous étions le 18 juin. À six jours de l'impact. Ainsi connaîtrions-nous à peine l'été de l'an 2006. La comète devait ravager la Terre le 24 juin... La date fatidique est tombée sur moi comme une chape de plomb : le jour de mon quarantième anniversaire ! Le 24 juin ! « Veuillez noter, devait dire mon ami le cabaliste : 24 = 6/6/6/6/, vous voyez bien... » J'ai été frappé par ce nouveau signe envoyé par mon Père au point d'en avoir le souffle coupé. J'ai dû m'appuyer contre la froide paroi rocheuse.

Fallait-il remercier pour ce premier cadeau ? Je ne savais que faire. Ainsi Marel, dans les ultimes étincelles de son intellect, avait sous-estimé la puissance des armées de mon Père.

Ce même jour, j'ai reçu un appel urgent et inquiet de Montignac. Ils m'annonçaient une visite impromptue. Mais le demandeur refusait de donner son identité. Acceptais-je de le recevoir ? À voix basse, mon correspondant a ajouté que l'homme lui faisait très mauvaise impression, qu'il avait un comportement et un regard d'halluciné.

J'ai accepté tout de suite. Malgré tous les signes contraires, l'ange de la vengeance venait abattre sa main sur moi. Annoncée en public, ma soumission ne pouvait plus se démentir. J'ai ouvert les deux sas, faisant hurler, dans ce viol du règlement, toutes mes sirènes. Pour la première fois depuis trente ans, l'air ordinaire a pu pénétrer à l'intérieur de mon temple. L'inconnu était Gary Arp.

Il avait reçu, comme tous mes proches absents à la réunion de l'Institut, la copie du disque compact et le texte de ma déclaration. Pouvait-il m'en vouloir à ce point ? L'âme humaine était-elle donc si complexe ? Nous nous sommes longuement étreints. Ses yeux étaient déjà rougis par d'innombrables larmes. Je lui ai dit que nous serions mieux à l'intérieur. Il a traversé les salles comme s'il s'était agi d'anonymes couloirs.

Il ne m'a fallu que quelques instants pour comprendre que j'avais fait fausse route : Gary cherchait la mort mais ne la portait pas. Son regard fiévreux la combattait encore. À moi qui l'avais tant donnée déjà, et si durement reçue, il venait demander l'impossible solution d'un impossible problème. Soupçonnait-il seulement que je pouvais l'en exempter ?

« J'ai besoin de toi une dernière fois. La vie nous a faits frères, tu le sais. Nous avons des droits l'un sur l'autre ; aujourd'hui, je viens les exercer. Écoute-moi. Que faut-il que je fasse ? Toi seul peux me le dire, car toi seul connais la réponse dont j'ai besoin. »

Je lui ai répondu qu'il n'y avait rien à faire ou à ne pas faire, qu'il suffisait seulement d'attendre. Mais la question n'était pas là. Lui voulait bien mourir, mais en père protecteur. La simple idée de la mort des siens ne parvenait pas à lui apparaître, même comme une éventualité de principe. Ses enfants n'allaient plus vivre ; cela il l'admettait encore. Mais ils ne pouvaient mourir. Gary Arp était en train de perdre la raison. Je lui ai fait parcourir toutes les salles de ma cathédrale obscure, vérifier l'état de mes réserves et la variété de mes installations.

« Il ne tient qu'à toi. Va les chercher. Vous êtes quatre ; ce sera d'une simplicité extrême. L'endroit surprend la première fois, puis on s'y habitue très vite, et les nuits sont très sécurisantes. Il te reste juste assez de temps. La structure de ces roches cristallines est presque à toute épreuve. Cet endroit est plus blindé qu'un coffre. »

J'ai forcé le trait. Je lui ai dit que Lascaux avait une chance sur dix de passer victorieusement le cap du 24 juin. J'ai continué :

« Regarde, il y a de la place pour cent personnes sans se serrer. Ta femme est-elle au courant ?

– Non ! Non, surtout pas. Je n'ai pas eu la force de lui raconter. Elle dit que je fais une dépression nerveuse et je lui laisse croire que j'ai entamé une psychothérapie.

– Amène-les, dis-je. Ici vous aurez une chance ; ailleurs, il n'y en a pas une sur un million. Si nous résistons à la première semaine, après tout devient possible avec de la volonté et beaucoup de courage. »

J'ai senti que je venais de l'ébranler. J'ai cru la partie gagnée ; j'ai été trop franc.

« Comment faudra-t-il vivre ?

– En sacrifiant tout. Juste un peu d'air recyclé et un contrôle draconien de la nourriture. Il faudra que chacun s'impose une très grande discipline. Nous serons comme des naufragés dans un océan sans bords.

– Et dans quelles conditions ? Combien de temps ?

– Six mois au minimum sans mettre le nez dehors. La vie d'un cavernicole aveugle au moins pendant un an. Très peu d'énergie disponible ; il fera froid et nous devrons vivre dans l'obscurité totale. »

J'ai compris instantanément que je venais de perdre. Il m'a scruté de son regard de fou et puis, il a secoué la tête.

« Alors c'est impossible. Mes filles, Antoine, tu les connais, tu as vu comme elles sont mignonnes et fragiles. Elles ne peuvent pas dormir dans l'obscurité, elles font des crises d'angoisse terribles. Et puis, Sandy est asthmatique. Comment fera-t-elle sans ses petits aérosols à renouveler tous les deux mois ? Malgré la présence de ma femme, nous avons déjà failli la perdre une nuit : deux semaines d'hospitalisation. Elle ne supporte pas la vue de la poussière sans se mettre à haleter puis à étouffer. »

Et il a répété mécaniquement :

« C'est impossible ! »

Je voulais qu'il cesse de s'enfermer dans ce raisonnement infernal, mais c'était trop tard. Il a dit encore :

« Il y a Patty, ma femme. Ça me gêne de te le dire. Elle est végétalienne, et très pointilleuse sur un tas de principes. Elle a en horreur tout ce qui touche à la campagne et à la terre ; elle ne supporte pas la moindre fourmi. Ici ! Ici ! Qu'adviendra-t-il d'elle ? »

Le temps n'était plus aux mensonges.

« Si nous survivons plus de deux années, nous serons ramenés, dans le meilleur des cas, au niveau matériel du néolithique. »

Il a répété mon dernier mot comme pour s'en persuader et puis, il a dit :

« Seigneur, ne m'abandonnez pas. »

J'ai ajouté que je pouvais me tromper et qu'il fallait provoquer le destin. Mais il a encore une fois secoué la tête.

« Non. C'est joué d'avance. Si nous venons, pour elles trois ce sera tout de suite l'enfer avant la mort. Je ne peux pas leur imposer tant de souffrances. »

J'ai baissé les yeux.

« Ne bouge pas alors. Pour nous l'impact aura lieu en pleine nuit. Fais-leur prendre des somnifères et reste à côté d'elles. »

Il s'est redressé brutalement. Il semblait fou de rage.

« Tu lis dans mes pensées ! Je le sens depuis tout à l'heure !

— Mais, Gary, n'importe qui aurait eu la même idée. »

Il a secoué la tête avec une violence à peine contenue.

« Tu sais ce que je vais faire ! Tu le sais ! Tu l'as compris tout de suite. Tu sais que c'est ton accord que je suis venu demander. Tu dois me soulager de ce crime affreux que je vais commettre et qui tourne autour de moi comme un fauve. Tu dois par avance m'en absoudre !

– Alors je veux entendre les mots sortir de ta bouche.

– Je ne pourrai pas. Tu as lu dans mon esprit, cela devra te suffire.

– La pensée est insuffisante. Les mots doivent sortir de ta gorge pour cette absolution que tu demandes. Tu le peux et tu le dois. »

Il lui a fallu plusieurs minutes pour se décider. J'étais à son côté ; tous les deux assis sur une large rupture de la roche. Mon bras a gauchement enserré ses épaules. Nous faisions face à la licorne, toujours aussi hautaine mais soudain plus attentive.

« Chaque soir, quand je suis à la maison, après le dîner, nous passons toujours au minimum deux heures ensemble. Nous jouons à ces jeux que les enfants adorent et qui me rasent un peu. Avec ma femme, quelquefois, on triche ; mais à part égale et très équitablement. Souvent mes deux Twin Stars se disputent pour une histoire de points. Alors on arbitre, on cherche la justice. Et puis, quand il fait vraiment très noir, Patty se met dans le grand fauteuil que tu connais et, l'une et l'autre blotties contre elle, elle leur raconte la même histoire un peu absurde, mais sans jamais en modifier un détail.

« Pendant ce temps, je me charge de l'autre rite. Je suis le spécialiste ès tisanes et infusions ; mais moi je change tout le temps. Jamais le même goût. J'ai mes petits sachets, mes pots, mes recettes. J'imagine chaque fois un mélange différent. Je fais des expériences quelquefois incertaines. Le miel atténue les bizarreries. Voilà. La veille du 24, tu sais ce que je vais faire. Tous les quatre, nous ne nous réveillerons plus.

– Non, Gary ! Si tu veux le pardon, tu dois tout dire. »

J'ai cru qu'il allait se révolter. Il a seulement un peu plus baissé la tête. J'ai augmenté la pression de mon bras.

« J'ai déjà pris ce qu'il faut à l'annexe du labo de chimie. Il s'agit d'un dérivé proche du curare ; totalement insipide. Je le mêlerai au miel. Nous irons nous coucher tout de suite, comme d'habitude. Deux heures après, nous serons morts parce que je nous aurai tués. Ce poison apaise, relâche tous les muscles et éteint les fonctions cardiaques et respiratoires. C'est la meilleure des morts que je puisse nous offrir. Maintenant tu sais tout. Mais pour que je puisse accompagner toute cette innocence là où elle ira, pour que là-bas j'aie encore le droit de les serrer contre moi et que je sois encore leur père, tu dois me décharger par avance de mon crime, me donner ton accord et m'en libérer ! »

Je lui ai dit qu'il me fallait ressentir le problème et le laisser entrer en moi. Sinon tout ce que je déciderais serait faux et artificiel.

Il ne pouvait repartir avant le jour. Je lui ai offert une dernière soirée de paix. Je lui ai fait visiter mon palais des merveilles. Il a posé sa main droite sur ces empreintes d'ocre brune, soufflées en négatif, qui ont immortalisé les mains alignées de nos frères du passé. Sans le savoir, il recréait ainsi un pont entre les âges. Il a laissé longtemps sa main au contact de la pierre tandis que s'écoulait en lui le flux tellurique et consolateur.

Je l'ai progressivement détourné de toutes ces catastrophes qui marchaient vers lui. Nous avons évoqué la beauté de Venise sans penser une seconde que dans six jours elle ne serait plus que cendres dans les mémoires du Temps.

« Tu te souviens ? » disait-il sans cesse. Je me souvenais, confronté soudain à la douleur ressuscitée de mes souvenirs.

« Tu te souviens, me dit-il, je voulais que nous allions ensemble à Athènes. Je t'en avais parlé, je crois. J'étais passé par là il y a sacrément longtemps. Un car marchant au klaxon et conduit par un chauffeur cinglé nous avait emmenés à trente-cinq kilomètres vers l'est, en suivant la côte. Dans une sorte de cul-de-sac naturel enfoncé comme un pieu dans le bleu de la mer Égée : à Sounion, un cap rocheux très découpé et nu, et qui surplombe, je te l'ai dit, une mer unique au monde, de ses cent mètres de falaise. Au sommet, à la dernière pointe, le siècle de Périclès y avait élevé un temple dédié à Poséidon, dieu des espaces maritimes chaotiques. Les ruines du temple sont splendides. On ressent encore la symbiose qu'il entretenait avec les lumières du paysage. Même sans fermer les yeux, on parvient à imaginer et à entendre la respiration qu'il échange avec la mer. Un lieu incomparable, tu sais, et l'esprit qui l'habite depuis vingt-trois siècles a la même force et la même présence qu'au tout premier jour. J'ai passé ma journée à marcher au hasard au pied des colonnes, traquant les âmes des grands-prêtres et essayant de saisir l'ombre des prières que les fidèles ont dû y déposer avec leurs offrandes. En fin d'après-midi, il restait encore une bonne centaine de visiteurs et les gardiens ont commencé de nous tourner autour dans un manège très significatif. L'heure de la fermeture et celle de l'ouzo allaient bientôt sonner. Mais, sans se donner le mot, les uns après les autres, nous nous sommes tous assis sur la pente rocheuse, face à la grande scène de la nature. À notre gauche : le temple, posé comme un diadème de pierre sur cette étendue de turquoise liquide, couvert jusqu'à l'horizon d'un bleu azur qui, avec la fin du jour, changeait de nuance chaque minute. Un ciel presque scintillant de profondeur et de pureté et, là-bas, vers l'ouest, la mégapole, la civilisation polluée. La mer occupait tout notre champ visuel. Lisse, sans vagues. La brise tiède qui la parcourait ajoutait, s'il était possible encore, à son omniprésence. Le soleil allait se coucher. Les gardiens commençaient à être nerveux mais nous avons tenu bon. Personne ne soufflait mot, plus s'approchait cet instant magique, et plus le silence enveloppait cette terre des dieux. Au moment fatidique, quand le soleil a touché l'eau, des tonalités vertes et violines se sont élevées de la mer. De jaune, il s'est fait orange, ensuite rouge tendre, tandis que l'espace autour de nous se fonçait de bleu-nuit, puis d'un bleu-noir annonciateur du repos du monde. Nous avons résisté jusqu'au bout et, en cet instant surnaturel où l'astre a complètement cédé devant la tendre insistance de la mer, un souffle brutal nous a tous balayés. Il a jailli de toutes les gorges un salut barbare, un grand cri rauque lancé d'une seule voix, pour honorer le prodige que nous venions de vivre. Et puis, sans prévenir, comme poussés par le même élan, nous avons tous applaudi, à nous en briser les mains. Nous devions saluer le soleil et remercier l'univers qui pouvait offrir tant de grandiose beauté. Derrière nous le ciel déjà s'assombrissait. Vers l'est, Altaïr et Véga montaient lentement à l'assaut du zénith. Les gardiens, faussement furieux, se sont mis à pousser des clameurs gutturales, dignes d'inquiéter tous les monstres anciens des légendes hellènes. Ils nous ont refoulés sans rémission vers les sorties de haut grillage. J'ai connu là mes premières larmes d'adulte. J'aurais voulu, par la suite, conduire tous ceux que j'ai aimés vers ce pôle du monde. Mais je n'en ai pas eu le temps et il y en avait trop. Je me disais toujours qu'on finirait bien par s'y rendre ensemble. Et puis voilà que Sounion aussi va disparaître de la surface de la Terre. Quel crime affreux ! »

Je lui ai dit doucement :

« Là où il y a crime, il n'y a pas forcément criminel.

– Tu crois ? » a-t-il répondu.

Mais il fallait que je l'en persuade. Je lui ai longuement parlé. Je lui ai dit que parfois on pouvait faire le mal, pour éviter un mal plus grand encore ; qu'il fallait qu'il se dégage de sa culpabilité, que ce cancer du cœur était le pire des sentiments inaugurés par notre civilisation bimillénaire. Et, puisqu'il n'avait jamais été obligé de faire le bien, c'est qu'il était libre de servir quelquefois le mal. Je lui ai démontré que la faute ne se jugeait pas à l'aune d'une règle sans âme, mais s'appréciait toujours aux conditions qui y avaient conduit. Et que la simple conscience de la faute en allégeait le fardeau. Les principes du bien avaient imposé leur aveugle dictature et rejeté ces circonstances dont l'examen se révélait essentiel.

C'est au petit matin des gens de l'extérieur, alors qu'il se réveillait frigorifié et engourdi de courbatures, que j'ai utilisé pour le convaincre mon meilleur argument.

« As-tu fait le décompte des millions d'humains qui ont perdu la vie avec le numéro 18 de mes engins de Kourou ? À cause de cette solution que j'ai imposée en pensant faire le bien ; quelle dérision quand j'y pense ! Et le nombre écrasant de ceux qui souffrent sans comprendre, et meurent tous les jours à cause de moi ? Personne n'a demandé ma mise en jugement. J'ai même été honoré, exalté, déifié pour finir. Les morts sont morts en me disant merci. Quand je perpétrais mon abominable forfait, j'étais déjà acquitté. Et il ne s'agissait pas d'hypocrisie, simplement du monde bien réel dans lequel nous avons toujours vécu, mais sans le savoir. »

Je me suis dressé face à lui.

« Gary ! Écoute-moi ! Tu vas partir en paix. Tu vas rentrer chez toi rejoindre ceux que tu aimes au point de t'offrir à

Lucifer pour les protéger des excès du bien. Je t'absous de ce crime heureux que tu vas commettre. Je t'en dégage devant l'univers. Je prends à ma charge l'expiation qui te permettra de rester toujours auprès d'elles. Je te permets d'être à jamais le bon père qui leur aura évité des souffrances bien trop grandes pour leurs yeux d'enfants. Va les rejoindre, tu ne les quitteras plus. À vous quatre, famille exemplairement unie, je donne l'éternité. Va les prendre dans tes bras; va les conduire loin de ce monde. Mais mon pardon a un prix. Tu ne pourras faire le chemin avec elles. Laisse leur mère saisir seule chacune de leur petite main. Elles t'attendront sur l'autre bord, car toi je te condamne à vivre l'enfer quelques heures de plus. Le soir du 23, tu ne prendras rien. Je te condamne à regarder la mort en face et à la subir quatre fois. Après ton supplice, tu pourras les retrouver sans honte. »

Il pleurait. J'avais réussi. Je lui ai demandé s'il avait reçu mon dernier courrier. Et, sur son signe affirmatif, ce qu'il avait pensé de ma conclusion. Je m'attendais à ce qu'il proteste pour moi de mon innocence, qu'il soutienne comme tous et contre l'évidence que je n'y étais pour rien, ou que n'importe qui aurait agi de même.

Mais Gary était déjà engagé sur le droit chemin de la nouvelle vérité. Ses yeux, depuis quelques instants, portaient la lumière des justes. Il m'a regardé avec un sourire qui ne modifiait pas son visage. Il m'a dit que j'avais eu raison et qu'il venait soudain de comprendre le rôle que j'avais joué. Il admettait que j'étais l'auteur terrestre de la fin de ce monde. Il avait compris qu'il ne fallait pas m'en vouloir, plutôt me plaindre. Il voulait juste savoir si je l'avais fait en conscience. Je ne voulais pas, mais mon Père a dit oui par ma bouche.

Je l'ai accompagné jusqu'au parking, désert malgré la saison. Nous n'avons plus échangé un mot. Je l'ai serré dans mes bras. Il ne pleurait plus. Il avait perdu son expression hagarde. Il a réussi à sourire pour de bon. Je l'ai longuement regardé et j'ai suivi jusqu'au dernier virage l'image de cette voiture qui l'emmenait vers son ultime responsabilité de père.

Pour moi Gary Arp a beaucoup compté. Il est en effet le dernier humain que j'ai rencontré dans ma très longue vie.

Longtemps encore, je savais que je penserais à ces êtres paradoxaux qui peuplèrent cette planète le temps d'un soupir cosmique. Je savais aussi que, chaque fois que je le ferais, c'est le visage de Gary qui s'imposerait à moi. C'est le son de sa voix qui réveillerait le souvenir des hommes, victimes et coupables, mais tout de même victimes.

# 32

Livia, mon épouse terrestre, ainsi que ma fille Marie,
vivaient maintenant à l'intérieur de moi. Mon être intime
s'était fondu en elles, en une heureuse trinité.

Nous sommes au vingt-troisième jour du sixième mois.

Malgré la naissance de l'été, il fait étonnamment froid et
sombre. Le jour, le ciel semble pris dans une sorte de brouillard indéfinissable qui le rend terne. La nuit, les plus belles
étoiles de notre hémisphère boréal ne sont plus que pâles
veilleuses sur un firmament sans profondeur.

Nous sommes au vingt-troisième jour du sixième mois,
presque six heures.

Le soleil vient pourtant de se lever. Le ciel est dégagé,
calme. Un givre léger, que je n'ai pas remarqué, recouvre les
abords de mon domaine. La lumière du jour paraît avoir
perdu ses forces. La chaleur solaire elle-même commence
de nous abandonner. Notre vie s'écoule lentement, comme
le sang d'une blessure.

Lascaux est en ordre de combat.

Je n'ai plus rien d'important à faire, si ce n'est de me tourner vers mon Père et de m'en remettre à sa volonté.

Je suis seul d'une étrange solitude. Je n'ai plus le voisinage physique bruissant de paroles, de cris d'enfants et de
murmures d'amour, des êtres de mon espèce. J'envie les
arbres qui entourent mon royaume. Ils ont vécu immobiles
et solitaires ; ils mourront de même, sans à-coups de souffrances inutiles.

Encore vingt heures avant l'impact.

Je suis paisible, détendu. Les hommes ne comprendraient rien à ce qui viendrait les détruire. L'annonce de l'Apocalypse n'avait pas filtré. Le secret, au dernier moment, n'avait pas eu l'énergie de franchir la barrière des bouches qui se fermaient. Il était trop vieux. Vieux comme l'homme et son histoire. Vieux comme le monde, vieux comme le temps. Il venait de si loin et sa fatigue était si grande.

Il n'y avait pas eu de prêcheurs au coin des rues pour appeler à la pénitence. Pas de prophètes montrant du doigt la vengeance toute proche du ciel. Les agneaux s'endormaient un à un et fermaient leurs yeux et leurs oreilles pour ne point savoir, et ainsi n'avoir rien de douloureux à affronter.

La mort s'abattrait sur nous en un éclair. La comète deviendrait visible à l'œil nu dans un rayon de cinq cents kilomètres autour de la zone de chute. Vingt secondes avant, semblant jaillir du soleil lui-même, sa visibilité serait médiocre.

L'arrivée de la Bête serait d'une extrême discrétion.

Diaz-Nostro-Chabrinost terminerait sa course de millions d'années en une apothéose qui ne connaîtrait pas de témoins directs. La mort semblerait surgir des profondeurs de l'océan lui-même, en un incontrôlable et furieux mouvement de colère divine. Mais à une échelle à laquelle nous resterions à jamais étrangers.

Le gong de mon Père allait sonner la première heure de son règne attendu. J'ai vérifié une nouvelle fois les fonctions manuelles et automatisées gérant mes systèmes. J'ai mis en ordre dossiers, archives informatiques bientôt privées d'utilité ; j'ai mis en rouleaux et rangé à l'abri les indestructibles feuillets de mon journal. Combien de centaines de siècles devraient-ils attendre pour retrouver la lumière du jour ?

J'ai contrôlé les étanchéités. J'ai donné des heures à la méditation. Je me suis préparé à l'accomplissement ; j'ai prié mon Père pour qu'il ne m'abandonne pas. Je me suis remis entre ses mains. J'avais confiance mais j'avais peur de cette seconde où je découvrirais sa face.

J'étais seul. J'avais toujours été seul.

Sauf en ce temps éphémère de Livia qu'il m'avait accordé pour qu'une seule fois, une seule, à l'image des habitants de cette Terre, je connaisse le goût enivrant du bonheur et la cruauté de son arrachement.

Le 23 juin, en fin d'après-midi, le ciel s'est soudain couvert d'énormes nuages menaçants. Sous un ciel de suie, il a plu avec violence jusqu'à la fin du jour. Quand les nuages se sont éloignés, le soleil nous avait quittés pour toujours. Le miracle du cap Sounion n'avait pas eu lieu une deuxième fois. J'ai essayé de distinguer dans cette voûte qui, sans le savoir, se préparait pour l'interminable nuit sans étoiles, la trace qui devait signaler l'imminence du dénouement. Rien.

Je n'ai cherché à joindre quiconque. J'aurais eu peur d'être indécent. Chacun de ceux qui savaient devait se recueillir pour affronter au mieux cet instant qui l'arracherait à lui-même. Je n'ai pas cherché à les imaginer. Je ne voulais pas ajouter au poids de la croix qu'ils avaient à porter.

Un peu avant minuit, je suis sorti. J'ai appelé mon Père. J'ai hurlé vers lui pour qu'au dernier moment il ne détourne pas celle qui venait en son nom.

Tourné vers l'ouest, j'ai longuement tendu mes bras vers ce lieu élu, cet endroit béni qui allait le premier recevoir l'empreinte cosmique de son baiser de feu. J'ai crié tant que j'ai pu : « Que ta volonté soit faite ! »

J'avais rempli ma mission. J'avais obéi, d'abord sans comprendre, puis en toute conscience. J'avais rendu possible les desseins supérieurs de mon Père. J'avais ouvert la voie à son sceptre de lumière. Étranger à son œuvre, il m'avait conçu pour la soutenir. J'étais son fils.

J'avais œuvré pour sa plus grande gloire.

Il avait envoyé la Bête. Et moi, Antoine Chabrinost, Antéchrist signalé unanimement par toutes les prophéties, je lui avais offert la Terre pour s'y ébattre, et cette multitude en sacrifice.

Le nouveau royaume viendrait ensuite ; mais il était dit que l'Antéchrist n'en verrait point l'accomplissement. Je prendrais sans révolte ce qu'il voudrait bien accorder à ce fils fragile et irrésolu que j'avais été. J'ai rêvé au nouveau royaume, une nouvelle chance donnée à une nouvelle vie, sur de nouvelles bases. Toujours..., toujours recommencer...

Les humains n'avaient constitué qu'un modeste maillon. Seul m'échappait ce qui, tous, devait les relier entre eux pour constituer la chaîne ; cela incombait au génie de mon Père.

Un peu avant une heure du matin, mes avertisseurs informatiques se sont mis en branle une dernière fois. Il n'y a pas eu d'image immédiatement. Seulement une voix un peu atone et froide que je n'ai pas reconnue tout de suite. Une voix qui montait déjà des profondeurs avant de bientôt y retourner. C'était Gary. Il se trouvait dans sa maison de Californie, face au grand Pacifique. Chez lui, il était seize heures. Il m'a dit qu'il faisait beau et qu'il aurait dû normalement y avoir un magnifique coucher de soleil. Lui aussi s'est étonné de ce vide étrange qui avait fait disparaître les trois quarts des habitants ; les routes étaient vides. Les vagues battaient des plages désertes malgré la saison, et la longue côte rocheuse offrait sa solitude aux battements réguliers de la mer.

Il n'est pas venu dans le champ de la caméra et à aucun moment nous n'avons réabordé le terrible sujet de notre rencontre. Il a seulement dit : « Tout est en ordre », d'un ton qui ne pouvait tromper. L'heure n'était plus aux examens de conscience. Il m'a annoncé, dans une sorte de transe, que la NASA diffusait en direct et en clair, depuis dix minutes, sur son serveur d'Internet, les images d'un satellite géosynchrone positionné à la verticale des îles Marshall.

J'ai pris la liaison sur un autre poste. La portion de globe montrait le centre Pacifique ; de la Nouvelle-Zélande jusqu'au Japon. L'image était muette et, sur son flanc nordest, on apercevait le bleu dégradé de la couche atmosphérique bordé du noir mat de l'espace. J'ai regardé l'écran pendant quelques instants mais je n'ai pu m'y maintenir. À cette vision, à la fixité de cible, j'ai préféré celle plus humaine de son intérieur un peu classique et si chaudement confortable.

La Bête pénétrerait dans le champ du satellite dix minutes avant sa chute. Ce serait pour beaucoup un spectacle insoutenable, et celui-ci ne me tentait guère.

La voix de Gary disait :

« J'ai réfléchi ; plutôt qu'à Londres, je me suis dit qu'ici ce serait plus rapide et plus violent. Je pense à toi et à ce que nous avions en commun. Je n'ai pas oublié ce que tu m'as dit ; je saurai faire face. Tu avais raison, c'est beaucoup plus facile que je ne craignais. Ne coupe pas cette ligne, je vais te dévier sur une caméra que j'ai fixée sur la terrasse. Elle est orientée, en gros, ouest-sud-ouest. Nous sommes ici le premier relief continental que le raz de marée touchera. C'est un grand privilège dont je tiens à profiter. Je serai parmi le premier million de morts. J'aurais tant aimé pouvoir être le premier d'entre eux tous, mais je ne suis qu'un bien modeste martyr. Tu ne peux imaginer combien l'idée de mon insignifiance m'est apaisante. Je comprends ce que tu as dû vivre. Ah, Antoine, quelle drôle de chose que le destin... Je ne resterai pas ici. Je ne veux pas attendre dans la maison. Je vais descendre jusqu'à l'extrême limite de la côte rocheuse ; là où nous allions tous ensemble pêcher le crabe et ramasser des étoiles de mer. Je m'assiérai sur notre gros rocher familial, et j'y resterai jusqu'au bout. L'ouragan devrait nous atteindre avant le raz de marée, un peu moins de quatre heures après l'impact. Il sera vingt heures quand le ciel commencera de s'obscurcir. Il te restera sept heures à vivre. Là où tu es, observe approximativement nord-ouest pour toi. L'Apocalypse arrivera de cette direction. Adieu, Antoine, je vais vers mon destin. Je vais affronter ce qui me reste de vie. »

J'ai abandonné mes écrans pour quelques instants. Dehors, le spectacle est féerique. Un immense voile translucide et luminescent a pris possession du ciel et s'élève tout droit au-dessus de l'horizon. La queue de Diaz-Nostro-Chabrinost, l'épée de mon Père, se dresse enfin symboliquement sur l'épouvante de ce monde. L'heure du châtiment vient de sonner.

J'ai laissé le double sas ouvert. Je suis rentré. Dix-huit minutes plus tard, à l'heure dite, dernière prédiction avérée de la formidable science des hommes, un immense éclair blanc a illuminé les écrans et simultanément embrasé de son flash le couloir de mon abri. Je suis sorti en courant. Dehors, le ciel noir de nuit avait implosé sous un inimaginable et insoutenable éclat de lumière. Comme si soudain mille soleils venaient brusquement de se lever ensemble, de chaque bord de l'horizon. Tout cela sans que nous quitte le grand silence nocturne, cette sorte de paix qui se glisse insensiblement sous le manteau des ténèbres.

La mère des batailles est sur nous. Armagueddon s'abat sur le monde. Il y a d'énormes envolées d'oiseaux et, tandis que le ciel demeure d'un blanc éclatant, j'entends distinctement des rumeurs de cris et d'appels monter de la vallée.

La lumière a perdu très vite de son extrême intensité. Mais il est resté, au-dessus de nous, une aurore boréale géante à la puissance de dizaines de pleines lunes. Là-bas, les cris s'amplifient. Les bulletins d'informations spéciaux ont commencé d'inonder les ondes. Ils détaillent un phénomène dont toute la Terre vient d'être témoin, appelant par réflexe la population à garder son calme et précisant que l'origine de l'incident reste inconnue. Tous s'accordent cependant sur une source spatiale. Ils s'informaient; il fallait demeurer à l'écoute.

Ce n'est qu'au bout de vingt minutes que mes séismographes ont commencé à se manifester. Par de caractéristiques oscillations du graveur, ils signalaient l'approche imminente d'un énorme train d'ondes de grande amplitude, les plus destructrices.

Gary avait négligé cela. Les appareils n'ont pas tardé à être saturés. Vers trois heures du matin, il y a eu un dernier flash spécial : le journaliste annonçait, sur un ton où perçait un début d'affolement, que toutes les communications étaient coupées avec le continent américain. Selon le texte qu'il avait devant lui, cela ne pouvait provenir que d'un problème des émetteurs locaux ou, plus probablement, des relais satellites.

Je suis sorti une dernière fois. J'ai donné mon adieu à ce monde. Je n'avais plus ni haine ni colère ni regrets. Je me suis baissé; j'ai pris dans le creux de mes mains une poignée de cette bonne terre, si riche et si parfumée. Et, tandis que derrière moi les séismographes se mettaient à hurler, je l'ai goûtée et mâchée pour la première et dernière fois. Si je devais mourir, mon corps retournerait plus paisiblement à sa source première. Déjà, d'imperceptibles grondements commençaient d'habiter le sol. Je n'avais plus une seconde à perdre.

J'ai fermé toutes les issues, bloqué les sas, coupé tout lien énergétique avec l'extérieur. Lascaux allait sortir de son long sommeil. J'ai engagé la dépressurisation de mon vaisseau de survie. Il me fallait atteindre très vite le niveau correspondant à six mille mètres d'altitude, extrême limite tolérable par l'organisme humain.

J'ai commencé à ressentir les premiers ébranlements du sol rocheux. Le grondement s'était amplifié et ne cessait de grandir, comme un fauve endormi et qui soudain se déchaîne depuis les entrailles de la Terre. Toute une ligne d'écrans s'est brusquement assombrie. Les autres ont suivi presque tout de suite. J'ai vérifié : tout était en ordre ; ils ne recevaient plus rien. Il ne me restait plus, par miracle, que l'image entêtée que m'offrait Gary.

Tout, autour de moi, s'est mis à vibrer. J'ai dû m'agripper à mon dernier écran. C'est ainsi que j'ai vu d'abord son horizon très lumineux se couvrir très rapidement d'un liseré sombre, puis noir, juste à la limite de la mer. Puis le liseré s'est élevé et il s'est fait bande puis, ruban. C'est quand il a couvert le quart de l'écran que l'assourdissant tumulte qu'il générait a traversé mes amplificateurs.

C'est ainsi que j'ai vu une montagne qui courait sur la mer. Mille millions de cavaliers bondissaient à l'assaut de leur première conquête. Dans les dernières secondes, j'ai aperçu distinctement une gigantesque masse plombée qui se ruait vers moi et s'étendait, à droite comme à gauche, bien au-delà de l'horizon. Cent fois plus haute que sa proie, elle a avalé, comme en se jouant, les voiles minuscules d'une goélette qui croisait très loin au large.

Une falaise verticale, couleur acier noir, allait maintenant broyer la côte pendant qu'elle engloutissait les quelques tranquilles cumulus qui ne pouvaient plus s'échapper.

Une vision de cauchemar à glacer le sang. À cette seconde j'ai mesuré la signification du mot « Apocalypse ». Si la fin du monde devait se résumer en une seule image, je crois bien que c'est celle que j'étais en train de voir. Mais ça n'a pas duré. Soudain, l'écran entier a paru se fondre en elle, dans une fureur et un bruit indescriptibles. Immédiatement, un modeste grésillement et la neige électronique ont occupé la place.

C'était fini. J'ai pensé que Gary avait retrouvé les siens. Je l'ai fugacement envié. J'ai coupé la liaison. Déjà, sous mes pieds, la terre ne cessait plus de trembler. Il devenait de plus en plus difficile de se tenir debout. Je me suis réfugié dans la salle potentiellement la plus résistante. Ma maison tout entière n'était plus qu'un navire fou ballotté par la pire des tempêtes. Le sol, littéralement, se dérobait sous mes pieds.

Après, mes souvenirs sont flous. Il est arrivé trop de choses et j'ai dû perdre périodiquement conscience. Sans doute à cause de la raréfaction de l'oxygène.

La salle où je suis à plat ventre s'accélère brutalement comme un ascenseur en folie, puis j'éprouve de vertigineuses sensations de chute. Les parois vibrent en d'épouvantables craquements et semblent à tout instant devoir s'écrouler sur moi. Un bloc qui vient de céder s'écrase à un mètre et je devine, dans ses débris éclatés, la tête de la licorne qui vient d'exploser au sol. Je crois que je me suis mis à hurler. J'entends une voix méconnaissable qui, sans fin, crie un « non ! » interminable.

J'essaie de me lever mais un affreux mouvement de tangage me rejette d'un mur à l'autre en une succession de chocs terribles qui doivent me briser le corps. Le sol se dérobe sous moi. J'entends d'énormes bruits d'effondrements qui proviennent de partout à la fois. Tout ce que j'ai négligé d'arrimer vole à travers les salles, rebondit et finit par se disloquer.

Je comprends que j'arrive à mon heure dernière. J'appelle mon Père. Je veux lui dire encore que je me soumets à sa volonté, que j'ai été heureux de le servir, qu'il peut disposer de moi et qu'il ne m'épargne pas. Moi qui ai commis tant de crimes et qui me suis absurdement chargé des êtres que je n'ai pu m'empêcher d'aimer, je l'ai trahi puis, renié. Je le trahissais sans trêve. Je ne méritais pas le millième de ce qu'il avait fait pour moi. J'ai senti qu'il repoussait ma prière tandis que tout s'abattait autour de moi sans même me frôler.

Lascaux est en train de mourir et il me condamne à survivre. Je crois que je me suis longuement évanoui. Je me souviens d'avoir pensé que là-bas, enfin, l'escalier de la Bête s'apprêtait à connaître son fugace et définitif couronnement.

Je ne sais pas au bout de combien de temps je suis revenu à moi. Le sol ne tremble plus qu'épisodiquement. Je saigne du visage. Je suis recouvert d'un linceul de poussière et de débris rocheux. Je ne sais plus où je me trouve, l'obscurité est à couper au couteau. J'entends seulement ronronner mes machines. Au bout de beaucoup d'efforts, je parviens à rendre à l'endroit un peu de son éclairage. Ce que je découvre est indescriptible : Lascaux a cessé d'exister.

Les peintures ont disparu. Le sol a reçu les fragments des murs qui les portaient. Il n'en demeure plus rien ou presque. Cette œuvre immortelle que j'aimais tant, voilà que je ne peux que la piétiner malgré moi, achever de détruire tout ce qui est désormais irrécupérable. Comme la Terre, Lascaux vient de se dégager du souvenir des hommes.

Je rejoins mes écrans de contrôle. Ce que transmettent les capteurs extérieurs dépasse l'entendement, même si je l'avais théoriquement prévu. Dehors, le vent doit être supérieur à cinq cents kilomètres/heure ; l'appareil, bloqué, n'est pas étalonné au-delà. J'ai dû regarder à deux reprises le thermomètre électronique. Il fait à l'extérieur deux cent cinquante degrés centigrades ; la pression n'est plus que de trois cent soixante millimètres de mercure, cinq cents hectopascals, la moitié de la normale. Je me trouve au cœur d'une immense fournaise. Le mot Apocalypse résonne plusieurs fois dans mon esprit. Je sais ce qu'il veut dire ; je suis peut-être le dernier homme à l'avoir appris.

Je n'ai pas d'autre lien électronique avec ce qui reste du monde extérieur. La fibre optique que j'ai réussi, après d'énormes difficultés, à faire aboutir à l'air libre avec une microcaméra, ne montre rien, elle aussi, détruite ou ensevelie.

La terre ne tremble presque plus. Je parviens à tenir sur mes jambes. Je dresse l'inventaire de mes biens survivants. J'ai perdu peu de choses, rien de catastrophique. Dehors, tout a dû être broyé avant de brûler. Les tendres collines elles-mêmes ont dû être carbonisées. Cette horreur que plus rien de vivant ne peut contempler doit correspondre à la vision que j'en ai eue il y a quelques mois.

Je suis vivant. Je vis pendant que la Terre finit de mourir. Qu'en est-il de tous ceux avec qui je marchais il n'y a pas si longtemps ? Père ! Père ! Rien ni personne ne méritait donc ta grâce ?

Mais il n'y avait pas de réponse. J'ai entamé ma longue traversée du Temps. Au début, j'ai consciencieusement noté le décompte des jours qui passaient. J'ai pu ainsi baliser ce présent éternel avec assez de certitude. Mais j'avais si peu de choses à faire. Et puis, toutes mes montres n'indiquaient que des tranches de douze heures. Mes nuits n'étaient plus que des jours, au point de ne plus s'en distinguer. J'avais totalement sous-estimé le piège du Temps.

J'ai eu, vers la fin supposée de la première semaine, une extraordinaire et très bonne surprise. Un chuintement en forme de gazouillis m'a d'abord alerté : un bruit d'eau ! C'est ainsi que j'ai retrouvé, dans la salle centrale, l'écoulement signalé lors de la découverte de la grotte. C'était de l'eau ! De l'eau liquide ! La source disparue venait de revenir. Au début, je n'en ai pas cru mes yeux. J'ai trempé mes doigts tremblants dans cette eau miraculeuse. Tiède. Non, presque chaude, et pas très limpide. J'ai osé la goûter. Elle avait une saveur désagréable, plutôt amère, avec un fond impossible à préciser, vaguement métallique. Il m'a fallu un peu de temps pour comprendre que j'étais sauvé.

Je disposais jusqu'alors de deux années de nourriture et de dix mois d'eau, en étant rigoureux. Cette barrière fatidique venait de sauter. La pensée m'est venue que cette eau n'était pas apparue par hasard. C'était un don de mon Père. Le signe qu'il avait étendu sa main sur moi.

Les premiers temps, j'ai eu beaucoup de mal à résister à l'enfermement. J'étouffais. Tant qu'il s'était agi d'un défi, j'avais tenu. Je savais au fond de moi que j'avais le choix, qu'il y avait autre chose à l'extérieur. Mais dorénavant, c'était ici ou le néant. L'univers s'était réduit aux dimensions d'une grotte. J'ai connu toute une série de crises de claustrophobie et d'étouffements qui me laissaient pantelant, les mains tétanisées sur les commandes du sas.

Je ne sais comment j'ai résisté. Dans les semaines qui ont suivi, il y a eu encore de nombreuses tempêtes sismiques. Mais chaque fois l'intervalle entre elles grandissait.

Il ne restait plus rien des merveilles de Lascaux. Les derniers pans achevaient de chuter dans les dernières secousses. L'humanité disparue, son histoire la suivait dans la tombe.

Les vents à l'extérieur baissaient par périodes et tombaient parfois presque à deux cent cinquante kilomètres/heure. La température, elle aussi, suivait une courbe descendante et n'était déjà plus que de soixante-dix degrés en moyenne. La pression avait un peu remonté. J'en ai profité pour relever celle de mon refuge, précaution qui lui avait permis de ne pas exploser comme une baudruche dans les premières heures de l'impact. Mais vivre à cette altitude théorique me retirait toute force et m'occasionnait des étourdissements auxquels il fallait pourtant bien que je m'habitue.

La cohérence de mes notes et de mon journal s'en ressentait. Il faisait trop chaud à l'intérieur. Presque quarante degrés ; mais je n'osais pousser les conditionneurs, ma réserve énergétique étant si faible. Je ne savais plus pourquoi je vivais.

J'ai noirci des centaines de feuilles. Elles se remplissaient sans effort sous l'élan frénétique de mes doigts. Après quoi je les archivais en les roulant scrupuleusement. Absurde, mais cela me faisait du bien. Serais-je jamais lu, déchiffré ? Et par qui ou par quoi ? Aurais-je jamais à rendre des comptes, et à qui ?

La qualité de l'eau de ma source s'était progressivement améliorée. J'ai compris, au bout de quelque temps, comment j'allais pouvoir encore l'optimiser et augmenter mes chances. La rigole de débord suivait en parallèle une forte déclivité. Celle-ci formait une sorte de cuvette naturelle. Après avoir bataillé sans fin pour y faire tenir un mince tuyau, j'ai eu l'extraordinaire joie de voir se remplir mon nouveau réservoir. Moins d'un litre à la minute ; en six jours il était plein. Il suffisait alors de relever l'alimentation et le précieux écoulement reprenait sa route pour se perdre dans une série de fractures qui s'ouvraient dans un angle, à l'abri d'une paroi. L'eau de mon bassin, enfin au repos, et pouvant décanter, devint parfaitement potable.

Je n'ai jamais osé m'y baigner. L'eau liquide était devenue un bien si rare, un véritable trésor, l'essence même de la vie. Mais il y avait autre chose : mon corps, sans que je le comprenne, réagissait par un sursaut de répugnance à la seule idée d'immersion. Je disposais de toute l'eau dont je pouvais rêver. J'avais de l'eau ! De l'eau !

J'ai gardé l'habitude de penser « jour » ou « nuit ». Mais, très vite, cette succession, privée de sa relation avec un réel extérieur supposé, a perdu tout son sens. Mon corps a trouvé un nouveau rythme, c'est-à-dire qu'il les a tous perdus. Quelquefois je dormais trop, inconsciemment poussé par l'illusion d'économiser mes générateurs. Parfois, et pratiquement sans m'en rendre compte, je restais en état de veille pendant plus de trente heures, dilapidant ici ce que j'avais gagné là. J'ai résolu de retrouver l'habitude de vivre dans l'obscurité. Je l'avais réussi sans trop de peine avant l'impact. Ce fut presque insurmontable cette fois-ci.

Mais je n'avais pas le choix. Je souffrais. Je n'étais plus qu'un cadavre perdu dans un immense cercueil et qui s'agitait encore. Très vite, je n'ai plus su si montres et horloges électroniques parlaient de clarté ou d'obscurité. J'ai cru que c'était sans importance mais, à force de sauter ou de doubler ce rythme de vingt-quatre heures, j'ai fini par perdre peu à peu le sens du calendrier. Privé d'un écoulement régulier des jours, semaines et mois ont fini par disparaître eux aussi.

Séparé de cette datation, si naturelle que personne n'y pense vraiment, j'ai dû progressivement me contenter d'une évaluation fondée sur d'autres références, mais hélas trop incertaines et fluctuantes. C'est ainsi que, sur mon journal, j'ai pris l'habitude de noter : « Entre quinze et dix-huit jours après DNC » ; puis : « Entre trente et quarante. » J'en étais maintenant à une probabilité qui ne signifiait plus rien. Je me suis retrouvé mutilé du temps, sans l'avoir un seul instant imaginé.

Dehors, les conditions n'évoluaient pas. À ceci près qu'une fois relié à la fibre optique l'écran m'a semblé un peu moins ténébreux qu'à l'ordinaire. Sans plus. J'ai réalisé aussi que j'avais pris l'habitude de m'adresser la parole. Cela m'a beaucoup inquiété. J'ai résolu de ce jour de parler à Livia comme si elle était toujours vivante. Je ne me suis pas rendu compte de ma provocation. J'ai donné un nom à chacun de mes outils électroniques. J'ai supplié mon Père qu'il me délivre du danger de la folie et qu'il ne me soumette plus à d'autres tentations.

Sur mes feuilles de manuscrit, je n'ai plus mentionné la comète que sous ses trois initiales : DNC. C'était plus court. Je sentais bien qu'écrire mon nom me faisait de plus en plus horreur.

C'est vers quatre mois après DNC que la température extérieure a entamé une longue descente. Mais les vents ne faiblissaient pas. Toujours en tornades, cyclones et formidables ouragans, culminant à plus de deux cents kilomètres/

heure. Il a fallu encore l'équivalent de trois autres mois pour qu'ils consentent à franchir la barre des cent kilomètres/heure. Mais il faisait déjà moins vingt degrés.

C'était bien ce qu'il me semblait lire à l'affichage mais je n'en étais pas très sûr. Quelquefois il m'arrivait de ne plus comprendre les choses élémentaires. Ma limite extrême se rapprochait. Je voyais bien que je n'allais plus tenir longtemps. Ce confinement de caveau avait peu à peu raison de mon équilibre. Les moments de lucidité me confrontaient à des suites d'actes incohérents, mes pertes de mémoire étaient ininterrompues et je commençais d'avoir d'insupportables hallucinations. J'étais sans cesse revisité par l'esprit et l'âme de mes amis défunts.

Une idée fixe allait me sauver : sortir. Il fallait que je vérifie qu'un dehors, quel qu'il soit, existait encore de l'autre côté du sas.

# 33

Je me suis équipé comme pour une plongée sous-marine. Combinaison pour le froid, bouteille et détendeur, masque pour la vision et, par-dessus, cette parka arctique que Livia m'avait offerte à mon dernier séjour canadien. Un poignard, une forte lampe. Si quelque part quelqu'un avait pu me voir, il se serait trouvé face à la matérialisation même de la démence.

Paralysé par l'angoisse, j'ai hésité des heures devant le sas. Huit mois sans doute, disons entre six et dix, passés dans cette tombe... Je n'ai pas réussi au premier essai. L'enfermement était en passe de me vaincre.

Je suis sorti quelques jours plus tard. À peine un pied posé dans ce qui devait être l'extérieur, c'est le bruit du vent qui m'a le plus surpris. Un sifflement ininterrompu et terrible, plus même, un véritable hululement suraigu et qui vrille les oreilles. Autour de moi, il n'y a rien. Le néant total, mais comme une surface solide. Plus qu'une nuit d'encre, le mot ténèbres ne pouvant décrire ce qui m'entoure. L'atmosphère n'est plus qu'un torrent furieux qui cherche à m'arracher de ce sol que je ne distingue pas.

J'ai dressé ma lampe à bout de bras. Garanti jusqu'à deux cents mètres, le faisceau ne pénètre qu'à deux mètres devant moi. Je suis plongé dans un brouillard très dense composé de poussières, une sorte de talc noir qui se colle partout. Le sol, sous cette matière, paraît vitrifié et dur. Il n'y a plus trace de terre. Un peu ce que décrivaient les découvreurs de la lune. Il n'y a que le sol et l'obscurité pulvérulente. J'ai l'impression de me trouver au fond d'un océan dont l'eau aurait perdu de sa consistance. Plus rien n'est reconnaissable. Ce n'est plus la Terre, mais un lieu nouveau et sauvage, définitivement sans vie.

J'ai voulu seulement avancer de quelques pas. Juste trois ou quatre, en ligne droite. Je n'aurais pas dû. J'ai failli me perdre. Il n'y avait aucun repère. Rien, rien. Rien! Que ce brouillard qui rentrait partout et ce vent qui m'empêchait de faire demi-tour. J'ai perdu la lampe.

Je sais qu'il m'a fallu une heure pour retrouver le sas, parce que cela correspondait à mon autonomie d'oxygène et que je commençais de suffoquer. Je n'ai pas voulu renouveler l'expérience. Trop prématurée. Comment imaginer l'existence d'autres survivants?

Mon antre souterraine m'a semblé un nid douillet, protecteur. Il fallait que je tienne.

Dans mon autre vie, les distances que je scrutais se comptaient par milliards de kilomètres. Ici, quelques dizaines de mètres au plus. Mais je n'avais plus le droit de m'écrouler maintenant.

J'ai connu une très mauvaise passe, traversé une longue période de dépression. Je passais des journées allongé à même la roche, abattu, immobile et ne pensant à rien. La main de Livia avait déserté l'appui de mon épaule. Je n'avais plus de sens à donner à ma vie, à part survivre. Cela m'était insuffisant.

La dépression ouvrait en moi un gouffre de lucidité. Ce que j'imaginais, le rôle que je m'étais inventé dans la malédiction du destin, et jusqu'à cette filiation satanique..., tout n'était qu'illusion, cauchemars produits par les délires d'un cerveau malade. Tout n'était que folie!

J'avais une solution : ouvrir les sas et partir tout droit rejoindre les miens, Livia et Marie, Gary, Jacqueline et tous ceux que j'avais trompés. Je ne sais ce qui, de ma lâcheté ou de mon insignifiance, m'en a empêché.

Le Christ n'avait eu à patienter que trois jours en son sépulcre. Mon sort infiniment aggravé démontrait que mes fautes étaient plus étendues que les siennes. La clémence de mon Père reculait devant la tâche.

Et puis, j'ai fini par émerger du néant. Par réinvestir mes devoirs, oublier mes doutes.

J'ai procédé aux analyses des échantillons prélevés lors de ma sortie. J'ai eu beaucoup de mal à les retrouver. L'air extérieur ne comportait plus que quinze pour cent d'oxygène, énormément de dioxyde de carbone, beaucoup trop de monoxyde, plus une palette de composés carbonés et du dioxyde de soufre. Les éléments résiduels classiques d'une gigantesque combustion. C'est le taux de soufre qui m'inquiétait le plus, signature volcanique démesurée. L'atmosphère n'était plus terrestre.

L'analyse chimique des prélèvements de sol se révéla fort complexe. Il s'agissait là aussi de résidus de combustion, mais d'éléments extrêmement divers. Certains produits m'ont laissé perplexe. Comme si le minéral avait brûlé pour produire des structures moléculaires étrangères à la science de l'homme. Il se dégageait une seule certitude : ces cendres indiquaient un éventail de températures très variées et progressives. La Terre avait subi une formidable et hallucinante distillation.

La merveilleuse perle du système solaire n'était plus formée que de cette masse omniprésente, cette vomissure carbonique. Elle était entourée d'un air dont l'inerte azote avait pratiquement disparu.

Il y a eu encore plusieurs mois de recrudescences sismiques. Et chaque fois mes derniers séismomètres se bloquaient au sommet de leur échelle. Bien que le phénomène soit en perte de vitesse, la Terre connut encore d'interminables successions, comme disait Richter, de destruction de toutes œuvres humaines. Mais je crois que l'humanité n'en était plus à une près.

Le temps, peu à peu, est devenu linéaire, sans aspérité, comme cette eau qui coulait invariablement à travers la grande salle et que je ne remarquais plus. J'ai fini même par ne plus remarquer le temps qui devait s'être bloqué à tourner en rond autour de moi.

J'ai décidé que le premier anniversaire de DNC devait être atteint. J'ai donc offert en cet honneur une de ces longues et belles bougies dont il ne me restait que bien peu d'exemplaires. Aucune agape. Mes réserves commençaient de m'inquiéter. Dehors, il faisait moins trente degrés et la tempête refusait de descendre au-dessous de cent vingt kilomètres/heure.

Cet état de choses est resté stable pendant près d'une demi-année encore. Enfin, approximativement. Richter avait eu raison de mes dernières horloges. Jusqu'aux chronos électriques qui avaient tous rendu l'âme. Il ne m'en restait plus qu'un modeste exemplaire mécanique datant des années quatre-vingt-dix, mais que j'oubliais souvent de remonter.

Et puis, un jour, événement extraordinaire : les tremblements de terre se sont espacés au point de disparaître, le vent est tombé complètement. À peine une petite brise de soixante kilomètres/heure.

J'ai attendu la fin de cette accalmie. J'ai patienté longtemps. Tout commençait de s'apaiser aux alentours de l'an deux du règne de mon Père. J'avais renouvelé onze fois ma citerne, et il me fallait beaucoup de temps pour consommer tout ce liquide. Oui, ça devait faire même un peu plus de deux années mais ce n'était pas sûr. La planète avait aussi perdu l'horloge de ses saisons.

J'ai à nouveau revêtu mon harnachement de plongeur. Je me suis encordé ; j'avais cent mètres de marge. J'appelais désormais « mètre » ou « brassée », l'écart séparant mes deux mains étendues.

Je suis sorti. Dehors il faisait froid et nuit. Le sol dur s'était changé en une sorte de matelas noirâtre fait d'une couche uniforme, une pâte solide et assez ferme dans laquelle mes pieds s'enfonçaient peu. La progression demeurait lourde, pénible. La visibilité est infiniment meilleure. Mais ma lampe n'éclaire rien et le faisceau entre profondément dans ce rien. Je me trouve soudain plongé dans un vide spatial. C'est brusquement au-dessus de mes forces. J'ai besoin de murs de roches autour de moi. La peur s'est abattue sur moi, une peur panique. L'espace est devenu trop vaste. Le vide me donne le vertige.

Je me sens menacé par un immense péril. Il faut que je rentre à l'abri. Je cours, je cours lourdement. Je ne pourrai renouveler l'expérience avant le temps de trois nouvelles citernes.

Cette occasion-là fut plus qu'un essai : mes réserves d'oxygène touchaient à leur fin. Il fallait que je sache, avant de me cloîtrer définitivement ou bien de disparaître. Alors, j'ai dégagé l'embout du respirateur d'entre mes mâchoires et aspiré un bon coup. J'ai cru tout de suite que j'allais mourir. Cet air-là, lourd, acide, irrespirable, presque suffocant, brûlait les poumons humains. Ce n'était plus ce fluide de vie qui, à l'aube des temps, avait tout rendu possible, mais un gaz nouveau pour des systèmes respiratoires qui n'auraient plus rien de commun avec les nôtres et qui restaient à inventer.

Mon Père m'a permis de m'y habituer. Au bout de quelque temps, j'ai prêté une moindre attention à ce feu glacé qui m'embrasait la poitrine dès que je sortais. Mais j'étais prudent, sa pauvreté en oxygène imposait des efforts lents et mesurés. J'ai passé avec succès cet examen d'aptitude à l'usage du monde de mon Père.

Il y a eu une toute dernière série sismique. C'est vers son terme qu'il est arrivé un événement digne de figurer dans mon journal. Tout au bout de l'enfilement des salles, là même où j'entreposais les plus hétéroclites de mes biens, j'ai entendu un énorme effondrement. J'ai cru un instant qu'il s'agissait de la voûte et que j'allais me retrouver catastrophiquement à l'air libre. Mais c'était beaucoup moins grave. Seulement une paroi du fond qui venait de rendre l'âme, ensevelissant du même coup, sous ses débris, l'un de mes derniers générateurs. Quand la poussière s'est dissipée, j'ai vu qu'il y avait quelque chose derrière : un passage que j'ai agrandi avant de m'y glisser, un mince boyau qui s'élargissait brusquement.

Une nouvelle et immense salle inexplorée ouvrait devant moi. Un peu en contrebas du niveau moyen, vierge de toute trace d'occupation. Son sommet culminait au moins à dix brassées, avec un sol légèrement pentu et une surface pariétale de toute beauté. Celle-ci, un peu oblique, ceinturait l'ensemble en un vaste et harmonieux ovale. Quarante-cinq pas en longueur et une trentaine en largeur. C'est là que j'installai mon intendance. J'ai tout de suite aimé cette pièce qui avait le don de m'apaiser. Elle rayonnait d'une onde d'amitié affectueuse que les autres ne possédaient pas. Lascaux avait sans arrêt quelque chose à offrir.

J'en ai profité pour établir un inventaire de mes derniers biens. Mes équilibres biologiques commençaient de me préoccuper. Depuis un temps incalculable, je n'absorbais plus que des aliments en conserve, que compensait un apport vitaminique artificiel mais limité. J'ai constaté ainsi que mes stocks baissaient. J'avais un très grave problème à résoudre. Tout le végétal avait été gommé de la planète, le règne animal ne devait guère valoir mieux. Je n'avais plus jamais entrevu, depuis mon enfermement et mon retour à l'espace extérieur, le moindre brin d'herbe, la moindre tige, le plus petit lichen dont j'aurais pu tenter de me nourrir. Dans ces conditions, j'avais au mieux avant la mort une à deux années devant moi avec des carences de plus en plus irréversibles. Ce verdict était prévisible ; l'atteindre était déjà inespéré. Je l'ai accueilli sans angoisse excessive.

J'ai pris l'habitude de sortir régulièrement. M'éloignant de plus en plus du pôle de ma survivance.

Avec le temps, les ténèbres totales se sont muées en une nuit presque ordinaire. J'ai noté que la visibilité s'améliorait régulièrement. L'atmosphère restait toujours suffocante à respirer, mais l'on voyait distinctement à trois cents pas, médiocrement jusqu'à cinq cents.

Sur le modèle des raquettes à neige, je me suis confectionné des chaussures assez grossières. Mes efforts autorisaient désormais une progression plus régulière sur ce sol spongieux et sec, et toujours si noir.

Je ne disposais pas de miroir mais, ainsi accoutré, je me suis fait penser à l'un de mes prédécesseurs de roman : Robinson Crusoé, l'espoir en moins. C'est ainsi qu'inspiré par son image j'ai pu envisager une véritable expédition, un projet fou et plein de risques : aller jusqu'à Montignac. Cela me prit entre dix et quinze heures. Je n'étais sûr que de la direction générale et de la distance.

Tout avait changé. Plus de relief, plus de paysage. Plus rien d'identifiable, ni de reconnaissable. Plus aucun repère. Il m'a fallu beaucoup de temps et d'hésitations pour qu'une courbe informe me rappelât le site primitif. Mais il ne restait rien. Plus rien du tout. Des siècles de vie et d'efforts, et puis plus rien. Plus de rivière, pas même la trace de son lit, pas le fantôme du plus petit chemin, même plus l'ombre d'une pierre sur une pierre pour témoigner que la vie, en cet endroit, s'était acharnée, obstinée, et puis longuement épanouie.

J'ai essayé de creuser. Mais, comme chez moi, on retrouvait sous une demi-brassée la même roche basaltique à la dureté de diamant. Pas le moindre objet solide remarquable. L'ombre de l'ombre des choses passées avait été bannie. Un froid de cristal enveloppait les restes de ce monde sous les plis de son linceul sans neige.

Quel espoir absurde avais-je nourri pour descendre si loin ? J'ai senti que j'avais offensé mon Père. J'en ai appelé à lui. Je suis remonté allégé du moindre sentiment. Ma vie s'écoulait ainsi. Le temps immobile s'ajoutait au temps immobile. Il ne se passait rien. La situation n'évoluait pas. Il faisait toujours froid et noir.

J'ai traversé une nouvelle période d'abattement. Et pourtant, je n'aurais pas dû : je respirais mieux et la température moyenne était tout de même remontée de quelques degrés, passant d'un glacial moins trente à un non moins glacial moins vingt-six. J'avais retrouvé un pauvre thermomètre à alcool qui fonctionnait sans rien demander.

Je n'aurais pas dû souffrir. Je m'étais bien adapté à mes conditions de vie et à cette nuit éternelle. Mais je ne pouvais m'empêcher d'attendre sans fin ; je ne pouvais m'empêcher d'espérer. À chaque réveil, je me disais que cette fois il allait se passer quelque chose, n'importe quoi mais quelque chose. Tout mais pas ce monde circulaire. Cet espoir absurde était toujours déçu. La comptabilité du temps écoulé m'avait depuis longtemps échappé. Je vivais non pas en accumulant, mais en recommençant toujours la même tranche, du réveil plein d'espoir au coucher plein d'amertume.

Le seul message du temps, je le lisais sur mon corps. J'avais vieilli. Mon corps n'émettait plus depuis longtemps cet écho vigoureux que donne la quarantaine, ce bienheureux équilibre entre deux mondes. Je pénétrais dans l'âge du vieillissement véritable.

Après des efforts acharnés, j'ai réussi à installer une antenne à grand gain au sommet de mon domaine. Scannant les fréquences, j'ai écouté à m'en rendre fou, réduisant sans résultat mes dernières réserves d'énergie. Le ciel hertzien était vide de toute manifestation humaine. Les fréquences spatiales étaient aussi désertes que les différentes gammes d'ondes terrestres. Puis j'ai choisi d'émettre, envoyant des trains de messages en pure perte s'éparpiller dans l'espace. J'ai pensé aux amateurs et leur ai transmis de la musique. Mais Mozart ne répondit jamais à Jean-Sébastien Bach.

Le morse étant énergétiquement plus économique, en désespoir de cause, je me suis rabattu sur ce système suranné. Sous forme de traits et de points, j'ai inondé le ciel de ma planète des dates célèbres de l'histoire mondiale, des grands théorèmes mathématiques et, enfin, de la suite des nombres premiers. Je m'acharnai ainsi durant plus de vingt citernes. Et nul ne me répondit jamais. Hormis le crépitement monotone du néant et le lent bruit du fond du cosmos.

L'atmosphère avait retrouvé une limpidité presque normale, même si la couverture supérieure gardait une totale opacité. Mais je ne prêtais plus attention aux modifications de ce couvercle uniforme.

Un soir, j'ai été frappé par une vague lueur rougeâtre qui s'étalait vers le nord-est. J'ai cru tout d'abord à une illusion d'optique, un mirage induit par mon propre désir. Je me suis astreint à la patience d'une citerne nouvelle. Celle-ci longuement remplie et encore plus longuement utilisée, le rougeoiement était toujours là. Il n'y avait qu'une seule explication. Là-bas, à un demi-million de pas, une chaîne de volcans épanchait dans l'espace le trop-plein des désordres souterrains. Cette manifestation m'avait heureusement épargné. Au vu de l'intensité lumineuse et de son étendue, il devait s'agir d'une vingtaine de bouches minimum. Le brasillement passait par des périodes de recrudescence puis d'apparente extinction.

Enfin, ma longue patience fut récompensée. Je n'étais pas le seul vivant sur cette Terre. La vie avait résisté ailleurs qu'en moi. J'ai vécu cet événement comme le plus heureux de ma nouvelle existence

Un soir plus embrasé qu'à l'habitude, en l'un de ces instants que je m'accordais avant d'aller dormir pour rêvasser face au ciel, j'ai ressenti sur ma main posée au sol un chatouillement : une minuscule fourmi cheminait sur ma paume. Je n'en ai pas cru mes yeux ; je l'aurais embrassée si cela avait été possible. Elle devait faire deux millimètres ; elle m'a paru magnifique à tricoter ainsi de ses six petites pattes sur l'espace presque infini de ma peau. Elle m'a pincé si cruellement qu'une pointe rouge a marqué l'endroit de son salut. J'étais si plein d'enthousiasme que je l'aurais bien laissée recommencer. Mais elle s'est laissée chuter sans demander son reste, peut-être encore plus surprise que moi. Sans doute survivait-elle en consommant les débris innombrables qui devaient imprégner le sous-sol. Cette modeste aventure déclencha tout ce qui commença d'arriver.

Je découvris tout d'abord un premier objet d'origine humaine puis un second. Il s'agissait d'un fragment composite métal-plastique supportant encore quelques morceaux d'un circuit électronique complexe. Je finis par identifier un bout de ces radars tournants montés à l'avant des navires de petit tonnage. Il portait une inscription en anglais, mais cela ne signifiait rien. Le second était une plaque minéralogique en caractères japonais.

Les deux objets, lorsque je les découvris, émergeant d'un matelas de cendres en un lieu où je n'avais pas encore circulé, n'étaient séparés que d'une vingtaine de pas. Je les installai à la place d'honneur de ma nouvelle salle.

La seconde affaire m'ébranla beaucoup plus. C'était une fois où le hasard fit que la couverture atmosphérique s'était réduite au point de se déchirer. Le vent, toujours là, fit glisser l'échancrure jusqu'à une zone de plus en plus claire puis franchement éclatante. Ma première lumière du ciel depuis la fin du monde.

J'ai compris avant de la voir apparaître. J'allais redécouvrir la lune, notre vieille compagne qui devait, de là-haut, se demander ce qui avait bien pu arriver aux hommes. Je n'avais pas oublié qu'elle avait été la première initiatrice de ma légende personnelle.

Ces dernières secondes durèrent une nouvelle éternité. Elle est entrée dans le champ restreint qui lui était ouvert. Elle ne s'est pas offerte dans sa totalité. Elle ne pouvait plus. Une sphère gigantesque se laissait ainsi deviner. Elle était devenue énorme, démesurée. En une fraction de seconde, j'ai retrouvé de mes yeux des détails qui auraient exigé un télescope, fût-il modeste.

J'ai poussé un cri. Je me suis mis à hurler : « Non ! Non ! » Je ne voulais pas que ce soit vrai. D'après ce que, fugacement, elle m'avait laissé voir, son diamètre apparent s'était multiplié par dix à douze. C'est-à-dire qu'en ce point où je venais de la voir, elle ne se trouvait plus à sa distance habituelle de trois cent quatre-vingt-dix mille kilomètres, mais à dix ou douze fois moins loin.

Les perturbations de DNC avaient eu raison de l'équilibre du couple Terre-lune. L'orbite vaguement circulaire de la lune était devenue elliptique. Ainsi, la lune venait frôler la Terre avant de repartir très loin.

Je n'ai pas su exprimer l'émotion suscitée par cette nouvelle catastrophe. Mes rouleaux ne se sont point remplis de la transcription de mes larmes. Nul, du vivant des hommes, n'avait envisagé cela. Je me suis contenté de décrire le fait. La belle Séléné découvrant en gros plan une boule charbonneuse et noire, morte à son ancienne vie, ne devait plus reconnaître la belle planète bleue. J'ai songé au bleu de nos océans. Qu'était-il advenu de toute cette eau ? L'eau, déjà cendre de la combustion de l'hydrogène et de l'oxygène, ne brûle pas. Si elle s'était faite vapeur sous la fournaise, où donc se trouvait l'énorme masse de nuages ?

Pourquoi ne neigeait-il ou ne pleuvait-il jamais sur ce monde torturé ? Quelles catastrophes encore inconnues s'étaient-elles abattues sur lui ? Où donc était mon Père ? S'il était porteur de cette lumière, telle que l'annonçait son nom bienheureux et sacré, qu'attendait-il pour venir au secours de son fils ? Son fils qui mourait chaque instant un peu plus dans l'interminable attente de son juste royaume.

Je me suis dressé. J'ai saisi une poignée de cette grossière poudre en guise de projectile pour la lancer de toute ma haine retrouvée sur cette face bouffie et blafarde, sur cette indifférence satisfaite qui avait assisté à la mort des miens. J'ai crié encore : « Recule ! Fous le camp ! » Mais c'est moi que je recouvrais des cendres d'un destin implacable.

Mais où était mon Père ? Qu'attendait-il pour venir me chercher ? J'étais à lui. N'avais-je pas été le bon fils dont il avait besoin ? Pourquoi s'acharnait-il sur celui qui avait dégagé pour sa créature l'escalier qui ouvrait sur la possession de ce monde ? J'avais tout trahi pour lui, lui avais tout sacrifié. Il n'était le moindre de ses projets que je n'avais servi avec dévouement.

J'ai tendu mes bras vers lui. Je pleurais. Je n'avais plus la force de m'emporter. J'ai juste répété : « Emmène-moi d'ici, ne me laisse pas. Prends-moi avec toi. Le temps est passé !

Rends-moi Livia. Père ! Père ! Je t'en supplie, où est mon offense ? Pourquoi m'as-tu abandonné ? Pourquoi me maintiens-tu en exil dans ce cimetière ?... »

Je suis resté le temps d'une bonne dizaine de citernes sans écrire. Je subsistais, c'est tout.

Quelque temps plus tard, passant le deuxième sas, je me suis trouvé face à quelques milliers de fourmis. Je n'ai pas compris tout de suite que j'étais la proie. J'ai d'abord cru au hasard, à un intérêt presque sentimental. Je projetais mon rêve. J'oubliais que les insectes, même si mon Père leur avait donné une âme, avaient été heureusement sauvés du boulet des états d'âme. Elles avaient besoin de mes molécules organiques pour assurer leur survie. J'étais la proie.

Ce fut la première bataille de mon interminable guerre contre les hyménoptères. Je les ai combattus pendant près de quinze citernes. J'avais beau gaspiller mon essence à les brûler sans fin, installer une infranchissable barrière d'acide liquide devant les sas, elles s'infiltraient partout. Je les retrouvais à l'assaut de mes dernières réserves, mêlées aux guenilles qui me servaient de vêtements et dans les espaces les plus incongrus.

La nuit, venues on ne sait comment, les fourmis me réveillaient de sauvages morsures qui me brûlaient pendant une demi-citerne de temps. Elles attaquaient sans trêve et mouraient sans rancune. Les survivantes dévoraient leurs morts. Pendant ce temps, petit à petit, la longue nuit se faisait lentement plus claire. Des ténèbres à l'obscurité jusqu'à ce profond crépuscule. Une fois, j'ai même distingué une étoile. Une nuit terrestre donc !

Mais jour ou nuit, cela n'avait plus d'importance pour l'animal impossible que j'étais devenu, une sorte de nouvelle licorne parfaitement adaptée à des conditions impossibles. J'allais avoir cinquante ans en durée terrestre.

Je commençais de perdre de vue mes souvenirs d'avant Lascaux. Je me rappelais très bien ce qui m'y avait conduit. Certains détails antérieurs étaient de plus en plus diffus. Le souvenir de chaque visage restait encore très nettement inscrit dans ma mémoire, mais le nom quelquefois manquait. Tout était si loin ! J'avais eu deux vies, et c'était la véritable dont je ne cessais de porter le deuil.

Livia était revenue. Elle avait gardé le visage de sa jeunesse. Je sentais s'appesantir son regard sur mes traits vieillis. Mon épaule n'offrait plus qu'un appui bien fragile. Je devinais dans ses yeux un reproche non exprimé. Je n'en souffrais guère. Mon cœur se faisait insensible.

Du fait des fourmis, mes réserves touchaient à leur fin. Quelques citernes de marge et puis ce serait le bout de la route. Lui qui ne voulait pas de moi, je forcerais mon Père à me recueillir.

Vers cette époque, mes ennemies sont devenues l'enjeu d'une espèce de long scarabée vert feuille de trois bons centimètres. La débonnaire bestiole s'est mise à faire une consommation effrénée de la multitude noire. Les verts contre les noirs. Je me découvrais des alliés objectifs. Mais ils ne m'ont jamais accordé la moindre attention. Contre les noirs, infiniment plus rapides, les verts ont développé une remarquable stratégie d'encerclement et de rabattage. Ils se comportaient avec le génie de Napoléon à Austerlitz. Quand les issues étaient verrouillées et que le piège se refermait, leurs redoutables mandibules n'avaient plus qu'à entrer en action. Cinquante pour cent échappaient au carnage.

C'est ainsi que le peuple des verts a pris l'habitude de se bâfrer sur le dos des inépuisables noirs qui en ont fini par me négliger.

Les verts étaient dodus, lourds, pourvus de curieux organes de vision. Très exceptionnellement, l'un d'eux tombait au champ d'honneur, renforçant ainsi le maigre ordinaire des noirs. Ils paraissaient appétissants. Une fois, j'ai ramené avec moi un exemplaire mort, délaissé par ses croque-morts. Pas d'odeur, un corps ferme, pas repoussant. J'ai hésité un peu avant de le mettre à cuire. C'était mou, écœurant et blanchâtre à l'intérieur. Le goût rappelait celui de la crevette.

J'ai pris l'habitude de dominer la nausée qui me saisissait quand, de mes dents un peu branlantes, je craquais leur carapace comme la coque de fragiles noyaux. Ma vie était au bout de l'épreuve. Progressivement, j'ai changé de régime alimentaire. Je n'ai même pas ouvert la dernière dizaine de conserves, ouvre-boîtes posé dessus juste pour provoquer le sort. Belle énigme pour les temps futurs !

Les verts constituaient une nourriture pratique, facile à ramasser, inépuisable, et qui finit par me paraître presque agréable. Quelque temps de ce régime me démontrèrent sa valeur : je me sentais bien plus en forme. Ainsi, imperceptiblement, tout autour de moi s'améliorait.

Comptant et recomptant le nombre de mes citernes, force m'était de constater que je venais d'avoir cinquante-cinq ans. An quinze du règne de mon Père. Ce calcul correspondait bien à mon horloge intérieure.

Lors de mes récoltes journalières, mes proies ne se défendaient pas. Les verts qui, face aux noirs, faisaient de redoutables combattants, semblaient soudain perdre leurs moyens et leur agressivité. Jamais un vert ne me pinça, ni même n'entreprit de se débattre. La vie en devenait plus douce.

Je pris l'habitude de surveiller plus attentivement la couche nuageuse. La masse uniforme et lourde se fractionnait régulièrement. Des trains de nuages couraient sur mon ciel toujours bouché, prenant quelquefois les formes d'étranges cumulus couleur nuit. De plus en plus souvent, les lueurs du jour ou d'éphémères constellations parvenaient à se glisser entre eux, dans ces lignes de fractures qui ouvraient sur l'infini.

Longtemps après ces constatations, il se passa quelque chose d'absolument inexplicable. Ce mystérieux événement, retranscrit le jour même, me bouleversa cependant moins que le terrible problème de la fin prématurée de mon combustible. Celui-ci était stocké dans d'énormes cuves alignées au fond de la deuxième salle. Les deux dernières auraient dû être pleines : je n'y avais jamais touché. Pourtant elles étaient vides. Et pas de fuite, pas le moindre suintement. À se taper la tête contre les murs. Il me fallait admettre l'évidence : je perdais le feu. Définitivement. Passe encore pour la maigre chaleur qu'il me dispensait, mais comment cuire ma nourriture ?

J'ai essayé de croquer telle quelle une poignée de verts préalablement exécutés. J'ai vomi le peu que j'avais réussi à absorber en quelques hoquets affreux.

Un soir, un vrai, qui m'avait permis de deviner la lente baisse d'un jour n'éclairant encore que l'inaccessible sommet des nuages, j'étais, comme à mon habitude, assis près du sas extérieur, tourné vers le couchant, l'esprit occupé par l'énigme des cuves vides. Il y a eu d'abord une brève lueur à l'ouest. La lune, ai-je pensé, habitué que j'étais à sa déme-sure et à cette intensité blafarde qui s'infiltrait au travers des plus épaisses couches.

Je ne m'étais pas trompé au sujet de son orbite. Elle sui-vait un rythme un peu inférieur à une citerne de temps, soit environ trois anciennes semaines terrestres. Maintenant que la succession des jours et des nuits était redevenue per-ceptible, je la voyais par tranche de trois semaines quittant l'état où je l'avais connue, pour devenir ce monstre globu-leux et pressé, presque aveuglant, qui venait survoler la Terre de sa masse silencieuse, et puis prestement remontait tout là-haut.

Cette fois, ce ne pouvait être la lune car la lumière bou-geait. Ce qui se trouvait derrière le nuage changeait de place. Peut-être le retour des orages. Enfin il allait pleuvoir pour la première fois sur ce monde! L'eau viendrait laver toutes ces cendres et tout ce sang qui souillaient depuis si longtemps la surface. Mais il ne s'agissait pas d'éclairs. Nulle détonation annonciatrice ne suivit les brusques flashs lumineux qui donnaient un relief étrange et magni-fique à ce monde depuis si longtemps privé de jour.

J'avais subi, je subissais avec courage et patience cette infinie pénitence. Fils de celui qui portait la lumière, celle des yeux tout autant que celle des esprits, j'étais plongé au cœur des ténèbres en attendant la fin de mon long calvaire. C'était ainsi que je recevais la lumière balbutiante de la moindre étoile. Mes soleils nocturnes, comme je les nom-mais, étaient les meilleurs messagers du retour prochain de mon Père.

Là-bas, la manifestation lumineuse se poursuivait et s'amplifiait. Soudain, un phare éblouissant a percé la nuit. Et, de son long pinceau rectiligne et blanc, a touché le sol de mon horizon. Le trait de lumière semblait naître à l'inté-rieur même du nuage qui paraissait maintenant habité par cette source stabilisée et immobile.

Soudain, de part et d'autre, deux taches phosphores-centes se sont allumées à leur tour. Elles se sont très vite enrichies de clignotements multicolores et, ce qui m'a frappé, parfaitement synchrones. Une rythmique incom-préhensible semblait les conduire. Puis, presque à regret, elles se sont mises en mouvement, décrivant autour de l'épée de lumière une longue trajectoire virevoltante, courbe et symétrique, qui tendait à les rapprocher du sol.

Toujours aucun bruit. Que se passait-il ? Que signifiait cette féerie ?

Toujours en clignotant, les deux taches sont entrées en rotation. D'abord lentement puis, de plus en plus vite.

J'ai eu soudain la formidable certitude que ce spectacle surréaliste m'était destiné, que j'en étais l'objet pour ne pas dire la cible. Un violent éclair est parti de ce point toujours immobile d'où semblait naître le faisceau central. Celui-ci, alors, a disparu. Il ne s'est pas éteint, il a disparu, comme s'il avait changé de monde.

Le duo clignotant s'est déchaîné. Chacune livrée à elle-même, les deux taches phosphorescentes ont entamé une folle sarabande. Je les ai vues se rapprocher, s'éloigner, foncer l'une vers l'autre, pour s'éviter au tout dernier moment.

Quelque chose, là-bas, s'amusait. Et peut-être même se moquait de moi, de la profonde misère dans laquelle je me trouvais maintenu. Il y avait une mordante ironie dans tout ce déploiement.

J'ai senti poindre une sourde, une absurde colère. Une pulsion incontrôlable m'a fait me dresser face à leurs jeux. J'ai crié de toute ma force : « Assez ! » Ma voix dont je ne me servais plus depuis si longtemps ne devait guère porter au-delà de quelques mètres. Là-bas, la représentation s'est pourtant brusquement suspendue. Les deux petites lunes ont tourné légèrement au vert avant de se laisser descendre comme à regret, toujours en clignotant.

Au moment de toucher le sol, les clignotants ont symétriquement stoppé. Il m'est alors revenu un très vieux souvenir. Je ne savais plus qui m'avait parlé de sa théorie de la Création expérimentale. Mais celle-ci impliquait la non-intervention définitive de l'entité créatrice. C'était une règle absolue. Là-bas, la règle était en train d'être violée...

Marel ! Ce génie s'appelait Marel ! Alors, en le dédiant à sa mémoire, j'ai lancé à l'intention de l'intelligence qui se jouait de moi toutes les imprécations et les insultes dont j'ai pu me souvenir : « Fous le camp ! C'est trop tard ! Fous le camp ! Tu n'as pas le droit ! Laisse-nous ! Laisse-moi, c'est trop tard ! Ne viens pas modifier le destin des choses ! »

J'ai imploré mon Père qu'il la foudroie de sa puissance. Comme pour me répondre, le grand trait lumineux est réapparu, encore plus étincelant, tandis que, simultanément, les deux taches, maintenant verdâtres et glauques, quittaient le sol et s'élevaient parallèlement.

C'est alors qu'en une fulgurante accélération, toute énergie lumineuse incroyablement exacerbée, elles ont foncé droit vers l'espace et s'y sont englouties. Et tout cela sans un souffle, sans un bruit. Rien que de la lumière même pas répandue pour réveiller ce monde.

Ma rage et mon attention se sont retournées contre l'épée éblouissante. Celle-ci, maintenant dédoublée, paraissait fichée droit depuis la masse nuageuse jusqu'au sol, comme une échelle sans barreaux.

J'ai renouvelé les malédictions, rejeté les manœuvres de cette chose qui venait me tenter pour que je la reconnaisse et l'adore. Elle ne venait pas au nom de mon Père. Elle essayait de me tromper par les fausses manifestations de sa misérable clarté.

La puissance de mon Père, elle, prendrait une autre ampleur. J'étais le dernier gardien de sa maison. J'ai crié : « Dehors l'intrus ! Dehors l'usurpateur ! » Il s'est alors passé quelque chose d'inouï. La chose, là-bas, a réagi avec une imprévisible brutalité. Le double faisceau aux bords bien parallèles s'est brusquement élargi. Sa base a changé de forme et s'est faite d'un bleu beaucoup plus intense. Elle s'est mise en mouvement et s'est redressée dans ma direction. Je n'ai pas eu le temps de me mettre à l'abri que déjà elle était sur moi. J'ai juste réussi à protéger mes yeux quand le torrent de lumière, venu pour m'aveugler, m'a frappé.

J'étais tétanisé, roulé en boule au sol. Pendant les quelques secondes où il est resté sur moi, j'ai ressenti une inimaginable onde de chaleur. Et puis, tout s'est éteint, la Terre morte a retrouvé le fil de son éternité. Et il a fait bien plus sombre les jours qui ont suivi. Je n'avais pas rêvé. La vieillesse et la solitude ne me plongeaient pas dans la démence. J'ai gardé, pendant deux citernes de temps, une très douloureuse sensation de brûlure sur toutes les parties exposées. Ma peau s'est détachée par petites plaques sèches et mes mains sont restées rouges et douloureuses, comme si j'avais pris un coup de soleil du temps où notre étoile aimait encore la Terre.

# 34

Cette incroyable aventure ne s'est jamais renouvelée. Mes conditions ont continué de s'améliorer. Je me sentais de mieux en mieux, agréablement adapté aux quelques avantages de ce monde d'obscurité.

Mes sommeils étaient bizarrement optimistes. Je les quittais heureux, pénétré d'une profonde satisfaction. Finis ces terribles coups de cafard qui me laissaient sans force. J'étais devenu un insectivore non contraint. Le feu perdu ne me manquait plus. Les noirs, depuis longtemps, ne représentaient plus la moindre menace. J'avais même la sensation qu'ils évitaient mes pas. Les verts, toujours plus nombreux et savoureux, pourvoyaient avec bonne volonté à ma subsistance. Je ne souffrais plus du froid et plus trop de l'extrême sécheresse extérieure. Ma vie était suspendue à l'existence de ma source miraculeuse qui coulait toujours avec la même régularité, tandis qu'à l'extérieur le monde était plus sec que le plus désert des déserts.

J'avais perdu les neuf dixièmes des décorations pariétales de Lascaux. Il n'en demeurait plus que de minuscules fragments. Le reste, séisme après séisme, s'était émietté en un gravier informe et irrécupérable.

L'œuvre de la fin de ma vie s'est annoncée par un songe. J'ai compris comment j'allais briser la monotonie. J'avais auparavant découvert successivement, et par le plus grand des hasards, des cendres pulvérulentes, très pénétrantes, aux nuances beaucoup plus variées que le gris presque noir qui était devenu l'unique dominante terrestre.

Il m'a fallu pas mal de temps pour rassembler et transporter tout ce qui allait m'être nécessaire. Et puis le chemin était long de mes carrières de couleurs jusqu'à cette belle salle toute neuve que m'avait proposée Lascaux. Du fatras que je conservais toujours par habitude, j'ai pu tirer un lot de matériels adéquats. Tubes de sections variées, raclettes, couteaux, palettes, boîtes de mélanges, lames diverses.

Mon projet a été rendu possible par une dernière découverte. J'ai trouvé par hasard, à cinq cents pas entre deux protubérances géologiques que je n'avais pas remarquées avant, un mince épanchement de bitume. Un liquide épais, collant et lourd, noir brillant, qui séchait très vite en conservant une solidité indestructible. Je savais que je m'engageais dans un travail immense que je risquais de ne pas mener à son terme. Les surfaces utilisables étaient considérables. J'ai constitué, de bric et de broc, de quoi élever des échafaudages branlants. Et puis je me suis attaqué aux maquettes.

J'accomplissais la seconde œuvre de ma vie. Sans doute la plus importante Il me fallait témoigner de la grandeur éteinte de l'homme. Le pire des coupables pourrait faire valoir, à l'heure du Jugement, de modestes circonstances atténuantes. Moi, le bourreau, j'étais devenu l'avocat de mes victimes. Il me fallait les transcrire d'ocre, de jaune, de brun, de Sienne clair, de marron, d'orange sombre, de gris et de rouge brûlé. Je devais déposer ma plaidoirie aux dernières parois hospitalières et libres de ce mausolée tourné vers l'avenir.

L'ampleur de la tâche, au début surtout, m'a épouvanté. Il me faudrait au moins trente ans et je sentais bien que je n'en disposais pas. Le temps, qui semblait s'écouler vite, imprimait inéluctablement sur mon corps les signes du grand vieillissement. Mais ma solitude venait enfin de découvrir son sens.

Au fond, tout au bout, face à l'entrée que j'avais élargie, la plus majestueuse des parois recevrait le panorama de Venise, cette ville-merveille qui m'avait tant bouleversé dans une autre et lointaine vie. Je lui devais bien cela ; j'avais pressenti son destin et mon avenir s'était décidé en son cœur. C'est sur moi seul désormais que reposait le devoir de mémoire.

Et puis, de part et d'autre, je déposerais les âmes de ces lieux que j'avais tellement aimés et qu'il serait inutile de situer puisqu'ils avaient tous disparu de ce monde. Paris de ma fenêtre, la sombre plage acier d'Hawaii, les antennes du plateau de Bure, la Sky-Line de New York se découpant sur une baie toujours paisible et aussi Sounion et son temple, que je n'avais jamais vus, mais dont l'auguste grandeur ne m'avait jamais quitté.

Piètre dessinateur, je fus surpris par ce que je réussis à produire. La matière première se prêtait à ce que je lui demandais. Je travaillais posément, porté par une sorte d'allégresse. Vingt-cinq années s'étaient écoulées depuis DNC. Je sentais que j'entrais enfin dans la période de ma rédemption définitive. Sculptant les contours, je déposais la couleur et ne pouvais m'empêcher de chanter, retrouvant des airs que j'avais appris du temps de mon amour et que je pensais perdus au fond des marais du Temps.

Livia, partout autour de moi, ne me quittait plus un seul instant. Sa main sur mon épaule ne s'appesantissait plus. Elle me garantissait contre toute perte d'équilibre, lorsque, là-haut, je devais me pencher sur une surface pratiquement inaccessible.

Mes premiers résultats révélaient un honnête talent photographique. De toute façon, j'étais forcément le meilleur puisque j'étais le seul. Cette période fut la plus importante de ma vie de troglodyte. Je savais qu'elle serait la dernière mais j'en étais heureux. La joie m'apportait la force dont j'avais besoin.

Je pris l'habitude de ne plus sortir que pour assurer ma récolte quotidienne de nourriture. C'est à l'une de ces occasions, un peu avant DNC plus trente, alors que je m'apprêtais à terminer Venise telle que je l'avais découverte au petit jour, que j'ai entendu, bien avant de l'apercevoir, un cliquetis assez désagréable, dans l'axe d'un léger monticule, à environ dix pas de ma position. J'étais à mille pas de mon entrée ; j'avais déjà ramassé deux bonnes douzaines de verts, consentants et soumis comme d'habitude. Malgré la clarté du crépuscule, je ne l'ai pas distingué tout de suite tant il se confondait avec le décor.

J'ai d'abord vu ses six longues pattes repliées et, au-dessus, une sorte d'œil central qui paraissait me fixer, le tout d'un noir mat très profond. Plus rien à voir avec mon espèce verte et comestible. Celui-là, bien que replié, devait occuper un diamètre de vingt bons centimètres. Je me suis légèrement rapproché. Un corps oblong prolongeait les pattes qui dissimulaient une redoutable paire de mandibules extraordinairement surdéveloppées. La bête a compris ma manœuvre car, sans reculer d'un pouce, elle a pivoté sur place pour continuer de me faire face. Elle dégageait une impression de puissance et de calme détermination.

Pour la première fois depuis longtemps, j'ai eu peur. Cette chose était menaçante. Plus rien à voir avec mes vieilles escarmouches guerrières. J'avais, me faisant face, un véritable prédateur potentiel. J'ai choisi la ruse. J'ai précautionneusement tiré à moi l'un de ces multiples cailloux peints dont je bornais mon domaine. J'étais devenu très fort à cet exercice. Je ne pouvais pas la rater malgré mon âge.

Mais, d'un instantané cliquetis de pattes, la bête a évité mon coup sans l'ombre d'un effort ou d'une hésitation. J'ai recommencé deux fois, sans autre résultat qu'une douleur dans l'avant-bras. Cette araignée maudite anticipait mon tir et se plaçait toujours en deçà du point que j'allais toucher. Elle conservait une immobilité attentive. J'ai cédé le premier, je suis rentré me mettre à l'abri. Elle n'a jamais bougé.

Cette affaire m'a perturbé. Mes vieux réflexes scientifiques se sont réveillés, obsédants. Ils m'ont tourmenté jusqu'à ce que j'admette la réalité de ce qui se mettait en place sous mes yeux. J'étais confronté pour la troisième fois à une manifestation de la même espèce. Le nouvel âge de la Terre serait celui des insectes, l'espèce maintenant la mieux adaptée pour résister à l'extrême adversité des conditions de ce monde.

Les plus modestes, les noirs, devaient trouver leur nourriture dans les débris des profondeurs. Ils étaient le premier cran de la nouvelle chaîne alimentaire. Celle-ci était en train de se ramifier et de s'enrichir verticalement avec une célérité qui ne pouvait laisser de doute sur ses chances de succès.

L'âge des insectes. Un monde allait se construire sur le principe de la plus froide efficacité et sur l'absence de tout sentiment. La liberté et l'autonomie réduites à leur plus simple expression avec, en contrepoint, le désintéressement et l'abnégation de soi. Telle était la volonté de mon Père. Et je devais accepter cette nouvelle épreuve qu'il allait m'imposer. Épouvantable et passionnante avec, à terme, une issue qui ne pourrait qu'être fatale. Tout représentant du vieux monde constituait un obstacle que les dominants se devaient d'éliminer. Telle avait toujours été la loi.

J'étais l'obstacle. J'allais devoir combattre et disparaître. Je ne revis pas mes nouveaux prédateurs. Pas dans l'immédiat. Le message avait été transmis; je devais maintenant réagir. Je les nommais araignées malgré leurs six pattes. Je ne sortis plus qu'avec une longue machette brésilienne à la ceinture. Bien que fort oxydée, elle pouvait encore me sauver provisoirement la vie. J'étais désormais sur mes gardes.

Je venais de terminer le grand mur de Venise quand eut lieu notre deuxième rencontre. Je ramassais quelques poignées d'ocre jaune dont je voulais faire un fond lorsque le cliquetis me mit instantanément en alarme. Elles étaient une bonne vingtaine, alignées sur deux rangs et tournées vers ma position comme si elles m'attendaient. Deux lignes de dix yeux, inexpressifs et solitaires, me fixaient.

J'ai attaqué sans attendre, hurlant à m'en déchirer la poitrine. Si mon heure dernière venait de sonner, si je devais mourir, mon Père ne rougirait pas de moi. À mon immense stupéfaction, toutes ont fui en une manière de concertation instantanée, reculant d'autant de pas que j'avais avancé vers elles, mais infiniment plus vite.

À mes cris, elles ont répondu par le cliquetis de leurs pattes entrechoquées et je ne sais s'il s'agissait d'un avertissement, d'un rire ou d'un simple essai de conversation. Elles auraient pu sans peine me mettre en pièces. J'ai renouvelé mes attaques mais, chaque fois, elles rompaient bien en ordre, rétablissant l'écart minimum et reprenant un peu plus loin leur examen immobile. Mes pauvres tentatives ne les effrayaient pas. Mais, visiblement, mon élimination n'était pas inscrite à leur ordre du jour.

À bout de souffle, j'ai réfléchi quelques instants. J'ai décidé de les tester. Elles m'ont regardé sans émoi regrouper un bon tas de mes meilleurs projectiles. Je sentais rayonner de leur groupe une curiosité presque palpable. Au premier coup, au centre de la cible, mon caillou a atterri dans un cercle libéré de toute présence. Les suivants, trop longs ou trop courts, n'ont provoqué aucune réaction. Le dernier n'a pas quitté ma main. J'ai compris que je n'aurais jamais la petite consolation d'en tuer une, avant qu'elles finissent par me balayer à l'heure qu'elles auraient choisie. Pour l'instant, elles se contentaient de jouer les fuyardes invincibles.

Un étrange statu quo s'est installé entre nous. Je ne les ai jamais vues se nourrir, alors qu'elles connaissaient jusqu'à l'heure de mes récoltes de verts. Malgré mes recherches prudentes, je n'ai pu savoir où elles se trouvaient quand elles ne traînaient pas aux alentours de mes sas. Elles étaient là, puis elles n'y étaient plus. Leur mode de vie restait un mystère. J'ai dû m'adapter à ce nouvel état de choses. J'éprouvais à leur égard un sentiment complexe d'attirance-répulsion. Mon agressivité s'est calmée avec le temps, mais je ne cessais de me méfier d'elles.

Dès que je mettais le nez dehors, je demeurais sur le qui-vive. Le paysage paraissait vide et, soudain, l'œil noir surgissait de partout. Mais jamais elles ne dépassaient la barrière fatidique des dix pas. Elles venaient maintenant me visiter par milliers. Quelquefois, devant mon sas, le sol devenait cliquetant de noir mat jusqu'aux limites obscures de la visibilité. Terrifiant mais d'une beauté suprême. Jour et nuit avaient repris leur cycle terrestre. Un soleil bien timide revenait éclairer épisodiquement ce monde dévasté et toujours sec.

Je n'arrêtais plus de penser à ces futures conquérantes du monde. J'avais de plus en plus souvent la sensation étrange qu'elles m'attendaient le matin et même, parfois, qu'elles m'appelaient. Je n'ai jamais décelé chez elles la moindre agressivité. Elles étaient, comment dire, déférentes à mon égard mais aussi craintives... Alors que, devant le déchaînement de leur multitude, je n'aurais pas tenu plus de cinq secondes, elles n'ont jamais rien tenté. Je circulais maintenant parmi elles, presque sans prendre de précaution, me demandant qui avait apprivoisé l'autre. Et je les regardais s'écarter de moi, dégageant la place comme le fit la mer devant la marche de Moïse.

Cette situation paradoxale a duré longtemps. Je crois bien que DNC plus trente-cinq était dépassé quand s'ouvrit le second acte. Je dormais tout au fond de ma salle personnelle et, dans mon rêve, un cliquetis obsédant battait son rythme dans ma tête. Je me suis retourné plusieurs fois mais le rêve était bien réel. Dans l'obscurité de mon refuge, j'ai vu luire faiblement un œil inexpressif. Avec les forces qui me restaient, je me suis relevé comme un fou. Si elles avaient découvert ou creusé une galerie d'accès, alors ma dernière heure était proche.

Mais celle-là était seule. Il fallait qu'elle serve d'exemple, qu'elle montre ma détermination aux autres. J'ai marché sur elle, la lame dressée au-dessus de la tête. Elle n'a pas tenté de fuir. Dans un dernier cliquetis, elle a un peu plus replié ses pattes et a basculé vers moi, l'œil au sol. Cette nouvelle attitude a bloqué mon geste. J'ai reculé, elle a retrouvé sa position primitive. Elle a recommencé autant de fois que je l'ai voulu, s'offrant à la mort dans une attitude de totale acceptation et, presque, me sembla-t-il, dans un mouvement de vénération.

Le lendemain, j'étais seul à l'intérieur. Il n'y avait aucun accès visible. J'aurais cru à un mauvais rêve, s'il n'y avait eu, posée à la place où je l'avais découverte, une boule grisâtre faite d'un matériau homogène, indéfinissable, friable, lourd et vaguement fibreux. Il ne s'agissait pas de leur excrément que j'avais déjà identifié. J'ai renoncé à comprendre ; saisissant l'objet du mystère, je l'ai ramené à l'extérieur.

Mais le lendemain, il y avait une nouvelle boule au même endroit, identique à celle de la veille. Je m'en suis aussi débarrassé. Ce manège inexplicable a duré quelque temps. Maintenant les araignées me rendaient des visites régulières, surtout de jour. Lorsqu'elles me suivaient à l'intérieur, leur comportement se modifiait. Elles devenaient circonspectes et curieuses. Leurs attitudes cérémonieuses me rappelaient celles des paroissiennes ; elles allaient et venaient, attentives et silencieuses, adoptant un maintien compassé et respectueux. Quelquefois je ne pouvais m'empêcher d'en rire, ce qui provoquait chez elles une légère crispation de panique.

Le gros du peuple m'attendait toujours dehors. Je ne les craignais plus ; maintenant que je m'étais adapté à leur présence, je leur étais reconnaissant du bouleversement qu'elles m'avaient apporté. L'immensité de leur intérêt à mon égard confinait à l'énigme. Après la découverte de la dixième boule, j'ai résolu d'en avoir le cœur net. J'ai procédé à une sommaire analyse chimique et microscopique de la matière grisâtre. Une énorme surprise m'attendait : le matériau était très proche de la composition des levures. C'était sans ambiguïté. J'en serais tombé à la renverse. De la nourriture ! La boule était un cadeau nutritif du peuple des araignées. J'ai mis plusieurs minutes à maîtriser les frissons qui me parcouraient. Elles m'apportaient des offrandes, et j'avais cherché à les assassiner !

J'ai couru à l'extérieur sans la moindre précaution. Nu, avec mes longs cheveux blanc de neige et cette barbe que je ne coupais qu'incidemment, je devais offrir, sous ce clair crépuscule, un spectacle assez hallucinant. Elles étaient toutes là. Leur nombre se perdait à l'infini. C'était une mer vivante dont les premières franges ondoyaient à mes pieds.

J'ai marché vers elles jusqu'à l'extrême limite, l'offrande au bout du bras. Et puis, je l'ai fractionnée en plusieurs morceaux, qu'après leur avoir montrés j'ai consciencieusement mâchés puis avalés. C'était épais comme un biscuit compact au goût indéfinissable mais bon. Très bon même, et légèrement sucré. Une saveur dont j'avais perdu la notion depuis plus de trente ans. Une énorme clameur de cliquetis est montée vers moi ; j'étais sur une sorte de promontoire, j'ai vu jusqu'à l'horizon la frénésie des pattes noires qui s'agitaient pour crier leur joie.

À partir de cette époque, une nouvelle vie a commencé pour moi. Chaque matin, six boules grises étaient déposées en grande cérémonie. Elles entraient par six, avançant lentement, posaient leur offrande et repartaient tout aussi lentement, et à reculons.

C'est le nombre qui m'a mis sur la voie. Elles étaient les envoyées de mon Père. J'ai ainsi réalisé avec retard que le chiffre magique imprégnait toutes leurs actions. Elles étaient toujours par six, se déplaçant pareillement ; ou bien disposées en six rangées. Lorsqu'elles semblaient se reposer, elles s'ordonnaient par carrés de six. À l'exception de ces visites régulières qu'elles me rendaient sans autre motif que de me regarder vivre. Alors, le groupe, chaque fois différent, se répartissait en deux lignes de trois visiteuses. Leurs manifestations sonores se composaient de même, invariablement, de multiples de six cliquetis, sans doute selon l'importance qu'elles accordaient à l'événement.

J'entrais enfin dans les temps nouveaux. Le soleil réapparaissait de plus en plus régulièrement ; le ciel avait changé de couleur. Il tendait maintenant sur un vert léger qui, bien que surprenant pour mes souvenirs, était loin d'être désagréable. La lune, énorme et puis minuscule, ne me troublait plus. Mais il faisait toujours terriblement sec.

À partir de ce temps nouveau, j'ai laissé définitivement ouvertes les portes de mon sas afin que mon peuple puisse entrer en possession de son temple. Elles ont pris l'habitude d'y pénétrer, généralement sur des intervalles imprévisibles, mais chaque fois respectant les mêmes rites d'alignement, puis de repliement total des pattes, seul moment d'extinction totale du cliquetis.

C'est ainsi que je me suis dit qu'elles se taisaient. J'ai compris à quel point il s'agissait de leur langage. Elles demeuraient longtemps figées, accomplissant un rite impénétrable. Elles ont pris aussi l'habitude de m'observer dans mes activités de peintre du passé, scrutant de leur œil éternellement fixe le moindre de mes mouvements.

Le temps et les années s'écoulaient peu à peu. J'entrais insensiblement dans l'âge du vieillard. Je vivais en paix au sein de mon peuple d'araignées. Un jour, j'ai réussi à en saisir une, un peu par surprise. Un instant, j'ai cru qu'elle allait en mourir d'émotion. Son corps froid était pourtant parcouru de frémissements curieux que l'on aurait dit électriques ; les mandibules étaient tranchantes comme des rasoirs perpétuellement aiguisés et ses pattes solides comme des tiges d'acier. Elle devait peser plus d'un kilo.

Si mon Père les avait envoyées sur Terre au cœur du Pliocène, l'Australopithèque n'aurait jamais vu le jour. L'humanité avait été nécessaire à l'annonce de son royaume. Il avait su attendre son heure. C'est à cela que je pensais tandis qu'elle attendait, pétrifiée d'appréhension entre mes mains. Elle est repartie timidement lorsque je l'ai posée. Et c'est devant elle que, durant quelque temps, ses congénères se sont ensuite écartées.

D'autres fois, elles se serraient en un groupe immobile et circulaire de plusieurs centaines et je parvenais alors à percevoir, émanant de leur masse, d'étranges et vagues sentiments, diffus et indiscernables comme des psalmodies ou des prières. J'appelais cela la réunion du grand conseil. Le premier s'étendit sur près d'une demi-citerne de temps, et se termina curieusement par le départ successif de chacune des participantes. Ce fut plus régulier par la suite.

Elles ont apporté une extraordinaire amélioration à mes dures conditions, s'entêtant à déposer près de moi, mais seulement le soir, six nouvelles boules sombres et dures, absolument immangeables. Il m'a fallu plusieurs grands conseils avant que je ne finisse par comprendre qu'il s'agissait d'un combustible.

L'homme des cavernes que j'étais devenu n'a eu aucun mal à procéder à l'allumage. Le feu, la lumière et la chaleur étaient de retour. Elles n'en furent guère impressionnées. Même si ma salle, celle où j'avais représenté les Babylone mythiques de l'Antéchrist, put enfin leur apparaître dans toute sa splendeur.

Le froid et la solitude s'éloignaient de ma vie. J'avais un royaume, un peuple immense rendu à ma dévotion. Où que j'aille de mon pas hésitant et fatigué, une véritable armée me suivait à vingt pas. Lorsque je reposais, elles veillaient sur mon long sommeil. Et leurs pensées m'accompagnaient et m'entouraient de plus en plus.

Malgré mon âge, j'ai progressivement constaté une lente modification de mon métabolisme. Je me portais de mieux en mieux, retrouvant vigueur et vitalité, comme si le temps repartait à l'envers. C'était l'œuvre de l'étrange chimie des boules nourricières dont elles possédaient la maîtrise.

Le temps qui passe n'a plus de pouvoir sur moi. J'ai un peu maigri. Il me semble que je suis plus grand. Je ne touche plus aux verts. Mon corps est de plus en plus parcheminé et sec. Mes membres noueux répondent toujours bien. Je ne suis plus malade. Je ne vieillis plus.

# 35

Mon œuvre touche à sa fin. Tous les murs disponibles sont habités de mes fresques. Il m'arrive de m'asseoir devant elles et de partir en esprit. Je m'élève, je pénètre intimement ces images que je lègue au futur. Je sors de mes grottes pour retrouver un instant les merveilles à jamais effacées de ce monde.

Au-dessous de mes peintures, j'ai commencé une longue série de représentations successives de mes mains, droite et gauche. Je procède par soufflage. Et mon peuple, qui ne comprend pas, tourne autour de moi et envoie dans mes pensées des multitudes de points d'interrogation auxquels je ne sais répondre.

La Terre, peu à peu, finit de se réconcilier avec le soleil. La couverture nuageuse est devenue légère. Il ne fait plus du tout ni noir, ni même sombre. Je ne prête plus attention à la course de la lune, à ce rase-mottes extraordinaire dont elle me gratifie tous les vingt et un jours. Les nuits de grande pleine lune, mon peuple ne dort pas. Il s'éternise à l'extérieur, s'imprègne des intenses rayons blafards, de ce mystère qui accompagna les hommes jusqu'à leur fin. Bien que ma vision ait perdu de son acuité, je profite avec elles de ce merveilleux spectacle.

Le peuple des insectes saura-t-il réinventer l'astronomie? Il fait souvent très chaud maintenant. Mais plus jamais il ne pleut. Quarante années que ce sol a oublié le miracle de l'eau tombant du ciel. Quelquefois, la nuit, les nuages s'effacent et je retrouve la grandeur du cosmos éternel.

C'est ainsi que, lors d'une première veillée, mes amies les étoiles m'ont appris le dernier grand malheur terrestre que j'ignorais encore : l'axe de rotation de la planète avait basculé. L'Étoile polaire n'était plus ce point immobile indiquant le nord aux marins et aux enfants amoureux du ciel. Elle participe maintenant au lent mouvement de la voûte. Du nord au sud, toutes les étoiles que je peux distinguer se déplacent.

Il m'a fallu plusieurs nuits de travail, sous la protection étonnée de mon peuple, pour obtenir un relevé digne de ce nom. La ligne des pôles s'est déplacée de plus de trente-sept degrés d'angle. Je n'ai plus les instruments d'observation nécessaires et fiables. Le pôle nord de la nouvelle Terre doit se trouver désormais là où se situait, il y a quarante-cinq ans, la mer du Japon. À mi-chemin des anciennes terres qui abritaient Tokyo et Séoul. Le pôle Sud, quant à lui, est maintenant au large de l'ancienne Argentine, à un millier de kilomètres à l'est de Bahia Blanca.

Je ne ressens aucun chagrin. Mon peuple ne me montre plus que le chemin de l'avenir. Désormais, les régions tropicales et le nouvel équateur suivent le tracé suivant : après la France qu'ils coupent en son milieu, l'est du Canada, le Middlewest américain, les îles de la Société, la Nouvelle-Zélande et, enfin l'Éthiopie et la Libye. Toutes ces régions du Nouveau Monde sont promises au climat équatorial ou désertique.

Voilà pourquoi il ne pleut plus.

Je me suis surpris une dernière fois. J'ai versé, en cette occasion, les dernières larmes de mon interminable vie.

La Terre des Hommes a vraiment cessé d'être.

Mon visage à nouveau mouillé, cette capacité à la douleur et à l'émotion m'expliquent pourquoi l'heure de retrouver mon Père tarde tant. J'ai perdu trop de choses, je regrette trop les souvenirs de cette époque qui avait vu son humiliation et son bannissement. J'ai conservé la mauvaise habitude du bien. J'ai connu le monde en ce temps où il n'était pas le sien.

Je suis, pour longtemps encore, marqué du signe de l'impureté et de l'indignité à le recevoir. Et cela, mon peuple ne pourra jamais le comprendre.

Je n'ai pu lutter contre le poids de mon ancienne humanité. J'ai reçu de mon Père un ultime instant de bonheur terrestre. Je n'ai pas eu le courage de m'y soustraire ; ainsi avait-Il raison de me maintenir en cet exil.

J'ai retrouvé, dans une sorte de renfoncement naturel, quelques vieux objets informes que le temps avait dépouillés de leur utilité. Parmi eux, un bidon d'où émanait encore un parfum d'hydrocarbure. Quelques décilitres de carburant dormaient dans le fond.

J'ai eu beaucoup de mal à réveiller l'une de ces machines humaines qui produisaient ce flux immatériel, cette énergie à laquelle toute l'humanité s'était soumise pour les prodiges qu'elle avait rendus possibles. Son nom m'échappait.

Mes plus proches disciples ont deviné ma tension. Soudain, autour de moi, ils sont devenus des milliers à scruter mes incompréhensibles efforts. J'ai réussi. Le bruit épouvantable les a fait fuir. Mais, timidement, ils sont revenus quand ils ont vu que je n'avais pas bougé. J'avais eu beaucoup de difficultés. Par tâtonnements, j'avais retrouvé les règles de branchement de tous ces fils à câble métallique. J'avais réussi à glisser dans le traducteur, l'un de mes disques, ces petits cercles argentés à lecture laser, un mot dont je me souvenais.

J'ai donné à mon peuple son premier et dernier concert. Je lui ai fait découvrir ce qu'un jour il faudrait qu'il invente à son tour : les merveilles de la musique. Pendant quelques minutes, M. Marin Marais est venu les visiter de son ombre sonore. Au début, prises de peur, elles se sont figées dans une disposition que je ne leur avais jamais vue. Et puis, peu à peu, les longues plaintes du violoncelle et l'appel nostalgique de la viole de gambe ont su apaiser leur inquiétude. Leur regard unique tourné vers mon visage, je sentais le trouble de leur conscience et toutes leurs questions qui montaient vers moi.

Mais j'étais désarmé. Que dire devant la tristesse et la douleur révolue du fantôme de *La Rêveuse* ? Sinon que je portais, gravé en moi, l'enivrant souvenir d'une autre rêveuse à jamais disparue...

Je n'ai eu que peu de temps. La machine est, très vite, retournée dans l'ombre définitive de la mort.

Mon peuple ne comprend pas le langage des larmes.

Je me suis astreint à une dernière activité. J'ai longuement relevé les nouvelles positions stellaires. Le souvenir m'est revenu de ce Bélasco ou Vlasco à qui je devais d'être arrivé ici, déjà pour une histoire d'étoiles. Il serait devenu un bien vieux jeune homme aujourd'hui.

Puis j'ai reporté une à une les positions relevées au plafond de ma salle. Je n'ai rien crypté ; j'ai tout laissé en clair. Avec, au centre, la Grande et Belle Dame Blanche : Diaz-Nostro-Chabrinost, dans l'expression de toute sa majesté disparue.

Pour la première fois, mon peuple a émis quelques cliquetis approbateurs et discrets. Et puis, j'ai définitivement clos l'œuvre de ma vie, en représentant, entre chacune de mes mains, ces êtres que j'avais appris à aimer et à qui la Terre venait d'échoir.

Le trait au bitume a fait merveille. Les belles pattes surmontées de l'œil unique, tout l'ensemble était extrêmement figuratif. Mon œuvre terminée a eu un effet dévastateur sur leur éternel recueillement. C'est ainsi que j'ai su qu'elles grimpaient facilement aux parois verticales. Dans un charivari de pattes entrechoquées, elles ont scruté leur représentation d'un œil prudent tandis qu'un étonnement sans nom s'élevait de leur nombre.

Maintenant, je ne travaille plus. Un temps immense s'est ajouté à l'immensité déjà vécue. Mes années sont innombrables.

Lorsqu'elles s'assemblent autour de moi, je leur parle lentement. J'enseigne l'histoire de leur planète qu'elles ne connaîtront jamais. Je raconte aussi les longs méandres de mon existence ; j'explique les raisons qui m'ont conduit en ce lieu. Je leur parle souvent de Livia, dont l'âme charmante revient de plus en plus souvent à mes côtés.

Elles ne comprennent pas. De leurs mots silencieux elles demandent sans fin : « Qui, Livia ? » « Qui, Livia ? » « Qui, Livia ? »... Mais elles écoutent avec une admirable attention et je sais qu'elles se souviendront toujours. Même de leurs questions sans réponses. J'essaie de rendre accessible à leur froide intelligence ce que pouvait signifier entre un homme et une femme le merveilleux verbe aimer. Mais elles ne comprennent pas ce que devait être une femme. Je les désoriente, je le sens.

Mon corps n'évolue plus. Pour lui, le temps s'est arrêté. Je suis vieux. Immensément vieux. DNC est si loin derrière moi que souvent je l'oublie. J'ai dû atteindre les cent années terrestres. Peut-être même les ai-je dépassés de beaucoup. J'ai perdu le compte pour toujours.

J'ai essayé de leur enseigner l'humour. Je leur explique en riant avec effort qu'avec un grand-père centenaire et un Père éternel, ma vie interminable se justifie. Mais elles ne connaissent pas la mort. Je leur explique que mon grand-père eut à remplir le rôle de mon Père et qu'à leurs façons, tous les deux furent bons pour moi. De mon Père, je parle, sans me lasser, de sa grandeur et de sa venue prochaine.

Je n'ai inscrit son nom nulle part, ni tracé son visage que je ne connais pas. Je laisse à ses futurs prophètes le soin de le découvrir et puis de le nommer. Je suis heureux. J'écris aussi toujours un peu. Je le ferai tant qu'il me restera quelques forces.

Mon Père viendra. Je l'annonce à chacune de mes lignes.

Et puis, quand je ne pourrai plus, j'enfermerai dans un repli de la roche tous les rouleaux de mon manuscrit imputrescible que je destine à traverser la nouvelle nuit des temps. Mes archives sont en ordre. Je lègue à l'avenir des monceaux de documents qualifiés d'informatiques. Mais je crains que ce soit en pure perte. Cette science était trop humaine dans sa conception. Les disques compacts seront catalogués comme objets à usage inconnu ; peut-être à finalité rituelle. Et leur mémoire s'effritera pour rien sous la lente caresse des millions de siècles.

Je demeure de longues périodes au pas de ma porte. Je somnole souvent. Le soir, mon peuple autour de moi, lorsque la lune le permet, je regarde se coucher le soleil en des points d'horizon qu'auparavant nul n'aurait osé imaginer. C'est en ces instants de douloureux bonheur que revient se poser sur mon épaule la main légère de mon amour perdu. Et mon peuple, soudain, ressent sa présence et s'écarte un peu plus. Sans doute pour honorer ce fantôme qu'il apprend à connaître et, peut-être aussi, à aimer.

Je les vois maintenant qui ont entrepris de modifier l'environnement autour de leur temple. Elles tracent de longs chemins rectilignes dont ce lieu devient le centre géométrique ; aplanissent certains accidents et adoucissent quelques pentes.

Je participe à leurs grands conseils. Je pense avec elles le futur de leur œuvre immense. Je sais qu'un jour je finirai par disparaître. Leur jeune science n'y pourra rien. Aucun vivant humain n'a pu défier les siècles indéfiniment.

Je les sens tristes. Je les entends penser : « Non ! Non ! » Mais je leur dis que je retrouverai ma famille, Livia qui m'attend, et puis Marie dont il me faudra tout connaître à mon tour. Et puis aussi mon Père. Alors, sans comprendre, elles essaient d'être heureuses pour moi.

Je leur dis que je vais bientôt partir. Et, même si elles ne me voient plus, je leur affirme que je serai toujours avec elles pour les accompagner. Elles me questionnent avec obstination : « Quand reviendras-tu ? » Et je pense et je leur dis : « Un jour... » Mais elles ne comprennent pas.

Je me déplace de moins en moins. Je passe de longues heures devant Venise, que Paris et New York entourent. Mes belles Babylone disparues.

Elles ont modifié la composition des boules grises. Je l'ai bien senti ; mais cela ne servira à rien. Je vais bientôt les quitter. Quand viendra le temps, je leur ai demandé de me déposer au pied de mon dernier rêve, au pied de ces paysages peints dont elles ne saisiront jamais la signification ni la formidable beauté. Je leur ai demandé de m'accompagner jusqu'au bout de mon long et serein calvaire. Elles veulent parfois que je les emmène avec moi ; elles ne comprennent pas cet infini voyage que je vais entreprendre. Je les rassure, je promets qu'elles me rejoindront. Je les sens alors tranquillisées.

Je les veux maintenant auprès de moi. Je veux périr entouré de mon peuple innombrable. Ensuite, il faudra qu'elles bouchent définitivement l'entrée. Je suis sûr qu'elles sauront le faire même si cela les déchire. Et puis, elles devront effacer toute trace extérieure. Et me livrer enfin à la garde exclusive du Temps.

La Terre renaîtra. Je suis heureux.

LIVIA !

Cet ouvrage a été réalisé par la
SOCIÉTÉ NOUVELLE FIRMIN-DIDOT
Mesnil-sur-l'Estrée
pour le compte des Éditions Anne Carrière
104, bd Saint-Germain 75006 Paris
en avril 1999

*Imprimé en France*
Dépôt légal : mai 1999
N° d'édition : 145 – N° d'impression : 46572